国家社科基金重大项目
"元代各民族文学交融背景下元诗的发展与流变"
（18ZDA340）阶段性成果

天津社会科学院天津历史文化研究中心学术著作后期资助项目

天津社会科学院学者文库

海宇混一

元代的儒学承传与文坛格局

THE GREAT UNIFYING WORLD
INHERITANCE OF CONFUCIANISM
AND LITERARY WORLD PATTERN
IN THE YUAN DYNASTY

罗海燕　著

社会科学文献出版社
SOCIAL SCIENCES ACADEMIC PRESS (CHINA)

目　录

上编　专论

下编　考证

前　言

中国的学术与文学发展到宋代，都进入了一个非常重要的时期。近代学者陈寅恪曾论道："华夏民族之文化，历数千载之演进，造极于赵宋之世。"[①] 当代学人邓广铭也曾议论："两宋时期内的物质文明和精神文明所达到的高度，在中国整个封建社会时期之内，可以说是空前绝后的。"[②] 两人对包括学术与文学在内的宋代文化给予了极高评价。而与宋长期对峙的金王朝，以及最后代替宋、金而一统南北的元朝，接续唐宋以来的斯文之脉，共同开启了中国学术与文学的新时代。从学术发展史来看，赵宋南渡以后，学术趋于大盛，当时学者众多，派别林立，且多以文传道。长江以北，金源一朝则在学术上推崇程颐与邵雍，诗文方面慕效苏轼，往往重词章轻经术。及有元一统全国，在朱学"和会"思潮中，诸派学源交叉，多流而文。在这样的文化生态中，尤其是南宋金元时期的所有学派，都要以诗文宣扬其学术主张。不同学派不仅有着不同的学术主张，也有着不同的学术风格。诗文流派则大多具有单一或多元的学术背景。学派衍为诗文之派，成为这一时期文学史的一大特色。鉴于此，在学术通观视域下，对南宋金元时期的重文之学派与重学之诗文流派做一多维度整体性观照，无疑具有重要意义。

但是，截至目前，系统而全面地对包括元代在内的南宋金元学派与诗文流派加以整体观照的研究尚未出现。实际上，现代意义上的相关研究自

---

① 陈寅恪：《邓广铭宋史职官志考证序》，载《金明馆丛稿二编》，上海古籍出版社，1992，第 245 页。

② 邓广铭：《关于宋史研究的几个问题》，《社会科学战线》1986 年第 2 期。

20 世纪末开始增多。其中以查洪德先生《理学背景下的元代文论与诗文》一书最具代表性。书中主要就元代理学对当时的文论及诗文创作的影响展开研究，尤其指出了理学诸派至元代均"流而为文"的态势。① 其他相关研究，就代表性专著而言，大致可以分为四类。一是学术史或文化史视域下的宋元学派研究。宏观通论方面，侯外庐等编《宋明理学史》肇其端，陈来、张立文、徐远和等人论述究其深，杨立华的《中国学术史》（宋元卷）与尹继佐的《中国学术思潮史·道学思潮》等著作综其大。派别分论方面，王国猛的《朱熹理学与陆九渊心学》、周梦江的《叶适与永嘉学派史》、甄陶的《家学、经学和朱子学：以元代徽州学者胡一桂、胡炳文和陈栎为中心》、高云萍的《宋元北山四先生研究》等，对所论学派的发展历程、成员构成、学术思想、文化影响等多有论述。二是文学史范围内的宋金元诗文流派或作家群体研究。中国文学通史、宋辽金元断代文学史与地域文学史等，对较为知名的诗文流派一般都有涉及，主要采取文学视角。而以某一文派或群体为专门对象的研究则有张宏生的《江湖诗派研究》、刘达科的《解读河汾诸老》、徐永明的《元代和明初婺州作家研究》与杨亮的《宋末元初四明文士及其诗文研究》等，主要考察了不同文学派别的成员交往、文论思想、作家心态与文学创作等。三是宏观层面的学术与文学关系研究，以马积高的《宋明理学与中国文学》、许总的《宋明理学与中国文学》与《理学文艺史纲》、韩经太的《理学文化与文学思潮》、罗哲元的《宋元之际的哲学与文学》、石明庆的《理学文化与南宋诗学》、邓莹辉的《两宋理学美学与文学研究》等为代表。这类研究多从学术与文学之间存在客观关联的实际出发，宽泛地讨论某一时期学术思潮或思想对文学产生的独特影响，开拓了以前不为人注意的理学与文学的关系研究领域，为我们提供了一个独特而广阔的探讨空间。四是对宋金元时期某一重文学派进行个案研究，近年来逐渐成为热点。郭庆财的《南宋浙东学派文学思想研究》、李建军的《宋代浙东文派研究》与陈忻的《南宋心学学派的文学研究》等著作是其中的代表，多有发明与创见。

本书即拟在前人的研究基础上，在东亚视域下，借助谱系学的理论与

---

① 参见查洪德《理学背景下的元代文论与诗文》，中华书局，2005。

方法，重点讨论元代诗文群体及其流派，进而对元代的学术流派与诗文流派加以整体性研究，以期梳理出这一时期学术与诗文的内在关联及发展脉络，同时对由学术门派承传而形成的不同的文学流派加以宏观性考察，并将它们作为一个整体予以全景式展现。

一 元前的学术变迁与派别分化

宋元学术尤其以新儒学为代表。在此之前，中国学术历经先秦诸子、两汉经学、魏晋玄学、隋唐佛学等阶段。发展到宋元时期，儒学出现新变：一是在学术变迁中形成了独特而完整的思想体系；二是在学术争鸣时出现了成熟且众多的学术派别。这两者都是学术繁盛的标志。

（一）宋元学术的变迁与走向

新儒学并非凭空而生，实则肇端于唐代中期。韩愈与李翱拓荒在前，韩愈撰"五原"（《原道》、《原性》、《原毁》、《原人》与《原鬼》）等，揭橥儒学复兴大纛，并首倡儒学道统。故钱穆论道："治宋学必始于唐，而以昌黎韩氏为之率。"[①] 其弟子李翱著《复性书》，在心性学说方面对韩愈之学加以补充和发展，堪为自唐代中后期到北宋之间儒学发展的重要环节。今人麻天祥即指出，李翱此书"是宋明新儒教哲学理欲之辨、变化气质说的先导"[②]。入宋，范仲淹以及宋初"三先生"胡瑗、孙复、石介等继耕其后。他们或大力推动儒学复兴运动，或为新儒学的创建奠定坚实的思想基础。南宋黄震曾指出："宋兴八十年，安定胡先生（胡瑗）、泰山孙先生（孙介）、徂徕石先生（石介）始以其学教授，而安定之徒最盛，继而濂（周敦颐）、洛（程颢、程颐）之学兴矣。故本朝理学虽至伊、洛而精，实自三先生而始。"（《黄氏日钞》卷四十五）[③] 至北宋中期，"北宋五子"周敦颐、张载、邵雍、程颢与程颐等在前人基础上进一步弘扬。周敦颐提出"道""无极""太极"等一系列重要范畴，被尊为"道学宗主"，实为理学开山人物。邵雍是象数学派的开创者，与周敦颐同声相应气相求。张载与二程则分别确定了"理""气"在理学体系中的

---

① 钱穆：《中国近三百年学术史》，商务印书馆，1997，第 2 页。
② 麻天祥：《宋代新儒教哲学述论》，《湖南大学学报》2006 年第 4 期，第 41 页。
③ 引文中括号内的注释为笔者所加，下同。

地位。新儒学——理学由此正式确立。

经过百余年的发展，到"靖康之乱"后，宋室南渡，学术格局再次发生变化：北宋时影响极大的王安石新学与"三苏"蜀学渐趋衰落，"二程"一系的理学则得到极大发展，并成为主流学派。特别是在南宋乾道、淳熙年间，大家辈出，理学臻于鼎盛，奠定了近古学术史的基本格局。朱熹集北宋理学之大成，与吕祖谦、张栻同被誉为"东南三贤"。陈亮的《与张定叟侍郎》尝云："乾道间，东莱吕伯恭（吕祖谦）、新安朱元晦（朱熹）及荆州（张栻）鼎立，为一世学者宗师。"（《陈亮集》卷二十九）黄震也认为："乾、淳之盛，晦庵（朱熹）、南轩（张栻）、东莱（吕祖谦）三先生。独晦庵先生年最高，讲学最久，尤为集大成者。"（《黄氏日抄》卷三十九）与"东南三贤"并重的陆九渊，其学术活动也主要在乾道、淳熙年间，思想体系的构建大约定成于淳熙之末、绍熙之初。此外，还有叶适与之并集一时。全祖望的《水心学案序录》曾云："乾淳诸老既殁，学术之会，总为朱、陆二派，而水心（叶适）断断其间，遂称鼎足。"较之汉、唐，宋代学者不再沿用之前郑玄、孔颖达等人以训诂、辑补、校正为主的治学方法，而是要领会经典的要旨，探求经典的义理。理学的出现，使传统经学逐渐由文字训诂向义理转变，"理"被视为最高范畴。

长江以北的金王朝，与宋并峙，很长一段时间内，由于南北声教不通，其学术仍然崇尚汉代以来传统经学的章句、注疏、记诵，潜心于词章声律，学文止于词章。当时，政府在科举制度、学校教育方面因辽袭唐而兼采唐宋制度，民间则苏学独盛，程学、王学衰而不绝。到金世宗、金章宗时期，儒学得以发展。近人缪钺称："当靖康之难，女真灭宋，赵氏南渡，女真统治中原，建立金朝，与南宋相对峙者一百余年。女真入主中原以后，勇于接受汉化，当金世宗、章宗大定，明昌之时，政治安定，文风蔚起。宣宗南渡，虽国势衰微，而文风并盛，人才辈出。"（《灵豀词话》续集之一《论元好问词》）当时，李纯甫博采儒、佛、道各家学说，将儒家经义之学、老庄等黄老之学以及禅宗所宗之教义融通为一，并奉老子、孔子、孟子、庄子、如来佛为五圣人。又著《鸣道集解》，对宋儒（自司马光而下，讫于程朱）皆有批判。全祖望曾评论称，"李屏山之雄文而溺于异端，敢为无忌惮之言"（《宋元学案》卷一百《屏山鸣道集说略》）。当时从学者甚众，影响很广。赵秉文则长于理学，被誉为"儒之正理"之主。他曾作《道学发微序》等，皆是阐发道学之作。而王若虚精通经、史、文学，尝撰《五经辨惑》《论语辨惑》《孟子辨惑》《史记辨惑》《谬误杂辨》等书，对汉、宋儒者解经之附会迂谬处多有批评订正。此外，程学也在金地隐而不绝。程颢尝任山西晋城县令，从学者甚多，故晋城及邻近的陵川、高平等地一直保存着程学的余脉，陵川郝氏家族还以程学世代相传。杜时升、李俊民、杨奂等，也多直接承接北宋程学余绪，由乡先生教授而得，又以之教人。到金元之际，一代文宗元好问崛起，其学术沾染赵、王，文学则尊崇苏轼，在当时影响巨大。

　　元代在政治上统一全国，同时促进了儒学的南北融合。在金儒的基础上，南儒北上，迎来了程朱理学发展的新局面。近人马宗霍的《中国经学史》曾专门论述元代程朱理学的传播情况，称："宋学集大成于朱子。自宝庆而后，朱学盛行。凡治经者，莫不崇尚朱说。惟其时宋室偏安，南北道绝，载籍不相通，朱学所渐，止于南土，北人虽知有朱夫子，未能尽见其书也。及元兵下江汉，姚枢奉命即军中求儒士，得赵复以归。复以所记程朱所著诸经传注，尽录以付枢。自复至燕，学子从者百余人。元世祖与枢谋建太极书院，立周子祠，以二程张杨游六君子配食，请复讲授于其中，复作传道图，而以书目条列于后，别著伊洛发挥以擿其宗旨。朱子门人散在四方，则以见诸登载与得诸传闻者，共五十有三人，作师友图，以寓私淑之志。枢既退隐苏门，乃即复传其学，由是许衡、郝经、刘因皆得其书而尊信之。北方知有程朱之学，自赵复始也。"[①] 元王朝作为宗主国，又辖制四大汗国，因此开拓了中西文化交流的新途径，中华文化与外域文化的交流盛况空前。这为新儒学由中国南方向北方、西北、东北以至东亚各国的播迁开辟了顺畅的通道。元儒许衡、刘因、吴澄、许谦以及赵汸等人，在前人的基础上进一步弘扬程朱之学，重在躬行践履，并极力推动"朱陆和会"；同时，不自觉地带动了学派"流而为文"（成为诗文流派）的趋势，由之促成了元代学术的新格局。

---

　　①　马宗霍：《中国经学史》，商务印书馆，1937，第 127 页。

（二）宋元学术的派别分化

学术在变迁发展中逐渐转向深入，臻于成熟时必然会出现派别分化。宋初"三先生"之后，到宋仁宗晚期及宋神宗初期，亦即嘉祐、治平年间，形成了各具特色的王安石学派（荆公学派）、司马光学派（温公学派）、苏轼蜀学派和以洛（二程）关（张载）为代表的理学派等四大学派。但是，后经"熙宁变法""元祐更化""绍圣绍述""元祐党案"等政治事件后，前三派衰落，只有理学一脉得以复兴并绵延壮大，对宋元明以及后世中国产生了深远影响。

治学术史者一般认为，宋室南渡后，以理学为代表的新儒学趋向成熟且学派林立。不过，由于划分的标准不同，因此出现了不同的派别认同。今之学者，或以中国传统哲学的"内圣外王之道"为划分标准，或以现代哲学的通常做法进行分类，或据"理学与反理学斗争"的宏观分析法等进行区分，都能从不同侧面、不同层面勾勒出宋元儒学流派的大致轮廓。但是，就学术对诗文的影响力来看，南宋时期的理学派别主要有五个。一是以朱熹为代表的闽学派。宋室南渡以后，程朱之学逐渐占据主流。而理学一脉之所以挺立、崛起，朱熹于此贡献最大。朱熹以继承程颐自许，集北宋诸儒之大成，由他促成闽学一派。二是以陆九渊为代表的象山学派。这一派以心学为体系，与朱熹一派长期并立。陆九渊曾登贵溪应天山讲学，此山形如巨象，故易名为象山，并自号"象山翁"。象山讲学五年，四方学者云集，影响深远。三是以张栻为代表的湖湘学派。张栻是南宋重臣张浚之子，幼受家学，既长，遵父命从胡安国之少子胡宏问原于衡山，史称"衡麓之教"。胡宏曾对人赞张栻（字敬夫）："敬夫特访陋居，一见真如故交，言气契合，天下之英也。见其胸中甚正且大，日进不息，不可以浅局量也。河南之门，有人继起，幸甚幸甚。"（《与孙正儒书》）黄宗羲在《宋元学案·南轩学案》中曾称："湖南一派，在当时为最盛。"四是以吕祖谦为代表的浙东婺学派。吕祖谦主要继承吕氏家学传统，其为学以"杂博"著称，对史学非常重视，以理学统领史学，又以史学折中理学。他与弟祖俭丽泽书院讲学时，四方之士争趋之。其与朱熹、张栻共同倡道于东南，形成鼎足之势。此外，还有以叶适为代表的"永嘉之学"，其以讲实事、究实理、求实效、谋实功为特色。其与朱学、陆学相鼎峙，不仅在当时颇具影响，而且在中国古代思想史上也占有重要的地位。

金元一朝的儒学无法与南宋比盛，《宋元学案》仅将金代学者归为"屏山鸣道集说略"①，却将李纯甫专门列出，也从侧面反映了李纯甫在当时的影响。而正是由于南北分限，较之宋儒，金源学者对程朱理学更具有批判性，这就形成了金代学术的鲜明特色。李纯甫与元好问既是学术宗师又是文坛盟主，两人均延续了北宋程邵之学而不排佛老，且更重词章。李纯甫，号屏山居士，学术与诗文兼擅。其为学既学儒家经义，又兼采佛、道二家之说，撰有《中庸集解》《鸣道集解》，自号"中国心学西方文教"，熔儒家、佛家、道家思想于一炉。当时接受前来求教之学者众多，于是形成屏山一派。② 元好问继李纯甫之后，于宋元之际声名鹊起。元好问为学继承了李纯甫等金儒，但自具面貌。他继承并弘扬了先儒们经世致用的思想，同时兼收了佛、道精髓。其为学旨在救世活人、存文保道，故务为实用。其为学理念与诗文风格对当时北方士人影响巨大，以他为核心形成了北宗学派。

元初学术承金而来，及南北合一，元儒在反思宋金之亡时，主张朱陆和会，追求道德、学术与文章的合而为一，形成了独立成派的元代理学。依据黄宗羲《宋元学案》对元代学案的整理，以及徐远和的《理学与元代社会》③，元代理学主要分为五大派别：一是以许衡（世称"鲁斋先生"）为代表的鲁斋学派；二是以刘因（世称"静修先生"）为代表的静修学派；三是以吴澄（世称"草庐先生"）为代表的草庐学派；四是以许谦（浙江金华人）为代表的北山学派（又称金华学派）；五是以赵汸（徽州人，古称"新安"）为代表的新安学派。诸派之间，虽不尽相同，但呈多元一体态势。

---

① 全祖望对近代儒学持否定态度，称："建炎南渡，学统与之俱迁，完颜一代遂无人焉。元裕之日国初经术祖金陵之余波，概可知已。"（《宋元学案》卷一百《屏山鸣道集说略》）不过，此说值得商榷。陈来等在《中国儒学史：宋元卷》（北京大学出版社，2011，第 502 页）中指出，金代儒学也是儒学之一种，而不能像全祖望那样将有金一代视为儒学发展的空白。他说："金代士人并没有放弃对道的追寻与承负，只不过他们对道的理解较之宋儒有所不同而已。"

② 吴枫、宋一夫主编《中华儒学通典》，南海出版公司，1992，第 1491 页。

③ 参见徐远和《理学与元代社会》，人民出版社，1992。

二 宋元时期学术与诗文的关联与互动

学术思想影响文学观念，故一个时期的文学必然要受到时代学术的影响。学术与诗文之间的关联与互动，直接关乎诗文的创作风貌。理学注重的是性理之学，文学则注重情文之美。但是，在宋代开启的文化"近世化"进程中，理学与文学彼此交流与沟通，理学家借文以传道明心，文学家重理而文以致用，文人集学者、文士于一身的现象，更直接推动了文学与理学的融构进程。故离开学术谈诗文，难以体会到诗文现象背后的深蕴。而离开诗文论学术，则不易全面把握学术的实质。宋元时期，学术与诗文之间存在紧密的关联以及频繁的互动。就整体而言，这种关联与互动主要表现在四个方面。

一是学术定位对作家职业的影响，包括学者、作家的身份认同等。古人谈论学术与诗文时，一般不做严格区分。以《诗经》为例，无论是汉唐名宿，还是宋元大家，多对这一儒家经典有过评论。但是，他们的评说究竟是学术看法还是诗歌观点，无论在当时还是现在都很难界定。更多的情况是，古人的《诗经》观本身就是诗歌观，而今人在阅读古文时，往往有意无意地将"诗经"之"诗"视作"诗歌"之诗，甚至有人在整理校点古籍时，忘记将"诗经"之"诗"加上书名号。学术与诗文的混一，实际上源于古人学者与诗文作家身份的合而为一。这种身份认同，自古有之，至宋元而未变。尤其需要指出的是，大约自南宋以后，受文化生态的影响，此时的学者往往集学者、作家、官员以及教师身份于一身，并且早在宋学发展之初，哲学与文学就形成一种表里并行的关系。因此，宋代知识分子多兼文人、学者于一身，哲学与文学呈一体化趋势。朱熹、陆九渊、张栻等人如此，赵秉文、元好问如此，至元代许衡、吴澄等人更是如此。正是基于这种史实，宋濂等人编撰《元史》时将以往的儒林、文苑二传合为《儒学传》。《元史》卷一八八《儒学传序》云："前代史传，皆以儒学之士，分而为二，以经艺岩颛门者为儒林，以文章名家者为文苑。然儒之为学一也，《六经》者斯道之所在，而文则所以载夫道者也。故经非文则无以发明其旨趣；而文不本于六艺，又乌足谓之文哉。由是而言，经艺文章，不可分而为二也明矣。"并指出："元兴百年，上自朝廷内外名宦之臣，下及山林布衣之士，以通经能文显著当世者，彬彬焉众矣。"故不做分录，而合为《儒学传》。

二是学术理念影响作家思想，包括对宇宙本原、天与人、人与人关系等的认识。宋元学者对天的认识与前人完全不同。宋之张载等人认为，"气"是充塞宇宙的实体，太和之气是天和人的本原。朱熹则发展北宋程颐的学说，宣称"理"是世界的本原，世间的一切包括诗文在内，都是由"理"派生的。而陆九渊主张，"心"是世界的本原，心外无理，诗文即是写心。金元诸儒，承继宋人，对天人的看法也基本不外乎这三种。这种观念折射在诗文上，使宋元诸学者无论是评骘还是创作，大都持此理念。

三是学术观念与诗文认识的影响，包括对情与理、师心与师古矛盾的处理等。宋元学者对天理与人欲有着自己的认识，并直接影响他们对诗文的功能重在说理还是抒情的看法。宋代理学家从理论与实践两方面，形成了一套诗学理论，大致而言即反对诗的抒情，以诗为"言志""明理"的工具。邵雍的《击壤集》、魏了翁的《文章正宗》、金履祥的《濂洛风雅》、程颐"作诗妨事"说、朱熹作诗"枉费工夫"论，堪为其中代表。入元之后，学者多是理学家诗人或能诗善文的理学家。他们对理学家的诗论、诗风普遍持批判态度，因此想在理性与抒情之间找一个兼顾而不两失的契合点，即吴澄所谓的"性发乎情则言言出乎天真，情止乎礼义则事事有关于世教"（《吴文正集》卷十九《萧养蒙诗序》），力求恢复诗歌的抒情。

四是为学方法对诗文具体创作的指导，包括治学路径的选择与诗文呈现方式的同步性等。南宋诗论中一再强调的重活法和悟入的思想，与理学家所提倡的透脱胸襟、活处观理的方法不无关系。理学家提倡以涵泳之法读书，《诗人玉屑》曾大量引录了朱熹的言论，如"诗须是沉潜讽诵，玩味义理，咀嚼滋味，方有所益"。涵泳本是玩味义理，旨在悟道，但这种涵泳玩味、咀嚼滋味的方法，用之于诗，便有审美意味，有助于读者得其意味。

上述四个方面虽各有侧重，但是相互渗透，难以区分。换一种说法，这几方面可简称为文与道的联动命题。对文与道命题的处理，在一定程度上可反映出时人对学术与诗文互动关系的认识。理学先驱韩愈最早提出"文以贯道""文以明道"诸说，将文与道等而视之。北宋理学家对此提出反驳，周敦颐即主张"文以载道"，加强"道"的本体作用，竭力反对夸饰的文章之学。周敦颐说："圣人之道，入乎耳、存乎心，蕴之为德行，行之为事业。彼以文辞而已者，陋矣。"（《近思录》卷二）并由此形成了北宋学者"道本文末"与"作文害道"的文道观，他们因此对诗文心存戒备，甚至刻意抵制。到南宋时，理学家虽然承继了北宋时期"文以载道"的思想，也不同程度上存有"道本文末"的观念，但是，他们并没有把"文"与"道"完全对立起来，而是在某种程度上认可了二者的一致性。

朱熹的文道观在当时堪为典型。他一方面重道而轻文，认为"才要作文章，便是枝叶，害着学问，反两失也"；一方面又认为文道一体，称"若曰惟其文之取，而不复议其理之是非，则是道自道，文自文也。道外有物，固不足以为道。且文而无理，又安足以为文乎？盖道无适而不存者也，故即文以讲道，则文与道两得，而一以贯之。否则亦将两失之矣"（《晦庵集》卷三十）。近人莫砺锋曾对此评论道："由于有了'文道一体'的观点，朱熹的重道轻文就与二程等人的重道轻文有本质上的不同，因为后者将'文'与'道'视做势不两立的事物，从而根本排斥文学。而前者认为'文'与'道'是不可分割的，虽然'道'比'文'重要，但'文'也即文学仍有存在的理由。"① 可以说，北宋时理学家的"文""道"对立观，在南宋理学家那里发生了变化，"文"与"道"开始逐渐合一。钱穆也曾论说："轻薄艺文，实为理学家通病。惟朱子无其失。其所悬文道合一之论，当可悬为理学文学双方所应共赴之标的。惜乎后世之讲学论文者，精神气魄，不足以副此，而理学与文苑，遂终于一分而不可合。"② 不过，到了宋代后期，文与道又开始对立起来。理学家多以道学解诗文，从而出现了不忍卒读的道学诗。直到元代一统南北，元儒在反思金末与宋季文道割裂之弊端时，普遍要求文道融会。刘因就从儒者修身必

① 莫砺锋：《朱熹文学研究》，南京大学出版社，2000，第116页。
② 钱穆：《朱子之文学》，载《朱子新学案》，巴蜀书社，1986，第1700页。

"游于艺"的理论高度,论证了诗文等"艺"的重要性。元人不仅要求学术与诗文合而为一,还进一步主张将学者队伍与作家队伍合而为一,也即将文统与道统合而为一。

正是由于在学术与诗文之间出现了这种融通与联动,南宋金元时期的诗文产生了新变,如学者化作家群体涌现。他们大多兼经术与文章于一身,又都与当时的政界、教育界联系紧密。再如具体创作中多经义、道德、文章并重,复古倾向、实用主义、使命意识与理性思维共显。论道文章、谈学诗作、理趣诗、题画诗等开始大量增加。同时,与学术语汇大量用于诗文创作相对应,学术精神向创作实践渗透,以学术为精神底蕴的群体文风由此形成。

三　理学门派传承与两宋诗文流派的生成

从南宋中期始到元代,学术逐渐流而为文,文道合而为一,学者兼为作家,成为学术发展的总趋势。清人黄百家评价元代金华之学时说:"金华之学,自白云(许谦)一辈而下,多流而为文人。"又说:"北山(何基)一派,鲁斋(王柏)、仁山(金履祥)、白云(许谦)既纯然得朱子之学髓,而柳道传(柳贯)、吴正传(吴师道)以逮戴叔能(戴良)、宋潜溪(宋濂)一辈,又得朱子之文澜,蔚乎盛哉!"(《宋元学案》卷八十二《北山四先生学案》)黄氏此论指出了宋元学术与文学发展的两个事实:一是金华学派逐渐发展为诗文流派;二是"流而为文"的趋势肇始于朱熹。确实,自朱熹始,宋元学界不再因道废文,而是开始对诗文给予重视。当时,南宋各大学派无一不重视诗文。以诗歌为例,北宋时期理学家的创作数量非常有限。北宋理学家严格遵循了"作文害道"文道观的要旨,对诗歌心存戒备甚至刻意抵制,所以绝大多数北宋理学家创作的诗歌数量较少,周敦颐存诗 29 首,张载存诗 16 首,程颢存诗 67 首,程颐存诗 3 首,只有邵雍存诗较多,有 1583 首。不过,这些诗歌绝大多数都是为论道服务的,属于颇为人诟病的"道学之诗"。但是,南宋时期,理学家创作诗歌的数量与质量都大幅度提升。朱熹存诗 1318 首,张栻存诗 375 首,吕祖谦存诗 113 首,魏了翁存诗 711 首,真德秀存诗 95 首等,就连主张"六经注我""不立文字"的陆九渊也留下 20 余首诗歌。故这些学术派别虽以理学授受，但是诗文也成为他们论学的重要凭借。

金代，政教因辽袭唐，学者的重文倾向更明显，李纯甫、元好问均为一代文宗。元人进一步主张道统与文统合一。刘因、许衡诸人均集理学之道统与文章家之文统于一身，其后学在时人与后世眼中也多为诗文名家。黄百家所提到的金华学派，本衍自朱熹弟子黄榦之一脉，由何基、王柏、金履祥、许谦递相传授，历来被视为元代朱学之正宗，入元后却"流而为文"。与许谦同辈的柳贯、吴师道，及其弟子一辈宋濂、戴良等人，都以文学显于世，形成所谓金华文派。实际上，不独金华之学，元代学术各派都呈现"流而为文"的发展态势。鲁斋学派代表许衡，受朱熹之学于江汉赵复，许衡弟子姚燧即以古文大显于世。《元史·姚燧传》称其"为文闳肆该洽，豪而不宕，刚而不厉，春容盛大，有西汉风，宋末弊习，为之一变。盖自延祐以前，文章大家，莫或先之"。虞集就曾批评许衡后学"谓修词申义为玩物，而从事于文章"（《道园学古录》卷五《送李扩序》）。此派后学，文章家历历有人，而性理之学却无嗣响。再如静修学派代表刘因，虽在元代学术史上的地位非常重要，但他更是一位诗人，在文学史上声名籍籍，远远超过他在学术上的影响。凡谈元诗者必谈刘因，从元明直至今天，刘因都被认为是元代最重要的诗人之一。刘因后学苏天爵，在理学上建树无多，在文学与史学上成就卓著，已纯然文人矣。草庐学派代表吴澄，由朱熹再传弟子饶鲁得朱熹之学，但他以和会朱陆为特色。吴澄身为有元一代之儒宗，在当时与许衡并称，有所谓"南吴北许"之说。但是到他的弟子虞集一辈，也于性理之学略无发明，而是完全成为一位文人。新安学派的情况也是如此，不再赘述。

学术衍为诗文，学者变为作家，可以说，流而为文，成为南宋中期以来学术发展的一个客观事实。在这种大趋势下，学术流派必然也会流衍为诗文流派。一般而言，若要准确、客观地确定一个文学流派，需考虑三个基本要素：一是影响较大的领袖或核心人物；二是有较为明确清晰的创作理念或主张；三是存有一定数量的风格相近的文学作品。而南宋金元时期的学派本身已基本具备了这三个前提。

自南宋始，学者尤其讲求统绪。诸多学派的生成特点之一，就是注重宗法，恪守师承。朱熹、陆九渊、张栻、吕祖谦、叶适等人均在理学方面颇有造诣，无愧于一代学宗。同时他们又不废诗文，故本身也是诗文领袖。金代的李纯甫与元好问，在文学史上一直以文坛巨擘的面目出现，后人更认同他们的文宗身份。至元代，学派的代表与诗文流派的核心不尽一致。鲁斋一脉，许衡学胜于文，为学派之首，而文派核心则是其弟子姚燧。静修一脉，因刘因本身诗文卓著，故静修学派与北方文派庶几表里并行。吴澄一脉与许谦一脉，同许衡一脉类似，故其诗文核心分别为二传弟子虞集与黄溍、柳贯及吴莱。赵汸新安一脉，则与静修一脉相似，学术领袖与诗文核心兼于一身。同时，各派均有相同或相近的治学方法与学术风格，在相同的学术风格影响之下，其诗文自然也呈现相应的一致性。另外，各理学内部师徒之间、门人之间，往往彼此交往密切，他们更易形成群体风格。此外，上文所提到的诸多学派的代表人物，均有文集传世，其中诗文创作也不在少数。可以说，由学派成为诗文流派是成立的，我们可以依据相对严格的理学门派承传，梳理出不同的诗文派别。

宋元学者强烈的"统绪"意识为具有多元或单一学术背景的诗文流派的形成提供了可能与前提，而学派内部的师脉承传则为诗文流派建构准备了切实可行的方法。故在学派谱系视域下，南宋与金源时期的诗文可以归纳为七个流派。它们虽然不能概括这一时期的所有诗文，但足以代表因学而文的诗文主体。现将七个诗文流派的情况分别简述如下。

（一）朱熹与闽学派之诗文

朱熹兼具理学家和诗人的双重身份，既集北宋理学之大成，又以对文学的广泛兴趣而成为南宋理学家中文学思想最丰富者。其诗学思想包括理本气具的理气论、心统性情的心性论、居敬穷理的工夫论，以及心与理一的境界论等，在当时影响深远。其所创立的闽学一派，门徒众多。尤得其传者，有黄幹、陈淳、蔡元定、蔡沈、真德秀等。这一派多以道学解诗文，故就其整体而言，诗文大多发挥了儒家平正质实的一面，文风多平淡、质实、醇和、中正。四库馆臣评黄幹诗文称："其文章大致质直，不事雕饰，虽笔力未为挺拔，而气体醇实，要不失为儒者之言。"（《四库全书总目·勉斋集》）又论陈淳之作云："其生平不以文章名，故其诗其文皆如语录。然淳于朱门弟子之中，最为笃实，故发为文章，亦多质朴真挚，无所修饰。……是虽矫枉过直之词，要之儒家实有此一派，不能废也。"(《四库全书总目·北溪大全集》）闽学派诗文风格由此可见一斑。

（二）陆九渊与心学派之诗文

象山学派主要是由陆九渊及其门人"甬上四先生"杨简、袁燮、舒璘、沈焕以及以包恢为代表的槐堂诸儒组成。① 象山学派以本心为出发点，强调本心善性对作者及其作品的影响，由之构筑了独特的学术和诗文体系。于诗文创作方面，强调作者品德节操的培养磨砺，认为"人之文章，多似其气质"（《陆九渊集》卷三十四《语录上》），既要求吟咏情性，又坚持"归于义理之正，其发有源，故流不竭"（《絜斋集》卷八《题魏丞相诗》），尤其崇尚庄敬中正的诗文风格。

（三）张栻与湖湘学派之诗歌

南宋湖湘学派是宋室南渡后形成的一大理学宗派，其前后相继的主要代表人物有胡安国、胡寅、胡宏、张栻、彭龟年等。尤其是在张栻的努力下，湖湘学派几乎成为当时最有影响的理学派别。湖湘学派重道轻文，无意于文，但他们对斯道的阐发和传播又离不开诗文，经世论政也离不开文，需要以诗文来道性情之正，故而离不开诗文创作。在此过程中，他们的理学思想会很自然地影响到他们的文学观念。湖湘学人又与朱熹交往密切，故朱熹的诗文理念对这一派有直接影响。他们在文道关系上，主张斯道即是斯文，重视诗文的教化世用，强调通过心性修养来提升诗文品格，用学者之诗概括理学体诗，提倡平淡闲远的诗文之风。②

（四）吕祖谦与浙东婺学派之诗文

南宋浙东婺学以吕祖谦为代表，这一以地望为纽带联结的学者名儒集团，已传承四百年之久，其中之佼佼者除吕祖俭、吕祖泰、吕延年、吕乔年、吕康年外，尚有葛洪、乔行简、时澜、巩丰等，均一时之人杰。他们深受理学正统沾溉，又不废诗文。以吕祖谦为例，其为学博杂，于理学贡献颇大，同时是一位文坛活跃人物。他曾编撰《宋文鉴》《古文关键》

---

① 今人徐纪芳根据《宋元学案》和有关记载，梳理出陆九渊弟子共82名，其中，槐堂弟子65人，甬上四先生4人，其他弟子13人。参见徐纪芳《陆象山弟子研究》，文津出版社，1990，第33页。

② 参见石明庆《略论湖湘学派的文学观》，《廊坊师范学院学报》2006年第1期。

《东莱集注观文集》《吕氏家塾增注三苏文选》《丽泽集文》《丽泽集诗》《历代奏议》《国朝名臣奏议》等。他自己还创作了诗文集《东莱集》四十卷。这些都为时人与后代士人所推尊熟习、模仿效法，产生了相当大的影响。

（五）叶适与永嘉学派之诗文

南宋中期，永嘉学派盛极一时，叶适是其中重要的代表人物。这一派成员众多，仅叶适门人之有姓名可考者就达五十余人。① 叶适本人兼擅诗文，并对诗文多有议论。叶适之后，永嘉学派重文的传统得到了进一步的继承和弘扬。"水心工文，故弟子多流于辞章"。作为一个学术流派，在传承过程中，永嘉学派逐渐分化，文章之道开始成为专门之学，出现了全祖望所说的"水心之门，有为性命之学者，有为经制之学者，有为文字之学者"（《宋元学案》卷五六《水心学案》）。入元后，到吴子良、舒岳祥、戴表元等一辈，永嘉学派完全变成了诗文流派。这一派学术上注重经世、提倡事功，以继承孔子道统自居。故诗文方面也以孔子的诗教观点为基础，重视诗文治道的功能。他们反对诗歌讲求声律辞藻技巧，而将陶渊明、韦应物等人之作奉为典范。古文方面则多作记序、题跋、碑志类文章，内容上义理的阐发与情趣叙写并重。

（六）李纯甫与屏山学派之诗文

李纯甫，号屏山居士，学术与诗文兼擅。金室南渡后，李纯甫与赵秉文同时主盟文坛，分领风骚。李纯甫爱惜才士，乐于紫掖后进，在他周围聚集了一大批追随者。刘祁曾评道："一时名士，皆由公显于世。……故士大夫归附，号为'当世龙门'。"周嗣明、张伯玉、马天采、麻九畴、王郁、李经、王权、雷渊、余先子与宋九嘉等均是这一流派的成员。他们所作之文有着相近的风格，后人称他们是"险怪一路"。

（七）元好问与北宗之诗文

金元之际的元好问因其学术与文学而堪为一代宗师。徐世隆的《遗山集序》尝云："自中州祈丧，文气奄奄几绝，起衰救坏，时望遗山。遗山虽无位柄，亦自知天之所以畀付者为不轻，故力以斯文为己任。"元初

---

① 　参见周梦江《叶氏门人考略》，《温州师范学院学报》1989 年第 4 期。

北方诸家无一不受其引领。后文所提到的北方文派与中州文派在诗文上均以元好问为楷则。此外，还有一脉直承元好问而来，这一脉主要由河汾人士组成。据元代房祺的《河汾诸老诗集·后序》可知，这一派成员有麻革、张宇、房希白、陈赓兄弟、段克己兄弟、曹之谦等。元好问"为河汾倡正学"，河汾诸老皆从其游，创作上受其指授，思想上得其流泽，故而形成了共同的创作特色。后世又称他们为"河汾诗派"，他们以诗问世，但创作并不限于诗歌。高昂霄曾指出："诸老之学，又岂专乎诗也？"（《河汾诸老诗集·跋》）以这一派为主体，构成了金元之际的北宗诗文。

四　元代儒学与诗文流派研究现状

当代学者钱穆曾指出，中国文化的先导是学术，学术的中心是儒家学说。作为学术的中心，元代儒学在南北学者的共同努力下，完成了承宋启明的接续，作为主导性文学的诗歌与散文也是如此，并没有出现历史断裂。可以说，有元一代，斯文不坠，文脉未断。而且，元代儒学与诗文之间关系密切，《元史》撰修者曾因此将《儒林传》与《文苑传》合为《儒学传》。同时，沿着较为清晰的儒学传承脉络，还形成了多个与学派相对应的诗文流派。遗憾的是，元代这一重要的文学现象并没有得到学者应有的重视。因此，对基于儒学传承谱系的元代诗文流派展开专门研究，以客观而真实地展现这一时期儒学与文学的断代独特性和通史延续性，无疑十分重要也非常必要。

基于儒学传承谱系的元代诗文流派研究得以顺利展开，离不开前辈学人百余年来在三个向度上的学术开拓与积累。

一是元代儒学价值的重新发现。早在明清时期，黄宗羲等编《宋元学案》时就指出：以金华学派为代表的元代儒学，具有"守前启后"的历史贡献，并且其前后之间，传承有序。而纪昀等撰写《四库全书总目》时，更明确肯定元儒为学笃实，既无宋人的门户之争，亦无明人的虚谈之弊，并从经史子集各方面，给予高度评价。但是，20世纪前半期，由于西方列强的凌逼与日本的侵华，国内民族主义情绪高涨，反映在学界的极端表现之一就是轻视由少数民族所统治的元朝的学术。钱穆与钱基博等人可为其中代表。当时编撰出版的中国儒学史、理学史、思想史、学术史等著作，都很少甚至不提元代，形成了影响至今的只言"宋明"而不论元代的成见。直到"文革"结束后，侯外庐等人在 80 年代编著《宋明理学史》时，才开始恢复对元代儒学的重视。到 20 世纪末，徐远和的《理学与元代社会》问世，在《宋元学案》的基础上，对元代的各个理学流派，做了专门性研究。21 世纪以来，元代儒学研究进一步趋向深入，刘因、许衡、吴澄等理学家的个案研究，以及以许谦为代表的金华学派等群体研究开始增多。这些研究从不同角度重新评价了元代儒学在中国学术史上的重要地位和意义，也为打破文史哲壁垒，进行跨学科的通观性研究做了充分准备。

二是元代文学史真相的逐渐还原。整个 20 世纪，囿于学者狭隘的研究思想，如民族主义与阶级斗争观念等，以及文献资料的匮乏，元代文学研究百年来形成了四大"遮蔽"：认为元朝为少数民族政权，而断定其诗文创作不足为道；认为元曲为一代之胜，而仅以戏曲为主要研究对象；认为理学束缚文学，而割裂两者之间的有机联系；认为元代诗学流派不发达，而不承认诗文流派的客观存在。进入 21 世纪，以张晶《辽金元诗歌史论》、杨镰《元诗史》、查洪德《理学背景下的元代文论与诗文》与《元代诗学通论》、云峰《民族文化交融与元代诗歌研究》等为代表的研究论著，从不同角度对上述"遮蔽"进行了广泛而深入的去蔽与还原。

三是元代文献资料的不断整理。清人顾嗣立编纂了《元诗选》后，大规模的元代诗文总集汇编工作进入了长期停滞期。整个 20 世纪，研究者几乎仅重视元曲与元杂剧的整理。21 世纪以来，元代文献整理实现了质的飞跃，取得了三大硕果，即李修生等汇编《全元文》的出版、杨镰等总纂《全元诗》的问世，以及李军等校注《元代别集丛刊》的刊行。文献的整理与出版，为元代诗文研究奠定并提供了坚实而丰富的文献基础与便捷的资料搜集条件。未来数年，元代诗文研究必定会成为新的学术增长热点，从而最大程度地更新世人对元代王朝的认知。

考察已有的研究成果，其贡献一言以蔽之曰：还原。但是就整体而言，却是"求真"有余，而"致用"不足。学以致用，或明理，或修身，或经世，出现致用不足的原因则与当前的学术生态有关：一是学者过于强调诗文的文学自足性，忽略了古代文学、史学与儒学本为一体的历史事实；二是研究者存在重纸笔而轻社会效益的"案头学术"倾向。其后果就是，元代儒学研究与文学研究彼此隔阂，理学研究者难以把握文学，而文学研究者往往不熟悉理学，没有实现两者的合理联动；元代儒学与诗文的重要价值，未被一般民众接受，偏见的历史惯性依然存在；元朝的国家性质、不足百年而亡的根本原因，以及中原之法的实际效用等重大命题，尚未得到很好的解决。

当代学者徐远和在其《理学与元代社会》（人民出版社，1992）一书中指出元代理学成熟的一个标志就是形成了不同的学派。他在黄宗羲《宋元学案》的基础之上，进一步将元代理学大致划分为鲁斋学派、静修学派、草庐学派、北山学派、徽州学派五大学派。从历史上来看，元代北方儒学，延续了北宋程颐、邵雍之学，既以两汉儒学为"纵的继承"，又以南宋朱熹理学为"横的移植"，生成了以刘因为代表的静修学派及以许衡为中心的鲁斋学派。元代南方儒学，承继朱熹之学，分别形成了以许谦为代表的金华学派，以吴澄为代表的草庐学派，以及以赵汸为代表的新安学派。高丽成为元朝附属国后，朱熹之学由之东传，以李齐贤为中心，开创了影响深远的高丽性理学派。

宋元时期的儒学融通态势产生了诗文新变，元儒源于宋儒，却不株守门户，在学术取向上汉宋并重，主张兼采博取。由宋入元后，儒学由思辨层面的理论建构，转向践履层面的阐释与躬行，逐渐全面融入当时士大夫的生活体验与百姓日常。儒学的融通态势，给诗文带来的新变主要包括：学者型作家群体涌现，诗文被纳入新的天人关系中来重新认识，创作中复古倾向与理性思维彰显，论道文章、谈学诗作与理趣诗等大量增加。

元代儒学"流而为文"，较之宋季，其"辞章之学"获得了更大的发展空间。文与道关系得以重新定位，文道合而为一，成为南北学者的共识。元代儒学"流而为文"呈现阶段性特征。元人文以述学，诗以体道，其为学旨趣，影响诗文风貌。故有一派之学，即存一派之诗文。依据较为清晰的儒学师承谱系，元代诸家学派衍生为不同的诗文流派。与学派林立相对应，文派亦林立。有元一代，可以归纳出六大诗文派别，各派别同中有异。

元代儒家思想影响下诗文流派的整体风貌，包括对"理、气、心"

的不同体认，使学者对诗文做出新的界定；道德、哲学、政治三位一体的学说体系，使学者往往将道德、经义与文章并重；重义理、富思辨的学风，使学者之文多议论且往往以理取胜；穷理致知、躬行实践的为学理念，使学者之诗文充满了实用主义色彩；诸家学派独特的为学方法，与学者诗文创作的具体方法，呈现出一定的同步性和一致性。

绪论：元代的儒学承传与诗文流派

中国历史上，元代的儒学与文学之间关系非常密切。明初宋濂等人在纂修《元史》时，曾因此一反史书的惯有体例，由儒林传和文苑传分别单列，而合两传为一，统称《儒学传》。近代以来的文学研究者，也往往结合儒学来论元代文学。民国学者刘咸炘等，就曾依据元代的学派而将元代文派分为三家，他认为"论元之文，当分三方"①，即北方之文、江西之文与浙东之文。自20世纪80年代以来，邓绍基、查洪德等对此关注尤多。② 他们认为，作为新儒学的理学，不仅是元代文学不容忽略的历史文化背景之一，而且是元代诗文具有不同于其他任何时代鲜明特色的重要原因。截至目前，学术界围绕元代理学与文学，在理学与文学思潮、理学与文学创作、理学与文学批评、理学与文学接受等方面，已经有了深入而广泛的研究。但是，对于元代由儒学学派承传而衍生出不同的诗文流派这一重要的文学现象，学术界则关注较少，而这在一定程度上会导致我们不能客观、全面地认识元代文学的发展历程和元代文坛的完整格局。

一 悬为功令：儒学在元代的播迁与承传

近代以来，治学术史者在梳理中国学术脉络时，往往形成周秦诸子学、魏晋玄学、两汉经学、隋唐佛学、宋明理学以及清代朴学的序列，而

---

① 刘咸炘：《宋元文派论述》，载《刘咸炘学术论集·文学讲义编》，广西师范大学出版社，2007，第41页。

② 此外，如马积高的《宋明理学与文学》（湖南师范大学出版社，1989）、韩经太的《理学文化与文学思潮》（中华书局，1997）、许总的《宋明理学与中国文学》（百花洲文艺出版社，1999）等论著，对元代理学与文学的关系也多有论述。

其中元代部分明显被忽略。即使是当代的治理学史者，也往往只谈"宋明理学"，而对元代多一带而过。其实，若从历史实际来看，包括理学在内的元代学术，在由宋向明的发展中发挥着重要的承接作用。尤其是作为新儒学的理学在元代被悬为功令，正式成为官学，这是中国学术发展过程中意义重大的历史事件。

元儒许衡被誉为"朱子后一人"，曾两任国子祭酒。他在制定学制时，全部以朱熹的著作为准绳，这成为理学官学化的先声。许衡之后，他的弟子耶律有尚等，继续担任朝廷学事，一遵许衡之旧。许衡的弟子姚燧及其子许师敬等，还极力上奏劝元帝复兴科举，也正是在他们的努力下，科举得以复行天下。科举考试的内容，则规定用朱熹注。虞集在其《考亭书院重建文公祠堂记》中指出，"我国家尊信其学，而讲授接受，必以是为则，而天下之学皆朱子之书"①。其《跋济宁李璋所刻九经四书》又说："而朱氏诸书，定为国是，学者尊信，无敢疑二。"② 这就使理学成为元朝的官方学术，自此之后，理学成为中国社会的主流意识形态，一直延续到清末。

就地域来说，元代理学的播迁，具有由南而北、南北交融，并由中原而东传的整体趋势。元初的北方儒学，肇始于金代儒学。当时，政治上宋金对峙，学术上南北分裂，正如《元史·赵复传》所描绘的，"南北道绝，载籍不相通"③。因此，包括耶律楚材、姚枢、许衡、刘因等北方学者，早年所接受并研习的多是由汉唐传承下来的章句、训诂、句读之学。直到蒙古灭金的第二年，南方大儒赵复在蒙宋战争中被俘北上，之后在燕京的太极书院讲学授徒，北方学者才开始真正接受南宋的程朱之学。许衡曾自道其学术转向："曩所授受皆非，今始闻进学之序。"④ 刘因的情况也大致如此，据《元史·刘因传》载，"（刘因）初为经学，究训诂疏释之说，辄叹曰：'圣人精义，殆不止此。'及得周、程、张、邵、朱、吕之书，一见能发其微曰：'我固谓当有是也。'及评其学之所长，而曰：

---

① 虞集：《道园学古录》卷二十五，文渊阁《四库全书》本。
② 虞集：《道园学古录》卷三十六，文渊阁《四库全书》本。
③ 宋濂等撰《元史》，中华书局，1976，第4314页。
④ 姚燧著，查洪德编校《姚燧集》，人民文学出版社，2011，第261页。

'邵，至大也；周，至精也；程，至正也；朱子，极其大，尽其精，而贯之以正也。'"① 清人黄百家进一步评论说："自石晋燕、云十六州之割，北方之为异域也久矣，虽有宋诸儒又叠出，声教不通。自赵江汉以南冠之囚，吾道入北，而姚枢、窦默、许衡、刘因之徒，得闻程、朱之学以广其传，由是北方之学郁起，如吴澄之经学，姚燧之文学，指不胜屈，皆彬彬郁郁矣。"② 许衡、刘因等人，在金代儒学的基础之上，吸收程朱之学，提出了自己的学说主张，并经过师友承传，形成了不同的学派承传脉络。黄百家曾评论："有元之学者，鲁斋、静修、草庐三人耳。草庐后至，鲁斋、静修，盖元之所借以立国者也。"③ 可见鲁斋许衡与静修刘因对有元一代学术的影响之大。

许衡为学有两个特点：一是在师法取向上尊崇朱熹之学；二是在为学进路上重实用而轻义理建构。对此，他的高徒姚燧在《先儒议论·姚氏牧庵语》中曾概括道："先生之学一以朱子之言为师，穷理以致其知，反躬以践其实。"④ 受朱熹的影响，许衡之学的核心范畴是"理"（或作"道"），认为理是最高本体；与此同时，他把"气"纳入以理为最高范畴的哲学逻辑结构之中，视阴阳之气为联系理、太极与人、物的中间媒介，认为阴阳之气可以相互转化，人的气禀之性也可以因之改变。在知行关系上，他对朱熹之说有所发展，提出知和行是两回事。至于两者的关系，他认为知是为行而知，行是行其所知，进而要求"知与行，二者当并进"（《语录下》）⑤。也因此，明人曾评论，"鲁斋力行之意多"，"盖真知实践者也"。（《先儒议论·薛文清公读书录》）⑥ 清代四库馆臣也将许衡视为"元儒笃实"的代表。刘因是元朝与许衡齐名的"北方两大儒"之一，他主张把汉唐的传注疏释之学与宋人的议论之学结合起来。在他的倡导下，

---

① 宋濂等撰《元史》，中华书局，1976，第 4008 页。
② 黄宗羲：《宋元学案》，中华书局，2009，第 2995 页。
③ 黄宗羲：《宋元学案》，中华书局，2009，第 2991 页。
④ 许衡：《鲁斋遗书》卷十四，南开大学图书馆藏明万历二十四年（1595）怡愉刻清雍正增刊本。
⑤ 许衡：《鲁斋遗书》卷二，南开大学图书馆藏明万历二十四年（1595）怡愉刻清雍正增刊本。
⑥ 许衡：《鲁斋遗书》卷十四，南开大学图书馆藏明万历二十四年（1595）怡愉刻清雍正增刊本。

元人为学在注重性理阐释时，仍不废注疏考据。此外，他还提出，"古无经史之分，《诗》《书》《春秋》皆史也，因圣人删定笔削，立大经大典，即为经也"，明确表达了"六经皆史"（《叙学》）① 的思想，这对元明清三代学人都产生了深远影响。

元代前期的南方学术接续南宋诸儒。南宋学术，至宋乾道、淳熙年间而大盛。这一时期，理学名家辈出，臻于辉煌之境。其中，朱熹集前代之大成。黄震曾论道："乾淳之盛，晦庵、南轩、东莱三先生。独晦庵先生年最高，讲学最久，尤为集大成者。"② 他认为朱熹的学问，极其广大，极其精微，是宋以前百代学术思想的总结。朱熹门人众多，分别来自福建、浙江、江西、安徽、湖南、江苏、四川、湖北、广东、河南、山西等地。及朱熹殁后，他们多回到原籍，并将朱子之学散播于全国各地。故在南方，无论是浙东、江西还是安徽，诸地学者都堪为朱学后裔。

其中，以许谦为代表的金华朱学，历来被视为朱子嫡传。许谦是朱熹的四传弟子，黄溍曾论："程子之道得朱子而复明，朱子之道至许公而益尊，文懿许公之功大矣。"③ 许谦为学重视四书，对朱熹的《四书章句集注》致力尤多。除继承朱熹的理气观、天命观、性善论、心性论、知行观之外，他还尤重名物训诂并提倡读书。他曾教导子弟说："程先生教人格物有三事：或读书讲明义理，或论古今人物而别其是非，或应接事物而处其当否。……然三事又当以读书为先。"④

江西之学则以吴澄为代表。揭傒斯称："皇元受命，天降真儒，北有许衡，南有吴澄。所以恢宏至道，润色鸿业，有以知斯文未丧，景运方兴。"（《吴文正公神道碑》）吴澄在当时的地位可见一斑。吴澄一生以教书授徒为业，在学术上追求"全体大用"之学，也就是儒家所言的"君子尊德性以道问学"，坚持尊德性与道问学相结合。在师法取向上，他推尊朱熹，但不株守朱学门户，而是广泛吸取宋儒的其他思想，并加以综合

---

① 刘因：《静修续集》卷三，美国哈佛大学图书馆藏清康熙甲戌至庚子（1694～1720）长洲顾氏秀野草堂刻本。
② 黄震：《慈溪黄氏日抄分类》卷三十九，吉林大学图书馆藏清乾隆三十二年（1767）新安汪佩锷刻本。
③ 《许谦集》，蒋金德点校，浙江古籍出版社，2015，第886页。
④ 《许谦集》，蒋金德点校，浙江古籍出版社，2015，第36页。

与发展。除了精通儒家经典之外，吴澄还涉猎天文、地理、医学、时务、术数等领域，也是元代的文学大家。近人钱穆曾评论说，朱熹之后，学问规模宏大渊博能与朱熹相比者，恐怕只有吴澄一人。

徽州是朱熹故里，古徽州府治为新安。新安的乡贤名流，多受朱熹影响。在宋元之际，新安的理学学者多排斥异说，形成了门户堡垒。入元之后，理学发展到郑玉、赵汸和朱升一辈，他们力纠宋季理学学派的门户之弊，而主张"求其真知"。詹煜曾指出赵汸治学旨在求其实理："新安自朱子后，儒学之盛，四方称之为东南邹鲁。然其末流，或以辨析文义、纂辑群言，即为朱子之学。先生独超然有见于圣贤之受授，不徒在于推究文义之间。故其读书，一切以实理求之，反而验之于己，非有以信其必然不已。"（《东山赵先生汸行状》）① 赵汸学术上师事理学家黄泽，长于《春秋》之学，文学上则奉手一代文宗虞集，学术与文学兼擅，不愧为新安理学的代表。

此外，元代程朱之学的东传一脉，历来为学者所忽略。早在元初理学北上之后，留居在元大都的高丽士人安珦、白颐正、权溥等，主动接受许衡一派的程朱之学，开启了高丽一脉。据《高丽史》载，曾任元代征东行省儒学提举的安珦，在元大都见到了朱熹的著作，于是在研读之后带回三韩，这是高丽理学的开端。在他之后，白颐正与权溥等人，不仅究心朱子之学，还在高丽刊刻朱熹的《四书集注》等书籍。他们的弟子李齐贤一辈，在与中原士大夫的交往中，切磨问学，学术更加精进。高丽忠宣王曾在元大都建万卷堂，当时中原博雅之士如王构、阎复、姚燧、萧斠、赵孟頫、虞集登，都曾游于门下。李齐贤作为侍从之臣，"周旋其间，学益进，诸公称叹不置"（《鸡林府院君谥文忠李公墓志铭》）② 。由于许衡一派的程朱之学在当时占据主导地位，故李齐贤等人的理学，颇受许衡影响，虽以理为本体，但尤其重气。

二 两相浸润：元代儒学与文学的关联和互动

中国的传统学术可以分为儒学、史学和文学。其中，儒学理念决定着

---

① 赵汸：《东山存稿·附录》，文渊阁《四库全书》本。
② 李齐贤：《益斋乱稿·墓志铭》，韩国高丽大学中央图书馆藏本。

史观；同时，学者又多文以述学、诗以体道，儒学进而主导性地影响了文学观念和文学风貌。可以说，儒学与诗文之间存在不容割裂的联动，这直接关乎诗文创作的风貌。元代儒学与文学之间的关联和互动，主要体现在以下几个方面。

其一，学术研究主体与文学创作主体的身份一致。传统学术中，文史哲浑然不分。就身份而言，学者与文人多有重合。集前代理学之大成的朱熹，既是一代学宗，也是诗文大家。除他之外，北宋之初的"三先生"胡瑗、孙复、石介，以及"北宋五子"周敦颐、张载、邵雍、程颐、程颢，以及南宋"东南三贤"张栻、吕祖谦等，都同时在学界和文坛拥有重要的地位和影响。但是，这些人仍然是能文的学者，多归理学家阵营，与当时的文学阵营存有区别。入元之后，学者与文人在身份上已很难区分。他们往往既是理学的阐释者，也是文学的创作者，同时多是其思想和主张在政治上的践行者。戴良曾论元代文坛大家称："我朝地域之广，旷古未有。学士大夫乘其雄浑之气以为文者，固未易一二数。然自天历以来，擅名于海内，惟蜀郡虞公、豫章揭公、金华柳公、黄公而已。"（《夷白斋稿序》）① 他所列举的虞集、揭傒斯、柳贯、黄溍被誉为元代"文章四大家"，而这四人又被并称为"儒林四杰"。声名更著的"元诗四大家"虞集、杨载、范梈、揭傒斯，是元代最具代表性的诗人，同时他们的理学造诣也不低，在学术史上占有一席之地。正如《元史·儒学传序》所言："元兴百年，上自朝廷内外名宦之臣，下及山林布衣之士，以通经能文显著当世者，彬彬焉众矣。"②

其二，学术统绪与文学统绪合而为一。中国历来有文统说与道统说。一般认为，孔孟之前的学术正统与文学正统合一不分，孔孟之后，两者判然为二而流弊无穷。到宋末金季时，文道之争愈演愈烈，势同水火，结果造成文道俱弊。入元之后，南北学者对前朝的这种弊端加以反思，进而达成共识：要求合道统与文统为一。并由之形成了"元代的主导性思潮"③。宋濂等人在《元史·儒学传序》中就提出："前代史传，皆以儒学之士，

---

① 戴良：《九灵山房集》卷七，文渊阁《四库全书》本。
② 宋濂等撰《元史》，中华书局，1976，第4313页。
③ 查洪德：《理学背景下的元代文论与诗文》，中华书局，2005，第11页。

分而为二，以经艺颛门者为儒林，以文章名家者为文苑。然儒之学一也，《六经》者斯道之所在，而文则所以载夫道者也。故经非文则无以发明其旨趣；而文不本于六艺，又乌足谓之文哉。由是而言，经艺文章，不可分而为二也明矣。"① 在这种共识的影响之下，元代学术与文学实现了根本性的结合。

其三，学术理念决定着作家对天、地、人的认识，进而影响了其对诗文的认知和创作。以元代高丽士人为例，他们在接受并承传程朱理学之后，对文学有了不同以往的认知。在纠正汉唐诸儒训诂之陋和宋代道学家的蹈空之习时，他们也对宋金季世和丽朝中期的辞章浮华诸弊进行了反思，并由之构建起新的诗学体系：以为文由道生而文以载道；提出理气不二，文随气运；主张既要师古，折中唐宋而泛取诸代之盛，也要师心而自成一家；追求经世致用和性情之正兼济的中和之风。在创作实践中，他们则文以求实，诗为日用。其中，李齐贤本诸经史，倡导古文引领风气，不仅多评骘史传，而且着重书写民生疾苦和忠爱之思。其弟子李穑集理学之大成，也崇实主敬，论学文章详辨理气心性，史传墓志撰述则既重文情之美，也重推扬节义。他们直接推动了朝鲜半岛学术与文风的彻底转向。

其四，理学学派演变为文学流派。自南宋以来，学者多文以述学，诗以体道，其学术旨趣，影响了诗文风貌，有一派之学，就有一派之文。从学术角度看，它是一个学派；从文学角度看，它又是一个文派。与学派林立相应，文派亦林立。文派多有其学派背景，学派也多衍为文派。当代学者徐远和的《理学与元代社会》② 曾指出，元代理学成熟的一个标志就是形成了不同的学派。他在黄宗羲《宋元学案》的基础之上，将元代理学大致划分为鲁斋学派、静修学派、草庐学派、北山学派、徽州学派五大学派。罗海燕与林承坯的《宋元时期的学术承传与诗文流派的生成》结合元代文学的实际，归纳出元代由学派而衍生的五大文派，分别为许衡之学与中州文派、刘因之学与北方文派、吴澄之学与江西文派、许谦之学与金

---

① 宋濂等撰《元史》，中华书局，1976，第 4313 页。
② 参见徐远和《理学与元代社会》，人民出版社，1992。

华文派、赵汸之学与新安文派。①

需要补充的是，元代高丽士人李穑曾排列理学承传谱系，以尧舜—文武—孔子—韩愈—周敦颐—二程—朱熹—许衡—三韩诸儒依次延续，并身任其中。但是，在之后相当长的历史时期内，由于政治偏见、学术观念狭隘和基础文献阙如等，国内外学者对包括高丽一脉在内的元代理学研究非常少。这种局面到20世纪八九十年代才得以改观，韩国金忠烈的《高丽儒学史》、美国狄培瑞的《新儒学在朝鲜的兴起》、张立文的《中韩性理学之互动》、韩国崔根德的《韩国儒学思想研究》等论著涌现。21世纪以来，相关论著与译著如李甦平的《韩国儒学史》、韩国尹丝淳的《韩国儒学史儒学的特殊性》等逐渐增多。在他们的努力之下，作为元代理学重要一支的元代高丽学派，开始引起学界重视。这一脉也衍生了文派，即元代高丽文派。

三　流而为文：学派承传与元代诗文流派生成

黄百家评价元代金华之学时曾说："金华之学，自白云（许谦）一辈而下，多流而为文人。"② 又说："北山（何基）一派，鲁斋（王柏）、仁山（金履祥）、白云（许谦）既纯然得朱子之学髓，而柳道传（柳贯）、吴正传（吴师道）以逮戴叔能（戴良）、宋潜溪（宋濂）一辈，又得朱子之文澜，蔚乎盛哉！"③ 他指出了金华学派逐渐流衍为诗文流派这一重要的文学现象。当代学者查洪德则将视野扩大到元代的所有理学学派。经过考察比较，他指出元代学术的各派传人全都"流而为文人"了，并评论称"理学的'流而为文'，也即理学各派传人都成了诗文作家，这是元代特有的学术史现象和文学史现象"④。

其实，学派"流而为文"的趋势，肇始于朱熹。自朱熹始，不再因道废文，而开始重视诗文。当时，南宋各大学派无一不重视诗文。可以诗

---

① 罗海燕、林承坯：《宋元时期的学术承传与诗文流派的生成》，韩国《中国语文论丛》2015年总第67辑。
② 黄宗羲：《宋元学案》，中华书局，2009，第2801页。
③ 黄宗羲：《宋元学案》，中华书局，2009，第2727页。
④ 查洪德：《理学背景下的元代文论与诗文》，中华书局，2005，第20页。

歌为例，对两宋的学派做一比较：北宋时期，理学家创作数量有限，他们大多严格遵循"作文害道"的文道观，对诗歌心存戒备，甚至刻意抵制，因此，绝大多数北宋理学家创作的诗歌数量较少，周敦颐存诗29首，张载存诗16首，程颢存诗67首，程颐存诗3首，只有邵雍存诗较多，有1583首，不过，这些诗歌绝大多数都是为论道服务的，属于颇为人诟病的"道学之诗"。南宋时期，理学家创作的诗歌在数量与质量上都大幅提高，朱熹存诗1318首，张栻存诗375首，吕祖谦存诗113首，魏了翁存诗711首，真德秀存诗95首等，就连主张"六经注我""不立文字"的陆九渊也留下20余首诗歌。南宋诸学派虽以理学授受，但是诗文也成为他们论学体道的重要凭借。不过，归根结底，他们属于文学色彩较浓的理学流派。元代则不同，学派几乎完全衍变为具有深厚学术底蕴的文学流派。学术衍为诗文，学者变为作家。元代学术"流而为文"，成为一种客观的发展态势。在这种大趋势下，学术流派必然也会流衍为诗文流派。

一般而言，确定一个文学流派，需考虑三个基本要素：一是影响较大的领袖或核心人物；二是有着较为明确清晰的创作理念或主张；三是存有一定数量风格相近的文学作品。元代诸家学派都已基本具备了这三个前提。

鲁斋学派代表许衡，受朱熹之学于赵复，许衡弟子姚燧即以古文大显于世。《元史·姚燧传》称其"为文闳肆该洽，豪而不宕，刚而不厉，春容盛大，有西汉风，宋末弊习，为之一变。盖自延祐以前，文章大家，莫或先之"[1]。此派后学，文章家不胜枚举，而性理之学却无嗣响。鲁斋一脉，许衡学胜于文，为学派之首，而文派核心是其弟子姚燧。静修学派代表刘因，虽在元代学术史上的地位非常重要，但他更是一位诗人，在文学上声名籍籍，远远超过他在学术上的影响。凡谈元诗者必谈刘因，从元明直至今天，刘因都被认为是元代最重要的诗人之一。刘因后学苏天爵，在理学上建树无多，成就在文学与史学，已纯然文人矣。当代学者杨镰曾以元代北方学者为例评论称："元代北方的大学者，比如姚枢、郝经、许衡、刘因、安熙等等，在诗坛占据了一席之地。但他们（特别是刘因）

---

① 宋濂等撰《元史》，中华书局，1976，第4057页。

的诗并不附属于理学、儒术，而是真正意义的文学作品。"① 因刘因本身诗文卓著，故静修学派与文派庶几表里并行。

草庐学派代表吴澄，由朱熹再传弟子饶鲁得朱熹之学，但他以和会朱陆为特色。吴澄身为有元一代之儒宗，在当时与许衡并称，有所谓"南吴北许"之说。但是到他的弟子虞集一辈，于性理之学创见无多，而是完全成了一位文人。吴澄一脉江西文派的核心是虞集。金华学派的代表许谦，为朱熹嫡传，其文学全然无道学家之气，但是学者色彩仍浓。至"金华三先生"柳贯、黄溍、吴莱等人时，则俨然文学宗师，而成为金华文派的核心。

新安学派的胡一桂、胡炳文等学者色彩较强，但是到了赵汸一辈，也多被视为文人。赵汸长于诗文，汪仲鲁序其诗曾云："因感发而形之咏歌，虽不专乎是，然长篇短哦，亦一字不苟为也。"（《东山存稿序》）② 至清代四库馆臣，对其文学评价更高："有元一代，经术莫深于黄泽，文律莫精于虞集。汸经术出于泽，文律得子集。其渊源所自，皆天下第一。"③ 不仅如此，明代曾出现数部署名赵汸的诗法著作，如《翰林考正杜律五言赵注句解》（三卷）、《赵东山五言类选》（一卷）等，在中国虽流传无多，但是却播迁留存并翻刻于朝鲜半岛和日本，成为初学者的入门之作，这从侧面可以看出世人对赵汸文学造诣的极大认可。赵汸是新安文派当之无愧的核心人物。元代理学东传一脉的开创者，如安珦、白颐正与权溥等人的诗文著述不多，但发展到李齐贤、李穑等人时，诗词文赋均擅，著述宏富，蔚然成为文学大宗。其中，李齐贤是元代高丽文派的核心人物。

上述各派均有着相同或相近的治学方法与学术风格，在相同的学术风格影响之下，其诗文也呈现相应的一致性。各理学学派内部师徒之间、门人之间，彼此交往密切，更易形成群体风格。各个学派的代表人物和众多骨干，也均有文集传世，其中诗文创作都不在少数。可见，由学派成为诗文流派之说符合元代学术发展的实际，而依据相对严格的理学门派承传谱系，我们可以梳理出不同的诗文派别。

---

① 杨镰：《元诗史》，人民文学出版社，2003，第274页。
② 赵汸：《东山存稿》卷首，文渊阁《四库全书》本。
③ 赵汸：《东山存稿》卷首，文渊阁《四库全书》本。

四　学髓文澜：诗文流派与元代的文坛格局

学派不同，因之衍生的文派自然有别。我们过去没有从这一角度认识元代文学，故对诗文流派梳理不清，也很难准确把握元代文坛的整体布局和走向。而若从学派承传谱系这一角度重新梳理元代诗文的发展，则会得出过去不曾有的结论，也会解决以往没有厘清的问题。

元代理学学派的"统绪"意识，为具有多元或单一学术背景的诗文流派的生成提供了可能与前提，而学派内部的师脉承传，则为诗文流派的建构提供了切实可行的方法。基于学派的承传谱系，有元一代可以归纳出六个文学流派。它们虽然不能概括这一时期的所有诗文，但却足以代表因学而文的诗文主体。

（一）元代中州文派

许衡创立鲁斋学派，形成元初影响最大的学术流派。许衡之后，性理之学却无嗣响，而文章家不胜枚举。姚燧、畅师文、泰不华等，均以诗文名世。虞集曾论许衡后学"谓修词申义为玩物，而从事于文章"（《送李扩序》）①，指出鲁斋之学衍为中州文派的趋势。其中姚燧尤为典型，他没有继承许衡的学统，于理学并无深造，而以文章名世，成为元代最著名的文章家之一，也是中州文派的代表作家。近人钱基博论当时北方之文学说："文宗韩以矫苏，诗反黄以为唐，蕲于积健为雄，反宋入唐，而姚燧、元明善为之宗盟。"②他以姚燧为中州文派的宗土。除姚燧的同门师友外，他们的一些同僚，如张养浩、李尤鲁翀等，均为中州士人，且诗文之风深受姚燧影响，故他们也成了中州文派的一部分。③

（二）元代北方文派

元代北方文派由静修学派演变而来。刘因是静修学派的开创者，他既为理学大家又是诗文名家，故元代北方文派也由他肇始，而后历经数代。第一代以刘因、郝经及滕安上为核心，卢挚与王恽等环而拱之。第二代则

---

① 虞集：《道园学古录》卷五，文渊阁《四库全书》本。
② 钱基博：《中国文学史》，中华书局，1993，第757页。
③ 查洪德先生对元代中州文派做了重要论述，参见《元代理学"流而为文"与理学文学的两相浸润》，《文学评论》2002年第5期。

以安熙与张弘范为代表，第三代以苏天爵与王结最为卓越。这一派主张诗文既以六经为本而文道并重，又以汉魏及唐为旨归而崇古复雅，并且不以门户为限而崇实尚用。其诗文（包括词）呈现明显的整体特征，主要表现为：慷慨、奇崛而充盈清刚之气，并流露出强烈的主体意识；简严质朴而平实畅达却不乏冲和之美；文道合一而兼具纵横之势。从诗文创作的实际来看，元代北方文派主要由三大群体构成。一是刘因及其门人弟子，这是北方文派的主体。此外，郝经与刘因均推崇程朱之学但不固守，诗文主张都源于元好问又有所发展。再加上两人作为挚友，交流密切，彼此推重。正是因为学术与诗文风格相近，他们同时成为元代北方文派的重要代表。清人顾嗣立论元前期诗派时就将两人并列，称："元兴，承金宋之季，遗山元裕之以鸿朗高华之作振起于中州，而郝伯常、刘梦吉之徒继之。故北方之学，至中统、至元而大盛。"① 两人之外，卢挚、王恽等，虽在理学上造诣不多，但是在诗文风尚上与郝、刘有明显一致之处，故也可将他们归于北方文派。这一派对有元一代的学术与文学有着重要影响，并一直持续到明清时期。

（三）元代江西文派

吴澄创立了"草庐学派"，这是朱子后学群体中的一个重要门派。他们奉朱熹之说为圭臬，著书立说，讲学授徒。黄宗羲的《宋元学案·草庐学案》列草庐门人30位，其中以虞集与元明善等人最为知名。吴澄既"恢宏至道"，又"润色鸿业"，体现了他兼具学者和文人色彩。《四库全书总目》卷一百六六《吴文正集》评其文"词华典雅，往往斐然可观"，肯定了他的诗文成就。其弟子虞集与元明善均是诗文大家。前人论元代诗文，首称虞集，其为元一代文宗。这一派以理为诗之本，提倡平淡自然，主张辞由己出，在元代文坛具有重要地位。

（四）元代金华文派

金华朱子学历来被视为朱学嫡脉，而到许谦一辈，则已由"讲学家"转变为"讲学家之兼擅文章者"。许谦之后，至其弟子，更均为"文章之士"。依据明晰的师门承传，金华学派流衍为金华文派。这一派由"北山

---

① 顾嗣立：《诗选·凡例》，中华书局，1987，第7页。

四先生"（何基、王柏、金履祥、许谦）—"金华三先生"（黄溍、柳贯、吴莱）—四先生（宋濂、王祎、胡翰、戴良）—方孝孺，形成了一条脉络清晰的承传主线。这一派成员众多，自许谦之后承传三代，绵延百余年，是中国文学史上不应忽略的一个文学流派。他们主张文学与学术、事功合而为一，并有着强烈的道德重建意识，重视教化，形成了具有深厚理学底蕴的文风。罗海燕在《宋元朱学承传与金华文派的生成及发展》中指出，"在元明文学的变迁中，金华文派一直扮演着非常重要的角色"①。

（五）元代新安文派

元代新安朱子学，以赵汸为代表。赵汸之前，有程若庸、胡一桂、胡炳文、陈栎、倪士毅、汪克宽等大家，但其诗文成就并不显著。及赵汸出，打破了之前新安理学的保守局面，而力推朱陆和会，并与郑玉一起，将新安理学对"春秋学"的研究提升到一个新的高度。他一生致力于著书立说、教书育人、传播朱子理学思想，为徽州地区培养了大量的理学人才，从而丰富和发展了新安理学，为新安理学的兴盛做出积极的贡献。在明中期以后有关徽州的文献中，赵汸被视为"新安理学先儒"。同时，赵汸兼擅诗文。四库馆臣曾评曰："故其议论有根柢，而波澜意度均有典型，在元季亦翘然独出。诗词不甚留意，然往往颇近元祐体，无雕镂繁碎之态。"② 赵汸一生跨越元明两朝，新安理学后于明代崛起，赵氏颇有功焉。

（六）元代高丽文派

元初理学北上，留居大都的安珦、白颐正、权溥等主动接受许衡一派的程朱之学，并传授李齐贤一辈，开启高丽一脉。元中期李齐贤等人与姚燧等问学切磨，进一步昌明学术，又授之李穑等弟子。元后期李穑等人私淑许衡，又承欧阳玄衣钵，理学造诣臻于精深，并灯传郑梦周、郑道传、权近等，理学大盛。元代高丽士人以文述学、因诗体道，且文道并重，依学脉承传谱系形成了文学流派——元代高丽文派。他们都或长或短地留居

---

① 罗海燕：《宋元朱学承传与金华文派的生成及发展》，韩国《人文学研究》2014 年第 1 期。

② 赵汸：《东山存稿》卷首，文渊阁《四库全书》本。

中原，前后承传三代，留存了数量可观的诗文著述，如李齐贤居中国 30 年，诗词文俱善，著《益斋集》10 卷；李毂中元进士并仕于元，著《稼亭集》20 卷；李穑尝授元翰林编修，著《牧隐集》55 卷。其他如郑梦周著《圃隐集》9 卷，李崇仁著《陶隐集》5 卷，郑道传著《三峰集》14 卷，权近著《阳村集》40 卷，等等。他们拥有代表性作品，秉承相同的文学观念，同声相应，同气相求，彰显了群体性的文学风貌。这一派的创作，既是元代文坛不可或缺的组成部分，又在朝鲜文学史上占有极高的地位。

当代知名历史学家萧启庆曾指出，元朝是中国正统王朝中的重要一环，也是具有世界性的帝国。就前者而言，其主要体现为以理学为代表的儒家学术与文化，没有因蒙古族政权的建立而断裂。相反，元王朝尊崇理学，并对元代文学产生了"直接或间接的影响"[1]，其中一个独特表现就是理学学派衍为不同的文学流派。就后者而言，其反映在文坛上就是南北士人、西域士人与高丽士人等不同的作家群体，从四面八方涌入元大都，相互融合之后，又辐射到各地，进一步推动儒家文化圈与东亚汉字文化圈的形成。

遗憾的是，由于之前民族情绪的影响和学术观念的狭隘，以及"一代有一代文学之盛"等说法的遮蔽，我们对元代文学重视不够，且多限于元曲。而若从元代学术和诗文的实际出发，通过以上论述，我们可以看出，在元代占据文学主流者仍然是诗文，众多的文学流派，跨越族群，相互涵化，而且其诗文创作多具有深厚的学术底蕴，他们不仅共同构成了多元一体的元代文坛整体格局，还产生了世界性的影响。

---

① 邓绍基：《元代文学史》，人民文学出版社，1998，第 19 页。

上编 专论

第一章　许衡与元代中州文派

　　元朝是中国历史上第一个由少数民族建立的统一王朝，是历代王朝更替的重要一环，也是世界史上的一个重要时期。元时的中国幅员辽阔、文化多元。其疆域东南及海，包括台湾及其附属岛屿，西到今之新疆，西南则包括西藏、云南诸地，北面更包括西伯利亚大部，而东北直到鄂霍次克海。文化上采取开放、宽容的政策，平等接纳来自四面八方的世界来客，允许各种宗教与思想播迁国内。开阔的全球视野以及发达的海陆交通，极大地促进了中西交流，使当时的中国接受了其他国家、地区的先进文化，也让中华文明惠泽于世界各地。

　　而论及元时的文化或文治，必然会提起一代儒学宗师许衡。许衡（1209～1281）字仲平，号鲁斋，怀州河内（今河南新郑县阳缓里）人。忽必烈王秦中时，召为京兆提学。世祖即位后又被召至京师，授太子太保，累擢中书左丞、集贤大学士兼国子祭酒。《元史》卷一百五十八有传。许衡一生勤于著述，撰有《小学大义》《读易私言》《孟子标题》《四箴说》《中庸说》《语录》《中庸语义》《正学编》《大学撮要》《大学要略》《许鲁斋心法》等，多有散佚。今留存有《鲁斋遗书》八卷。

　　元朝统治者以马上武功得天下，但在南北统一后，不得不依赖文教治理国家。当时举凡兴学校、开科举、征文献、修史志、劝农桑及制礼作乐、祀天祭祖等措施，几乎都有许衡参与。元大德元年，朝廷曾追赠许衡，敕辞褒扬其在接续道学、教化民众、忠直为政、推行新历以及培育人才方面的重大功勋。① 姚燧尝作许衡《祠堂记》称赞："五百年必有王者兴，其间必有名世者出。惟公足以当之。"并称许衡在延续道学文脉方面的贡献不让朱熹："所以继往圣、开来学功，不在文公下。"② 后世更有"朱子后一人""元朝一人"之誉。今人则多冠之以思想家、政治家、教育家、天文学家等。

第一节　元儒许衡及其文学史意义

自元以来，历代学者都对许衡深为关注，今人也有不少著述对他进行研究。代表性专著如王素美《许衡的理学思想与文学》（人民出版社，2007）、河南焦作市地方史志办公室编《许衡与许衡文化》（中州古籍出版社，2007）、陈正夫与何植靖《许衡评传》（南京大学出版社，1995）、张大可《许衡评传》（南京大学出版社，2011）等。自 20 世纪 80 年代以来，有关许衡的单篇论文近百篇而以讨论许衡思想者居多，有关许衡文学创作的研究仅有寥寥数篇。实际上，许衡在文学方面的贡献也很突出，值得研究。但是，许衡的文学成就在一定程度上被有意无意地遮蔽了，这就影响了我们对许衡进行全面而客观的评价。

中国文学史总不乏这样的现象：某一大家因某一方面的特长为世人所瞩目，形成光环，而在这种光环的闪耀下，此人其他方面的成就则多被忽略或无视，进而形成遮蔽。如世人推尊陶渊明的诗歌而忽略了其赋学成就，众生只见杜甫之律绝而不赏诗圣之散文，再如后世单称赵孟頫书画绝伦却不提赵氏诗文亦自成一家。实际上，赵孟頫在文学创作上的成就也使其可以称为"一代文宗"。元代杨载尝为赵孟頫作行状，感叹道："公之名颇为书画所掩，人知其书画而不知其文章。"③ 遮蔽之下必然形成偏见，这就使我们无法对历史做出全面而准确的评价。在后世评价中，许衡的境

---

① 参见许衡《元敕辞》，载《许衡集·附录》，毛瑞方等点校，吉林文史出版社，2010，第 191 页。
② 参见《许衡集·附录》，毛瑞方等点校，吉林文史出版社，2010，第 194 页。
③ 杨载：《大元故翰林学士承旨荣禄大夫知制诰兼修国史赵公行状》，载《赵孟頫集·附录》，浙江古籍出版社，2012，第 516 页。

况与赵孟頫相似。由于出仕蒙元的特殊经历以及理学上的重要贡献，许衡在后世多被视为推行"汉法"的功臣以及传播理学的宗师。在这种耀眼的光环之下，许衡诗文方面的成就则被有意无意地忽略了，进而形成其中国文学意义的极大遮蔽。形成这种遮蔽的原因较为复杂，并呈现一定的阶段性，一般而言，主要体现在两大方面：一是古人评议许衡多侧重其人格，于是不免存有因人废学的倾向；二是今人研究许衡多强调其学术思想，故而不能充分讨论其文学上的成就。

一　因人废学的倾向

关于许衡的评论，在元代就已展开，学者主要讨论其在理学与教育方面的贡献。虞集的《送李彦方闽宪诗序》尝评许衡曰："先正鲁国许文正公，实表彰程、朱之学以佐元之治，天下人心风俗之所系，不可诬也。"（《道园学古录》卷一）苏天爵的《左丞许文正公》则称："初元之建学也，自许文正公。……于是数十年彬彬然号称名卿才大夫者，皆门人也。"（《元朝名臣事略》卷八）王恽的《议复国子学》也赞扬许衡为国子祭酒，其弟子颇众，且多"蔚为国用"（《秋闲先生大全文集》卷九十）。陈旅的《王平章文集序》则曰："昔者许文正公以尧舜孔子之道佐世祖皇帝，基大花与天下。……至元、大德间，宠臣硕彦之能以其德业著见于世者，往往许氏之门人。"（《安雅堂集》卷六）杨维祯的《正统辨》亦云："新安朱子没而其传及于我朝许文正公，此历代道统之源委也。"不过，也有对许衡出仕元廷持异议者。至元十三年（1276）朝廷修订历法，这是许衡第五次被征召入京。东平儒士王旭就此作《上许鲁斋先生书》，劝其不要应诏："何如返苏门之故隐，卧西山之白云。远续洙泗之微言，近考伊洛之正派，使圣传不坠，后学有归。"（《元文类》卷三十七）元末明初陶宗仪的《南村辍耕录》卷二之"征聘"条，也记载了一件许衡与刘因的事，其云："中书左丞魏国文正公鲁斋许先生衡，中统元年，应召赴都日，道谒文靖公静修刘先生。因谓曰：'公一聘而起，毋乃太速乎？'答曰：'不如此，则道不行。'至元二十年，征刘先生至，以为赞善大夫，未几，辞去。又召为集贤学士，复以疾辞。或问之，乃曰：'不如此，则道不尊。'"这段记载流传甚广，甚至直接影响了许多人对许衡的看法，多据此认为刘优许劣。但实际上，这一史料殊非事实。因为中统元年（1260），许衡已五十一岁且名满天下，而刘因当时仅十二岁。在朝见忽必烈的路上专门去保定拜访一介孩童，应该不是许衡所为。

不过，陶宗仪的这一记载在后世引起了极大反响，自朱明立国，越来越多的人开始对许衡出仕元廷的行为做出自己的评议。尽管明人不乏褒扬许衡人格节气者，如学者薛瑄称："鲁斋出处合乎圣人之道。"又称："鲁斋以王道望其君，不合则去，未尝少贬徇世，真圣人之学也。"[1] 但是更多的人倾向于非议许衡的仕元行为，明代学士丘濬就认为许衡无益于名教。[2] 深受明代政治文化影响的朝鲜士大夫，对许衡的人格否定尤其激烈。宋时烈的《丁酉封事》论及许衡时称："则正统之说，当不闻于搢绅间。此盖由许衡，以近世儒者失身胡元，乃以帝尧大统，接之女真，且于辽金称大，而以列国待宋。正犹入鲍肆而不闻臭，遂以丑差之论，倡于天下。而后人借此为重，甚可羞也。"（《宋子大全》卷五）言辞颇为偏激。闵鼎重的《文庙从享位次厘正更议》亦称："许衡既有失身之讥，余无足言。"（《老峰集》）甚至如李珥的《圣贤道统第五》亦论："朱子之后，有真德秀、许衡，以儒名世。而考其出处大节，似有可议，故不敢收载。"（《栗谷全书》）[3] 一直到清代，对许衡的人格评论才开始反转，变为以褒扬为主。清康熙数次作文赞誉许衡，撰有《许衡赞》与《御论理学源流》等，称"宋元诸儒，皆所流衍之支派，宋之真，元之许，则其最醇者也"（《许文正公遗书》卷首）。其中"真"指真德秀，而"许"即许衡。乾隆对许衡则更加礼遇，曾于乾隆十五年（1750）遣官于许衡墓前致祭，且在三十二年亲自撰写文章，对历来有关许衡的讥议逐一反驳，认为许衡仕元绝非失节，无可厚非。[4] 受此影响，清朝朝野对许衡的评价之高，超过元代。

历来围绕许衡的仕元行为引发的有关许衡人格的评论，占据了主流，

---

[1] 薛瑄：《薛瑄全集·读书录》卷二，山西人民出版社，1990，第1066页。

[2] 参见黄佐《翰林记·议祀典》卷七，文渊阁《四库全书》本。

[3] 李珥：《圣学辑要》卷十三，载《栗谷全书》，韩国文集丛刊本。

[4] 参见乾隆《御制批鉴纲要》，载《许文正公遗书》卷首，乾隆五十五年（1790）庚戌本。

并且在元明清三代一度成为争论的焦点。在这种喧嚣之下，元明清以来，除纪昀在编纂四库总目提要时，对许衡《鲁斋遗书》中的诗文有所评骘外，其他著述，甚至如收录许衡诗文的《天下同文集》《元文类》《乾坤清气》《元音》《元诗选》等总集，亦绝少评鉴。且不论许衡人格优劣与否，仅因其人格之高低而武断其诗文之高下，或据此故意无视其诗文之成就，绝非学者应有之态度。明末清初学者王夫之曾提出："论人之衡有三：正邪也，是非也，功罪也。正邪存乎人，是非存乎言，功罪存乎事。三者相因，而抑不必于相值。正者其言恒是，而亦有非；邪者其言恒非，而亦有是；故人不可废言。是者有功，而功不必如其所期；非者无功，而功固已施于世。人不可以废言，而顾可以废功乎？"[①]（《宋论》卷六）其以此告诫世人，在评价历史人物时要客观全面，既不能全盘肯定，也不能全盘否定，不能因人废言，也不能因言废功，必须通过全面而具体的分析，才能得出较为正确的结论。遗憾的是，许多人在评论许衡时，不能明白这一点，故许衡的学术思想与诗文创作均在很大程度上被忽略了。

二 重学轻文的迷误

近代以来，由于元代属于"异族统治"，人们对元代包括学术与诗文在内的诸多成就，多不承认或不愿承认，明人就曾有"元无文"的偏见。针对此类观点，近人陈垣的《元西域人华化考》卷八《总论元文化》尝论道：元代之"儒学文学，均盛极一时，而论世者每轻之，则以元亨国不及百年，明人蔽于战胜之余威，辄视如无物。加以种族之见横亘胸中，有时杂以嘲戏"。20世纪以来，尤其是在三四十年代民族危亡之际，学者民族情绪强烈，于是对有元一朝依然存有成见。马宗霍的《中国经学史》无视元代经学，评论道："经学可观的没有事当然的。"[②] 钱基博的《中国文学史》亦论："金无文学，以宋之文学为文学；元无文学，以宋金之文学为文学。"[③] 他还痛斥元代文章家为元之元勋功臣撰写碑传墓志："在彼之丰功伟烈，在我汉族则奇冤亘愤；誉凶人以为元勋，奢屠戮以张德

---

① 王夫之：《船山全书》第11册，岳麓书社，1996，第173页。
② 马宗霍：《中国经学史》，中华书局，1935，第252页。
③ 钱基博：《中国文学史》，湖南蓝田新中国书局，1943，第494页。

威……顾认贼作父，歌功颂德，如不容口，而不知其颡之有泚也。呜呼！哀莫大于心死，而丧心病狂以为盛德形容，斯诚民族之奇耻，斯文之败类已！"① 当时流行的文学史类著作如林传甲的《中国文学史》与朱希祖的《中国文学史要略》等，也几乎不提元代文学。正如查洪德先生所言："在如此民族情绪的支配下，元代文学成就之被遮蔽是必然的。"② 因此，元代儒学与诗文，在相当长的一段时间内，没有得到应有的重视。

20 世纪 60 年代，钱穆撰《宋明理学概述》，对元代的理学有所关注，许衡也逐渐进入中国古代哲学研究者的视野。到 20 世纪 80 年代，大陆开始打破沉寂局面，相关研究逐渐增多。唐宇元是较早开始重视许衡学术思想及其影响的研究者，曾指出当时的研究局面："到目前为止，无论是思想史还是哲学史，对元代这一段的研究，都甚为薄弱，几乎还是一个空白。这种情况，是不利于我们弄清中国思想史和哲学史发展的脉络和规律的。"③ 截止到 2000 年，相关学术论文近 50 篇。而进入新世纪，学者狭隘的民族情绪逐渐涤除，对元代的政治、经济与文化等方面有了更为客观的认识，有关许衡的期刊论文达 150 篇。2004 年河南省焦作市召开首届许衡学术研讨会，成立了焦作市许衡研究会，之后又多次召开许衡文化论坛，在一定程度上推动了当代的许衡研究。不过，经过分析就会发现，现有论著主要集中讨论许衡的学术成就。申少春的《许衡著作及其思想研究》（《河南社会科学》2003 年第 3 期）、淮建利的《慨然行道：许衡思想的特点及其历史贡献》（《郑州大学学报》2005 年第 1 期）、刘学智的《许衡对韩国曹南冥思想和人格的影响》（《孔子研究》2006 年第 2 期）、阎秋凤的《论许衡的理学思想及其影响》（硕士学位论文，郑州大学，2006）、马倩倩的《许衡理学思想研究》（硕士学位论文，山东大学，2010）等，堪为其中代表。与对许衡学术等方面的研究相比，对许衡文学的研究依然沉寂。截至目前，仅有王建平的《许衡的文章和文章观》（《商丘师范学院学报》2001 年第 3 期）、张春丽的《许衡的价值理想与诗文创作》（《河南教育学院学报》2002 年第 4 期）、王素美与刘明罡的

---

① 钱基博：《中国文学史》，湖南蓝田新中国书局，1943，第 757 页。
② 查洪德：《元代文学史研究再审视》，《陕西师范大学学报》2010 年第 5 期。
③ 唐宇元：《论许衡的哲学思想在中国哲学史上的地位》，《哲学研究》1982 年第 7 期。

《诗与史合奏的乐章——许衡的〈编年歌括〉》［《江苏大学学报（社会科学版）》2009 年第 2 期］与杜改俊的《探析元代理学家许衡的文学观点》（《晋阳学刊》2012 年第 6 期）等数篇论文。可以说，到 20 世纪晚期，许衡研究沉寂的局面虽然得以扭转，但是目前的研究主要集中于许衡的学术与思想领域。学界重学轻文的失误，使许衡的文学成就依然被遮蔽。

三　许衡的文学史意义

许衡固为一代儒学宗师与元初名臣，同时也是一位了不起的诗文作家。他在中国元代文学史上的重要意义，主要体现在三个方面：一是提出了自己的文学主张；二是形成了独特的诗文创作风格；三是开创了弟子众多的鲁斋学派（这一派后来衍变为诗文流派）。

（一）诗文主张

南宋末年文与道分裂，造成了较大的诗文弊端，正如四库馆臣所言："文章至南宋之末，道学一派，侈谈心性；江湖一派，矫语山林。庸沓猥琐，古法荡然。"（《四库全书总目·道园学古录》）元末戴良也曾指出："学者又习于当时之所谓经义者，分裂牵缀，气日以卑；而南渡之末，卒至经学、文艺判为专门，士风颓弊于科举之业。"（《夷白斋稿序》）感于此，元初儒者文士对此进行了反思与拨正，文道并重且文统与道统合而为一，成为当时的共识。许衡高弟姚燧曾言："文章以道轻重，道以文章轻重。"[1] 许衡虽未明确道出文与道合而为一，但是他的行为和创作却体现了这一点。姚燧文章取法韩愈，许衡对其颇为青目。《元史·姚燧传》载，姚燧"时未尝为文，视流辈所作，惟见其不如古人，则心弗是也。二十四，始读韩退之文，试习为之，人谓有作者风。稍就正于衡，衡亦赏其辞"。此外，许衡虽为理学宗师，却亦自谓诗人。其《中秋不月次窦生韵》曾云："好友不来倾绿蚁，诗人徒想凭栏杆。"又曾自道搜词觅句为新诗的情状，其《鹧鸪天·夜寒》即云："新诗暗琢拳挛里，往事都思展转中。"

许衡创作了大量的诗文词，也提出了自己的文学主张。他的诗文主张

---

[1]　参见《元史》卷一七四《姚燧传》。

与文学家之论不同，带有鲜明的理学家色彩。文学家视诗文为艺术之需，为专门之学。而理学家视诗文为生活之需，为性理之学的自然衍生物。这是两家的不同之处。两种理念不同，并不意味着他们所创作的诗文因此而有高下之分。正如江湖诗派以诗为专门之学，但是其诗人也不乏平庸之作。而理学家以诗为体道之物、赠酬之具，而其诗作也不乏优秀之作。许衡倡导理学，在他看来，诗、文与词曲，只为生活交际所需，故其创作诗文，并非有意为之，只是为了生活之用。因此，我们今天讨论与评价许衡的诗文主张，应该基于两个前提。一是许衡自我认同为理学家而非文学家。许衡在讲学与著述中，对历代诗人多有提及与评论，不过倾向性很明显，他推尊所谓的道学诗人，如认为邵雍诗多有"阴阳刚柔相胜"的深意，称"天下事大抵只是阴阳刚柔相胜。……此君子尚消息盈虚者也，有深意存焉，康节诗此意思甚多"。再如称赞程颢的《秋日偶成二首》，认为程氏此诗反映了圣贤乐处的境界。唐代诗人李太白诗多轻逸飘忽、洒落豁达，而许衡对其却颇有微词。许衡以理学之做人标准去评判李白称："或谓人依道理行多不乐，故不肯收敛入来。放旷不循法度却乐多，只于那壁去了。以故为学近理者少，而多喜于自恣放言自适。如李太白诸诗豪，皆是也。"二是许衡以诗文为生活而非艺术。在许衡看来，诗歌不过是生活中的交际工具或抒情遣怀的凭借。他或以诗酬答友朋，《有感二首》其二云："作诗叙恳款，为报吾人知。"《送姚敬斋》尝道："我来歌吉祥，真情寄荒诗。一祈仁政苏民疲，一祈善政周民饥。"或抒发情志，《登东城》自云："野迥宽凝伫，诗成促后生。何当常似此，慰我病中情。"之所以强调许衡的诗文创作实际与这两个前提，是因为当前的一些研究先入为主，想当然地认为许衡是理学家，故必然持排斥诗文之观念。其实考察许衡的具体言论就会发现：许衡反对的是专意为文，而非一概排斥诗文。

许衡对自我的身份认同首先是理学家，故其强调为学为人务在体贴天理，以期达到与天地合其德、日月合其光、四时合其序、鬼神合其吉凶的圣人境界，认为这是做人的根本。相对而言，耽于作诗为文的技艺则会使人分心，不利于提升人格，而耽误心性修行。于是，他提出，文名为身之累。姚燧在《送畅纯甫序》中曾回忆许衡的告诫："弓矢为物，以待盗也。使盗得之，亦将待人。文章固发闻士子之利器，然先有能一世之名，将何以应人之见役者哉？非其人而与之，与非其人而拒之，钧罪也。非周身斯世之道也。"（《牧庵集》卷四）其认为，文章如弓矢利器，它能使士子获取名声，但你一旦成为文章名家，各色人等就都来求文。面对求文者，就像面对手执弓矢利器的进攻者一样，你将非常被动，要做到与所当与、拒所当拒是很难的，你将很难做人。

许衡还认为，诗文为艺，艺尊则德轻。在他看来，文士不能治国，因为文高必然德下。他说："唯仁者宜在高位，为政必以德。仁者心之德，谓此理得之于心也。后世以智术文才之士君国子民，此等人岂可在君长之位？纵文章如苏、黄，也服不得不识字人。有德则万人皆服，是万人共尊者。非一艺一能服其同类者也。"（《鲁斋遗书》卷二《语录下》）故其反对专意为文。除此，许衡在诗歌的本体论与古文的创作论方面，均有自己的看法和主张。

他继承了朱熹"文从道出"的理念，并对"文"做了具体精微的辨析。《鲁斋遗书》卷一《语录上》记载：

　　或论：凡人为诗文，出于何而能若是？曰：出于性。诗文只是礼部韵中字已，能排得成章，盖心之明德使然也。不独诗文，凡事排得着次第，大而君臣父子，小而盐米细事，总谓之文。以其合宜，又谓之义。以其可以日用常行，又谓之道。文也，义也，道也，只是一般。

这段话从本体论上回答了文是什么的问题。朱熹提出了文章的道本论："这文皆是从道中流出。"①许衡在这里提出了大"文"的概念，即先儒所谓"斯文"，大约相当于文明、文化的概念，却与"道"同体。在《语录下》中，他又具体说明："文之一字，后世目词章为文，殊不知天地人物，文理粲然，不可乱也。孔子称斯文也，岂词章而已矣？三代圣人立言垂训，皆扶持斯文者也。君臣父子五教，人文之大者也。""文"有

---

　　① 《朱子语类》卷一百三十九《论文上》。

精神的，也有物质的。从精神方面来说，"心之明德"为有文，"文也，义也，道也，只是一般"，而诗文只是"文"的表现形式之一。宋程颐有"作文害道"之论，说："凡为文，不专意则不工；若专意则志局于此，又安能与天地同其大也？书云'玩物丧志'，为文亦玩物也。"① 这种理论容易导致废文不作，由此带来的弊端已经受到南宋以来很多人激烈的批评②，如南宋吴渊在《鹤山文集序》中说："其弊至于志道忘艺，知有语录而无古今。始欲由精达粗，终焉本末俱舛。"③ 许衡显然也不完全同意程颐的意见，因而要加以修正，他说：

> 二程朱子不说作文，但说明德新民。明明德是学问中大节目，此处明得三纲五常九法，立君臣父子井井有条，此文之大者。细而至于衣服饮食起居洒扫应对，亦皆当于文理。今将一世精力专意于文，铺叙转换极其工巧，则其于所当文者阙漏多矣。今者能文之士道尧舜周孔曾孟之言如出诸其口，由之以责其实，则天壤矣。使其无意于文，由圣人之言求圣人之心，则其所得亦必有可观者。文章之为害，害于道。优孟学孙叔敖，楚王以为真叔敖也。是宁可责以叔敖之事？文士与优孟何异？上世圣人何尝有意于文？彼其德性聪明，声自为律，身自为度，岂后世小人笔端所能模仿？德性中发出，不期文而自文，所谓出言有章者也。在事物之间，其节文详备，后人极力为之有所不及，何者？无圣人之心，为圣人之事，不能也。

他认为，文章有两种：专意所为之文和德性中发出之文。"将一世精力专意于文，铺叙转换极其工巧，则其于所当文者阙漏多矣"，如此作文便会害道，在卷二《语录下》中，他对此有所补充，"能文之士必蔽。彼将天地间文理，都于纸上布摆成文，则事物之当文者所阙多矣"。许衡是基于文（艺）和道的矛盾一面立论的，他以后的元代论者，多从文道统

---

① 《二程遗书》卷十八。
② 参见查洪德《理学背景下的元代文论与诗文》第六章"宋元人对理学文弊的批判和理学文学观的演变"，中华书局，2005。
③ 陈起：《江湖小集》卷七十一。

一的角度立论，提倡技进于道，由文而识道。其实许衡也看到了二者统一的一面，所以他才认为圣人之文是"德性中发出，不期文而自文，所谓出言有章者"，无意为文而文自生，这样的文章当然不会害道。由此他认为，提高文章写作水平的关键，不在于词章之学，而在于身心修养。致力于圣人之道，学圣人之言，求圣人之心，学为圣人，如此虽不学文而其文自然"必有可观"。他还认为，文章是有"律"有"度"的，只是这律和度都应该是随文自然生成，而非刻意地"铺叙转换极其工巧"。这种由性理发出自然成文的观念，在元代非常流行，如郝经所谓"天地有真实正大之理，变而顺，有通明纯粹不已之文。……皆自然也"[①]。这种理论，在元代应该是许衡发其端。

许衡主张作文要力求"真是"，旨在探究"理"之所在。他强调文章立论的坚实、论据的真实、论证的简洁、结论的可靠。《鲁斋遗书》卷一《语录上》有一段专门谈文章立论和论据征引的话：

> 凡立论，必求事之所在，理果如何。不当驰骋文笔，如程试文字，捏合抑扬。且如论性，说孟子却缴得荀子道性恶，又缴得杨子道善恶混，又缴出性分三等之说。如此等文字，皆文士驰骋笔端，如策士说客，不求真是，只要以利害惑人。若果真见是非之所在，只当主张孟子，不当说许多相缴之语。

这段话第一层讲立论要寻求事理之当，这是论证性文章服人的根本。如果一篇文章没有合乎事理足以服人的立论，没有坚实的立足点，而想通过纵横开阖、抑扬变化的论辩技巧去鼓惑人，肯定是不行的。第二层是说选择论据应该只取那些确凿的、直接说明问题的材料，要直接点明主题，反对纠缠一些似乎有关而实属旁枝的东西，这样似乎是广征博引，实际上是枝蔓不清，虽然可以鼓惑视听，但最终还是暴露了自己识理不真，心虚气弱。他反对策士风，反对不探究真是真非而以利害动人，尤其反对以似是而非的东西惑众。宋人好辩，宋代文章也以辨析入微、思辩精彩、见解

---

① 《陵川集》卷二十《文说送孟驾之》。

深刻服人。但许衡认为，宋人文章中有不少似是而实非、近理而乱真之作，他说："宋文章近理者多，然得实理者亦少。世所谓弥近理而大乱真。宋文章多有之读者，直须明着眼目。"

除反对策士之风、似是而非，强调论据和论点的普遍意义，反对把偶然作为必然外，他还反对那些着意求新求深而不求立论稳妥的文章，主张立论要具有普遍的意义，有较高的可信度，反对把偶然性的东西当作一般性结论。他曾说：

> 或一篇文字，将前世败而成功者说了，又将胜而轻敌以致败亡者说。其文雄赡，读者称叹，以成为败之理信如此。不知几千年中，有此数事耳。大抵皆胜而成、败而亡者也，汤武以来皆是也。读者不究所以然，便以为真如此。皆当究所以然之理，无为一时文章所惑。①

我们似乎感觉到，他的批评是直指苏洵、欧阳修等人的。苏、欧的一些史论文章，早已成为经典，批评这些文章立论不坚实，让人从感情上难以接受。但我们应该理性地承认，宋人之辩，并不切于实用，所以清人讽刺说："宋人议论未定而兵已渡河。"② 宋人的一些史论，作为一种历史的警示是有意义的。但对于生活在元初的许衡来说，他需要的是能够指导当前实践的理论，而不仅仅是某种引人深思的警示。苏、欧等人的文章，尽管雄辩滔滔，但用他们的理论去指导实践，却是悬空而不着实地。

（二）文学创作

《四库全书总目》曾评论许衡的文学创作，称"其文章无意修辞，而自然明白醇正。诸体诗亦具有风格，尤讲学家所难得也"③。

许衡追求散文风格的"平实简易……温柔敦厚含蓄气象"④。他现存

---

① 《鲁斋遗书》卷二《语录下》。
② 《宗室王公功绩表传》卷四《多尔衮》。
③ 《四库全书总目》卷一百六十六《鲁斋遗书》。
④ 《鲁斋遗书》卷九《与耶律惟重》。

的散文，可以分成语录体和古文体两类。宋代理学家以为文章害道，于是以语录传道，他们远法先秦诸子，近取禅宗语体，创立新语录体散文。许衡的语录体散文即承此而来。其语录朴实无华，简要名理，不修饰，不铺张，直奔主题，揭示本质，而又从容和缓，显示出温柔敦厚、含蓄和缓、雍容正大的气象。这正是理学家所要求的人格气象的体现。

古文体散文有疏、说、序、书、祭文、书状等。许衡为文长于论说，其最有影响的文章是上忽必烈《时务五事》疏①。所谓时务五事，乃立国规摩、中书大要、为君难、农桑学校、慎微，其中"为君难"又包括六小部分，是为六难：践言、防欺、任贤、去邪、得民心、顺天道。《时务五事》不是一篇文章，而是一组文章，其中的每一部分都是独立成篇。其文除《四库全书总目》所说的"自然明白醇正"外，还有简洁严谨的特点，不作声势，但很周详，有入耳入心服人的力量。如其《立国规摹》云："国朝土宇旷远，诸民相杂。俗既不同，论难遽定。考之前代，北方奄有中夏，必行汉法，可以长久。故魏、辽、金能用汉法，历年最多，其他不能实用汉法，皆乱亡相继，史册具载，昭昭可见也。国朝仍处远汉，无事论此，必若今日形势，非用汉法不可也。陆行资车，水行资舟，反之则必不能行。幽燕以北，服食宜凉，蜀汉以南，服食宜热，反之则必有变异。以是论之，国家当行汉法无疑也。然万世国俗，累朝勋贵，一旦驱之下从臣仆之谋，改就亡国之俗，其势有甚难者。苟非聪悟特达，晓知中原历代圣王为治之地，则必咨嗟，怨愤喧哗，其不可也。"论说文章并不一定要靠雄辩滔滔的磅礴气势才能服人，此文如推心置腹，坦然告白，如细雨润物，使读者在浑然不觉中已经接受其意见。虽然许衡声称不专意为文，但这类文章显然是精心打造的，并且很讲究文法。这段论证，既博采前史，又引喻取譬，颇为丰赡，文中还运用了以退为进、欲擒而纵的论辩方法。再如《为君难》一节"知其为难而以难处，则难或可易；不知为难而以易处，则他日之难有不可为者矣"，以深刻的辩证思维给人以警示。这些都说明，许衡其实具有很高的文章写作技巧。其中特别使人叹赏的是《防欺》一节，我们把它看作一篇结构完整的单篇文章。这是一篇精彩的说

---

① 《鲁斋遗书》卷七。

理散文，即使推之为中国古代散文的佳作，也绝不勉强，绝不过分。

《鲁斋遗书》卷十一存诗一卷，收各体诗84首、词5首。看了他对李白等诗人的批评，人们就会认为他一天到晚都端坐收心，主一持敬。但事实上，他也渴望心灵的自由和放松，也渴望轻松洒脱地生活。他一直想辞官归隐却始终未得如愿，临终还因此后悔。他的这一愿望是真实的，绝非故作姿态。他在诗中也表达过强烈的归隐之愿，其七言古风《桃溪归隐图》一首云：

> ……果欲归，归贵速，云雨人情若翻覆。虚名累不当饥寒，枉惹闲愁乱心曲。果欲归，归恐晚，镜里萧萧鬓丝短。桃花零落几春风，野鹤山猿有谁管。归去来，莫徘徊，瓦盆便拟倾新醅。脱冠一笑醉溪石，人间万事俱尘埃。

诗歌表达了作者久处樊笼、向往自然的心情。许衡也有过山间林下的生活，诗中表达的既是对未来轻松生活的神往，也是对以往轻松生活的怀恋，带有几分放旷。

许衡身经乱世，与唐代伟大诗人杜甫有着心灵相通之处。所以他虽未宣称学杜，但诗作自有沉郁顿挫之气韵，《卧病》云："干戈良未已，妻子若为谋。"《观物》四首之三云："自怜丧乱后，能作太平人。"这些都是其生活和心情的写照，似乎有杜甫的影子。我们看他的两首五言律诗：

> 秋宵初感慨，展转不成眠。老况青灯外，羁愁白发边。蹉跎嗟往事，安稳忆归年。却起开门望，霜清月满天。（《不寐》）
> 良朋不易得，此去复谁群。别酒无劳劝，浓愁已自醺。间关花外鸟，冷淡日边云。莫唱阳关彻，离声忍更闻。（《别友人》）

在这样的诗里，我们看不到主一持敬、心如止水、不为情累、不为物动的道学家形象。这时的他是一位诗人，一位情动于中而发于言的诗人。他的感情是丰富的、敏感的。其诗无雕琢而有深浑气象，风格近于杜甫。同是五言律诗的还有"步履上东城，秋风晚更清。乱云随日下，荒草过堤平"(《登东城》)、"晓起北窗凉，清谈戢羽觞。入帘花气重，落地燕泥香。梦里青山小，吟边白日长。秋风载书籍，相对筑茆堂"(《赵氏南庄》)。必须承认，这些都是好诗，韵味深醇，具有很高的艺术水平。其七律《学题武郎中桃溪归隐图》五首之四则闲静而恬淡，有陶诗风味：

> 门外秋千摆翠烟，篱边鸡犬亦闲闲。更教烂熳花千树，对着萦纡水一湾。好景已凭摩诘画，他年重约长卿还。寻思此世人心别，又爱功名又爱山。

诗是可爱的，诗人的形象因而也是可爱的，这种形象和古板迂执的理学先生很难联系起来。七言绝句《宿卓水》五首之二，"寒釭挑尽火重生，竹有清声月有明。一夜客窗眠不稳，却听山犬吠柴荆"，有意境，有韵味，有情趣，很能见出诗人情性。人们认为，宋及元初理学家的诗风受北宋邵雍影响，有所谓词旨质直、自然见道的"击壤体"①。许衡的诗作，绝不是"击壤"一路。

许衡也能词，其词清雅中蕴含风致，不同于《鸣鹤余音》一类淡乎寡味之作。其《满江红·别大名亲旧》云：

> 河上徘徊，未分袂，孤怀先怯。中年后，此般憔悴，怎禁离别。泪苦滴成襟畔湿，愁多拥就心头结。倚东风、搔首谩无聊，情难说。
>
> 黄卷内，消白日。青镜里，增华发。念岁寒交友，故山烟月。虚道人生归去好，谁知美事难双得。计从今、佳会几何时，长相忆。②

清《历代诗余》卷一百十九引《古今词话》云："此被召时作也。又尝自言曰：生平为虚名所累，不能辞官。其心亦可哀矣。"词的感情是真

---

① 严羽：《沧浪诗话·诗体》。
② 此作除载《鲁斋遗书》卷十一外，还收入《元草堂诗余》卷上、《中州名贤文表》卷五、《花草粹编》卷十七、《历代诗余》卷五十六、《词综》卷二十七。总集所收与《鲁斋遗书》所载文字略有出入，此从《元草堂诗余》。

挚的，因而也是感人的。就艺术水平来说，这虽称不上杰作，但也是优秀的作品，并不平庸。

（三）学派承传

学术界一般以两种方式对元代理学学派的发展源流加以归纳，一种是以理学代表人物命名的学派，如鲁斋（许衡）学派、静修（刘因）学派、草庐（吴澄）学派等；一种是以地域命名的学派，如金华学派、新安学派等。有关前者，在许衡、刘因、吴澄的传记中，学者多有论及。邹林在《关于鲁斋学派》中讨论了鲁斋学派的代表人物、学术特色以及姚枢在其中所起的关键作用。① 有关后者，徐远和将许衡所创立的学派称为鲁斋学派。它是元代北方的理学大宗，也是元代赖以立国的精神支柱。

许衡在元代学术和文学发展史上具有很高的地位和深远的影响，清顾嗣立论元初北方之学有云："北方之学，变于元初。自遗山以风雅开宗，苏门以理学探本。一时才俊之士，肆意文章，如初阳始升，春卉方苗，宜其风尚之日趣于盛也。"② 所谓"苏门"，指以许衡为代表的鲁斋学派，因当年许衡、姚枢等人在苏门山讲道而得名。《元诗选》二集中叙述了鲁斋学派形成的过程："初，雪斋与惟中从太子阔出南征，军中得名儒赵复，始得程朱之书。后弃官携家来辉，中堂龛孔子容，旁垂周、两程、张、邵、司马六君子像，读书其间。自板诸经，散之四方。时河内许衡平仲、广平窦默汉卿并在卫。雪斋时过汉卿茅斋，而平仲亦特造苏门，尽室相依以居，三人互相讲习，而北方之学者始闻进学之序焉。"

"遗山以风雅开宗，苏门以理学探本"两句，简明地概括了元初北方学术、文章的大格局。遗山元好问作为金元一代文宗，宗匠一世，传其脉者，有"北宗诗文"，已见于第七章之述论。这两句话还指出了元初北方两大宗派的不同特色：元好问"以风雅开宗"，其作品具有鲜明的文学色彩；许衡等"以理学探本"，以学术而不以诗文名世。

许衡所创立的鲁斋学派是元代北方理学的大宗。许衡的弟子众多，

① 邹林：《关于元代鲁斋学派》，《朱子学刊》1995 年第 3 期。
② 参见顾嗣立《元诗选》初集乙《秋涧集》卷首小传。

如姚燧、耶律有尚、姚炖、高凝、孙安、刘季伟、吕端善、刘安中、白栋、不忽木、秃忽鲁、也先铁木儿、坚童、太答、秃鲁、卜怜吉带、贺胜、刘容、刘宣、徐毅、李善甫、冯善主、李铨、许戾、董士珍、杜思敬、谭克修、王都中、王宽、王宾、畅师文、马充实、王公信、李文炳、许约、赵矩、韩邦杰、刘无兢、郑冲霄等。据史载，许衡主持国子监期间，曾培养了一大批精通"汉法"的学生。其中，不忽木官至中书平章政事，位列宰执，为世祖临崩时顾命三重臣之一。其他如耶律有尚等亦为一代名流。元人虞集盛赞："呜呼！使国人知有圣贤之学，而朱子之书得行于斯世者，文正之功甚大也。"（《国朝名臣事略·左垂许文正公》转引）

第二节　元代中州文派

鲁斋学派在许衡之后出现了异变，明初学者薛瑄对此指出："鲁斋学徒，在当时为名臣则有之，得其传者则未之闻也。"（《读书录》卷二）鲁斋学派第二代中，最为突出的代表是姚燧，但是，他没有继承鲁斋理学，而成为一代文章宗匠，流为文章家。也因此，许衡等开创的鲁斋学派，到第二代时就基本上演变成一个文派。历代评论者往往以许衡一派为中州文献之脉，邓中和即有诗云："昔读《遗书》今谒祠，中州文献系于斯。"（《鲁斋遗书》卷十四《古今题咏》）我们因之称其为中州文派。

一　从鲁斋学派到元代中州文派

许衡一生中最重要的活动，就是宣扬和传播程朱理学。他为学崇尚简易，重视躬行践履。张养浩在《长山县庙学碑阴记》中曾评论道：

先正许衡在世祖朝，以为博学，则所业者不外《小学》《四书》。以为行不可及，则所践履不过人伦日用。以为雄文大笔，则终身未尝略及世儒词章之习。然而所以获从祀圣人者，果何事耶？诸生试以此求之，则于国家立极化民之盛意，庶无负矣！（《归田类稿》卷四）

19

许衡的为学主张，适应了蒙元草创之际的社会需求，因而大显于世。当时，不仅中原士子得以问学，使斯道不灭，正如钱穆所评赞："当时北方儒学，终因赵复、姚枢及他（许衡）三人之力而始广其传，这也算功不可泯了。"① 而且，众多的高丽世子也由之问学，将朱子之学传至朝鲜半岛。当代韩国学者崔根德在《元代儒学与高丽》中就曾指出，高丽朱子学的开创者安珦等人，随高丽忠宣王居住元大都，"尤其在这个时期，许衡的门人和后学正在燕京掀起朱子学的高潮。因此元都充满了朱子学气氛，与朱子学相对立的象山学则在中央没得到相应的介绍，还只是停留在南方。由此可以推测，晦轩完全沉浸在朱子学的氛围中，最终成为朱子学的热烈支持者"②。

据《元史》等记载，元皇庆二年（1313），许衡获得从祀孔庙的尊崇地位。延祐元年（1314），朝廷又为许衡建立鲁斋书院。与此同时，科举议法讨论确定了考试内容："其书必曰《易》《书》《诗》《春秋》《礼记》，其道必出于尧、舜、禹、汤、文、武、周公、孔子，其学之授受，必由乎颜、曾、思、孟、周、程、张、朱以为论定，而不可逾越者也。"③ 至此，鲁斋门人遍布河南、河北、山东、关中、山西，以及朝鲜半岛诸地，并上升为国子学，最终被确立为官方正学。鲁斋学派也由区域性学派成为全国性，乃至整个东亚儒学圈的重要学派。朝鲜学者洪汝河在《儒学传》中指出："且自南渡以来，高丽与宋绝不相通。是时，东国未闻有程朱之学也。宋末德安之溃，姚枢得儒生赵复者，乞死甚苦。枢竟携以北，复业程朱之学。橐其书，至燕，许衡等学而习之。其说始大行于北方。在东国为元宗之世，白颐正从其父文节在燕京，得其书以归。自是东国之士，始知于词华之外，有所谓性理之学焉。"（《木斋先生文集卷之十》）鲁斋学派以许衡为核心，拱卫者则有姚枢、窦默、杨奂等。《鲁斋学案》中，许衡是学派宗主，姚枢、窦默都列为"鲁斋讲友"，杨奂则是"雪斋（即姚枢）学侣"。

朝鲜学者赵显期曾论许衡与姚枢两人对于有元一代的影响，其《甲寅封事》云："蒙元之兴，其势尤盛，蹂金灭宋，奄有区夏，中原豪杰，

① 钱穆：《宋明理学概述》，九州出版社，2010，第 199 页。
② 参见吕绍纲编《金景芳九五诞辰纪念文集》，吉林文史出版社，1996，第 663 页。
③ 虞集：《送朱德嘉序》，载《全元文》（第 26 册），江苏古籍出版社，2004，第 235 页。

皆乐为用，如刘秉忠、史天泽、姚枢、许衡之属，或为之将相，或辅以文学。一统几九十载，传绪过百六十余年。自古胡运之盛，未有若是其久者也。"姚枢（1203～1280），字公茂，号敬斋，又号雪斋，河南（今河南洛阳）人。金亡次年（1235），蒙古太子阔出率大军南征侵宋，诏姚枢随杨惟中于军中寻求精通儒、释、道、医、卜、百工等人才。蒙古军攻克德安（今湖北安陆），于俘中得宋儒士赵复。姚枢携赵复北归燕京（今北京），在燕京建周子（周敦颐）祠及太极书院，请赵复讲学其中。太宗窝阔台十三年（1241），姚枢授燕京行台郎中，行台牙鲁瓦赤惟事财货，不行汉法，姚枢身为幕长，因道、志不同而毅然辞官，携家隐居辉州苏门山（今属河南），致力于理学的研究和传播。姚枢悉心攻读程朱之书，并学有所成。元世祖忽必烈在潜邸召见他询问治道，姚枢提出治国平天下之大经八目："修身，力学，尊贤，亲亲，畏天，爱民，好善，远佞。"以及"修学校，崇经术，旌节孝，以为育人才、厚风俗、美教化之基，使士不媮于文华"（《元史·姚枢传》）等三十条救时之法。及忽必烈征大理，他力主不妄杀人。姚枢奉儒学，作家庙，供奉孔子及宋儒周、程、张、邵、司马六君子像，整理刊行"《小学》《四书》并诸经传注以惠后学"（《宋元学案·鲁斋学案》）。元许有任撰《雪斋书院记》称："宇宙破裂，南北不通。中原学者，不知有所谓《四书》也。宋行人有箧至燕者，时有馆伴使得之，乃不以公于世。时出一论，闻者辣异，讶其有得也。皇元启运，道复隆古，倡而鸣者，则有雪斋姚公焉。"（《圭塘小稿》卷六）表彰了他当时在北方传播朱学之功。姚枢的讲学，吸引了许衡。据姚燧的《中书左承姚文献公神道碑》所载，许衡在拜访姚枢之后，尽录其所刊布数书回到魏地，并对其生徒云："曩所授受皆非，今始闻进学之序。若必欲相从，当尽弃前习，以从事于《小学》《四书》，为进德基。不然，当求他师。"（《牧庵集》卷一五）朝鲜学者李沃曾并论许衡与姚枢在理学史上的地位，其《元以许衡为学士》云："当宋末元初，居中州而自任以道学宗师者，非姚枢，许衡乎？之二公者，隐居藏修，资以师友之益，于古圣人书。讲之熟矣。"（《博泉先生文集》卷六）

而姚枢在理学之外，亦兼擅诗文。《元诗选》二集所收诗二十五首，题《雪斋集》，另有《宋元诗会》卷六十七所收七言古诗二首。文章则有

《全元文》卷六十四所收文三篇。其诗作，堪为代表者有《被顾问题张萱画明皇击敲按乐图》，其云：

> 阿萱五季名画师，尤工粉墨含春姿。君王游荡堕声色，不知声色倾人国。开元无逸致太平，天宝奢风生五兵。偃月堂近幽蓟远，潜谋不入芙蓉苑。咸阳行色马蔑尘，萱笔虽工恐未真。四海苍生半鱼肉，归来岂为香囊哭。一日重开日月光，黄金却铸郭汾阳。

姚枢以诗为谏，告诫忽必烈吸取明皇"游荡堕声色"的教训。全诗平易浅白，既易上口，又易入心。但整体而言，其诗理学意味较强，诗味则显得不足。

杨奂（1186～1255），本名焕，改奂，又名知章，或作英，字焕然，号紫阳，乾州奉天（今陕西乾县）人，金末名士。蒙古窝阔台汗十年（1238）选试东平，词赋、论两科皆中第一，从监试官北上谒耶律楚材，荐授河南路征收课税所长官兼廉访使。卒谥文宪。其自称所著有《还山前集》八十一卷、《后集》二十卷。元好问作《奂神道碑》则称有《还山集》一百二十卷。赵复在《杨紫阳文集序》中言其集八十卷，苏天爵撰《元朝名臣事略》则称："君著述有《还山集》六十卷。"今则存后人所辑《还山遗稿》二卷。赵复尝为杨奂文集作序，其《杨紫阳文集序》称："其志其学，粹然一出于正。盖自其为诸生，固已无所窥，坐是重困于有司之衡石。晚居洛阳，著书数十万言，沉浸庄、骚，出入迁、固，然后折衷于吾孔、孟之六经。其言精约粹莹，而条理肤敏。"（《还山遗稿》附录）苏天爵的《廉防使杨文宪公》说他："隐而天道性命之说，微而五经百氏之书，明圣贤之出处，辩理欲之消长，可谓极乎精义，入神之妙矣。"（《元朝名臣事略》卷十三）他不仅濡染理学，也是文章家，其为文宗法韩愈。杨奂在元初北方文坛拥有极高的地位，时人称"遗山、紫阳一代宗盟"，又称其"文章、道德为第一流人物"[1]。

---

[1] 参见魏初《青崖集》卷五《跋宋汉臣诸贤尺牍手轴》与李士瞻《经济文集》卷四《跋关西杨焕然先生画像赞》。

杨奂嗜读书，擅诗文。元好问的《故河南路课税所长官兼廉访使杨公神道之碑》称其"作文刬刮尘烂，创为裁制，以蹈袭剽窃为耻。其持论亦然。观删集韩文及所著书为可见矣"（《遗山集》卷二十三）。由此可知，他曾"删集韩文"，并坚持韩愈"陈言勿去"和"词必己出"的为文精神。杨奂有《韩子》十卷，是学习、整理韩愈的作品而编辑成的著作，足见他对韩愈的情有独钟。民国间《乾县新志》载录杨奂传略，其云："拜志称其'诗文雅健，类韩昌黎'……公之诗文，气象深厚，音调铿锵。其义理之精，胎息之古，措词之高，足以比隆濂、洛，方驾韩、苏。诗文有光明俊伟之象，不其然乎？"① 指明了杨奂散文宗法韩愈又受理学影响。四库馆臣高度评价杨奂的诗文，说："奂诗文皆光明俊伟，有中原文献之遗，非南宋江湖诸人气含蔬笋者可及。"但其表彰的《汴故宫记》《与姚公茂书》《东游记》诸篇，均非着眼于文学，是"皆可以备文献之征也"（《四库全书总目·还山遗稿》）。值得一提的是，他的《射虎记》由孔子"苛政猛于虎"的思想推衍而来，表面是表彰曹某除非虎之虎之功，实则表达了人们对清明公正社会的渴望。

就诗歌而言，杨奂曾作《录汴梁宫人语》十九首，以宫词形式写易代的兴衰，被陶宗仪评为"虽一时之所寄兴，亦不无有伤感之意"（《辍耕录》卷十八）。其《题江州庾楼》更为世人传颂，诗云："宿鸟归飞尽，浮云薄暮开。淮山青数点，不肯过江来。"这首五绝选择了一个不同寻常的角度——暮景，表达了他登楼时的人生感悟。前两句与薄暮黄昏登楼所见之景：远飞的鸟一批又一批地飞归故林。随着夜幕的降临，远眺视野中渐渐消失了归鸟的踪迹，漫漫长天，唯见远处浮云点点，融进了暮霭冥濛之中。后两句则写了对远处景色的主体感认，尽管夕阳西下、归鸟飞尽，烟雾凄迷，空旷寂寞，但隔江望去，淮河流域青山依依，渺渺可辨。诗人在凝思之际，顿悟生物、自然之真谛，那点点青山，绝非飞鸟、浮云可比，它有它的"志节"与造化，不会因时间更替、晨阳夕阴而"见异思迁"的，它不仅"不肯"过江而来，而且立足大地，终身不易。这其实

---

① 参见《乾县新志》第六册附《杨文宪公遗著》卷末《传略》，民国三十年（1941）年版。

23

是一首寄托人生遭际的哲理诗，其表面上是写山水自然，各出天籁，不可移易，实际上是借景言理，表达自己的人生理想，亦如自然界万事万物的客观存在一般，绝无随便改换之理。也因此，近人王文濡就指出"淮山二句，似有寄托"（《宋元明诗评注读本》）。

查洪德师曾指出，金元之际的北方文坛，并不像一般人想象的那么寂寥。清人顾嗣立在《元诗选》之《袁桷小传》中说："元兴，承金宋之季，遗山元裕之以鸿朗高华之作振起于中州，而郝伯常、刘梦吉之徒继之。故北方之学，至中统、至元而大盛。"[1] 尽管他描述的时间稍晚于杨奂，但也可作为杨奂生活时代文坛状况的参考。杨奂与元好问大致同时，当时活跃于文坛的有段克己、段成己等"河汾诸老"，还有著名诗人和文章家耶律楚材、杨弘道、刘秉忠等。应该说，当时的北方文坛非但不沉寂，还呈现出一定程度的繁荣。在这样一个并不寂寥的文坛上，杨奂能与文学巨匠元好问同为宗盟，其文学成就是不应该被忽视的。

二 元代中州文派的整体风貌

以许衡为代表的鲁斋之学，是元初影响最大的学术流派。但是，许衡之后，性理之学却无嗣响，不过，文章家却历历有人，如姚燧、畅师文、泰不华、李亢鲁翀等，都声名一时。元中期学者虞集在《送李扩序》中就批评许衡后学"谓修词申义为玩物，而从事于文章"（《道园学古录》卷五），指出了鲁斋之学衍为中州文派的这一变迁。中州文派以姚燧为盟主，其主体由两部分人构成：一是鲁斋后学中人，二是受鲁斋之学影响者。他们大都是当时的北方文人，也可称作中州士人，其生活区域大致是今河南、山东一带及河北的一部分。张养浩、元明善、畅师文、李亢鲁翀等是其主要代表。

近人钱基博曾论当时的北方之文学："文宗韩以矫苏，诗反黄以为唐，蕲于积健为雄，反宋入唐，而姚燧、元明善为之宗盟。"[2] 指出了姚燧在当时的宗主地位。姚燧（1238～1313），字端甫，号牧庵，洛阳

---

[1] 顾嗣立：《元诗选·初集》，中华书局，1987，第593页。
[2] 钱基博：《中国文学史》（整理本），中华书局，1993，第757页。

人。官至翰林学士承旨，知制诰兼修国史，卒谥文，有《牧庵集》。吴善序其文集称："我朝国初，最号多贤，而文章众称一代之宗工者，惟牧庵姚公一人耳。"张养浩序则云："皇元宅天下百许年，倡明古文，才姚公牧庵一人而已。"（《牧庵集》卷首）虞集在《庐陵刘桂隐存稿序》中说："国朝广大，旷古未有。起而乘其雄浑之气以为文者，则有姚文公其人。其为言不尽同于古人，而伉健雄伟，何可及也！"（《道园学古录》卷三十三）《元史·姚燧传》评其："为文闳肆该洽，豪而不宕，刚而不厉，舂容盛大，有西汉风，宋末弊习，为之一变。盖自延祐以前，文章大匠，莫能先之。"可见，其在元代文坛的地位之高、影响之大。张养浩对姚燧文的评论，颇具代表性。其《牧庵姚文公文集序》云："盖常人之文，多剽陈袭故，窘趣弗克振拔。惟公才驱气驾，纵横开阖，纪律惟意。其大略如古勍将率市人战，彼虽素不我习，一号令之，则鼓行六合，所向风从，无敌不北。"四库馆臣对姚燧之文有高度评价：

> 张养浩作是集序，称其才驱气驾，纵横开合，纪律惟意，如古劲将率市人战，鼓行六合，无敌不北。柳贯作燧谥议，称其典册之雅奥，诏令之深醇，抉去浮靡，一返古辙。而铭志箴颂，雄伟光洁，家传人诵，莫得而掩。虽不免同时推奖之词，然宋濂撰《元史》，称其文闳肆该洽，豪而不宕，刚而不厉，舂容盛大，有西汉风，宋末弊习，为之一变。国初黄宗羲选《明文案》，其序亦云：唐之韩、柳，宋之欧、曾，金之元好问，元之虞集、姚燧，其文皆非有明一代作者所能及。则皆异代论定，其语如出一辙。燧之文品，亦可概见矣。（《四库全书总目·牧庵集》）

在其眼中，姚燧可以称为中国文章史上的大家。查洪德师曾整理姚燧文集，并在《姚燧集·前言》中翔实地论述了姚燧的文学成就，其指出姚燧的古文实属于学者之文，在内容上以信史之笔为后世展示了宋元之际宏阔而真实的历史，在艺术上则以传奇为传记，破体求新，正中见奇；认为"姚燧是元代最具代表性的文章家"。而认真阅读姚燧的诗文，不仅能让我们重新认识这位文章家，也会促使我们重新评价元代诗文。①

姚燧在《送畅纯甫序》中曾提出"文章以道轻重，道以文章轻重"（《牧庵集》卷四），主张文道并重。在此之前，元初北方文风，上承金人学苏轼之条达舒畅而流为滑易，缺乏骨骼与气势。尽管在金后期已有像雷渊、李纯甫等人主张宗唐学韩，金末还有人倡导"取韩柳之辞，程张之理，合而一之"，以"尽天下之妙"（刘祁《归潜志》卷三），但这种理论和主张一直缺乏大家的创作实践来推动，因而不能形成新的文风。直到姚燧出，以刚劲雄豪之文，振起一时文风，时人为之耳目一新。

姚燧古文中，记序之类，佳善之作尤多，如《序江汉先生事实》《别丁编修》《序牡丹》《康瓠亭记》《赫羲亭记》都堪为代表。《序江汉先生事实》记姚枢救赵复于死俘间事，语言简洁，生动传神，而人物的心灵和心理也通过这简洁的文字表现出来：

> 某岁乙未，王师徇地汉上。军法：凡城邑以兵得者，悉坑之。德安由尝逆战，其斩刈首馘，动以十亿计。先公受诏：凡儒服挂俘籍者，皆出之。得故江汉先生。见公戎服而髯，不以华人士子遇之。至帐中，见陈琴书，愕然曰："公亦知事此耶！"公为之一莞。与之言，信奇士，即出所为文若干篇，以九族殚残，不欲北，因与公诀，蕲死。公止共宿，实羁戒之。既觉，月色烂然，惟寝衣留故所。公遽鞍马周号于积尸间，无有也。行及水裔，见已被发脱屦，仰天而祝，盖少须臾蹈水未入也。（《牧庵集》卷四）

其《太华真隐褚君传》，写人则形神具妙，写景则几可比美唐宋名家。如写牛心谷云："谷直南中方，入行二里许，深林奇石，泉溅溅鸣。其下垦地盈亩，构室延广不足丈，环莳佳花美箭。人之来者，始者爱其萧爽，不自知置身尘埃之外；居不戾暑，既已欠伸弛然，而思去矣。"文字质朴平实，却很耐读。姚燧的题跋小品也有佳作，如《书米元晖画山水》："米敷文之画，全法其父。山水树石，不事工细，多以云烟映带。

---

① 参见查洪德编校《姚燧集》，人民文学出版社，2011，第 1~39 页。

只喜作横挂，长不三尺，自题曰'墨戏'。今此独双幅巨轴，且当时奉诏与朱敦儒辈对画禁中者耶？真旷代希有物也。"（《牧庵集》卷三十一）全文简洁明畅，且有妙趣流泻笔端，颇得宋人小品之意趣，读之颇惬人意。

姚燧之诗，五七言、古近体皆备。诸体中，最为优秀者，当为五言、七言古体。《过开先寺》《过大孤山》《过小孤山》《清明日陪诗僧悟柳山登落星寺》等记游写景之作，皆气势雄奇飞动。这些诗作，景象雄奇，想象奇特，显示出作者过人的胸襟和气魄。

姚燧之外，中州文派作家自当以张养浩为首。张养浩（1269～1329），字希孟，自号齐东野人，别号顺庵，晚号云庄老人，济南人。游京师，献书于平章不忽木，辟礼部令史，荐入御史台。延祐初兴科举，遂以礼部侍郎知贡举。历陕西行台治书侍御史、礼部尚书、吏部尚书、陕西行台中丞等，谥文忠。

张养浩著述宏富，有《三事忠告》四卷（一题《为政忠告》），内含《牧民忠告》二卷，《风宪忠告》《庙堂忠告》各一卷。诗文集有《归田类稿》二十二卷，收入《四库全书》（另有《张文忠公文集》二十八卷，主要版本有清影抄元刻本）。《元诗选》初集辑入张养浩诗近百首，题为《云庄类稿》。散曲集则有《云庄休居自适小乐府》传世，《全元散曲》又据他书补辑出小令八首、套曲一套。《全金元词》收入张养浩词一阕。字尤鲁翀曾序《归田类稿》称："圣朝牧庵姚文公以古文雄天下，天下英才振奋而宗之，卓然有成，如云庄张公，其魁杰也。"指出了张养浩在中州文派中的特殊地位。张养浩自称"年二十四，见公京师"（《牧庵姚文公文集序》），后来"谢太子文学，数往来今翰长牧庵姚公门"（《张文忠公归田类稿序》）。可见他与姚燧过往之密。

张养浩之文，颇为时人推重。字尤鲁翀曾序其文集，《张文忠公归田类稿序》称："其文渊奥昭朗，豪宕妥帖。其动荡也，云雾晦冥，霆砰电激；其静止也，风熙日舒，川岳融峙。绰有姿容，辟翕顿挫，辞必己出，读之令人想象其平生。千载而下，凛有生气。"（《中州名贤文表》卷三十）其曾作《云庄记》，开头即点明"余性雅嗜山水"，接着描述云庄周围景象："始皆茅茨。第前有林甚茂，皆先祖手植，迨今将百余年。树多梨、杏、桃、柿，交枝合荫，盛夏亦爽然无暑意。负林为亭，面亭激流为池，实以荷芰，环以丛篁、垂柳、桧柏、花卉之植。所谓名山灵泉者，或献岚贡翠于几席之下，或歧流合派，经纬乎畎亩之中。"再记自己身处其中，其乐融融："风云月露，晨吟夕咏，靡不括奇纳秀于囊箧，为不能曲尽其所以乐。意之所得，物之所感，目之所及，笔之所向，亦足以发焉而无余蕴。"语言清新优美，行文如行云流水，极尽自然之风致。

张养浩为一代名臣，立朝有大节，治民有善政。弃官归隐，遇关中大旱，出赈饥民，忧劳成疾，死于任所。其高风亮节与爱民情怀，也于诗中见之。正如四库馆臣所言："养浩为元代名臣，不以词翰工拙为重轻。然读其集，如陈时政诸疏，风采凛然；而《哀流民操》《长安孝子贾海诗》诸篇，又忠厚悱恻，蔼乎仁人之言。即以文论，亦未尝不卓然可传矣。"其诗亦被时人所重，张起岩撰神道碑铭说他"早有能诗声，每一诗出，人传颂之"。除四库馆臣所举者外，如《黄州道中》《观含元殿故址》《读史有感自和十首》等，都表现了他仁民爱物之情怀。他的散曲之作，则明快流畅，〔山坡羊〕《潼关怀古》表达了他对历代兴亡的思考，以"兴，百姓苦；亡，百姓苦"作为结句，既深刻又有力度。写于陕西救灾时的套曲〔南吕·一枝花〕《咏喜雨》也是较有影响的作品。

继姚燧而起与张养浩同时的北方文风的代表作家则为元明善。元明善（1269～1322），字复初，大名清河（今属河北）人，北魏拓跋氏后裔。仁宗居东宫，首擢为太子文学，及即位，改翰林待制，参修成宗、顺宗《实录》，升翰林直学士。修《武宗实录》，升翰林侍讲学士。英宗即位，又召入集贤为侍读，升翰林学士。成宗、武宗实录的主持者为姚燧，元明善则是姚燧最得力的助手。其晚年文章愈益精进，古文与姚燧并称，被作为一代文宗。张养浩撰《故翰林学士资善大夫知制诰同修国史赠某官谥文敏元公神道碑铭》称：

> 至大四年，仁宗皇帝正位宸极，数被召见，凡诸寺观碑及近侍先世功行铭者甚夥。会牧庵姚先生燧以承旨居翰林，修成、武二宗实录，命君总之。君悉心毗赞，迄成两朝盛典。君所述者，姚公略为窜

易。他人则所留无几。居尝谓："文有题者，吾能为之。无题者，复初亦能为。"其见推激如此。夫古文自唐韩、柳后，继者无闻焉。至宋欧阳公出，始起其衰而振之，曾、苏诸公相与左右，然距韩、柳犹有间。金源氏以来，则荡然无复古意矣。天开皇元，由无科举，士多专心古文，而牧庵姚公倡之，骎骎乎与韩、柳抗衡矣。其踵牧庵而奋者，惟君一人。（《归田类稿》卷十）

元明善虽从学于吴澄，但论文章宗派，则应归之中州，故张养浩以之为能继姚燧之踵者。马祖常在《元文敏公神道碑》中称："倡古学于当世，为一代之文宗者，柳城姚燧暨公而已。"（《石田文集》卷十一）也将元明善与姚燧合称。查洪德师曾论道："《元史》说姚燧'颇恃才，轻视赵孟頫、元明善辈'，其说绝不可靠。"上引张养浩撰元氏神道碑铭，可为有力反证。皇庆、延祐间，虞集乃南文之望，元明善为北文之宗。元明善在江西及在金陵时，每与虞集剧论以相切劘，元明善言："君治诸经，惟朱子所定者耳。自汉以来先儒所尝尽心者，考之殊未博。"据《元史·元明善传》，虞集则曰："凡为文辞得所欲言而止，必如明善云'若雷霆之震惊，鬼神之灵变'然后可。非性情之正也。"二人的争论，反映了当时南北学术之异趣，及南北文风之对立。元明善所代表的是姚燧一派的为文主张。

姚燧的义章以碑传者称，元明善碑传之文颇近姚燧。其《丞相东平忠宪王碑》，述中书左丞相拜住之祖忠宣王从元太祖起兵事："太祖皇帝起兵，与乃蛮人战，吾师败绩，七骑走利，追兵尾及，困乏绝食。忠宣多力，走水次，缚致二岁橐驼，炙其肉，啖太祖。太祖马毙，六人相顾，忠宣遂以己马济太祖，步射贼而死。"又述忠宣王第三子佐元太祖定天下事："太祖战失利，单走泽中。天大雪，忠武与博尔济张马鞯蔽太祖卧。旦起视迹，二人之足不移。太祖从三十骑行涧谷间，遇群盗突射，忠武三发三殪，徐撤马鞯障太祖，叱骑战贼。贼问知忠武名，乃解去。"（《元文类》卷二十四）其文古典似姚燧，叙述简洁而能绘声绘色也似姚燧，显示了高超的为文功力。

明善文有写得明净而令人神往者，如《万竹亭记》记万竹亭：

周所居植竹，竹无虑十万个。构亭竹间，覆之白茅，名曰"万竿"。竹不止万而曰"万"，志盈数也。亭之西，雪山嵯峨，玉立霄汉；东则岷江之支，洪流达海。亭并长溪，可汲可渔，抱亭几合，而去与江会。每风日清美，目因境豁，群虑冰释，神情散朗，超然遗世。或风雨之夕，溪声与竹声乱耳，入清音，幽思以宣，肃如也。或雪或月，亭与竹尽宜。（《元文类》卷二十九）

真可谓如诗如画，营造了一个清净的世界。读其文也使人神清气朗，尘虑全消。其文字则自然开阖、情景浑融。长短句的巧妙组合，声与色的完美搭配，心与境、人与景无间融合，别具风致。

元明善与张养浩情谊深厚，相互推重。张养浩《挽元复初》诗云："韩孟云龙上下从，岂期神物去无踪。知君本自雄才刃，顾我安能直箭锋。一死一生空世隔，三熏三沐为谁容。平生碑版天留在，不朽何须藉景钟。"（《归田类稿》卷十九）这是对知己的哀惋。其《文敏元公神道碑铭》曰："余尝许其词工，而君亦谓余气盛。"二人同声相应，同气相求，文学见解相一致。

许衡弟子中能文者，除姚燧外，又以高道凝、畅师文为突出代表。《元史·姚燧传》载："元贞元年，以翰林学士召修《世祖实录》。初置检阅官，究核故事。燧与侍读高道凝总裁之。"可见高氏在当时文坛颇具地位与影响，时人对畅师文更是多有推崇。

畅师文（1247～1317），字纯甫，号泊然。其幼时家贫好学，后拜见许衡，与鲁斋弟子姚燧、高凝结成好友。至元五年（1268），他上书论时政十六策，为丞相安童赏识，经推荐，被征聘为右三部令史。后伯颜统兵伐宋，选为掾属，随军谋划。攻取江南后，唯携书籍而归。后因进所撰《平宋事绩》，拜监察御史。曾编纂《农桑辑要》，论述各种农作物栽培及家畜家禽饲养方法，倡导种植棉花和苎麻。又出任陕西汉中道巡行劝农副使，在当地设立义仓，推广种艺法。后官国子监司业、陕西行省理问。武宗时，参与编写《成宗实录》，官终翰林学士。他既是鲁斋后学，也是中州文派作家。许有壬的《畅肃公神道碑铭》称其"弱冠，谒鲁斋许先生，先生宾遇之，高弟若姚公端甫、高公道凝，皆相推友善"，并言其"为文力追古作，卢公处道以为似太史公，而姚公端甫亦称'纯甫实善文'"。但"著述多而不存稿"（《至正集》卷四十九），故传世诗文极少。姚燧与畅师文相友善，其词有《与畅纯父学士同舟过鹿门山》，诗有《寄畅纯父治中》等，在文学上引为知己。《送畅纯甫序》是姚燧现存最重要的论文之作，云："纯甫自言得余只字一言，不弃而录之。又言：'世无知公者。岂惟知之，读而能句，句而得其意者犹寡。'"又说："自余不可不谓之知己，足为百年之快。""然纯甫实善文。其不轻以出者，将以今为未积。积而至于他日，以骚雅末流典谟一代乎？将恃夫莅民既为循吏，持宪既为才御史，富民又为良大农，道行一时，无暇于为言乎？岂以世莫己知，有之而退藏于密也？由积而为书，他日与道行一时，无暇于言，则可由莫己知而不出。若予也，虽不善文而善知文，则纯甫为失人矣。"按照姚燧的说法，他虽善文但"不轻以出"，时人莫测其高深，但有一点可以肯定：他与姚燧为文章知己。

孛朮鲁翀（1279～1338）（一作富珠哩翀），始名思温，字伯和，后更名翀，字子翚。女真人。属望广平（今属河北），祖父随元宪宗南征，家于邓州顺阳（河南内乡）。其父任江西掾，以家自随，孛朮鲁翀生于赣江舟中。父死后，家事零落，他仍不顾家务而学习更加用功。曾从新喻萧克翁学，孛朮鲁翀原名思温，字伯和，萧克翁为改易今名与字。后来受到文坛巨子姚燧的赏识，并说："燧见人多矣，学问文章无足与子翚比伦者。"元大德十一年（1307）以荐授襄阳县儒学教谕，升汴梁路儒学正，姚燧荐修实录。至大四年（1311）授翰林国史院编修官。延祐二年（1315）擢河东道廉访司经历，迁陕西行台监察御史。延祐五年（1318）拜监察御史，后擢翰林修撰，又改左司都事。预修《大元通制》，并撰写序言。泰定二年（1325）曾出为河南行省左右司郎中等职，参修《太常集礼》，兼经筵官。文宗即位，尝呼"子翚"而不名。迁集贤学士，兼国子祭酒。升礼部尚书。元统二年（1334）除江浙行省参政，逾年以迁葬归故里，后至元四年（1338）卒。追封南阳郡公，谥文靖。孛朮鲁翀以师道自任，是许衡的后继者。他的文章简奥典雅，深合古法。有文集六十卷，久佚。近人缪荃孙辑出他的作品，编为四卷，名《菊潭集》。《元诗选》二集选入孛朮鲁翀诗八首。

　　苏天爵的《孛朮鲁公神道碑铭并序》载：孛朮鲁翀为学务博而约，自六经诸史传注，下至天文、地理、声乐、历律、水利、算数，皆考其说，年二十余，即号称巨儒。少即颖悟，读书一览即记。先从乡先生李贞隐学诗赋，稍长游学江西，拜名儒萧克翁为师。再走京兆，师事隐于终南的大儒萧斠，其学益宏以肆。归，复游汉上，从姚燧学古文。燧大奇之，称赞他："谈论锋出，其践履一以仁义为准。文章不待师传而能，后进无是伦比。"吴澄亦尝谓"孛朮鲁公学博而正，独立无朋"（《孛朮鲁公神道碑铭并序》）。《元史》卷一八三《孛朮鲁翀传》云："翀状貌魁梧，不妄言笑。其为学一本于性命道德，而记问宏博，异言僻语，无不淹贯。文章简奥典雅，深合古法。用是天下学者，仰为表仪。其居国学者久，论者谓自许衡之后，能以师道自任者，惟耶律有尚及翀而已。"又载其以孔孟之道自尊："帝师至京师，有旨朝臣一品以下，皆乘白马郊迎。大臣俯伏进觞，帝师不为动，惟翀举觞立进曰：'帝师，释迦之徒，天下僧人师也。余，孔子之徒，天下儒人师也。请各不为礼。'帝师笑而起，举觞卒饮，众为之粟然。"清顾嗣立《元诗选》小传称："子翚学博而正，为文章典重质实，不为浮靡，其词悉本诸经，如米粟布帛，皆有补于世教。"并评价"元初文章雄鸣一时者，首推牧庵，而亦推服子翚如此，宜后人以鲁姚并称云"。

　　孛朮鲁翀现存诗文不多，其文"悉本诸经"，多求"有补于世教"。其《平章政事致仕尚公神道碑》表彰墓主德业，议论正大："公粹美高亮，行修洁。年十六七志学，溯伊洛，究洙泗，完经太史、诸子百家，该洽无不综。一以仁义为根极，孝友行业，著见州闾。大臣交荐，声名日振。世庙方大有为，衣冠元老森然以所能辅经纬。公翱翔上下，佐画开先，实与有力。"追述其行为之美，学问之正，辅佐朝廷之有力，又记其闲居之时，"从容事外二十余年，寿考康强。几杖清寂，手不释卷。缙绅造之，非圣贤中道、经纶大经置不谈。闻者随其器量大小，皆润溉，天下望之若瑞星神岳。素缜严，飧饮食、动静皆有节制。居位应务，察事理，守名法，简易正大，物无不容。推行所宜，不胶不固。大政大节，利不回，威不屈。仁勇沛然，绰有余裕。古遗爱、遗直，公兼尽之"（《孛朮鲁公神道碑铭并序》）。这种人格的表彰，实可推衍以说明他的文风追求。

就其诗作而言，孛朮鲁翀曾于襄城访问故老，探寻先贤遗冢，感叹宋代名臣范镇的盛德伟烈和遗冢的荒芜。其所作《范坟诗》即称赞范镇"雄哉炼石手，妙补天巍巍。丞相江南来，云掩扶桑晖。旧德陈苦辞，往往阨谤讥。诸贤抗章疏，弱卒攻坚围。公力斡禹鼎，正气砰黄扉"。而眼前却是"彼黍离离"，读之令人心酸，于是诗人在诗歌的结尾处，表达了对兴亡盛衰变迁的遗憾："我来访遗垄，名姓存依稀。来仍散兵烬，雨雪无留霏。公名在天下，岂逐薤露晞。谁能禁耕牧，盛事乘薪机。吾力不足振，感叹徒歔欷。"（《元文类》卷三）

与姚燧一样，孛朮鲁翀的文风追求"雄刚古邃"。他在为张养浩《归田类稿》所作序中，赞扬姚燧古文"其动荡也，云雾晦冥，霆砰电激；其静止也，风熙日舒，川岳融峙，绰有姿容"。他的诗文创作体现了这些特点，如其《大都乡试策问》：

> 朝廷者，纲纪所综而风化所由宣；京师者，郡县所望而民物所由阜。以上达下者，礼乐政刑也，事孰大焉；以下奉上者，士农工商也，业孰广焉。事振于上，万方治象，以之昭明；业修于下，万世邦本，于是巩固。生民以来，天下国家，莫之能易也。夫礼，天地之节也，三代损益，虽可概见，叔孙之仪，后世因之。奇功炽而夺稼穑之务，苦窳售而耗库廪之储，其何方以政之商懋迁之资也？钞法久赝，农末交病，市扰不测，有无俱艰。侥幸者公私相欺，折阅者上下莫诉，其何术以平之。（《元文类》卷四十七）

行文大开大合，变化莫测，自有一种不可当之气势，使人想起宋代陈亮文章之"堂堂之阵，正正之旗。风雨云雷，交发而并至；龙蛇虎豹，变见而出没"，真有如此风神与气度。

在中州文学一派中，受姚燧影响最大，创作又与之最为接近者，当属孛朮鲁翀。但是，在孛朮鲁翀之后，中州文派渐无闻人。随着南方文人虞集等北上并进入文坛中心位置，历史已进入元代中期，平易阔大之文风逐渐行于天下，中州文派随之式微。

第二章　刘因与元代北方文派

南宋金元时期，是中国学术史与中国文学史上一个非常重要的时期。这一时期的学术与文学，可以用两个特点来概括：转折与纷繁。而在纷繁中，却有着明晰的发展脉络。一方面，诗文流派众多，深入考察就会发现，这些诗文流派多具有学派背景，只不过有的是单一学术背景，人们易于认识，有的是多元学术背景，人们不太容易把握。另一方面，学派林立，且都以文章（包括诗赋）宣扬其学术主张。不同的学派，学术主张不同，学术风格也自然有异，于是衍为文派。所有的诗文流派，大多具有或单一或多元的学术背景。学派衍为诗文之派，成为这一时期文学史的一大特色。学术与文学的实际关系如此密切，但是以往学者却较少从这一视角审视这一时期的文学史，因此不免忽略了一些问题，或者对一些问题难以准确把握。鉴于此，在学术通观视域下，对南宋金元时期的重文之学派与重学之诗文流派加以多维度的整体性观照，无疑非常重要且十分必要。

从中国学术史与文学史的发展历程来看，派别意识的增强往往是学术自觉并成熟的重要标志。自南宋始，学者尤其讲求统绪。发展到元代，诸学派学源交叉并逐渐流而为文。近人钱穆就曾指出："元儒讲经史之学，多流衍自朱子，其成就亦可观。其所为诗文亦皆有渊源，有传绪可循。"[①] 沿着不同的学术承传谱系，生成了不同的诗文流派。而论及元代的理学大家，元人揭傒斯曾称："皇元受命，天降下真儒。北有

钱穆：《中国儒学与文化传统》，载罗联添编《国学论文选集》，台湾学生书局，1985，第68页。

许衡，南有吴澄。"① 清人黄百家在《宋元学案》卷九十一《静修学案》案语中则将刘因与许衡、吴澄合称元代三大儒。其称："有元学者，鲁斋、静修、草庐三人耳。"此外，又有"南北二许"之誉，即将许衡与许谦并称。这些称誉也基本道出了元代学术的主要派别，即许衡之学、刘因之学、吴澄之学与许谦之学。至于"儒林四杰"虞集、揭傒斯、黄溍与柳贯，也均为前四者之晚辈与后学，都可归为以上诸派。以黄宗羲《宋元学案》的划分为主要依据，徐远和的《理学与元代社会》曾梳理了元代的学术派别："鲁斋学派、静修学派与北山学派（金履祥、许谦）、草庐学派（吴澄）南北呼应，成为带有不同色彩的元代理学的重要学派。"② 他认为，元代学术流派主要为以许衡（世称"鲁斋先生"）为代表的鲁斋学派、以刘因（世称"静修先生"）为代表的静修学派、以吴澄（世称"草庐先生"）为代表的草庐学派与以许谦（浙江金华人）为代表的北山学派（又称金华学派）。四派之中，由于刘因未为显宦而隐退讲学且享年不永，静修学派一直未受到学者应有的重视。虞集的《安敬仲文集序》就曾感叹："以予观于国朝混一之初，北方之学者高明坚勇敦，有过于静修者哉？诚使天假之年，逊志以优入，不然，使得亲炙朱子以极其变化充扩之妙，则所以发挥斯文者，当不止是哉！"今之学者多将关注点集中于两大方面。一是刘因本人的学术与诗文创作。商聚德的《刘因评传》（南京大学出版社，1996）与查洪德的《北方文化背景下的刘因》（《文学遗产》2002 年第 3 期）是其中代表。二是静修学派及其门人考证。徐远和的《理学与元代社会》之《静修学案》与袁冀的《元史论丛》之《试补宋元学案之静修学案》（联经出版事业公司，1978）为个中典范。③ 截至

---

① 揭傒斯：《吴澄神道碑》，载《揭傒斯全集》，上海古籍出版社，第 454 页。

② 徐远和：《理学与元代社会》，人民出版社，1992，第 8 页。

③ 其他相关研究则散见于各种哲学史、思想史与文学史中。单篇论文则有萧新祺的《河北容城元代〈刘静修先生文〉版本述略》（《文物春秋》1990 年第 1 期）、黄琳的《刘因研究三题》（《重庆师范学院学报》1990 年第 4 期）与《论元初诗人刘因的诗歌创作成就》（《四川师范大学学报》1992 年第 6 期）、幺书仪的《维护"本质"的退避——刘因"操守"别解》（《阴山学刊》1991 年第 2 期）、王雪盼的《出处进退说静修——从刘因诗词看其人品风节》（《古典文学知识》1996 年第 2 期）、张晶的《元代诗人刘因初论》（《漳州师范学院学报》1997 年第 3 期）、王忠阁的《爱闲元不为青山——也谈刘因的隐逸》（《河南大学学报》1999 年第 5 期）、叶爱欣与王山林的（转下页注）

目前，尚未有人将刘因及其弟子作为流派并对他们的学术与诗文做整体研究。

第一节　刘因与静修学派及其承传

元朝立国之初，其学术重心在北方，而当时北方理学大宗不过许衡、刘因二人而已。程钜夫的《故平阳路提举学校官陈先生墓碑》曾论道："方是时，中原祗兵且百余岁，师道久废。我元建国，覃怀许文正公衡进而师于上，保定刘征君因退而师于下，名贤遗老并列周行。"其言元初学者以许衡与刘因为主。黄百家更是将刘因与许衡并举为"元之所以借以立国者"。全祖望亦云："许文正、刘文靖，元北方两大儒也。"（《宋元学案》卷九十一《静修学案》）《元史·赵复传》载，姚枢"既退隐苏门，乃即复传其学。由是许衡、郝经、刘因皆得其书而尊信之。北方知有程朱之学自复始"（《宋元学案》卷九十）。《鲁斋学案》中黄百家案语称，自赵复被俘北上"以南冠之囚，吾道入北，而姚枢、窦默、许衡、刘因之徒，得闻程、朱之学以广其传"。后世学者多据此将许衡与刘因视作赵复弟子，并将两人划归于同一个学派。严北溟的《哲学大辞典：中国哲学史卷》（上海辞书出版社，1995）中"鲁斋学案"条就称，此派"以宋元之际赵复、元许衡为代表的学派。因其大宗许衡号鲁斋，故名。主要人物有刘因、姚枢、窦墨、郝经等"。实际上，这种论断似是而非。尽管许衡

（接上页注③）《元初刘因"和陶诗"的内蕴》（《平顶山师专学报》2001 年第 1 期）、王慧的《刘因理学教育思想评介》（《华东师范大学学报》2001 年第 1 期）、孟新芝的《论元初诗人刘因的思想》（《牡丹江师范学院学报》2001 年第 4 期）与《论刘因诗歌的艺术特色》（《宁夏大学学报》2002 年第 2 期）、徐子方的《人格自尊与文化尊道——刘因心态剖析》（《徐州师范大学学报》2003 年第 4 期）、王素美的《理势与文势的交融运动与力的表现——论刘因山水诗的创新》（《河北大学学报》2003 年第 4 期）与《刘因对哲学时空与审美时空的转换》（《河北大学学报》2005 年第 5 期）、晏选军明《元初北方理学流衍与士人遭际——以许衡、刘因比较研究为代表》（《宁波大学学报》2004 年第 6 期）与《刘因却聘原因再探讨》（《湖南师范大学社会科学学报》2004 年第 1 期）、郭秀锋的《刘因山水诗的艺术风格》（《运城学院学报》2004 年第 1 期）、张帆的《〈退斋记〉与许衡刘因的出处进退——元代儒士境遇心态之一斑》（《历史研究》2005 年第 3 期）、高文的《刘因和陶诗及其隐逸文化人格探论》（《湖南科技学院学报》2007 年第 8 期）等。

与刘因都受到赵复的影响，也均尊崇并致力于传承程朱之学，但是刘因之学与许衡之学存在诸多差异。这些差异却被有意无意地遮蔽了。

刘因为学与为文不同于许衡，就为学而言，主要体现在三大方面。一是元代学者都或多或少地具有和会朱陆的倾向，但是各有偏重。全祖望在《静清书院记》中曾论元代的理学世系，称："有元儒林世系，鲁斋、白云，专主朱学；静修颇祖康节。"（《宋元学案》卷八十七《静清学案》）他认为，许衡与许谦专守朱熹之学，刘因则兼收邵雍之说。苏天爵撰《静修先生刘公墓表》时也称："其学本诸周程，而于邵子观物之书深有契焉。"（《滋溪文稿》卷八）二是受当时风气影响，许衡重在遵循与力行朱熹之学，而于学理上极少发明。许衡注重朱子的《小学》工夫并对其子说："《小学》《四书》吾敬信如神明，自汝孩提便令讲习，望于此有得，他书虽不治无憾也。"① 明人薛瑄的《读书录》尝评论道："至许鲁斋专以《小学》《四书》为修己教人之法，不尚文辞，务敦实行。"其又云："许鲁斋力行之意多。"而刘因对朱熹学说带有一定的批判眼光，并对其著述有所删补更正。他曾对完全由朱熹语类辑编而成的《四书集义》删繁就简，择其旨要而成《四书集义精要》一书。苏天爵曾称赞此举"简严精当"，四库馆臣也颇为认同苏氏之评，并议论道："因潜心义理，所得颇深，故去取分明，如别白黑。较徒博尊朱之名不问已定未定之说，片言只字无不奉若球图者固不同矣。"（《四库全书·四书集义精要提要》）杨幼炯在《中国政治思想史》中也曾指出许谦与刘因之别，认为两人"一为祖述程朱，以实行为主，一是折衷朱陆，以尊德性为主"。三是同为理学宗师，刘因治学而不废词章，而许衡对文学多加排斥。薛瑄也曾评道："鲁斋厌宋末文弊，有从先进之意。"（《读书录》卷二）日本学者安部健夫的《元代的知识分子和科举》也认为两家不同，称："元初北方学者形成两派学风，一派以许衡为首的修养派，一派便是以真定东平儒士为主体的文章派。"② 也正因为许刘为学有别，清时全祖望修正了黄宗羲以北方学案统代静修学案与鲁斋学案的做法，将许刘划为两派，专列刘因为

---

① 许衡：《与子师可》，载《许衡集》，王成儒点校，东方出版社，2007，第204页。
② 元代真定东平儒士以刘因为首。参见刘俊文主编《日本学者研究中国史论著选译》第五卷，姚荣涛、徐世虹译，中华书局，1993。

"江汉别传"，称："静修先生亦出江汉之传，又别为一派。"（《宋元学案
序录》）徐远和的《理学与元代社会》也将刘因之学划为静修学派，将其
作为元代北方理学的两大派别之一。

一 刘因之学与静修学派

刘因之学有两大显著特点。一是学术渊源及转变方面，由汉唐以来传
统训诂疏释之学转向新兴的程朱义理之学。刘因先承家学，其父刘述最早
对其产生影响。据刘因《先世行实》载，刘述刻意于学，天文、历数、
阴阳、医方之书无不通，尤喜性学与史学。苏天爵在《静修先生刘公墓
表》中也称刘述"壬辰北归，刻意问学，尤邃性理之说"，又谈及刘述对
刘因的用心栽培："初先生之父四十犹未有子，乃曰：'天果使我无子则
已，有子必令读书。'故自真定还居保定，谢绝交朋，专务教子。"（《滋
溪文稿》卷八）后刘因师从砚弥坚学习训诂疏释之学，砚弥坚为学"重
事功，重文章，比较求实"。[①]据苏天爵《元故国子司业砚公墓碑》所述，
砚弥坚"年十四学词赋……十六从乡先生王景宋学。……公学得其梗概，
慨然有志于事功。年十八，又从袁州刘仁卿学议论。年二十四，来归圣
朝。公学问淳正，文章质实，务明道术，以敦世教，其为人亦然"（《滋
溪文稿》卷七）。在赵复北上之后，刘因又间接得赵复所传程朱理学，并
遍读周敦颐、程颢、程颐、张载、邵雍、朱熹、吕祖谦等人之书，其中尤
其服膺朱熹。刘因为学由此发生变化，开始倾向于程朱义理之学。《元
史》卷一七一《刘因传》载："初学经学，究训诂疏释之说，辄叹曰：
'圣人精义，殆不止此。'及得周、程、张、邵、朱、吕之书，一见能发
其微，曰：'我故谓当有是也。'"二是学术取向方面，以朱熹之学为主，
又不废汉唐训诂之学，更兼取邵雍、吕祖谦诸人之学。刘因的《叙学》
尝道："近世学者，往往舍传注疏释便读诸儒议论，不知议论之学自传注
疏释出，特更作正大高明之论耳。传注疏释之于经，十得其六七，宋儒用
力之勤，铲伪以真，补其三四而备之也。"（《静修集》续集卷三）今人钱
基博曾概论刘因之学，称刘氏"家居教授，以发六经皆史之义；而诏学

---

① 参见查洪德《北方文化背景的刘因》，《文学遗产》2002 年第 3 期。

者，亦不废汉唐训诂之说，旁推交通，著有《叙学》一篇。大旨主博学于文，读书穷理。其学原出于朱熹之道问学，而参以吕祖谦之经世读史，亦不尽用朱子"[①]，基本道出刘因学术取向的主要特点。

刘因一方面潜心于学术，另一方面又结交同道，与滕安上、郝经等人往来辩难析道，并授徒讲学。在其影响之下，学界形成了所谓静修学派。静修学派承传数代，成员众多，但是今日可以考见者不多，除刘因外，较为卓越者有滕安上、安熙与苏天爵等。同时，这一派著述也堪为宏富，遗憾的是散佚严重。以往学者对这一派学术的研究多集中于刘因且较为零散。今则据现存的成员及其著述，对静修学派的学术略做概说。

其一，论性理。刘因等人论天理与人性，主程朱之说。朱熹集北宋理学之大成，以"理"作为最高范畴。刘因接受了这种理本论思想，其《宣化堂记》最能代表其性理主张。刘因在文中一直强调"化"，于是有学者总结出刘因的气化思想。其实，我们若将这篇记与极受朱熹推崇的周敦颐的《太极图说》加以对比就会发现，两者的理念、逻辑甚至文风都极为相似。由此可见，刘因认同周敦颐的性理观并加入了自己的体悟。其讨论宇宙生成万物到人之为人的变化过程为天（即周敦颐之"无极"）—理（又称太极、理、道、天地之心等）—阴阳五行—万物—人，进而将人之伦理纳入其中，认为儒家标榜的礼教具有天然的合理性，这样就为希贤成圣的宣传与大人合一的主张提供了哲学依据。这是刘因理学思想的基础或逻辑起点。众生与圣人一样，均源于理，故人人可以成为圣贤。又圣贤本乎天，天地之化来自人之化，故只要顺应天理则可做到天人合一。至于成贤成圣的路径，刘因认为有两条：一是向内加强心性修养，要"无待于外"而"自求本心"；二是通过观物来体悟。宇宙之间，天地阴阳、日月星辰、水火土石、寒暑昼夜、风雨霜露、鸟鱼草木、性情形体、色声气味，以及人等都属于"物"，学者既要通过感官来认识，又要进行心灵的体认和理性的反观。刘因曾有诗云："观物得吾师，终日欲相对。"这体现了他的观物主张与体会。

[①] 钱基博：《中国文学史》，中华书局，1993，第761页。

其二，述治道。刘因等人反对空谈性理，而对有关经世致用的国家的方针、政策、措施多有研究。宋季朱学末流出现了空谈性理之倾向，刘因于此颇为警醒，提出了"古无经史之分""经皆史"的观点。他说："古无经史之分，《诗》《书》《春秋》皆史也。因圣人删定笔削，立大经大典，即为经也。"刘因此论旨在提高史学的地位，想通过考察历史来总结治学、治国与治世、治人之道。在他看来，《书》载帝王治国之道，《诗》见俗世兴衰之道，《春秋》明辨别正邪之道。除刘因外，安熙与苏天爵等也很重视总结历史。苏天爵就曾总结前朝与本朝历史，屡次向朝廷建言献策。

其三，考制度。王安石的《取材》称："所谓诸生者，不独取训习句读而已，必也习典礼，明制度。"（《临川文集》卷六十九）刘因与苏天爵等人对古往今来的法令、礼俗等多有自己的见解，不过将治道与制度经常混为一体。刘因曾广览史册，从先秦史书《左氏传》《国语》《世本》《战国策》到"前四史"（《史记》《汉书》《后汉书》《三国志》），下至《晋史》、《南史》、《北史》、《隋史》、新旧《唐书》、新旧《五代史》等，考察历代制度，并一一做出评价。其主张："学者必读全史，历代考之，废兴之由，邪正之迹，国体国势，制度文物，但然明白，时以《六经》旨要立论其间，以试己意。"苏天爵也曾遍考前代科举取士制度，并用心研究法制条格等。

二 门人考证与后学承传

刘因绝意仕进，成为"不召之臣"，后世也因此激赏其气节。他一生从事讲学，除在家乡设塾外，还曾设教于三台，并入易州为塾师，一度被征聘入朝，侍从春坊，教近侍子弟，皆旨在传播道学，在当时影响巨大。据载，刘因讲学时，"户外之屦常满"，"咸虚往而实归"。刘因殁后三百年，明人方义壮记刘因在当地的影响，称其"隐居三台，教授生徒，希圣有解，河图有辨，周易发微，学士家有藏诵者。此其羽翼经传之功，足等吴、许……今容、新二邑博士弟子，多邃于《易》，名卿节士，往往由《易》起家"（《容城县志》）。刘因弟子遍及大江南北且惠泽不同民族，其后学一传再传，薪火不绝，统绪清晰，自成一脉，共承传四代，与许衡

鲁斋学派并立为元代北方理学的两大派别。^①

宋元学人尤重门户派别与师承统绪，就师承脉络而言，静修学派的前导为砚弥坚。砚弥坚（1212～1289），字伯固，迁居真定后，以教授为业，循循为教，始终不倦。及其卒，当时台阁名流周砥、阎复、李谦、焦养直等都曾诔以哀之。其著有《郾城集》十卷，今不见存。《全元文》收其文一篇即《李冶治古演段序》。今笔者又辑得佚文两篇：《六书统序》（见杨桓《六书统》）与《东垣老人传》（见李濂辑《医史》）。砚弥坚弟子众多，其中以刘因与滕安上最为杰出。

静修学派第一代为刘因与滕安上，而以刘因为核心与旗帜。滕安上（1242～1295），字仲礼，号退斋，中山安喜（今河北定县）人，历任中山府教授、禹城主簿、国子博士、太常丞、监察御史及国子司业等职，著有《东庵稿》与《易解洗心管见》等（今不见存），仅遗《东庵集》四卷。滕安上与刘因同学于砚弥坚，两人亦师亦友，时常论学问道。其事迹见于姚燧《国子司业滕君墓碣》（《牧庵集》卷二十六）等。

第二代由刘、滕一传弟子构成。苏天爵曾道："文靖弟子，恒以百数。"而其中以安熙成就与声名最著。近人钱基博尝评道，刘因"弟子数百人，而得其传者曰真定安熙"^②。安熙（1270～1311），字默庵，号默庵，又号神峰野客，真定藁城人，热心搜集编订刘因遗著，笃守并发挥刘因学说，著《四书精要考异》等。其曾讲学于封龙书院，今有《安默庵文集》行于世，其他弟子尚有以下诸人。

杜萧，字彦表，保定人。历任国子助教、河南儒学提举，晚年隐归于家，不再仕进。刘因殁后，曾撰《静修先生圹记》。《全元文》收其文一篇。事见苏天爵《杜提学画像赞》（《滋溪文稿》卷一）等。

林起宗，字伯始，晚号鲁庵，内邱人。自幼力学，以圣贤自期。闻刘因名而往从之。曾立门三日，刘因感其为学志坚，尽心授以程朱正传。林起宗因此深得道学之旨。后归乡里，于林公书院教授弟子，从学者甚众。著有《志学指南图》、《心学渊源图》及《大学》、《论语》、《孟子》诸

---

① 徐少锦与温克勤主编《伦理百科辞典》（中国广播电视出版社，1999）中"静修学派"条目误称"它是鲁斋学派的一个分支"。
② 钱基博：《中国文学史》，中华书局，1993，第761页。

图，以及《孝经图解》、《小学题辞》等。事见《元儒考略》卷二等。

乌冲，字叔备，汴人，身为世家子而能折节读书，颇得刘因看重。其学成后，杜门授徒，讲说经训，谆谆不倦，远近学者，争归之。刘因自选百余首诗并以系年，名为《丁亥集》。其寓意深远，读者多有不解。乌冲为之作注释，即《丁亥集注》，曾著有《易说精要》，事见苏天爵《故处士赠秘书监秘书郎乌君墓碑铭》（《滋溪文稿》卷十四）。

郝庸，字季常，泽州人，郝经三弟。因其兄郝经与郝彝均与刘因情谊契厚，故遣其从刘因学习《书》《诗》，曾任颍州太守。事见《元史·郝经传》、元好问《郝先生墓志铭》等。

郝彩麟，郝经子。因其父与刘因为挚交，故其与乌冲一并从刘因受业，后以学行，历任林州知州、集贤直学士及江南江北肃政廉访使等。

李道恒，生平不详。刘因更召，曾命李道恒入京，纳上铺马圣旨。事见《宋元学案》等。

李天篪，字时翁，江西吉水人，得刘因道学之传，有《诗经疏》《书经疏》行世，今均散佚。事见《江西统志》与《经义考》等。

刘君举，字季贤，南丰人。其曾受业于广平王磐，后闻刘因讲学容城，尽弃所学，学之三年，于诚伪之辨，确有定见。事见《宋元学案》。

梁思恭，容城人，与弟梁师安，一同从学于刘因。其后因经明行修，被征召为侍讲。事见孙奇逢《重葺静修祠堂暨配祀诸贤始末记》（《夏峰先生集》）。

赵密，字仲理，涞水人，因生于官宦之家，幼时喜狗马射猎，既长闻刘因号称大儒，燕赵多士咸往授业，遂执以弟子礼于刘因。刘因告以圣贤之训，一年后其身上豪习尽去。刘因卒后，其曾与门人贾壤建文靖书院并立祠祀之，曾任元鹰坊都总管。事见苏天爵《滋溪文稿》卷十五等。

贾壤，字巢父，房山县人，曾与兄贾璞（字保真）同师于刘因，归而授学乡里，学徒恒百余人。其陈说经义大抵祖述刘因。事见苏天爵《处士贾君墓表》（《滋溪文稿》卷十九）。

刘英，字原蒙，新安人，早年为吏，仰慕刘因风节学养而折节受业。及刘因卒，其隐居不出，精研至理，不求闻达。事见孙奇逢《重葺静修祠堂暨配祀诸贤始末记》（《夏峰先生集》）。

王纲，新安人，师事刘因，有孝名，因父亡忧伤过度而卒。刘因曾作诗哭祷。事见刘因《新安王生墓铭》（《静修集》卷九）等。

梁泰，新安三台人，从刘因受业，有高行。刘因卒，其曾与同门一道建书院，立刘因祠堂，以此传播刘因之学，化育乡人。事见危素《静修书院记》（《说学斋稿》卷二）。

徐景贤，幼从刘因学，勤学能文，然二十九而卒。刘因痛悼，曾作《徐生哀挽序》《赠徐生》《哀徐生》等诗文。事见刘因《静修先生文集》。

李蒙，新安人，师事刘因，有学行。事见孙奇逢《重茸静修祠堂暨配祀诸贤始末记》（《夏峰先生集》）。

王果，新安人，师事刘因，有学行。事见孙奇逢《重茸静修祠堂暨配祀诸贤始末记》（《夏峰先生集》）。

李贞，师事刘因，有学行。事见孙奇逢《重茸静修祠堂暨配祀诸贤始末记》（《夏峰先生集》）。

何德巖，易州易县人，父何玮，因慕刘因之学行与人品，迎刘因为塾师而教于其家。何德巖，与弟何德温及何德谦因此一并从学于刘因。何德巖后仕至顺德路总管、嘉议大夫、卫率使等。何德温曾任武略将军副万户。事见程钜夫《梁国何文正公神道碑》（《学楼文集》）卷八等。

孙谐，浑源横山人。刘因与孙谐其祖孙公亮、父孙拱、兄孙谦等为三代之知交。孙谐因此奉于于刘因，刘因以诗赠之。事见刘因《中顺大夫彰德路总管浑源孙公先茔碑铭》（《静修先生文集》卷四）等。

业志道，字士心，德兴人，受业于刘因，有孝名。事见《江西统志》卷一六一。

皇甫巽，字伯阳。父皇甫安国，慕刘因之学而遣子就学。事见刘因《皇甫巽字说》（《静修集》卷十二）。

其他如张潜、李某、何某及张某等人，虽刘因文集有所提及，但因其姓名或生平无考而不论。

滕安上也后学众多，多失考。今可考见的一传弟子有王文渊、蔡文渊、赵时勉、张昙等。

王文渊，字巨卿，安喜人。其曾为府尹推择为吏，持法廉平，升府尹，后折节读书于滕安上。滕卒，其即杜门不出，稽经订史，夜以继昼；喜作诗，纡余冲淡，得韦柳体，当代公卿闻其名而推重之。终生不仕，世人称贞孝先生。子王复构、孙王秉均与王秉彝从王文渊学，是为滕安上之二传。事见苏天爵《滋溪文稿》。

蔡文渊，东平人，至大间官至翰林待制同知制诰兼国史院编修，至治二年（1322）官翰林学士，至顺二年（1331）累迁中书省参知政事。《全元文》收其文六篇。其弟子名许质，为滕安上二传弟子，但生平不详。事见姚燧《国子司业滕君墓碣铭》等。

赵时勉，字致堂，中山安喜人，自幼聪警绝，师事滕安上，问学粹精，治身修洁。事见《故曹州定陶县尹赵君墓碣铭》（《滋溪文稿》卷十八）。

张昙，中奉大夫行中书省参知政事张昂霄子，定州人，少而好礼，读书日记数千百言，弱冠为兵曹掾，其闻滕安上卒于中山，弃官而奔丧。事见马祖常《大元赠中奉大夫行中书省参知政事张公神道碑》（《石田集》卷十一）。

第三代主要以安熙弟子为主。《元史·安熙传》载："熙遭时承平，不屑仕进，家居教授，垂数十年，四方之来学者，多所成就。"安熙教学乡里，弟子多达数百人。然有名姓可考者主要有苏天爵、安煦、李士兴、杨俊民、鲁古纳丁、王治书、王结①，其中苏天爵、王结成就最大。

苏天爵（1294～1352），字伯修，真定（今河北正定）人，一生著述颇丰，据《元史》本传记载，有《元朝名臣事略》十五卷，《元文类》七十卷，《滋溪文稿》三十卷，诗稿七卷，《松厅章疏》五卷，《春风亭笔记》二卷，《治世龟鉴》一卷，《辽金纪年》《黄河原委》未及脱稿，又曾预修武宗实录、文宗实录。其累官吏部尚书参议中书省事，终于江浙行省参知政事。前辈凋谢，先生独自任一代文献之寄，常集一代之文选，成

---

① 安熙《与乌叔备书》云："此间惟王仲安时相见，渠读四书甚有得处时，与之语亦多有警助。去岁又得一王仪伯，年二十五六，曾从董宗道受四书、诗书传，好学不倦，作文字亦可观。"（《默庵集》卷三）《宋元学案补遗》（《丛书集成续编》本）据此列王仲安与王仪伯为安熙门人。惜考证过简，故今作补正。今考知，王仲安即王治书，王仪伯即王结。

元文类一书；晚岁，复以释经为己任。学者因其所居，称之为滋溪先生。

王结（1274～1336），字仪伯，中山人，先从董朴学，二十余岁，游于安熙。其《登开元寺塔呈同游遂初、敬仲二友》诗尝云："况陪两君子，济济皆英贤。高论屡起予，亹亹相后先。"其中，敬仲为安熙字。安熙诗《子温贤友临别求言不容以病废辞勉书二诗为赠后篇兼简王君仪伯一笑》（其一）云："平生踪迹叹孤危，尚友千年谩所思。才气如君更知已，可能分手易前期。"该诗（其二）云："谁遣林宗解隐忧，更堪摇落对清秋。凭君寄问观光客，底事哦诗拟四愁。"自注："仪伯诗有是句故及。"今查检王结《文忠公集》卷三，其《偶成》（其二）即云："公车辟掾求三语，逆旅哦诗拟四愁。"王结先荐为宿卫，武宗即位后，为典牧太监，又迁集贤直学士，出为顺德路总管，历迁扬州、东昌二路总管，有惠政。后历任参议中书省事、吏部尚书、集贤侍读学士、辽阳参政、刑部尚书、中书参知政事、翰林学士、中书左丞等。后至元元年（1335），其以疾致仕，著有《易说》一卷、《王文忠集》六卷，《元史》有传。

安煦，安熙弟，藁城人，世称素庵先生。安煦以兄为师，宗濂洛性理之学，读书必涵咏浸沉，以求其义。安熙卒后，其扶养兄孤，如同己出，声闻乡里，凡受学质疑于门者，均随才立教，使人人有所获。时有荐举，其皆辞而不受，有文一卷藏于家。

李士兴，藁城人，幼从安熙游，与同门杨俊民、苏天爵博求深造，孜孜不倦。其道讲五伦，心存三畏，甘于隐遁而不求仕进。人多慕其名而争师之。安熙卒，李士兴建祠以祀。

杨俊民，字士杰，真定人，自称滹川学者，学于安熙。安熙之学，祖建安而宗魏国。杨俊明于《易经》，笃守师说，又尝得何基、王柏之书与其句读音训之法，与吴师道为同僚、莫逆之交。其曾举进士，入翰林编修，历官山西廉访使、礼部郎中、国子监司业、集贤直学士，至正年间奉命祭祀曲阜孔子庙，并对祠堂廞宇进行修葺，回京后拜为国子监祭酒，著有《滹川文集》，《全元文》收其文五篇。事见苏天爵《杨氏东茔碑铭》（《滋溪文稿》卷一六）等。

王治书，字仲安，中山安喜人，与安熙互为师友。安熙称其读四书，颇有得处。师生论道，尝教学相长。安熙尝赠诗《酬王治书仲安》及词

《太常引·和王治书仲安》等。事见安熙《与乌叔备书》（《默庵集》卷三）等。

鲁古纳丁，汉名良翰，字宪辅，乃蛮人，曾用荫授，历监濮邳两州，恻怛爱民，刚果清慎，兴学礼士，颇有声名。安熙称其"温恭自虚，刻意清苦。吾党之士鲜能及之"。事见安熙《御史和利公名字序》（《默庵集》卷四）等。

此外，还有滕安上二传弟子王复。王复又传其学于子王秉钧与王秉彝，是为第四代。但其基本无事迹著述可征。

静修学派传至第四代时虽不乏弟子后学，但已难寻脉络。其中有文献可考的是苏天爵门生弟子商企翁。商企翁（约 1302～1377），字继伯，商挺之孙。至元元年苏天爵奉堂帖考试大都乡贡士策问，服其才华，擢置首选。其曾任翰林国史院典籍官、承事郎等，与王士点合撰《元秘书监志》十一卷。事见苏天爵《题商氏家藏诸公尺牍歌诗后》（《滋溪文稿》卷二十八）。

第二节　北方文派的生成与发展历程

历代治史者常以南北之限论中国学术与文学的融合与演进。黄河、长江蜿蜒于大地，山川因斯异形，人事为此有殊，风尚由之不同，学术与文学也自然呈现异质。作为疆域最辽阔的王朝，元代的学术与文学格局，也经历了南北分合之化。论其学术，往往称理学北传而后朱陆和会；论其文学，则多认为诗文南北对立既而海宇混一。这些论断道出了有元一代的文化大势，但是持此论者也有意无意地流露出一些值得商榷的倾向。其不足在于：一是过于强调理学北传而忽略了北方固有的学术承传；二是南北之论过于笼统而遮蔽了北地诗文的具体差异。当前文史著作中的元代"北方"之说，不能概指元代北方文学复杂之实。为避免论述的纷繁，我们可以通过统绪相对明晰的学术派别来观照不同的文学群体。元代由此主要划分为刘因之学影响下的北方文派、许衡之学影响下的中州文派、吴澄之学影响下的江西文派以及许谦之学影响下的金华文派。其中，北方文派、中州文派，与学统不十分明显的其他诗文群体，共同构成了元代北方诗文的三大群体。而这三大群体的形成是南宋金元以来特殊文化生态的自然结果。

一 北方文派的生成背景

由于政治、学术与文学传统的不同，元代北方文派与南方的江西文派、金华文派区别明显，也与中州文派存有差异。在公元10世纪到13世纪的漫长时间里，中国的版图上先后活跃过辽、宋、金、元四个王朝，四个王朝前后相继又有所交叉。辽王朝先占据后晋的幽蓟十六州，及赵宋王朝建立，两者对立长达166年之久。金代辽后，又将赵宋王朝逼到江南一隅而入主中原。后成吉思汗崛起于蒙古高原，先是联宋灭金，后与之对峙。直到1279年，张弘范崖山勒石，忽必烈才真正统一中国。政治上的南北对立，不可避免地造成了文化上的封闭与阻塞，使南北形成了相对自足的发展路径。

宋元之际，北方之学术，大致承金而来。清人翁方纲的《石洲诗话》卷五说："有宋南渡以后，程学行于南，苏学行于北。"与以程朱为代表的理学相比，以苏轼为代表的苏学起码有三个显著特点：与程朱之学的辟佛老不同，苏学糅合儒释道三家，融通又庞杂；与程朱之学重在探讨天地义理、人心精微不同，苏学不尚空言；与程朱轻文不同，苏学重文。但是，北方并非苏氏之学独行。金代的学术兼取北宋诸家而不主一家。[①] 许衡、刘因等人的学术基础均建立于金代学术之上。后赵复北上，南宋理学著述大规模北传，许、刘因此在不同程度上吸收了朱熹之学。所以，许衡与刘因等人，在学术上具有一个明显的特点，即尊崇朱熹而不固守一家。刘因的《叙学》就主张："宋兴以来诸公之书，周、程、张之性理，邵康节之象数，欧、苏、司马之经济，往往肩汉唐而踵三代，尤当致力也。"（《静修集》续集卷三）同时，许衡与刘因的为学也不一致。上文已提及，此不赘述。

宋元之际，北方之文学，也基本承金而来。金代北方文学的创作中心

① 参见查洪德《郝经刘因与北宗诗文》，载常振华主编《天风海涛中国·陵川·郝经暨金元文化学术研讨会论文集》，山西春秋电子音像出版社，2007，第54~55页。

由中原移至华北一带。金末刘祁曾论当时士人出身："自古名人出东、西、南三方，今日合到北方也。"（《归潜志》卷一）而元好问将金诗总集以"中州"命名，可以说是中原文学中心北移的一个反映。元初，北方文坛主要受金代风气的影响。元好问被奉为文坛宗师。清代宋荦的《漫堂说诗》曾指出："元初袭金源派，以好问为大宗。"（《西陂类稿》卷二七）元氏创作思想和艺术风格影响了整个元初文坛的走向。刘因的《跋遗山墨迹》也称："晚生恨不识遗山，每诵诗歌必慨然。"其论诗见解基本上也承于遗山之说。元好问主张恢复风雅传统，继承传统儒学的经世致用思想，关注现实，关注民生，反映动乱和苦难的时代，这些精神，也都为元初北方诗坛所继承。郝经为元好问的学生，《四库全书总目·陵川集》提要评曰："其文雅健雄深，无宋末肤廓之习。其诗亦神思深秀，天骨秀拔。与其师元好问可以雁行。"刘因虽未得亲承元好问之教，但他在元好问创造的诗文风尚中成长起来。邓绍基也认为："刘因的论诗见解基本上继承了元好问的论诗主张，实际上是提倡诗要有风骨，要高古，要富有沉郁悲壮和清刚劲健之气。"① 他的文学思想依然是沿着元好问一绪发展的。

许衡与刘因不同，是因为许衡排斥文学。与静修学派第一代人就文学与理学兼胜不同，许衡鲁斋学派发展至二代姚燧才诗文大盛。关于这一点，查洪德曾指出："入元以来，理学流衍为文派，成为大势。其中，许衡之学传至姚燧而成为诗文流派，而刘因一派自刘因始即诗文与理学兼胜。"② 这也是我们不把中州文派和北方文派等同起来的一个重要原因，北方文派是以刘因及其门人弟子为主体所形成的诗文（包括词）流派。

二 北方文派的发展历程

从诗文创作的实际来看，北方文派又主要由三个群体构成，其中之一便是刘因及其门人弟子，这是北方文派的主体。论及元代北方的学术与文

---

① 邓绍基：《元代文学史》，人民文学出版社，1991，第407页。
② 参见查洪德《理学背景下的元代文论与诗文》，中华书局，2005，第28页。

学，刘因及其后学具有四宗"最"，即理学造诣最深，诗文最卓越，最有气节，且师承最广。金元之际诸大家学术驳杂难以划归如程朱之学派系，许衡又重在践履朱学，于理论几无发明，刘因与他们不同，以致有学者称："昔人谓元有三儒，予谓惟先生一人而已。"[1] 刘因生于元亡于元，可谓真正意义上的元人。其诗文留存数量及质量也远在他人之上。元人蒋易编《皇元风雅》中，将刘因作为开卷首位诗人。四库馆臣曾评曰："因文在许衡、吴澄之上，而纯正不减于二人，北宋以来讲学而擅文章者，因一人而已。"日人吉川幸次郎也称刘因是当时"仅次于元好问的北方诗人"[2]。较之许衡与吴澄，刘因作为"不召之臣"尤其受到时人与后人的激赏与赞誉，其一传弟子也多隐逸不仕之士，二传弟子则多为孤直名臣。元人郝仲义诗尝云："我朝诗派因中州，气节首推刘静修。"[3] 张养浩也作《挽刘梦吉先生》诗云："气节伟高天下人。"此外，刘因弟子一传再传，师承不绝，超过郝经，追轶许衡。郝经因为被贾似道拘囚于南方达十六年之久，故其学不得大传，而许衡后学在学术上曾后继不力。明人薛瑄就曾指出："鲁斋学徒在当时为名臣则有之，得其传者则未之闻也。"（《读书录》卷二）故刘门弟子，于学术可称为静修学派，于文学可称为北方文派。

但是，刘因及其门人并非北方文派的全部，郝经及其弟子与之学术、诗文因创作主体交接频繁而风格相近。郝经与刘因同为北方学术的代表，推崇程朱之学但不固守，诗文主张多一致，既承继元好问又有所发展。再加上两人作为挚友，交流频繁。两人交往的文字今虽不见存，但是，从其他方面可以反映出两人的深厚友谊与同道相惜。郝庸与郝麟均因郝经之遭而师从刘因，而刘因也对郝氏弟子多加用心。正是存在这样的关系，郝经与刘因同时成为北方文派的重要代表。清人顾嗣立论元前期诗派时就将两人并列称："元兴，承金宋之季。遗山元裕之以鸿朗高华之作，振起于中州，而郝伯常、刘梦吉之徒继之。故北方之学，至

---

[1] 参见孙奇逢《重茸静修祠堂暨配祀诸贤始末记》，载朱茂汉点校《夏峰先生集》，中华书局，2004。

[2] 吉川幸次郎：《宋元明诗概说》，李庆等译，中州古籍出版社，1987，第204页。

[3] 王蓬：《谢进士寄题澄江旧稿其诗附》，载《梧溪集》卷五，文渊阁《四库全书》本。

中统、至元而大盛。"① 两人之外，还有一些人如卢挚、王恽等，虽在理学上造诣不高，但是在诗文风尚上与郝、刘有一致之处，故也可将他们归于北方文派。

北方文派因静修学派演变而来，它既是一个全国性的理学支脉，又是一个地域性的文学流派，这使它的生成与发展方式颇具独特性。其生成主要依据明晰的师门承传。理学注重统序，重视承传。《宋元学案》梳理宋元林立的学术派别时，采用的最主要且最有效的编纂方法就是按学统、师承关系分支别派。受静修学派影响，静修文派成员之间的联结也主要是通过师承关系。他们往往借助书院、私塾、乡学与家学等，形成一种稳定且强有力的人际网络。与其他三派不同的是，刘因本人既为理学大家又是诗文名家，故与静修学派相伴随，元代北方文派也由他肇始，而后历经数代。第一代以刘因、郝经及滕安上为核心，而卢挚与王恽等环而拱之，他们活跃于元代前期。这一代人，学术与诗文兼胜，而带有明显的北方气质。第二代则以安熙与张弘范兄弟为代表，他们主要出现在元代前中期。他们或为学者或为将士，不以诗文为主业，却始终不废诗文，虽就艺术性而言，并不十分卓越，但个性十足。第三代以苏天爵与王结最为卓越，他们的文学活动基本贯穿于元代中期及后期。尤其是苏天爵，兼作家、学者、官员于一身，可谓北方文派的集大成者。胡助曾有诗赞其："才学久居文馆盛，声名更入宪台高。"② 发展到这一代，他们在师承上更加转益多师，学源趋于纷杂，并且在南北混一之后，与南方学者、诗人接触广泛且频繁。除安熙之外，苏天爵还曾求教于吴澄、虞集、齐履谦、马祖常、袁桶等名彦硕儒。赵汸曾论苏天爵："其清修笃志足以潜心大业而不惑于他岐，深识博闻足以折衷百氏而非同于玩物。"③ 故其创作又具有了新的特点。苏天爵之后，北方文派也随着元朝的灭亡而逐渐泯灭，但是其余响却始终断而未绝。

---

① 顾嗣立：《元诗选·初集》，中华书局，1987，第593页。
② 胡助：《送苏伯修南台御史》，载《纯白斋类稿》卷九，文渊阁《四库全书》本。
③ 赵汸：《滋溪文稿序》，载《东山存稿》卷二，文渊阁《四库全书》本。

第三节　北方文派的诗文主张及整体特征

元代的北方文派由于受到相似或相近学术理念与文学风尚的影响，进而提出了一些共同的诗文主张，同时在元代独特的文化生态中形成了鲜明的整体特征。其中，诗文主张由他们自己明确提出，整体特征则是后人据其现存作品总结而成。

一　诗文主张

（一）诗文以六经为本而文道并重

北方文派的诗文主张与其学术理念有直接关系。刘因在《论学》中提出要以六经为本。其《论学》称："本诸《诗》以求其情，本诸《书》以求其辞，本诸《礼》以求其节，本诸《春秋》以求其断。然后以《诗》《书》《礼》为学之体，《春秋》为学之用。一贯本末具举，天下之理穷。理穷而性尽矣。穷理尽性以至于命，而后学夫《易》，《易》也者，圣人所以成终而成始也。"（《静修文集》卷一）他在论诗文时，也主张以六经为本。在刘因之前，宋代理学家认为"作文害道""作诗妨事""好书妨道"（程颐语），进而将文道对立，使道艺势若水火。与刘因同时代的许衡，也对文学持否定态度，认为写作诗文无益于心性修养，甚至阅读这类文章也同样有害于心性修养，以致有"诗文之累"之说，称文名累身、累德、累位，更累心性。所以他宣称："唯仁者宜在高位，为政必以德。……纵文章如苏、黄，也服不得不识字人。有德则万人皆服，是万人共尊者。非一艺一能服其同类者也。"[①] 刘因与其不同，而是将文道并重，又从哲理的高度重新理顺道艺之关系。他认为，诗、文、字、画等绝非"末技""小道"，而是与"六艺"也即礼、乐、射、御、书、数等同。"六艺"为"古之艺"，诗文书画则是"今之艺"。他说："志于道，据于德，依于仁，艺亦不可不游也。今之所谓艺，与古之所谓艺者不同，礼、乐、射、御、书、数，古之所谓艺也，今人虽致力亦不能，世变使然耳。

---

① 《鲁斋遗书》卷二《语录下》。

今之所谓艺，随世变而下矣。虽然，不可不察也。诗、文、字、画，今之所谓艺，亦当致力，所以华国，所以藻物，所以饰身，无不在也。"他认为，"艺"对人的成长以及日后的大有作为极为重要，对"艺"的价值在理论层次上给予了充分肯定。郝经论诗标举《诗经》，他认为："《诗》，文之至精者也。所以歌咏性情，以为风雅。……诗之所以为诗，所以歌咏性情者，只见《三百篇》尔。"安熙诸人也秉持这一原则，作文以理为主，但不废诗文。其《封龙山书院释菜先圣文》曾云："追忆旧闻，卒究前业。洒扫应对，谨行信言。余力学文，穷理尽性。"苏天爵同样认为诗文旨在宗经明道，他曾论苏洵之文，其《题东坡制策稿》称苏洵"年二十七始发愤闭户读书，大究六经百家之说，考质古今治乱成败、圣贤穷达出处之际，得其粹精涵畜充溢。由是下笔顷刻数千言，纵横上下，出入驰骤，必造于深微而后止。此先生所自得者"（《滋溪文稿》卷三十）。而苏天爵作诗文，也自觉以此为标准。

（二）不以门户为限而崇实尚用

宋以来理学派别林立，诸派之间相互攻讦，门户之见甚深。刘因与郝经等人，则无此学蔽。刘因在学术取向上，尊崇程朱但是绝不固守。他对周敦颐的"无极太极"之学、邵雍的象数之学、司马光的史学、张载的气学、二程的理学、朱熹"综罗百代"的理气性命之学，都曾致力钻研，或加以引证，或借以立论，或加以引申，或进行阐发。郝经甚至对朱熹之学不乏批判之语。学术上不以门户为限，反映在文学上则是转益多师，泛取百家之长，而择取的重要标准就是切于实用。四库馆臣曾评刘因诗文："不为空言皆有补于世教。"刘因论古文称："学者苟能取诸家之长，贯而一之，以足乎己，而不蹈袭糜束，时出而时晦，以为有用之文，则可以经纬天地，辉光日月也。"将《左传》《国语》《战国策》《春秋穀梁传》《楚辞》《史记》等著作，以及贾谊、董仲舒、刘向、司马相如、扬雄、班固、韩愈、柳宗元、张说、杜牧、元结、陈子昂、李华、元稹、白居易、李德裕、欧阳修、苏洵、王安石、苏轼、曾巩、司马光等文章，均视作"可学者"。刘因论诗则主张："《三百篇》之流降而为辞赋，《离骚》楚辞，其至者也。辞赋本诗之一义，奏汉而下，赋遂专盛，至于《三都》《两京》，极矣。然对偶属韵，不出乎诗之律，所谓源远而末益分者也。

魏晋而降，诗学日盛，曹（植）、刘（琨）、陶（潜）、谢（灵运），其至者也。隋唐而降，诗学日变，变而得正，李（白）、杜（甫）、韩（愈），其至者也。周宋而降，诗学日弱，弱而后强，欧（阳修）、苏（拭）、黄（庭坚），其至者也。故作诗者，不能《三百篇》，则曹刘陶谢；不能曹刘陶谢，则李杜韩；不能李杜韩，则欧苏黄。而乃效晚唐之萎茶，学温（庭筠）李（商隐）之尖新，拟卢仝之怪诞，非所以为诗也。"他以《诗经》为源头，简括地列举了各个时期的代表人物，叙述了诗歌由《诗经》到楚辞、汉赋，再由古体诗到近体诗的发展史。其中所谓"源远而未益分，"所谓"诗学日变，变而得正"，所谓"诗学日弱，弱而后强"，论述尤其精彩。这些议论，均无门户之见，难能可贵。这些人的诗文均关乎实用。郝经即提出有实必有文："天人之道，以实为用，有实则有文，未有文而无其实者也。"他论文的精神核心是"用"，由"用"而强调"实"，其价值体现为对现实的参与和干预，其检验文章价值的标准是践履与功效。那么，文章之用究竟何在呢？文章之用就在于服务行道。他认为，行道是士人为学的终极目的，也是"文"的目的。"夫学所以为道，非志于文而已也。德业积于内，行实加于人，而文章以为华尔。"（《陵川集》卷二十九《甲子集序》）在那个特定的历史时期，士人为文就是"救时行道"。他认为，大乱之世，正是文人挺身用世之时。"士结发立志，挺身天地……岂欲其治而安于享利，乱而安于避祸，治亦无用，乱亦无用，徒乐其生、全其身而已了！"（《陵川集》卷十九《历志》）行道所用不限于文，但文必须为行道所用。王恽也以"自得有用"作为论文的宗旨，其《南塘诸君会射序》称："君子之学，贵乎有用。不志于用，虽曰未学可也。"（《秋涧集》卷四十一）"自得"者，言其学问之培植，君子之学，必须务本，真有得于心，有益于身心修养，有益于行事，而非割裂剽窃、装点门户。"有用"即有用于当世，其着眼点是社会的功利性，滕安上也认同文要有用。姚燧曾评："其文一本理义，辞旨畅达，不为险谲，非有裨世教者不言。"苏天爵的《正学编序》也认为："儒者之学，祖述圣贤之所传，考求经传之所载，端本以正人心，立教以化天下。"（《滋溪文稿》卷六）儒者之学如此，儒者之诗文也如此。

（三）诗文以汉魏及唐为旨归崇古复雅

自先秦《诗经》而宋之朱熹为北方文派诸人的诗文学习对象，其不以朝代为限，亦无后世宗唐宗宋之偏见。但是，在历代楷则中，他们更喜欢汉魏名家与李唐巨擘，往往经宋诸家而追慕汉魏及唐，并表现出崇古复雅的倾向。以王结为例，其《读唐百家诗选》云："风雅变汉魏，近古犹可取。六朝伤绮靡，道丧亦已久。子昂振高风，感遇传不朽。李杜俄继兴，英名擅星斗。芙蓉照初日，亦有韦与柳。众贤复炳燿，升堂窥户牖。森然群玉府，焕若春花囿。嗟嗟大历还，制作半好丑。端为垂世规，区别岂容后。荆公选诗眼，政如经国手。自用一何愚，美恶颇杂揉。骊珠时见遗，鱼目久为宝。唐诗观此足，诬人何太厚。诬人宁此诗，感叹重搔首。"（《文忠集》卷一）他标举风雅而犹尊汉魏与唐之陈子昂、李白、杜甫、韦应物、柳宗元。苏天爵的《西林李先生诗集序》也称："自汉魏以降，言诗者莫盛于唐。方其盛时，李杜擅其宗，其他则韦柳之冲和，元白之平易，温李之新，郊岛之苦，亦各能自名其家，卓然一代文人之制作矣。我国家肇定，河朔有若金进士元公好问，独以文名，歌诗最其所长。"（《滋溪文稿》卷五）早在两人之前，刘因就以身作则，拟效陶渊明，引起和陶之尚，又仿佛李贺，开启有元一代的"长吉"之风。而郝经不管是论诗、论文，还是论书法，均以"高古"为尚。其《与㦂彦举论书书》以"性情""风雅"为标准来论述自《诗经》至元初的诗歌，持论颇严。他认为《诗经》是文之至精者也，"所以歌咏性情，以为风雅。故抒写襟素，托物寓怀，有言外之意，意外之味，味外之韵。凡喜怒哀乐蘖而不尽发，托于江花野草风云月露之中，莫非仁义礼智、喜怒哀乐之理。依违而不正言，恣睢而不迫切，初若无与于己，而读之者感叹激发，始知已之有罪焉。故三代之际，于以察安危，观治乱，知人情之好恶、风俗之美恶，以为王畋之本焉。观圣人之所删定，至于今而不亡，诗之所以为诗，所以歌咏性情者，只见《三百篇》尔"。郝经认为，《诗经》完美地体现了"性情"与"风雅"，是诗歌的最高典范。此外，卢挚以五言古诗见长，发元初北方诗坛上开古诗宗汉魏两晋的先声。虞集的《李仲渊诗稿序》曾称赞道："五言之道，近世几绝。数十年来，人称涿郡卢公。"（《道园学古录》卷六）吴澄的《盛子渊撷稿序》也指出："涿郡卢学士处道所作古诗，类皆魏晋清言，古文出入《盘》《诰》中，字字土盆瓦釜，而傧有三代虎蜼瑚琏之器。"（《吴文正公集》卷二十二）然而遗憾的是，卢挚诗集不传，不过，从诗人得以传世的少量作品中，确可窥见其诗风特点，足以证明他是元初北方诗坛开古诗宗汉魏两晋先声的重要诗人。

二　整体特征

北方文派诸人诗文（包括词）创作的共同倾向，使这一派在整体上呈现出明显特征。就其大概主要表现为慷慨、奇崛而充盈清刚之气，并表现出鲜明的主体意识；简严质朴而平实畅达却不乏冲和之美；文道合一而兼具纵横之势。现分而论之。

（一）慷慨清刚而主体意识强烈性情、事功与体道

北方文派诸人多受元好问影响，其诗文具有北地的慷慨清刚之气。刘因早年诗歌，直溯汉魏盛唐，且颇得其中精髓，诗风豪宕、苍劲，又兼有沉郁，早年学李白、韩愈、李贺等，咸宗汉魏，形成了豪迈、苍劲且梗概沉郁的风格。刘因的《宋理宗南楼风月横披二首》（其一）云："试听阴山敕勒歌，朔风悲壮动山河。"（《静修集》卷五）这可以作为其诗风的一个概括。再如其为人称道的《白沟》《遂城道中》等诗，悲壮激昂，又有着无尽而深沉的历史感慨。而《白沟行》《贤台行》《听角行》《怀素青帘斗将二帖歌》《入燕行》《北岭行》《化城行》《青城行》《汝南行》《李丰亭》等，则沉郁顿挫、清新警策、震撼纵恣，雄猛之气充盈字里行间。刘因为文有意追求清刚之气，以发扬北宗散文之传统，其《吊荆轲文序》虽短，而萧杀之气直浸人心；慷慨激昂，又使人热血沸腾。

郝经诗文也是如此，四库馆臣评曰："其文雅健雄深，无宋末肤廓之习。其诗亦神思深秀，天骨秀拔。"四库馆臣论滕安上诗，称"其诗格以朴劲为主，不免稍失之粗犷，而笔力健举。七言古诗尤有开阖排宕之致，视元末秾艳纤媚之格全类诗余者，又不以彼易此"。张弘范以武将而作诗，大多慷慨跌宕。许从宣的《淮阳集原序》论其诗称："至其读韩信、李广传诸作，英气伟论，卓荦发扬，又岂拘拘律度之士所能道哉。"此外，北方文派诸人又具有强烈的主体意识，他们借诗文来抒发性情，表达事功之志，以及体道感悟。潘博澄的《默庵先生文集叙录》论安熙诗文：

"诗学陶潜、朱熹，第以吟咏性情、陶写造化而已。"张弘范纪行、抒怀、怀古等诗均侧重个体情感的抒发，事功意识尤为突出。其《南征二首》（其一）云："明年事了朝天去，铜柱东边第一功。"《初夏》曰："六月长安道，功名两字催。"这些都是将自己的追求与功名相联系，故许从宣的《淮阳集原序》称其"以事业之余，适其情性，而聊以见之吟咏"。

（二）简严质实而冲淡平畅

北方文派的诗文不尚空言，质朴无华而严守章法，同时又受陶渊明影响，表现出冲淡之美。苏天爵曾论郝经称："公才识超迈，务为有用之学。上泝洙泗，下迨伊洛诸书，经史子集靡不洞究。掇其英华，发为议论，高视前古，慨然以羽翼斯文为己任。"（《苏天爵文集》三十卷）。其中词、赞、铭、诗合为一卷，共十九篇，其余二十九卷是记、序、碑志、行状、制诰、祝文、表笺、祭文、策问、书、读书札记、章疏、题跋等。碑志、行状共十七卷，占全书篇幅一半以上。十七卷碑志、行状共十篇，所记人物有大臣、中下级官吏、儒生、隐士、妇女等各色人物。虞集曾称赞苏天爵说："伯修之文，简洁严重，如其为人。"王结诗文留存不多，但是成就可观。四库馆臣评其集："殆非虚语诗多古体，大抵春容和平，无钩棘之态，文亦明白畅达不涉雕华。"贾壤为文亦"浑厚质实，不尚华靡"，在当时颇受推重。刘因晚年尚陶，又形成了冲淡、自然、不假雕琢的风格，《和陶集》在这方面表现得极为突出。而刘因词也有冲和的一面，清人陈廷焯曾评："诗有诗境，词有词境，诗词一理也。然有诗人所辟之境，词人尚未见到者，则以时代先后远近不同之故。一则如渊明之诗，淡而弥永，朴而愈厚，极疏极冷极平极正之中，自有一片热肠，缠绵往复，则陶公所以独有千古，无能为继也。求之于词，未见有造此境者。"（《白雨斋词话》卷八）陈廷焯这段话标举了陶渊明的诗境，刘因词即臻此境。刘熙载指出，刘因词亦如东坡评陶诗所谓"腥而实腴，质而实绮"者，说明刘因词与陶渊明诗有意境相似之处。况周颐在《蕙风词话》卷三中称赞刘因词："寓骚雅于冲夷，足裱郁于平淡，读之如饮醇醪，如鉴古锦，涵泳而玩索之，于性灵怀抱，胥又裨益。"又引王鹏运的话，说刘因词"朴厚深醇中有真趣洋溢，是性情语，无道学气"。确实，刘因的词作并未表现出他诗作中的那种悲愤激壮的感情，而是隐蔽起来，出之以超旷、冲淡，如《清平乐·饮山亭留宿》："山翁醉也，欲返黄茅舍。醉里忽闻留我者，说到群花未谢。脱巾就挂松茏，觉来酒兴方酣。欲借白云为笔，淋漓洒遍群岚。"这首词写其醉后欲归，因赏花而留，觉来酒兴犹酣，欲借白云为笔，洒遍群山。这是描写其山林隐逸的生活，在察物观生中，寄托了寓有哲理的超世之怀，而在表达方法上，则纯用自然语言，以白描出之，不用典故，无有丽辞，通体旷逸冲夷，自成境界。

（三）富有理趣而议论纵横

北方文派成员多兼学者与作家于一身，受理学影响，其诗词多富有哲理，而无宋季诸人的道学气，其文往往纵横捭阖却遵守章法而言之有理。刘因既是一位理学家，又不乏生活情趣，其诗往往表现出情趣与理趣的融合；同时，他也是一位深刻的哲学家，故其诗往往有出人意表的议论。其《读史评》，"纪录纷纷已失真，语言轻重在词臣。若将字字论心术，恐有无边受屈人"（《静修集》卷五），与《仙人图三首》（其一），"千古谁传海上山，坐令人主厌尘寰。蓬莱果有神仙在，应悔虚名落世间"，表现出哲人的深邃而过人一等。这些诗总能在常见的事物中，揭示常人见不到之理，让人服其思想之精深。刘因的议论文，也多雄辩有力，《辋川图记》等堪为代表。《元史》本传概括郝经散文的特点为"丰蔚豪宕"。《四库全书总目》卷一六六《陵川集》提要概括为"雅健雄深"。郝经散文以议论胜，即使像碑、志、记、传之类的文字，有的也写成议论文，或者以议论为主，或者充满了议论。其《东师议》《班师议》等文，深受宋代策论义章的影响，论证颇为有力，或以见解胜，而多以雄辩胜，正说反说，左说右说，层层递进，气势夺人，历来受人称赞。郝经的这些文章大都写得辞彩丰润，跌宕起伏，气势充盈，论辩有力。安熙以传授理学为世人所重，文章以理为主，《斋居对问》在问答间阐发己意，推崇周程张朱之学。其《封龙山书院释菜先圣文》自述心迹，于平实中见学道之志，屡为当世及后人称引。另有序、记、书、箴、墓志、行状、祭文，都讲求礼制。苏天爵以"力学善文"著名，任官后仍"嗜学不厌"。他读经稽古，作文很有章法。集中文章以政论文为主，中间夹杂着写人、记事的叙述性文字，逻辑性、议论性、实用性较强，文字简洁、凝练、严谨。

以刘因及其门人弟子为主体的元代北方文派，对有元一代的学术与文学有着重要影响，并一直持续至明清时期，这可以从两个方面体现出来。

一是刘因殁后，一直为后人所追念，或赞其学术，或嘉其高节，或推其诗文。当时数地均为其修建书院与祠堂。危素的《静修书院记》称，刘因殁后七年，其讲学旧地新安县三台乡即作专祠并立书院。皇庆元年，朝廷赐额曰"静修书院"。书院历久不衰，即使在元末战乱纷起时，依然得以修护，至明及清两代，又经多次整葺。崇祯二年胡士栋曾重修，并题"先贤风教之地"匾。静修书院后来作为"新安八景"之一为人称道，直到今日仍然有不少人前去凭吊。此外，除容城县外，获鹿县也建有静修祠。祠堂与书院在古代社会承担着重要的政治、文化功能，正所谓"世之风俗赖以不坠者"（危素语），从这一侧面也可看出刘因在当时的影响。

二是北方文派经安熙传至苏天爵与王结等人，始终保持着北方文化的特质而不绝。尤其是苏天爵在元末诸名家凋谢之后，独当大任，成为一代文献之寄托。但是，刘因及其影响下的北方文派始终没有大显于世。其中一个不可忽略的客观原因就是，刘因及其弟子安熙、苏天爵等多不长寿，均不超六十而卒。虞集的《安敬仲文集序》等论道："惜乎静修既不见朱子，而敬仲又不获亲于静修。二君子者皆未中寿而卒，岂非天乎予！"（《道园学古录》卷六）当时翰林学士王思廉闻安熙去世，亦慨叹曰："自敬仲死，讵安氏不幸，士林不幸矣！"此语不虚，这的确堪为当时北方学术之大不幸。

不过，斯文不坠，今对刘因以及元代北方文派重新进行梳理，显然有更为重要的意义。

其一，于元代学术与文学而言，补充完善了静修学派的成员构成，使其作为独立一派以完整的面目重新呈现，而肯定与确立元代北方文派，则可以使元代文坛布局更加合理且脉络愈为清晰。

其二，总结元代北方文派的成就，有助于我们重新认识中国北方文学。较之于其他王朝，历史上辽金元一段在此前最为学者所忽略，现在情况虽有所改观，却往往重南而轻北，但凡评论者语及北方文学，通常以南方为参照系仅谈其消极之弊，或多论南方对北方之积极影响。至于"崖山之后无中国""华夏文明存于赵宋""宋南渡后北方无诗文""北方文脉已断"等①武断谬论更是甚嚣尘上。元代北方文派的出现，则可以从事实上对以往的偏见有所反驳与纠偏。

其三，国际史学界关于元王朝是蒙古征服世界的一环还是中国历史固有一部分的意见不完全统一，而元代北方文派的存在可以充分说明当时学术与文学的主流均源于中国古代的固有传统，虽有新变但是其本质没有发生变化，更没有断绝。故蒙元代替赵宋，只是政权更换，在文化层面上，其与中国历代王朝依然是一脉相承的。

---

① "崖山之后无中国"诸论今难究其出处，但不时被一些不严肃的文人或学者提及。如关河五十州著《一寸河山一寸血：历史不死》（武汉出版社，2011）称："'崖山之败'不仅宣告了宋朝的灭亡，也标志着中国在历史上第一次完全沦陷于外族之手，所谓'崖山之后无中国'，文化意义上的古典中国从此不复存在。"再如余秋雨的《中国文脉》（长江文艺出版社，2013）称："元代的诗歌、散文，确实不值一提。但是，中国文脉在元代却突然超常发达。那就是，中华文明几千年的一个重大缺漏，在这个不到百年的短暂朝代获得了完满弥补。这个被弥补的重大缺漏，就是戏剧。"

第三章　许谦与元代金华文派

在中国文化史与学术史上，南宋朱熹一生至少有两大贡献影响深远：一是汇通北宋五子之说，集理学之大成；二是聚徒讲学，形成朱子学派（又称考亭学派或闽学派）。当时众多学者求学问道于朱熹，今有名姓可考的朱子门人计有494人。① 朱熹殁后，其后学派别林立。黄宗羲在《宋元学案》中涉及朱子学派的学案多达17个。而宋元之际，影响较大的朱子后学主要有三支：一是由辅广递传至黄震一线；二是由詹体仁递传至真德秀以至王应麟一线；三是因黄幹递传至浙江金华何基以至许谦一线。尤其是黄幹一脉，师门广大，承传悠久。朱熹生前就对黄幹最为器重，既纳黄幹为婿，又常让其代己讲学，甚至在弥留之际不忘叮嘱黄幹："吾道之托在此，吾无憾矣。"（《宋史·道学传·黄幹》）黄幹也确实不负厚望，一生以传播朱学为己任。《宋元学案》就曾评道："黄勉斋幹得朱子之正统。"今人陈荣捷也指出，"朱子之门，人才虽多，然真能得其师传，为有体有用之学者，则推黄勉斋"，认为宋元朱学日隆，可以说全是黄幹之功，辅广、詹体仁最多有辅助之力。②

而黄幹后学也主要分为三派：一是北方的赵复、姚枢、刘因与许衡之学，实出于黄幹；二是江西一脉，由黄幹传给饶鲁，饶鲁再传程若庸，并由程若庸传于吴澄；三是浙江金华一脉，由黄幹传给北山何基，何基再传给鲁斋王柏，由王柏传于仁山金履祥，再由金履祥传给白云许谦。三派之中，北方一脉受苏轼影响章句之学气息颇重，江西一脉则染于陆九渊心

---

① 参见邓庆平《朱子门人群体特征概述》，《中国哲学史》2012年第1期。
② 参见陈荣捷《朱学论集》，华东师范大学出版社，2007，第193页。

学。相比而言，北山一脉传承朱学最为纯粹，堪为朱学正统与嫡脉。清人黄百家在《宋元学案》案语中即言："北山一派，鲁斋、仁山、白云既纯然得朱子之学髓，……是数紫阳之嫡子，端在金华也。"[①] 何基、王柏、金履祥与许谦，被世人誉为"北山四先生"或"金华四先生"。四人皆以朱熹为宗，将传承朱学作为毕生使命，使师门兴盛，硕儒群出。发展到元代，金华一地已成为朱子理学的重镇，而其后学也成为明初儒学的中坚。

第一节　许谦之学的变迁与金华文派的生成

任何一种学说的历史，都是承袭与变异的统一。不承袭，它就没有延续传统的历史依据；不变异，它就没有适应新社会环境的生存能力。金华学派作为朱学嫡系，一方面进一步传播了朱子之学，维护正统，强调宗法；另一方面，受新的社会历史环境的影响，出现了一些新变。其中一个最为明显的流变趋势就是，自许谦之后，弟子后学多以诗文名世，金华之学逐渐流衍为金华文派。黄百家曾指出："金华之学，自白云一辈而下，多流而为文人。"[②]

一　"北山四先生"与宋元朱学承传

朱熹曾于金华丽泽书院讲学，当时徐侨、叶由庚、杨与立及王翰等人都前往求教，并自觉传播朱子之学，但是影响不大。朱学承传的主流实际上是"北山四先生"。四人还因推广朱学有功，多受后世帝王的褒扬，并被列为理学正宗。朱子之学在宋元得以广泛传播，离不开"北山四先生"的不断承袭与阐扬。其主要体现在三个方面。

一是著书立说，弘扬朱子之学说。四先生中，何基因受父命而求学于黄榦，学成后回到金华，授徒讲学，潜心研究朱熹遗书，编著并刊行《大学发挥》《中庸发挥》《大传发挥》《易启蒙发挥》《太极通书西铭发挥》等书，今均佚，唯《何北山遗集》三十卷现存四卷。他以朱学为依

<hr>

① 参见《黄宗羲全集》第六册，浙江古籍出版社，2005，第216页。
② 参见《黄宗羲全集》第六册，浙江古籍出版社，2005，第299页。

归，确守师训。王柏在《何北山先生行状》中称："平时不著述，惟研究考亭之遗书，兀兀穷年而不知老之已至。"① 何基严守师说，治学"谨之又谨"，对朱学传播发挥了巨大作用，并开创了第一代金华学派②。王柏则由朱熹门人杨与立推荐而从学于何基。王柏也以讲学为业，布衣终生。他笃信朱熹之学，在志趣、操守与处世态度方面，无不以理学为型范，但并不盲目迷信，而是勇于问难质疑。其著述颇丰，有《朱子指要》、《朱子系年录》、《紫阳诗类》、《诗辩说》与《濂洛文统》等。这使他在传播朱学的同时，也发展、完善了朱子学说。金履祥先受业于王柏，后又从登何基之门。入元后以讲学、著述终其余生。他对何王二人思想兼收并蓄，既笃实治学，又不乏疑经精神，编著有《尚书表注》、《大学指义》、《仁山新稿》与《濂洛风雅》等，其中，《大学疏义》与《论孟集注考证》大都依据朱熹传注而略有发挥。在"北山四先生"中，他对于经学与史学的研究，成绩最为卓著。作为金华学派的第三代核心人物，金履祥被视为"金华朱学之干城"③。许谦就学于金履祥时已过而立之年，但是金履祥对他最为器重。作为朱熹的五传弟子与金华学派第四代核心人物的许谦，学术上恪守朱子家法，重习经史，尤重"四书"，强调"圣贤之心，俱在四书，而四书之义备于朱子"（《元史·道学传·许谦传》）。他著述丰赡，均旨在阐扬朱学。其中，《春秋温故管窥》、《春秋三传疏义》、《观史治忽几微》与《自省编》已轶，今存《读四书丛说》、《读书丛说》、《诗集传名物钞》与《白云集》等。黄潘的《白云先生行实》曾评价许谦的朱学承传之功，称："圣贤不作，师道久废，逮二程子起，而倡圣学以淑诸人。朱子又溯流穷源，折衷群言而统一。由是，师道大备。文定何公基既得文公朱子之传于其高弟文肃黄公干，而文宪王公柏于文定则师友

---

① 参见何基《何北山遗集》卷四，文渊阁《四库全书》本。
② 学术史上"金华学派"一语指称有三。一是指吕祖谦所创之学，又称"吕学"或"婺学"，这种说法以《宋元学案》为代表，认为"宋乾、淳以后，学派分而为三：朱学也、吕学也、陆学也"（见《宋元学案·东莱学案》全祖望案语），视金华之学为理学之一派。今人侯外庐主编《宋明理学史》亦主此说。这个概念接受最广，为多数学术史、文化史或文学史所使用。二是特指作为朱学嫡传的何基等"北山四先生"及其弟子一派，也称金华朱学。三是合指上述两者，概而名之曰"金华学派"。本文采用第二种指称。
③ 参见徐远和《金履祥——元代金华朱学之干城》，《浙江学刊》1990 年第 2 期。

之。文安金公履祥又学于文宪，而及登文定之门者也。三先生婺人。学者推原统绪，必以三先生为朱子之传，适文懿许公出于三先生之乡，克任其承传之重。三先生之学，卒以大显于世。然则程子之道得朱子而复明，朱子之道至许公而益尊，文懿许公之功大矣。"①

二是讲学授徒，传播朱子之思想。四先生讲学授徒，弟子众多。何基门人，除王柏之外，尚有王钦、张润之与张必大等。其中又以张思诚与吴梅最能传承何氏之学：张思诚从学三十年，多得北山学要；吴梅则撰有《四书发挥》等。王柏弟子中，今有名姓可考者数十人，而尤以金履祥、张翚（世称导江先生）与闻人铉最为知名。张翚撰有《四书归极》，又因任江宁学官且讲学维扬，在当时声名颇远。黄宗羲曾称："鲁斋以下，开门授徒，惟仁山、导江为最盛。仁山在南，其门多隐逸。导江在北，其门多贵仕，亦地使之然也。"黄百家也引吴师道之语称："导江学行于北方，故鲁斋之名因导江而益着。盖北方盛行朱子之学，然皆无师授，导江以四传世嫡，起而乘之，宜乎其从风而应也。"② 两人都指出，元代朱学得以北传，王柏弟子张翚功不可没。而闻人铉传其学于闻人梦吉，梦吉又传学于宋濂以至方孝孺，使明初朱子之学再度大盛。金履祥也桃李满天下，其中以许谦、吴师道与柳贯最有影响。吴师道与金履祥亦师亦友，曾传学于胡翰与吴沉，而柳贯则传学于宋濂、戴良与王祎等人。这些后辈在元明之际声名显赫，甚至成为明初儒学的中坚力量。至许谦讲学于东阳八华山，学者翕然从之，远而幽冀齐鲁，近而荆扬吴越，学者负笈而至，门下著录者前后达千余人。门人中叶仪、范祖干、欧阳玄、朱震亨、王毅等人均能弘扬师说。朱子之学由之得以广泛传播，并且对元代理学官学化起到很大的促进作用。而在朱元璋建立明朝、巩固统治、统一政教的过程中，宋濂、王祎、胡翰、章溢、苏伯衡与许元等金华朱子后学都发挥了重要作用。

三是不废诗文，朱子之学因文学而不绝。朱熹理学与文学兼擅，在性理之学外，文学成就也甚高，并有着自己独特的诗文理念。何基等四先生

①　参见许谦《白云集》卷首，四部丛刊续编影明正统本。
②　参见黄宗羲《黄宗羲全集》第六册，浙江古籍出版社，2005，第299页。

以朱子理学道统传人自居，不仅致力于推广朱熹理学，于诗文也多有创作，并发表了很多见解。他们没有将文与道的矛盾推向极端，而是不废诗文，又以诗说理、以理解诗，以濂洛道统的义理诗为风雅正统，进一步发展了朱熹的文学思想。何基的《何北山先生遗集》中诗文存留均不足二十首（篇），但是，他曾阐释朱熹《斋居感兴》诗二十首，极力发掘其心性、义理层面的深意。王柏诗文创作较多，四库馆臣评之："其诗文虽亦豪迈雄肆，然大旨乃一轨于理。……其诗文虽刻意收敛，务使比附于理而强就绳尺，时露有心牵缀之迹，终不似濂溪诸儒深醇和粹自然合道也。特其勇于淬砺，检束客气，使纵横者一出于正，为足取耳。"（《四库全书总目提要·鲁斋集》）① 由此可知，王柏诗文虽拘束于理学规矩但亦豪迈雄肆。金履祥诗作则存留近百首，四言、五古、律、绝等，诸体俱备。四库馆臣认为其诗堪比宋邵雍之《伊川击壤集》。邵雍诗有两大特点：一是以诗阐述理学，二是不拘格律，"非以工为厉禁"，"意所欲言，自抒胸臆"。金氏之诗与此相近。他还以濂洛道统为标准编选《濂洛风雅》，以道统为文统。许谦的诗文成就更高，四库馆臣评论称，"其诗理趣之中颇含兴象。五言古体尤谐雅音，非《击壤集》一派惟涉理路者比。文亦醇古，无宋人语录之气，犹讲学家之兼擅文章者也"，认为许谦诗作超出了前辈语涉理学的"击壤集"一路，同时其文醇古而无宋人语录之习气。最重要的是，许谦已由"讲学家"转而为"讲学家之兼擅文章者"。这种趋势进一步推进，至其弟子辈，则均为"文章之士"了。他们虽然在理学上发明无多，但是在诗文方面成就显著。世人则经由诗文得知他们的为人并了解到朱子之学，正如黄百家所言："金华之学，自白云一辈而下，多流而为文人。……虽然，道之不亡也，犹幸有斯。"②

韩国学者金春泽曾在《东文问答》中论道："朱子以后，中华道学之变，盖自何北山、王鲁斋，以及金仁山以下诸儒与元代相终始者，皆朱子之学也。明兴而宋景濂、王子充则佐文治，方希直则树臣节。又此学之余

---

① 文中所引四库馆臣之评论均出自《四库全书总目提要》之诸家别集提要，不再一一标注。
② 参见黄宗羲《黄宗羲全集》第六册，浙江古籍出版社，2005，第216页。

也，可谓盛矣。"① 这段话可以用来概括"北山四先生"在朱子之学承传方面的巨大功绩，即接续了南宋朱熹之正统，推动了元代理学之官学化，促成了明初洪武朝儒学之复兴，并对后世产生了深远影响。

二　金华朱学的学术转向及原因

作为朱子理学嫡脉的金华学派，受元代新社会历史环境的影响，到许谦一辈时，发生了明显变化。全祖望在《宋文宪公（濂）画像记》中曾指出："余尝谓婺中之学至白云而所求于道者，疑若稍浅，渐流于章句训诂，未有深造自得之语，视仁山远逊之，婺中学统之一变也。义乌诸公师之，遂成文章之士，则再变也。至公而渐流于佞佛者流，则三变也。"② 他认为，从许谦一辈到柳贯等（柳贯、黄溍等为金华义乌人）人，再到宋濂一代，金华（古称婺州）之学发生了三次变化。黄百家也称："北山一派，鲁斋、仁山、白云既纯然得朱子之学髓，而柳道传、吴正传以逮戴叔能、宋潜溪一辈，又得朱子之文澜。"朱彝尊的评论也证实了这些变化趋势，他说："金华承黄文献溍、柳文肃贯、吴贞文莱之后，多以古文词鸣。"③ 他们指出了金华之学的三大流变趋势：一是思想方面由义理建构转向章句注疏；二是师承方面由恪守一家转向学源交叉；三是身份方面由理学家流为"通经能文"的文章之士。这三种趋变最终归于一途，即金华学派由朱子理学流派，转向了有着明显师承脉络且具有深厚理学底蕴的文学流派——金华文派。而对金华朱学"流而为文"的原因，查洪德、徐永明、张晶与高云萍等学者均有所讨论。④ 今据前辈学者的研究成果，对这一流变重新考察可知，其转向的原因基本可以归纳为三个方面：一是元代特殊社会文化环境使然；二是有着"东南小邹鲁"与"文献之邦"

---

① 参见金春泽《北轩集》，韩国首尔大学奎章阁藏 1760 年本。
② 参见全祖望《鲒亭文集选注》，黄云眉选注，齐鲁书社，1982，第 332 页。
③ 参见戴殿江辑《金华理学粹编》卷七，转引自纪昀《四库全书简明目录》，清光绪刻本。
④ 参见查洪德《元代理学"流而为文"与理学文学的两相浸润》（《文学评论》2002 年第 5 期）、张晶《元代诗歌概述》（《辽金元文学论稿》，北京广播学院出版社，2004）、徐永明《婺州作家群之构成及其地域文化背景》（《载元代至明初婺州作家群研究》，中国社会科学出版社，2005）以及高云萍《北山学派概述》（载《宋元北山四先生研究》，浙江大学出版社，2012）等。

称誉的金华地域学风之应然；三是金华学派本身不断向前发展之必然。

关于第一方面，包括金华学派在内的元代理学整体上都出现了"流而为文"的趋势，这跟元代特殊的文化生态有着直接关系。有元一代弥漫着"儒无用"以及"秀才无用"的风气，吴澄曾感慨"世以儒为无用久矣"①。程钜夫也就世俗之"儒无用"观念多有议论，其《艾君哲阡表》开篇即言："世之人于儒也，或听听焉者何？曰谓其无所可用也。"②世人轻视儒生，而元代统治者与当时居于权要的儒士，又往往对理学精微不加重视。蒙元皇帝只是重视儒之"经邦济世"的才能，许衡等汉族儒士更多的是注重儒之伦理纲常层面。这样的社会风气必然使理学探讨不及诗文创作更受时人欢迎。又，元代学术与文学方面的独特思潮也造成了当时"文显而道薄"的局面。查洪德曾将其归结为四点。一是宋儒多认为"文章害道"，走向了鄙薄文艺的极端。元代学者则对此加以反思，积极倡导兼综理学与文艺。二是元初北方及中原之地受苏轼之学影响，学者一直十分注重"词章之学"。三是不同于宋代学术门户森严，元人破除门户，融合汇通，转益多师，带来了学源关系的交叉，使学术各派都发生了变异。四是元承宋亡，对宋人空谈误国引以为戒，因此推行崇实尚用的文化政策。天理人心性命之说受到抑制，文章之学得以彰显。③查先生的这些分析与论说有理有据，符合历史实际，可谓的论。

就第二方面来说，宋南渡以来，金华就被视为"文献之邦"。较之其他区域，金华之地留存的著述蔚为大观。胡凤丹编纂的《金华丛书》称："夫地灵所炳，人杰斯兴，吾郡人文荟萃，曩有小邹鲁之目。历考自来著作，其目录载在郡邑志者不下千余种。"④当代学者黄灵庚在《婺州文献述要》中称："发现自宋代至晚清，婺籍文献著作宜在五六千种以上。"⑤于此足见金华著述之大盛。此地文学风气也非常浓郁，作家众多，作品繁

①　参见吴澄《送邓善之提举江浙儒学诗序》，载《吴文正集》卷二十五，文渊阁《四库全书》本。
②　参见程钜夫《雪楼集》卷二十二，文渊阁《四库全书》本。
③　参见查洪德《元代理学"流而为文"与理学文学的两相浸润》，《文学评论》2002年第5期。
④　参见胡凤丹《金华丛书序》，清同治十一年退补斋刻本。
⑤　参见黄灵庚《婺州文献述要》，《浙江社会科学》2009年第6期。

盛。金华学派诸人生于斯土，自然受其濡染。宋亡以后，金华地区聚集了大批遗民文人，如方凤、吴思齐与谢翱等。黄溍尝言："三先生隐者，以风节行义相高，间出为古文、歌诗，皆忧深思远，慷慨激烈，卓然绝出于流俗，清标雅韵，人所瞻慕。"① 金华学人多师从之，"争相亲炙之"。方凤等人气节颇高又皆以诗文名世，并多次组织诗社。其中"月泉吟社"为宋末元初最具影响力的诗社，曾以诗歌大奖赛的形式，笼络天下众多诗社中数千作手齐作《春日田园杂兴》，共得诗稿 2735 卷。经 3 人评定后，选出 280 名，加以评鉴与奖励，并汇编成集付印，名之为《月泉吟社诗》。这是我国第一部诗社总集，也是第一部较大规模的田园诗总集，在当时影响巨大。金华学派之柳贯、黄溍等人就多学文于方凤等，并以方凤为中介，又接触了宋末浙江地区一大批诗文作家，如方回、牟巘、龚开、戴表元、仇远等人。这也造成了许谦后学未能像"北山四先生"那样究心理学，深体默察性命之蕴、人心精微，而是更多的成为诗文作家。

至于第三方面，金华学派流变为金华文派，固然受到了外部诸多因素的影响，也是学派本身逻辑发展的必然。从学术发展的自身规律来看，某一学说的成熟过程，往往也是一个与其他学说争论并不断修正自身的过程。之后，其理论臻于成熟，被定于一尊。在理论体系成熟以后，其任务转向阐释与传播，而在传播的过程中又发生变异，于是新的学说开始出现。程朱理学的发展过程亦是如此。朱熹之学在宋末已被置于至尊地位，入元以后更是被悬为功令。对朱子后学而言，他们面临的任务不再是儒学思想体系的建构，而是对既有思想进行阐释、注释、回护、推广与传播，故此时的朱子之学由重在理论体系建构转向了重在践履。"北山四先生"就旨在躬行实践朱熹之学，但是在学说方面创见不多。再加上，他们在躬行实践的过程中，又多作诗为文以宣讲、传播理学思想。这就为理学从思想领域渗透进文学领域提供了机缘。如古文方面，王柏编有《濂洛文统》、《朱子文选》、《勉斋北溪文粹》与《五先生文萃集》等，何基又曾为之增订。诗歌方面，王柏编有《紫阳诗类》等，金履祥晚年则选收了《濂洛诗派图》中 48 位道学人物的诗作，编订成我国文学史上第一部理

---

① 参见黄溍《元故翰林待制柳公墓表》，载《待制集·外编附录》，续金华丛书本。

学诗总集《濂洛风雅》。《濂洛文统》与《濂洛风雅》等的编著，为理学家在文学领域树立了标准，开辟了疆域。他们的初衷是以道学统文学，但是在元代特殊的境遇中，其后学往往以文学显。金华之学也因此必然由学流而为文。在许谦身上，这种趋势体现得尤为明显。他堪为金华之学转向金华之文的过渡人物：一方面体现出金华朱学之衰落景象；另一方面又开启了金华文派之华丽大幕。

三 金华文派的确立与独特的生成方式

关于文学流派成立的基本标准，《中国大百科全书·中国文学卷》有明确界定，其认为文学流派需要具备三个基本要素：一是影响较大的领袖或核心人物；二是有着较为明确清晰的创作理念或主张；三是存有一定数量相近风格的文学作品。[①]"金华文派"则同时满足这三项条件，它在文学史上是可以确立并客观存在的。

金华文派流衍三代，每一代均存有核心人物。关于金华文派的代际承传与成员构成，后文将详加评述，现只简略论之。第一代以"金华三先生"黄溍、柳贯与吴莱为核心，而叶谨翁、吴师道及张枢等环而拱之。[②]

① 其"文学流派"条称，文学流派为"文学发展过程中，一定历史时期内出现的一批作家，由于审美观点一致和创作风格类似，自觉或不自觉地形成的文学集团和派别。通常是有一定数量和代表人物的作家群"。同时又指出，文学流派在文学发展过程中自然形成，从基本形态上看，大体可以分为两种："一种是有明确的文学主张和组织形式的自觉集合体。这种流派，从作家主观方面来看，是由于政治倾向、美学观点和艺术趣味相同或相近而自觉结合起来的，具有明确的派别性。他们一般有一定的组织和结社名称，有共同的文学纲领，公开发表文学主张，与观点不同的其他流派进行论战。但这些还只是文学集团的意义，只有进而在创作实践上形成共同的鲜明特色，才是严格意义上的文学流派。这种有组织、有纲领、有创作实践的作家集合体，是自觉的文学流派"，而"另一种类型是不完全具有甚至根本不具有明确的文学主张和组织形式，但在客观上由于创作风格相近而形成的派别。这种半自觉或不自觉的集合体，或者是因某一个作家的独特风格，吸引了一批模仿者和追随者，逐渐形成了一个有特定核心和共同风格的派别；或者仅仅是由于一定时期内的一些作家创作内容和表现方法相近、作品风格类似而被后人从实践上和理论上加以总结，冠以一定的流派名称"。

② 柳贯早年师从金履祥，与许谦有同郡同门之谊。但许谦年长，且在理学上成就更大，为继承金履祥衣钵之高足，柳贯亦甘尊师兄为师。后人也因此多将柳贯作为许谦弟子。明代学者归有光的《浙省策问对二道》即云："至于以文章名世，如黄溍、吴师道、吴莱、柳贯，皆为一代之儒宗。而贯与师道皆学于许文懿公。"此外，吴师道与张枢也都自道从学于许谦。

作为核心，三人的凝聚与领袖作用体现在多个方面。一是三人弟子众多，且多优秀者。一代文宗宋濂即"得柳待制道传、黄侍讲晋卿、吴山长立夫三先生为之师。故其撰述往往笔执炜煌如此"①。元明之际的著名学者王祎、胡翰与戴良等也都师从三先生。二是他们既为金华朱学传人，又师承诗文大家方凤，两脉交会使其结交了一大批理学与文学兼擅之士。他们同声相和，同气相求，谈道论学，诗文酬唱频繁。三是三先生均担任教职，往往在讲学之余相约友朋一起畅游山水，吟咏性情。《北山纪游总录》就是由黄溍倡导游历金华北山并形诸诗文的结集。第二代核心人物为宋濂，王祎、胡翰与戴良为之辅翼。《明史》本传称宋濂"自少至老，未尝一日去书卷。于学无所不通，为文醇深演迤，与古作者并。在朝，郊社宗庙山川百神之典，朝会宴享律历衣冠之制，四裔贡赋赏劳之仪，旁及元勋巨卿碑记刻石之辞，咸以委濂，屡推为开国文臣之首"。宋濂的文学造诣以及政治地位，使其身为金华文派之领袖名副其实。黄、柳也有意将文坛盟主之位托予宋濂。柳贯曾言："吾邦文献，浙水东号为极盛。吾老矣，不足负荷此事，后来继者所望惟景濂，以绝伦之识而济以精博之学，进之以不止如驾风帆于大江中，其孰能御之？"黄溍也寄金华文派斯文之传于宋濂，他说："吾乡得景濂，斯文不乏人矣。"② 宋濂之后，第三代成员以方孝孺为宗。方氏师从宋濂，宋以"喧啾百鸟中，见此孤凤凰"相誉，并称"游吾门者多矣，未有若方先生也"。方孝孺自己也"恒以明王道、致太平为己任"，时人视之为"程朱复出"、"濂溪再世"与"孟轲韩愈复生"。同时，其文章也被共推为天下第一，一时名士多从之。钱谦益《重刻方正学文集序》尝谓："本朝之学者，当以宋文宪、王忠公暨先生为朱子之世嫡。而礿宗之祭，亦当以三君子为乐祖。"③ 他指出宋濂、王祎之后，方孝孺作为朱学嫡传，同为明朝学人之肇祖。

金华文派诸人在文学创作方面形成诸多共同的主张，其核心理念为文与道不相离。由此延展，他们为文主张明道宗经，有用于世，注重实用教化。受此影响，其文章以醇深演迤、浑穆雍容为主要特征，论诗则宣扬诗

---

① 参见郑涛《浦阳人物记·后序》，载《宋文宪公全集》卷五十三，《四部备要》本。
② 参见王祎《宋太史公传》，载《王忠文集》卷二十一，明嘉靖元年（1522）张齐刻本。
③ 参见钱谦益《牧斋初学集》卷二十九，明崇祯十二年（1369）刻本。

写性情。正如宋濂所言，诗人"其情抑遏而无所畅，方一假诗以泄之"。可以说，他们在文学上最为提倡文道并重，原道教化与抒写自我俱具，政教与审美兼顾。

金华文派成员有著作存世者较多，且整体风格相近。四库馆臣评黄溍"为文原本经术，应绳引墨，动中法度"，又称柳贯"文章原本经术，精湛闳肆"。吴师道撰有《礼部集》二十卷，四库馆臣评其"诗文具有法度"。叶颙著有《樵云独唱》六卷，四库馆臣评其"诗写闲适之怀，颇有流于颓唐者，而胸次超然，殊有自得之趣"。吴景奎作《药房樵唱》三卷附录一卷，其五言古体皆源出白居易，七言古体间似李贺，近体亦音节宏敞、豪放自喜。四库馆臣评其"诗歌尤清丽警拔，颇近唐音"。胡助作《纯白斋类稿》二十卷，吴澄称其诗文"如春兰苗芽，夏竹含箨，露滋雨洗之余，馥馥幽媚，娟娟净好"，指出其平易一面。四库馆臣则补充道，胡助"神韵清隽，格度严整，犹能不失古意"。陈樵长于说经，与黄溍、宋濂等以文章相砥砺，造诣颇深。宋濂诗文留存宏富，四库馆臣评其文"雍容浑穆，如天闲良骥，鱼鱼雅雅，自中节度"。王祎存《王忠文集》二十四卷，四库馆臣评其"文醇朴闳肆，有宋人轨范"。胡翰存《胡仲子集》十卷，四库馆臣评其文"持论多切世用"，论其诗"格意特为高秀"。戴良诗文存世亦较多，四库馆臣评其"文叙事有法，议论有原，不为刻深之辞，而亦无浅露之态，不为纤秾之体而亦无矫亢之气"，又称其"诗则词深兴远，而有锵然之音、悠然之趣"。元亡后，戴良诗风发生改变，其"眷怀宗国，慷慨激烈，发为吟咏，多磊落抑塞之音"。而仅据四库馆臣的评论，我们也可窥见金华文派诗文创作的主要风格特征，即本于经术，合乎法度，崇尚复古，且雍容自得。

此外，需要特别指出的是，金华文派因金华学派演变而来，故它既是一个全国性的理学支脉，又是一个地域性的文学流派。这使它的生成方式颇具独特性。

金华文派的生成主要依据明晰的师门承传。理学注重统序，重视承传。《宋元学案》梳理宋元林立的学术派别时，采用的最主要且最有效的编纂方法就是按学统、师承关系分支别派。受金华学派影响，金华文派成员之间的联结也主要通过师承关系。他们往往借助书院、私塾、乡学与家学等，形成了一种稳定且强有力的人际网络。"北山四先生"一生勤勉于传播朱子之学，其弟子柳贯与黄溍、吴莱等过从甚密。黄溍师从王炎泽，王炎泽师从徐侨的门人，进而承续朱子之学，也属于朱学之后。吴莱年龄晚于黄、柳，但是因为他们同为方凤弟子，故往来密切。三人也是亦师亦友的关系。后人常将三人并称，尊之为"三先生"。宋濂、王祎、胡翰与戴良等又师从"三先生"，故被称为"四先生"，四先生之后，则有方孝孺等弟子。故就师承而言，"北山四先生"（何基、王柏、金履祥、许谦）—"金华三先生"（黄溍、柳贯、吴莱）—四先生（宋濂、王祎、胡翰、戴良）—方孝孺，形成了一条脉络清晰的承传主线。① 同时，金华文派成员基本都生活在金华区域内，往往是同郡或者同乡。相同的地域，一样的风俗，交通的便捷，使乡缘也成为成员之间紧密联系的纽带。他们往往以"吾婺"或"吾乡"自矜。这种因乡土而产生的缘分，有着天然的亲和力。无论是官居高位，还是沉沦下潦，他们都能因同乡之谊，相互奖掖、荐推或颂扬。

此外，各成员之间还存在相互交叉的亲缘、友缘、趣缘等关系。戴良拜祭方凤之子方樗时，曾提及金华文派成员之间的多种关联，称"某等之于先生，或以姻亲而托交，或以乡枌而叨契，或以弟子而游从，或以友朋而密迩"②。如就亲缘而言，吴莱为方凤孙婿，许谦有二子许元与许亨，苏友龙与苏伯衡为父子关系，而王祎与宋濂又为儿女亲家。这些关系相互关联，构成了一个庞大的包容性强却又界限分明的关系网络，有力地促进了金华派的生成。

第二节　金华文派的发展历程与时代特征

论及金华文派的发展历程，因观照视角不同，诸学者之观点各异。而

---

① 元代科举制度时行时废，传统的"座主"与"门生"以及"同年"关系日趋淡化，再加上元代学术氛围宽松，一人师从多人，乃至多门，成为当时的普遍现象。金华文派中也存在某一弟子在礼本师之外，还参礼其他不同辈尊师的情况，如胡翰既问学于许谦，又师从于柳贯。本文则主要从他们本人的言说及后世的一般认定两大方面加以考量与判定。

② 参见戴良《祭方寿夫先生文》，载《九灵山房集》卷七，文渊阁《四库全书》本。

较为准确、客观地定位某一文学流派，需考虑以下数端：一是文学生态的变迁，包括经济状况、政治环境、官吏制度、文化政策以及社会风尚等的变化；二是文派中影响较大的核心人物以及其他成员之间的师承代传；三是学术理念与文学创作具有共同的群体特征。今则主要依据这三个方面来考察金华文派的发展历程。

一　金华文派的发展历程

论及金华文派的发展历程，因观照视角不同，诸学者之观点自然各异。而较为准确、客观地定位一个文学流派，需考虑以下数端：一是文学生态的变迁，包括经济状况、政治环境、官吏制度、文化政策以及社会风尚等之变化；二是文派中影响较大的核心人物以及其他主体之师承代传；三是文派成员的学术理念与文学创作之特色。笔者即主要以此三者来估衡金华文派，并梳理其发展历程及成员构成。

大略而言，自元至明初的近二百年间，金华文派前后传承三代。金华文派的承传与金华朱学之衍变关系密切。清人全祖望在《鲒埼亭集外编》卷十九《宋文宪公画像记》一文中叙述金华之学的流变，他说：

> 婺中之学，至白云而所求于道者，疑若稍浅，观其所著，渐流于章句训诂，未有深造自得之语，视仁山远逊之，婺中学统之一变也。义乌诸公师之，遂成文章之士，再变也。至公而渐流于佞佛者流，则三变也。犹幸方文正公为公高弟，一振而有光于先河，几几乎可以复振徽公之绪。

白云即元初学者许谦，仁山则是许谦之师金履祥，义乌诸公指元中期的黄溍、柳贯、吴莱等，而所谓"公"者指宋濂，他所言婺学"三变"乃由金履祥的性理之学变而为许谦之章句训诂之学，再变为黄、柳词章之学，三变则至宋濂一辈学杂佛老，其学为之不纯，而方文正公乃明初学者方孝孺，全氏认为他在明初恢复了金华朱学的学统。受此影响，金华文派的发展历程亦带有明显的阶段性特征，基本可划分为四个时期：酝酿期、形成期、鼎盛期与衰落期。

首先，酝酿期大约讫于宋末至元初，即北山四先生阶段。何基、王柏、金履祥及许谦等人，主要以理学名世，作为朱学嫡系，其持守颇正，具有更多的正统色彩。但是，受社会历史环境的影响，出现了两个新趋势。其一，在学术上，由理学《四书》拓展到五经乃至四部，由理学的义理思辨性转向侧重考证、训话，由形而上之关注转向形而下问题的探究，使朱学趋向于知识化、生活化和世俗化。其二，在文学上，其对诗文多有见解。尽管如石明庆所言，北山四先生之诗论带有鲜明的理学色彩，其主要特点就是"以诗说理、以理解诗，以濂洛道统的义理诗为风雅正统，片面发展了朱熹诗学思想的一个方面"①。但是，他们并没有像理学先贤程颐、周敦颐等那样将理学（道）与文学（文）分裂，乃至推向极端，而是尽力将其和合统一。从后来的发展趋势来看，这种将道学与诗学统一起来的努力，并没有使文学彻底统领于理学之下。反而，恰如四库馆臣所指出的，"以濂洛之理责李杜，李杜不能争，天下亦不敢代为李杜争，然而天下学为诗者，终宗李杜，不宗濂洛也"②，并为之后的金华之学"流而为文"提供了最初的导向。这两个趋势，在一定程度上决定了有元一代乃至明初金华之学的发展方向，为金华文派的形成奠定了基础。

这一代人，一是几乎都经历了蒙宋战争，尽管终生以讲学为主，但他们都不忘世事，积极关注社会，有着强烈的入世精神。二是坚守朱子之学，但至许谦一辈，受社会思潮的影响，出现了"和合朱陆"的倾向。三是北山四先生毕生从事于教授，子弟众多。尤其是许谦，其门生著录者达千余人，但据《宋元学案》载，即有范祖干、朱震亨、刘名叔、李国凤、叶仪、敬俨、唐怀德、揭傒斯、朱公迁、欧阳元、苏友龙、吕洙、吕权、吕机、戚崇僧、胡翰、刘涓、蒋元、赵子渐、楼巨卿、张匡敬、王麟、江起、合剌不花、何宗映、何宗瑞、方麟、卫富益、方用、李唐、马道贯、王余庆、李裕、李序、朱同善、苏伯衡、何宗诚、江孚等。这些弟子不仅承传了金华之学，并且文采足以动众者颇多。四是从文学方面来说，他们以理学正统解诗，形成了重视诗歌"风雅"精神的传统。他们所形成的人格精神、学术理念以及文学传统都为后代弟子提供了借鉴。五

---

① 石明庆：《论宋末金华朱子后学的极端化理学诗论》，《湖州师范学院学报》2008年第5期，第17～20页。

② 纪昀等著《四库全书总目》，中华书局，1965，第1737页。

是至许谦，已出现讲学家兼擅文章家的端倪。《四库全书总目·白云集》提要曾指出："谦初从金履祥游，讲明朱子之学，不甚留意于辞藻。然其诗理趣之中颇含兴象，五言古体尤谐雅音，非《击壤集》一派惟涉理路者比，文亦醇古，无宋人语录之气，犹讲学家之兼擅文章者也。"

总而言之，这一代人，在学术上为金华之学"流而为文"做了前期准备，同时又形成了自己独特的文学主张，并对后学产生了重大影响。

其次，金华文派形成于元代中后期，这一阶段以黄溍、柳贯、吴莱等所谓的金华三先生为代表。黄溍（1277~1357），字晋卿，延祐开科，登进士。仕为翰林直学士，知制诰，同修国史，擢兼经筵官，升侍讲学士，同知经筵事。卒谥文献。柳贯（1270~1342），字道传，号蜀山居士，以学问文章显名当世，擢翰林待制兼国史院编修官。门人私谥文肃。吴莱（1297~1340），字立夫，号深袅山道人，延祐间，举进士不第，遂隐居讲学著述，门人私谥曰渊颖先生。他们的弟子宋濂主修之《元史》，将他们三人合为一传。除三人外，尚有叶谨翁（1272~1346，字审言，著有《四勿斋稿》《曲全道人集》）、叶颙（1300~1374，字景南，著有《樵云独唱》）、王肖翁（1272~1336，字傅朋，《元诗选·癸集》录其诗）、张枢（1292~1348，字子长，著有《敝帚集》）、闻人梦吉（1293~1362，字应之）、徐应虎、陈璪（字仲实，著有《质庵集》）、楼光亨（1296~1374，字景元，著有《梅溪集》）、吴景奎（1292~1355，字文可，著有《药房樵唱》）、胡助（1278~1362，字履信，著有《纯白斋类稿》）、陈樵（1278~1365，著有《鹿皮子集》）、李序（字仲伦，著有《氤氲集》）、李惠（字公泽，著有《适庵集》）、李裕（1294~1338，字公饶，著有《中行斋稿》）、方梓（字子发）、方樗（字寿父）、吴直方（1275~1356，字行可）、张恕（1271~1343，字如心）、王毅（1303~1354，字刚叔，号讷斋、木讷斋，著有《木讷斋文集》）等。

这一代人，虽当其晚，政局动荡，反抗起义开始涌现，但是他们一生大部分处于元代太平盛世阶段。时值，科举恢复开科，不少人重习举子业，并取得进士。朱熹理学亦被悬为功令，成为官方学说，士人多究心性理之学，但也以一种更开放的态度对待其他学说，最明显的就是朱陆趋向和会。在文学上，他们几乎都以文学名世。元人陈旅曾论柳贯、黄溍，称：

金华有二先生，曰柳公道传，曰黄公晋卿，皆以文章显名当世。予游荐绅间，窃获窥其述作。柳公之文庞蔚隆凝，如泰山之云，层铺叠涌，杳莫穷其端倪；黄公之文清圆切密，动中法度，如孙、吴用兵，神出鬼没，不可正视，而部伍整然不乱。金华多奇山川，清淑之气钟之于人，故发为文章，光焰有不可掩如此。（《安雅堂集》卷五《宋景濂文集序》）

他们创作了大量的文学作品，并形成了较为系统的文学理论，金华文派至此真正地形成了。

再次，元明之际，金华文派走向鼎盛，元亡后在明初文坛居于主流地位。这一阶段以宋濂、王祎、胡翰、戴良等四先生为代表。其外，尚有汪祁（1305～1352，字元明）、范祖干（字景先，著有《柏轩集》）、叶仪（字景翰）、苏伯衡（字平仲，著有《苏平仲文集》）、许元（字存礼，著有《樗散杂言》）、徐季泰、汪仲寿（字仲山，著有《静斋稿》）、唐怀德（字恩诚，著有《存斋稿》）、童冀（字中州，著有《尚絅斋稿》）、金信（字仲孚，著有《春草轩集》）、郑涛（字仲舒，著有《药房集》）、张丁（字孟兼，著有《白石山房集》）、金涓（字德原，著有《湖西稿》《青村稿》）、朱廉（字伯清）、杨苘（字仲彰，著有《百一稿》《无逸斋稿》《鹤岩集》）、傅藻（字伯长）、蒋云达（1329～1357，字季高）、李唐、黄琪、李曅（字宗表，著有《草阁集》）、唐元嘉（字显德）、董思曾（字心传）、吴沉（字濬仲，著有《应酬稿》《潩川集》）、赵良恭（字敬德）、徐原（字均善）、严天瑞（字景辉）、童梓（字仲良）、吴履（字德基）、诸葛伯衡、章溢（1314～1369，字三溢，号损斋，著有《龙渊集》）、胡深（1314～1365，字仲渊，号芸斋，著有《芸斋集》）、叶子奇（字世杰，著有《草木子》《太玄本旨》《草木子余录》《范通玄理》《本草节要》《地理节要》《诗宗选玉》《静斋文集》《静斋诗集》）等。

这一辈人，大都饱尝战争之维艰，经历了元明鼎革，并面临着艰难的政治抉择。或者投向朱元璋，如宋濂等；或者选择为元廷守节而做遗民，如戴良等；或者以隐居讲学为主，如胡翰等。在学术创建上，虽秉承朱子之学，但学源趋于多元，转益多师是常师。文学上皆以诗文名家名世。

最后，伴随着明初中央集权的加强，以及文化政策的严苛，宋濂等一辈人多死于非命，金华文派趋向式微。清人赵翼在《廿二史札记·明初文人多不仕》卷三十二中对此有过议论，他说：

> 武臣被戮者固不具论。即文人学士一授官职，亦罕有善终者。宋濂以儒者侍帷阃十余年，重以皇太子师傅，尚不免茂州之行。何况疏逖素无恩眷者。如苏伯衡，两被征，皆辞疾，寻为处州教授，坐表笺误死。郭奎参朱文正军事。张孟兼修史成，仕至佥事，傅恕修史毕授博野令后俱坐事死。高启为户部侍郎，已放归，以魏观上梁文腰斩。张羽为太常丞，投江死。徐贲仕布政，下狱死。孙蕡仕经历，王蒙知泰安州，皆坐党死。其不死者张宣修史成，受官谪驿丞。杨基仕按察，谪输作，乌斯道授石龙令，谪役定远。此皆在《文苑传》中。当时以文学授官，而卒不免于祸，宜维祯等之不敢受职也。

其中死于非命者，金华文派成员居多，这导致金华文派趋向式微。其表现具体有二：一是后学不兴，虽有王绅（1360～1401，字仲缙，著有《继志斋集》）、刘刚（字养浩，著有《铙歌鼓吹曲》）、杨璥（著有《补金华贤达传》）、宋璲（字仲珩）、郑棠（字叔美，著有《道山集》）、郑楷（字疏度，著有《凤鸣集》）、郑柏（字叔端，著有《进德斋稿》）、吕燧（字慎明，著有《双泉文集》）、李辕（字公戴，著有《筠谷集》）、贝泰（字宗鲁）、杜桓（字宗表，著有《柳黄同声集》《尚检斋集》）、汪雨（字润之，著有《存斋稿》）等人，多远不如前代之盛；二是理学开始向自身回归，至宋濂高足方孝孺（1357～1402，字希直，著有《逊志斋集》）被腰斩，金华文派宣布终结。

二　金华文派的时代特征

金华文派传承数代，受元代社会文化以及金华地域环境的影响，其文学理论与创作形成了鲜明的时代特征。

其一，主张文学与学术、事功合而为一。宋亡后，元人对此进行了反思。在学术文化层面，他们总结了宋代灭国的两个原因。一是宋季空谈性理，不能经世致用。二是宋人将学术分裂，文道各趋于两极，造成了弊端：道学则谈理虚矫，求异于世；文章则偏求奇怪艰深之辞；政事则流于闳阔娇激之习世。因此，他们主张文学与学术、事功合而为一。金华文派亦持此论，更为可贵的是，他们多能身体力行。如黄溍论学主张学术与事功并重，反对两者割裂，对于"群居则玩思空言，而指簿书钱谷为细务；从政则苟诡吏议，而视仁义礼乐为虚文"① 与 "务为高论而不屑意于为事，或者指经义为无用之言"② 的现象加以批判。黄溍自己做到了这一点。时人傅亨为黄溍请谥所作《请谥文移》称他"擅一代之文章，为诸儒之规范"，论其学术与文章则称："言性理探程朱之奥妙，论著述继韩柳之雄深。"③ 近人钱基博亦评："黄溍文为苏轼之疏畅，而归本欧阳修之纤徐；学则朱熹之义理，而兼吕祖谦之文献。承宋人之学，为宋人之文。"④ 此外，如胡翰论诗称："诗之用犹史也。史言一代之事，直而无隐；诗系一代之政，婉而有章。辞义不同，由世而异。"其又说诗歌"情深而文明，气盛而化神，故可以感鬼神，和上下，美教化，移风俗"（《古乐府诗类编序》）。王祎作《宋景濂文集序》时也认为"昔之圣贤，其学可谓至矣。其于三才万物之理，仁义道德、礼乐制度、治乱是非、显隐巨细之际，凡天人传心之妙，帝王经世之略，无弗察而通也。其真知实践既有得于内矣，于是将以自见而淑诸人也，然后托于文章，以推其意之所欲言"。

其二，有着强烈的道德重建意识，重视教化。宋亡元兴，对儒学之士而言，无异于大崩地坼。因为这不是一般的改朝换代，而是原来支撑社会运转的行政系统、道德体系，几乎被全部打破，具言之，包括儒学内部新旧儒学的艰难蜕变、异族统治下正统观的重新调整、佛道二教的严峻挑战、儒吏之间的尖锐矛盾、儒士自身出处进退的徊惶等，整体上呈现社会失序、道德失范的局面。

面对如此艰难境遇，元代士人往往形成了一种自觉的道德重建意识，并且慨然以此为使命。居于上位者，极力劝诫、建议统治者以行汉法、推儒治。

① 《黄文献公集》卷三《国学蒙古色目人策问》。

② 《黄文献公集》卷四《跋余姚海堤记》。

③ 《文献集》卷七下《请谥文移》。

④ 《中国文学史》，中华书局，1993，第820页。

在下者讲学乡里，究心道学，教化乡里，淳朴民风，正如许衡所言"纲常不可一日而亡于天下。苟在上者无以任之，则在下之任也"（《元史·许衡传》）。

金华文派的第一代，伴随着科举的恢复，有些人进入仕途，如黄溍、柳贯、吴师道、张枢等，他们任职时几乎无不以救世行道为己任。但是，有元一代，社会极其不公平。南人进入仕途非常艰难，而一旦进入官场，专任升迁的机会又甚渺茫。所以属于南人的金华文派诸人，除第一代有几个人出任官职外，多数人一生从事于教职，以讲学为业。第二代人，遭遇了元明代兴，于朱元璋攻下江南后，多归附朱元璋，并在新朝的建设中发挥了巨大作用。但无论是在元代沉沦教职，还是入明居于要位，他们一以贯之地重视教化，不仅在理论上持此主张，而且其文集中道德教化之语也处处可见。

其三，形成了具有深厚理学底蕴的文风。查洪德曾说："在元代，理学全面影响诗文，形成了以理学为精神底蕴的一代文风，这也是元代有别于其他时代的文风。"而元代金华文派更是因"金华学派"流而为文所致，在其身上，这种特征更为明显。

清人黄百家论金华之学时，尝言："北山一派，鲁斋、仁山、白云既纯然得朱子之学髓，而柳道传、吴正传以逮戴叔能、宋潜溪一辈，又得朱子之文澜，蔚乎盛哉！"（《宋元学案》卷八十二《北山四先生学案》）他指出金华之学"北山四先生"传承了朱熹的道学之正脉，同时，至许谦同辈柳贯及弟子吴师道、戴良与宋濂等之时，则又继承发扬了朱熹的文学方面。"学髓"及"文澜"并得，是金华文派学术与文学方面的突出特点。但是，在新的社会历史背景下，金华文派所受的理学影响，并不限于朱子一家。元代理学的总体趋势就是"众派会流""朱陆和会"，而金华之地，自宋元以来有"东南小邹鲁"及"文献之邦"之誉，吕祖谦历史文献之学、陈亮事功之学及唐仲友经制之学都曾兴起于此地。这些对处于元代且推崇乡贤的金华文派诸人，自然都有影响。正是在朱熹之学及其他学派的交叉影响下，金华学人为学更杂，文学愈盛，形成了具有深厚理学底蕴的金华文风。

金华之学的创作主体往往"通经能文"，既是学者又是文章之士，如黄溍与柳贯，与虞集、揭傒斯名列"儒林四杰"。元人陈旅又称，"金华有二先生：曰柳公道传，曰黄公晋卿，皆以文章显名当世"（《安雅堂集》

卷五《宋景濂文集序》）。再如宋濂，既是理学家，又被视为文章大家。在语言层面，其将理学的概念和范畴引入诗文中，继宋人之后，继续丰富文学的话语表达体系。道学之"太极""物理""天机"等词往往直接或经化用而入诗句，如"太极一图关道妙，为开幽翳出朝光"（柳贯《送陈彦正山长奉亲赴柯山》，载《待制集》卷六）、"俛视渊底鱼，仰观天上鸢。抚化心已惬，即物理自全"（戴良《游慈湖》，载《九灵山房集》卷十五）、"天机久已泄，世网孰为纲"（吴莱《蜂分》，载《渊颖集》卷三）。在内容层面，散文则以政事、军旅、外交、礼乐、教化等实用方面为主要书写内容，诗歌则以抒发性情之正及宣泄抑遏之志为主。在思维层面，受程朱理学抽象思辨的影响，金华文派诸人释词议论时长于辨析，注重理性的感悟和阐发，故其行文多具有强烈的思辨色彩，充盈着思辨之美。在境界层面，金华诸人受理学濡染，致力于成贤成圣，追求一种"儒者气象"，这种理想对诗文产生了很大的影响。查洪德的《外儒雅而内奇崛：理学家之人格追求与元人之文风追求》（《晋阳学刊》2007 年第1 期）论元人的人格追求与文风追求的关系及特点，最为详瞻，他说："诗文之'平易正大'，是理学家追求的'圣贤气象'人格精神的体现；诗文之'自得之趣'，是理学家学问与道德修养中追求'深造自得'的表现；诗文之'气和声和'，是理学家要求'志以御气'的结果。"金华学人的诗文之风貌，正是其最佳注脚。

戴良曾评论黄溍与柳贯，称其文章"格调固拟诸汉唐，理趣固资诸宋氏。至于陈政之大，施教之远，则能优入乎周德之未衰"（《九灵山房集》卷七《夷白斋稿序》），认为他们的文学格调拟诸汉、唐二代，更得宋理学之趣，此外，其陈述政治、施礼教化则堪追比成周时代。戴氏之言，固有过誉之处，但也揭示了金华文派具有深厚理学底蕴的时代特征。

金华文派成员众多，承传三代，绵延百余年，是中国文学史上不应漠视的一个文学流派。在元明文学的变迁中，金华文派一直扮演着重要角色。元初，金履祥、许谦等人授徒教学，隐居乡里，声名不显，却担任着传承朱熹之学的重任。元中后期，金华文人与吴中文人同为当时文坛最活跃的两大诗文群体。至元明之际，金华文派达于鼎盛，在全国文坛独步一时。明人胡应麟尝言："国初文人，率由越产，如宋景濂、王子充、刘伯温、方希古、苏平仲、张孟兼、唐处敬辈，诸方无抗衡者。"①《明史》也称"明初文学之士，承元季虞、柳、黄、吴之后，师友讲贯，学有本原，宋濂、王袆、方孝孺以文雄"。他们不仅以古文著称，诗歌创作亦不弱。王世贞尝论宋濂与王袆称："宋、王二氏，虽以文名而诗亦严整、妥切，则婺中诸君子，冠冕国初，不独其文也。"②后来，尽管在朱元璋、朱棣父子的政治打击下，金华文人多凋谢、沦亡，但是，金华文派的文学主张及诗文创作却始终影响着有明一代，甚至余泽惠及清代与后世。明代文学流派众多，而这些社团、流派，如以"三杨"为代表的"台阁体"、前后七子以及唐宋派等几乎都与金华文派有着直接或间接的关系。金华文派对于清人的影响，则主要表现在四大方面。一是金华文派学术与文学紧密结合的特点，受到了清人的重视，清人亦多结合理学流变来论其文学。钱谦益、黄宗羲与全祖望等人可谓代表。二是清人评论元明之间的金华文派时不带民族偏见，故他们对金华文派诸人的气节、操守颇多推重。王袆、戴良与方孝孺等人的事迹，在清代一再传说，成为激励后者之人格榜样。三是金华派诸人的诗文集子在清代多被整理与翻刻，同时，其诗文也多为清人诗文选集所收录。四是已有学者通过分析，认为八股文在结构上的奥妙隐含在宋濂的《文原》之中，并得出结论："宋濂通过这篇文章影响了明代士子，进而也启迪了清代文人。"③另外，金华文派的影响不限于国内，甚至波及韩国、日本、越南等国家与地区。朱元璋曾不无骄傲地对宋濂感叹道："方今四夷皆知卿者。"可以说，有明一朝开国文臣之首宋濂及以他为代表的金华文派，影响不仅深远，而且广泛，在学术史与文学史上均有重要意义。

第三节　金华文派在朝鲜半岛的影响

元代金华文派既是一个区域性文学流派，也是一个全国性的文学流派，并且在朝鲜半岛也有着深远影响。朝鲜半岛士人通过师友问学与私淑授受、

---

① 参见胡应麟《诗薮续编》卷一，清广雅书局丛书本。
② 参见胡应麟《诗薮》续编一，清广雅书局丛书本。
③ 参见张思齐《论宋濂对明代文学的奠基性导向作用》，《西华大学学报》2011 年第 1 期，第 39 页。

同气相求诗文酬答、购刊典籍究心研究、访求画像拜祭真容、征引论著品评人物等方式，接受金华派。并且，在极大认同其学术嫡传、人格气节和文学成就的基础上，实现了对元代金华文派的本土化建构，同时在互动、转化与融合中，对朝鲜半岛的学术、文学以及民族精神等产生了不同程度的影响。

一　元代金华文派海外传播的多元路径

元代金华文派在朝鲜半岛的传播，始于元朝与高丽在政治上的联姻以及"舅甥之好"的关系确立之后。元朝一统南北，程朱理学先是由南而北、南北交融，再由中原而东传至高丽，形成朝鲜半岛一脉。当代治学术史者一般认为，元初留居在元大都的高丽士人安珦、白颐正、权溥等，主动接受许衡一派的程朱之学，开启高丽一脉[①]。他们是元代高丽学派的第一代，之后则传授李齐贤（1287～1367）一辈。元中期李齐贤等人与姚燧等问学切磨，进一步昌明学术，并授之李穑等弟子。元后期李穑又灯传郑梦周、郑道传、权近等人，理学由是大盛。但是现据留存文献可以确考，在元延祐六年（1319）左右，李齐贤曾与金华朱学的代表人物许谦有过交往。李齐贤在他的《益斋乱稿》卷四中曾自序：

> 延祐己未，予从于忠宣王降香江南之宝陁窟。王召古杭吴寿山，令写陋容。而北村汤先生为之赞。北归为人借观，因失其所在。其后三十二年，余奉国表如京师，复得之。惊老壮之异貌，感离合之有时，题四十字为识。

同时，许谦（1270～1337）又曾撰《李齐贤真赞》云："目秀眉扬，神舒气缓。妙手描模，毫发无间。形色天性，所贵践形。人见其貌，莫知其心。我知若人，交养内外。和顺积中，睟面盎背。朝瞻夕视，如对大宾。力行所学，无负其身。"[②] 由两人的叙述可知，两人在当时已有交集，

---

① 参见李甦平《韩国儒学史》（人民出版社，2009）。李氏曾指出：许衡在元代学术界的地位被称为理学宗师。他创建的鲁斋学派覆盖了当时元朝北方的学术界。所以，那时来中国元朝学习朱子学的学者深受许衡理学思想的影响。

② 许谦：《白云集》卷四，清同治至光绪间永康胡氏退补斋刻本。

这庶几可以视作金华文派与朝鲜半岛士人接触的可以确考的最早时间节点。之后，自高丽晚期至朝鲜王朝终结，金华文派一直借由不同的途径在一定程度上影响着朝鲜半岛的学术、文学与民族精神等。

（一）师友问学与私淑授受

元朝恢复科举之后，大量的高丽士人"志欲仕中原，挺身归大元"，并逐渐由师承北方的许衡之学转为求教南方的许谦之学。其中，尤其具有代表性者是高丽士人李穀与李穑父子。两人都曾在元朝中举，颇获中原士人赏识。李穀入元之后，曾直接拜访许谦，并就四书问题等共同探讨数十天。高丽末学者罗继从曾为李穀画像作赞，并注解道："元金华处士许谦，号白云先生，立学社，著《四书丛说》二十卷。公入元访之时，丛说尚未就，因讨论数句。许谓公曰：'幸逢有道，疑义多所辨明。'"① 从中也可以看出，李穀对于《四书丛说》的成书也发挥了一定作用。李穀之子李穑曾直接师承许谦弟子中"许门四杰"之一的欧阳玄（号圭斋）。李穑曾在元朝科举中得进士第二甲第二名，并授应奉翰林文字承仕郎，同知制诰兼国史院编修官。当时欧阳玄担任考官对李穑极为赞赏，引为门生。李穑也视欧阳玄为自己的风范宗师，屡称"吾座主欧阳先生"。他在《书登科录后》中尝道，"我初偕计游中原，望洋学海穷词源。圭斋提衡翼群豪，轻重毫厘无间言"（《牧隐诗稿》卷二十三），并在《纪事》中道渊源来自："衣钵谁知海外传，圭斋一语向琅然。"朝鲜半岛士人对于李穑与欧阳玄的师友渊源尤其称道。如李縡在《尊攘编》中曾道："穑在元，从欧阳玄学古文。"李光靖《西山影堂上梁文》亦云："恭惟牧隐先祖，实为道学宗师，入乎中原则衣钵于圭斋。"（《小山先生文集》卷十）此外，不少未能踏足中原的学者则通过金华文派的论著成为私淑弟子，如李朝学者黄景源、成韶对许谦极力推崇之，"闻先生之风而慕其德"，并访求研读许谦著作，自任其后。②

---

① 罗继从：《聘君李文孝公画像赞》，载《竹轩先生遗集上》，韩国国立中央图书馆藏1847年活字本。
② 参见黄景源《与申成甫（韶）书》，载《江汉集》卷六，韩国国立中央图书馆藏1790年芸阁活字。

（二）同气相求诗文酬答

早在李齐贤一辈，就与金华学者陈樵等人，颇多诗文往还。陈樵的《鹿皮子集》就存有多首酬赠李齐贤的诗作。后李穀在元统元年（1333）中举，并授翰林国史院检阅官。陈旅《送李中父使征东行省序》曾道："元统元年，天子亲策进士。旅叨掌试卷帘内，高丽李穀所对策，大为读卷官所赏，乃超置乙科。宰相遂奏为翰林国史院检阅官，亦荣矣哉。"次年，李穀捧制书东还。"许门四杰"中的欧阳玄与揭傒斯等，都纷纷作诗送行，成为一时盛事。此外，"金华三先生"之一的黄溍也曾集陶渊明诗句题赠李穀，其《集渊明句奉题稼亭》尝云："饯送倾皇朝，归子念前涂。前涂当几许，直至东海隅。古时功名士，事事在中都。遥遥沮溺心，君情定何如。"表达了对李穀的期许和不舍之情。也有学者读金华文派成员之书而想见其人，故有次韵追和之作。李朝学者李湜就因读黄溍文集中《秋夜观书作》一诗而有同韵之作，其《读金华集用〈秋夜观书〉诗韵》云："古圣独何心，捄世无遗功。斯文焕简策，大道垂无穷。遭秦灭六籍，及宋崇儒风。大雅世不乏，炳炳开群蒙。金华发幽愤，学邃名亦隆。独登风骚坛，偏垒未易攻。唯言合同异，此论颇未通。同归固无异，异趣焉能同。但当明此理，百家自啬丰。秋风撼夜幌，孤灯万卷中。沉吟和短章，聊欲语鸿蒙。"全诗既表达了对黄溍的崇敬，认为他"金华发幽愤，学邃名亦隆。独登风骚坛，偏垒未易攻"，也对黄溍原诗中"吾将离言说，庶以观其同"的观点提出了不同的看法，颇有深夜读书，独与古人相唔的意趣。

（三）购刊典籍究心研读

若不能登堂入室亲聆教诲，通过购买典籍以研读，则成为向圣贤问学的最佳途径。朝鲜半岛士人多借助往来使者或商旅来获取金华文派成员的各种著述。李氏朝鲜王朝成宗李娎就曾欲读吴师道的《战国策校注》不得，而下旨访求。无名氏所辑的金欣《遗行》曾记载："成庙欲览战国策，无内藏，下教访求，并及诸遗书。公上所藏吴师道校注战国策一部。御书答曰：'方观史记，须考此书。尔之进此善本，岂无意耶？'"（《颜乐堂集》卷四）朝廷如此，士人也是如此。黄景源在《与申成甫（韶）书》中就曾托成韶务必访求许谦的所有论著，其云："白云先生所著文集若干卷及《春秋句读》十二卷、《仪礼句读》七卷、《诗名物钞》八卷、《书丛说》六卷、《四书丛说》二十卷，惟足下求诸四方，则他日必有得也。"洪直弼也曾在《与申仲立》信中，嘱托购买许谦等人书籍。其云："幸求仁山白云两集，用作裨补世教之资焉。"（《梅山先生文集》卷十三）其又对李子冈说："区区所旷感于两贤（指金履祥、许谦）者，以所值之时同也，计应不言而喻也。必购两贤遗书，俾贱子获睹宗庙百官之盛，用寓高山景行之慕焉。"（《梅山先生文集》卷八）

现据笔者不完全统计，朝鲜半岛士人所研读的金华文学重要成员的典籍多达数十种，详见表1：

表1

序号	金华文派成员姓名	论著	访求研读者	出处
1	许谦	《许白云先生文集》四卷、《春秋句读》十二卷、《仪礼句读》七卷、《诗名物钞》八卷、《四书丛说》二十卷	黄景源、成韶	《江汉集》
2	吴师道	《战国策校注》《礼部集》	李朝成宗李娷、金欣、李圭景	《颜乐堂集》《五洲衍文长笺散稿》
3	黄溍	《金华黄先生文集》	李滉	《退溪集》
4	吴莱	《渊颖集》	李圭景、成海应、李德懋、朴趾源、洪直弼朴珪寿	《五洲衍文长笺散稿》《研经斋全集》《青庄馆全书》《燕岩集》《梅山集》《瓛斋集》
5	吴景奎	《药房樵唱》三卷附录一卷	权韠	《石洲集》
6	戴良	《九灵山房集》	黄景源	《江汉集》
7	宋濂	《宋学士全集》	李希朝、李瀷、黄景源、正祖李祘、成海应、丁若镛、洪奭周、朴命燮、金龟柱	《芝村集》《星湖全集》《江汉集》《弘斋全书》《研经斋全集》《与犹堂全书》《渊泉集》《养直集》《一广遗稿》
8	胡翰	《胡仲子集》	金长生、李瀷	《沙溪全书》《星湖僿说》《与犹堂全书》
9	苏伯衡	《苏平仲集》	丁若镛	《与犹堂全书》

序号	金华文派成员姓名	论著	访求研读者	出处
10	王袆	《王忠文公集》	丁若镛、成海应	《与犹堂全书》《研经斋全集》
11	方孝孺	《逊志斋集》	李晬光、丁若镛、正祖李祘、孙起阳、卢守慎、蔡彭胤、李献庆、韩章锡、郑象履	《芝峰类说》《与犹堂全书》《弘斋全书》《聱汉集》《穌斋集》《希庵集》《艮翁集》《眉山集》《白下集》
12	叶子奇	《草木子》	权韠、成海应、李瀷、李圭景、李德懋	《石洲集》《研经斋全集》《星湖僿说》《五洲衍文长笺散稿》《青庄馆全书》
13	朱震亨	《局方发挥》	丁若镛	《与犹堂全书》

此外，他们还重新刊刻了这些文献典籍。如李朝的延平府院君李贵在《请印布抗义新编札》中就曾写道："曾在先王朝，特令印出文天祥、方孝孺、郑梦周三家文集，颁赐中外臣僚。"（《重峰先生文集》附录卷五）其指出曾重新刊刻方孝孺的文集。

（四）访求画像拜祭真容

朝鲜半岛士人倾拜圣贤，除购买典籍之外，也往往访求画像，或挂于斋堂，或置诸左右，以朝夕拜祭。程朱之学东传之初，高丽士人安珦就曾在大都摹绘朱子画像，东还之后常置朱子像于近侧，以示钦慕。并且，安珦还曾资助金文鼎到中国江南画孔子和七十子像。之后，金华文派中，许谦、宋濂、方孝孺等人的画像，流入朝鲜半岛为最多。黄景源曾专门到中国访求许谦画像，并撰有《白云先生画像记》，其云："今年冬，余入燕都，得先生画像而归，悬之堂中。……燕都人怪余来求先生像。然先生不事蒙古，凡天下学士大夫不幸遭极乱之世，皆宜以先生为法，百世之下，乌可以不传其像乎？乃为记，以示学者。"（《江汉集》卷十）方孝孺作为名臣代表，也曾被摹像崇拜。朴胤源的《历代名臣像赞》还专门为方孝孺像撰赞，其云："月沉辉，燕高飞。腕可断，诏不可草。直死为是兮，曲生为非。文章兮浑浩，道学兮正醇。又合之以节

义，萃三美于一身。凡有秉彝之心者，孰不拜乎先生之真。"（《近斋集》卷二十二）

（五）征引论著和品评人物

元代金华文派的论著和生平大节一直是朝鲜半岛士人谈学论道、著书立说以及臧否褒扬的重要对象。尤其是许谦的论著和观点，多为李朝君臣作为论学的依据。李朝学者崔璧在《奎章阁内制讲义·诗传上》中曾记载当时君臣围绕《诗经·鄘风》中"君子偕老"的问答："御制条问曰：'胡然而天，胡然而帝。方说淫恶人之容貌，而疑于天与帝。恐似未安。此是古人质朴处耶？'臣璧对曰：'许谦以为胡然天胡然帝者，是自天降耶其鬼神耶之谓，则释得好矣。而其异于后世口气，则诚如圣教矣。"（《质庵集》卷三）如李滉的《伊洛渊源录跋》曾引宋濂关于伊洛渊源的论断，并评论称"固亦天下之公论也"（《退溪先生续集》卷八）。宋秉璇引宋濂的"积高山之善，尚未为君子；贪丝毫之利，便陷于小人"，并评论道："此宋潜溪濂铭楹之语，可以为士者之终身佩服也。"裴龙吉则征引朱震亨关于风水方面的观点，其《风水辨》云："善乎明儒朱彦修之言曰……此说深圣王之制矣。"（《琴易堂集》卷五）其他如苏伯衡《染说》、叶子奇《论元贿》、胡翰《风水问答序》以及王祎《青岩丛录》中关于"老子之道"的论断等，也广为征引。而李裕元《皇明史咏》中吟咏宋濂、方孝孺的诗歌，则是对金华文派成员生平大节的褒扬和推崇。其《宋濂》云："学术文章一世宗，首膺征聘辅从容。佐命臣中声独卓，伟然不负弓旌踪。"其《方孝孺》云："潜溪门下一书生，炯炯双眸秋水明。九食三旬独自笑，礼隆正学以庐名。"（《嘉梧稿略》第三册）田愚的《方孝孺》诗则云："金川血雨晦三光，迎拜军前有搴扬。纵恨书生疏庙略，能将家族死纲常。"（《艮斋先生文集前编》卷十三）

除上述之外，朝鲜半岛士人还频繁化用金华文派成员的人事典故和诗文佳句。这将在下文详加论述。

二 朝鲜半岛对元代金华文派的认同和建构

自高丽季末到李氏朝鲜一朝，朝鲜半岛士人对元代金华文派的接受，基于三大认同，并以"他者之眼"对其进行了本土化建构。

（一）对元代金华文派的三大认同

其一，对朱熹之学嫡传的认同。尹锺燮在其《杂识》中曾梳理金华学派的统绪，其云："朱子道统。一传黄勉斋，再传何北山，三传王文宪，四传金仁山，五传许白云。两贤以有宋遗民，毕生自靖于元。六传宋文宪，大明之中赞，一初之制作，猗欤其功。七传方正学，任纲常之重。为紫阳之所究竟，盖紫阳之道学正大，不绝如是。"李榘在其《看史剩语》中也曾论金华道统，其云："自朱夫子既没之后，门第弟子传相授受，以寿道脉者甚众。而胡元御世，天下荡然，无复礼义，犹幸于大贤遗化之地，儒师继起，隐居讲明，私淑诸人。如白云得之于仁山，仁山得之于鲁斋，鲁斋得之于北山，北山实得之于勉斋。的有来承，断无他惑。虽其所至有高下，所得有浅深，要不失其统绪。"李榘将许谦一脉与北方许衡一脉及江西吴澄一脉进行对比，认为后两者是"屈身伸道儒名释行者"。他们都认为许谦接续朱子之学，形成了连绵不绝的嫡传脉绪，这也是朝鲜半岛绝大多数士人的共同认知。

其二，对其人格气节的认同。前人笼统地论有元一代的学术和文学，认为理学上分为三家，即许衡之学、吴澄之学与许谦之学；而文学上也分三派，即北方之文、江西之文与浙东之文，其中浙东之文即是指金华派。① 就朝鲜半岛士人的评论而言，在高丽末时学者多尊崇许衡之学与北方之文，而李成桂建立朝鲜王朝后，士人则开始明显地贬抑许衡的学术与人格，而特别推尊许谦的为学与为人。柳麟锡就曾论许衡"盖不可以有学问而掩其失身之大也。"而对于入元的金履祥和许谦，他则以"完人"相许，尝云："虽举天下夷狄而二公独中国也。举天下禽兽而二公独人类也。若二公者，真可谓完人也已。真可谓善学朱子也已。"其并提出："金仁山、许白云秉义自洁，可以法天下后世也。"（《毅庵先生文集》卷五十四）而洪直弼认为许谦人格之高更在金履祥之上，其《与申仲立》云："金仁山、许白云两贤，蒙难于铁木之世，隐居讲道，守身全节，是所云天地变化，我得其正者也。仁山曾被一命于德祐之朝，固应乃尔。而

---

① 民国时期学者刘咸炘等，就曾依据元代的学派而将元代文派分为三家，他说"论元之文，当分三方"，即北方之文、江西之文与浙东之文。参见刘咸炘《宋元文派论述》，载《刘咸炘学术论集·文学讲义编》，广西师范大学出版社，2007。

白云上不逮宋，下不及明，遗世独立，不受腥尘，卓然为赵氏遗民，视仁山又加难矣。一传而为宋潜溪，贲饰一初之制作。再传而为方正学，扶植万古之纲常。所以为紫阳世适也。"（《梅山先生文集》卷十三）在他们看来，金华文派的承传也是人格精神的承传。

其三，对其文学成就的认同。朝鲜半岛士人对金华文派的文学创作也极其推重，多认为金华文派具有深厚的理学底蕴，注重道德人格，并在文学方面成就非凡。李宜显的《云阳漫录》曾称："明兴，宋潜溪、方逊志诸公以经术为文章，其文虽各有长短，犹可见先进典刑。"（《陶谷集》卷二十八）李德懋《诗观小传·宋濂》评论了其人其诗："濂为开国文士之冠，于诗亦用全力为之，严整安切，盖心慕韩、苏而具体者。"李德懋认为宋濂的诗歌努力学习借鉴了韩愈、苏轼"严整安切"的风格，从容不迫，有大儒风范。韩章锡在《明文续选序》中则专论方孝孺云："及观其所为逊志斋集，其志远其辞宏，其气和平而其理密察，泽于道德而其言自中尺度，措之政事而其术皆可师法。"其认为方孝孺是"有德者必有言"的典范，堪为"皇明三百年有真儒者出，为文章正宗"（《眉山先生文集》卷七）。卢守慎在《逊志斋集序》中也曾论："臣受命作先生集序，窃不胜惶恐感激。疾读未半，不觉泪落。徐而考之，得杂著、表、笺、启、书、序、记、题跋、赞、祭文、行状、传、碑、表、志、诗总一千三百八十首并附录凡二十四卷。既而叹曰：'醇矣哉，先生之文也！理逼周程朱子，而考亭之密、昌黎之严，合而为一。'"（《稣斋先生文集》卷七）

（二）对元代金华文派的本土化建构

中国自元而明清，历经三代，与此同时，朝鲜半岛也实现了高丽与李氏朝鲜王朝的鼎革。尽管都处在东亚这个共同的"接触空间中"，但是由于文化生态的不尽一致和与时变迁，朝鲜半岛士人以"他者之眼"，对客观存在的元代金华文派进行了本土化的建构。

其一，梳理出元代金华文派大致的传承谱系，并指出其主要特征。

李朝学者金春泽曾在《东文问答》中论道："朱子以后，中华道学之变，盖自何北山、王鲁斋，以及金仁山以下诸儒与元代相终始者，皆朱子之学也。明兴而宋景濂、王子充则佐文治，方希直则树臣节。又此学之余也，可谓盛矣。"① 他在这段话中，指出了自"北山四先生"到宋濂、王祎一辈，再到方孝孺这一脉的前后承传，同时指出了金华文派所包含的注重学术、推重道德气节与长于文学的三大特征。李宜显更侧重从文学方面加以梳理，他在《陶峡丛说》中论道："明文集行世者，几乎充栋汗牛，不可弹论，而大约有四派，姑就余家藏而言之。方逊志、刘诚意、宋潜溪，以义理、学术发为文词者也，此为一派。"他强调这一派的创作是"以义理、学术发为文词"（《陶谷集》卷二十八）。

其二，以金华文派的文学创作为典范。这种典范包含三个方面，一是学术提升，二是人格砥砺，三则是诗文汲取。就第三方面而言，朝鲜士人往往以金华文派为效仿标的。李宜显在《云阳漫录》中指出："宋潜溪、方逊志诸公以经术为文章，其文虽各有长短，犹可见先进典型。"（《陶谷集》卷二十七）同时，他们在文章中多引征言论作为依据，在诗歌中多追和原韵，熔铸典故，化用佳句。李瀷的《贫贱生勤俭》结尾就曾引叶子奇《草木子》中的"祖宗富贵自诗书中来，子孙享富贵则贱；诗书家业自勤俭中来，子孙得家业则亡勤俭"，并以为"更是亲切"（《星湖先生僿说》卷十六）。宋濂曾作《静室》诗二首，李滉则次韵和之为《偶读宋潜溪静室诗次韵示儿子寯闵生应祺二首》，并示以儿子和弟子。此外，宋濂的一组以徐福出海求仙为题材的诗歌《日东曲》也深为朝鲜半岛士人关注，和者甚众。南龙翼在与朋友应和时就曾多次提及，其《次达帅富士山韵要和》后曾附原韵云："闻昔宋濂题杰句，何时徐市没遗踪。"另一首《次柏师富山韵》后亦附原韵云："徐福来兹踪已占，宋濂成曲世相传。"（《壶谷集》卷十一）洪直弼曾作《病枕闻赛皷》诗："鼛鼛赛皷彻昏晨，南舍东邻尽祀神。安得起来西邺令，免教狐啸惑愚民。"（《梅山集》卷三）其中最后一句即来自吴莱《巫者降神歌》中的"妖狐声共叫啸"。李德懋非常喜欢叶子奇的《隐居》一诗，"功名富贵两忘羊，且尽生前酒一觞。多种好花三百本，短篱风雨四时香"，曾将之书酒家土壁上。丁若镛的《陪家君同韩礼安尹掌令弼秉二丈于吴承旨龙津别墅夜宴》更是化用其意，云"花园种花三百本，拟弃轩裳随鹿群"（《与犹堂全书》

① 参见金春泽《北轩集》，韩国首尔大学奎章阁藏本，1760。

卷一）。韩章锡的《天一亭》亦化用之："更有名花三百本，江乡不断四时香。"（《眉山先生文集》卷一）

其三，自觉接续元代金华文派谱系。元代理学东传，经由李齐贤、李穀、李穑等人推扬，极大地促进了朝鲜半岛学术与文风的转变。周世鹏在《金司成季珍入湖南幕赴锦山郡两行时赠行诗卷跋》中曾论道："至丽季然后程朱之学始东，士蔚兴。及我朝，文与道大行，为士于世者，入得伊洛之渊源，上沂于洙泗，莫不以生晚为喜，于会文辅仁之道愈勤。"（《武陵杂稿》卷六）后世评论丽朝之际的文学史，对于李穀、李穑师承许谦、欧阳玄等，颇多着墨。李縡的《尊攘编》就指出："穑在元，从欧阳玄学古文。朝鲜之士学古文，自穑始。"（《西归遗稿》卷九）安重观的《文武》也曾论道："而胡元之虞集、欧阳玄，颇以文词自著，则是或为我明开先者欤。明兴大家数如宋景濂、方希直，既皆应期而作。……稼、牧父子，特起于其垂亡。"（《悔窝集》卷七）中国当代学者在论李穑的思想渊源时，曾指出金华学派理学与文章之学相结合的学风对牧隐有很大的影响，此种影响也决定了他一生基本的学术方向。①

其四，主张文道合一。元代金华文派反对文与道割裂，主张文道合一、文统与道统合一，追求义理、文章兼擅。朝鲜半岛士人对此有同样的认识和主张。金春泽在《论诗文》中曾说："文本于道，一而已。道莫尊于孔孟，故文亦莫盛于孔孟。自孔孟以后，则文有韩、欧。道有程、朱。文与道始分焉。此殆天地间一大欠事。"（《北轩居士集》卷十六）曹克燮《尧泉先生文集序》对文道两分予以批判并主张："夫文所以明道也。古之圣贤，道充而文至，文与道为一。"（《岩栖集》卷十八）

其五，上文虽已论及，但还需要指出的是，丽朝鼎革之后，李朝士人受政治影响，对元朝充满敌意，动辄云"胡元""鞑靼"，这种情绪对元代金华文派的建构产生了两大影响：一是尊许谦贬许衡、吴澄的倾向非常明显；二是对于许谦等人不仕元朝的行为高度赞赏。这也使元代金华文派在朝鲜半岛的影响至少体现在三个方面，即学术、文学与民族精神。

---

① 参见张学智《牧隐李穑儒学思想的渊源与特点》，载《心学论集》，中国社会科学出版社，2006。

　　元代金华文派以区域命名，具有明显的区域特征，但实际上它是一个超越了区域限制而具有全国性影响的文学流派。同时，它在朝鲜半岛也有着深远影响。就文学史意义而言，元代金华文派在朝鲜半岛的传播、认同、接受，以及本土化建构，不仅促成了文人之间的亲密交往，而且由之产生了数量可观的诗文，这些诗文背后则是学术共同体、文化共同体的生成。尤其在东亚视域下，元代金华文派所蕴含的学术、文学、人格精神等，在朝鲜半岛实现了互动、转化与融合，其结果无疑是当代中韩（朝）两国共同拥有的丰厚的文化财产。

第四章　李齐贤与元代高丽文派

　　元时，大量的高丽人进入中原，其中寓居大都等地的高丽文人，有核心人物、代表作家和众多骨干成员。他们有清晰的代际承传，形成了自己的风格特色，有着深厚的学术底蕴和相当高的文学成就，以及丰富的文献留存，形成了一个"元代高丽文派"。这一派具有重要的文学史意义，是元代文坛不应忽略的组成部分。

　　当代台湾学者萧启庆曾评论道："元代因而可说是中国史上最具世界性及族群文化多元性的时代。"① 当时有一个由蒙古、色目士人组成的西域作家群体，已为学术界关注并有比较充分的研究。② 元代还有一个由在四大族群中属于"汉人"一等的高丽士人所组成的高丽作家群，却尚未引起学界足够的重视，相关研究也很缺乏。在元代文坛，高丽作家群体是一个具有重要研究价值而应该引起关注的组成部分。鉴于此，本文拟在前人研究的基础上，对元代高丽文派的生成背景、发展历程、群体特征、与元代文坛的多元联动情况，以及在文学史上的重要意义，做一全面考察，以期充分认识元代文学的丰富性和多元性。

第一节　元代高丽文派的生成背景

　　任何一种文学现象的发生、发展，都有其具体的历史背景和时代条

---

① 萧启庆：《元代的族群文化与科举》，台湾联经出版公司，2008，第 1 页。
② 杨镰《元西域诗人群体研究》（新疆人民出版社，1998）等可谓其中代表。

件。元代高丽文派的出现、确立和发展，自然也离不开当时独特的历史文化背景。元代高丽文派的生成，主要基于当时的三大历史文化背景。

一　元朝与高丽政治关系的改善

蒙元之初，元朝与高丽之间以战争和对抗为主，尤其是在窝阔台汗主政时期，曾多次派兵征伐高丽。及忽必烈即位之初，高丽世子王倎拥立忽必烈继承汗位，双方关系开始缓和，进入和平稳定时期。之后，忽必烈又应高丽元宗请求，将幼女忽都鲁揭里迷失嫁于当时入质宿卫的高丽世子王愖，双方在政治上实现联姻，并确立了密切的"舅甥之好"关系。高丽学者崔瀣（1287～1340）在其《送郑仲孚书状官序》中道："自臣附皇元以来，以舅甥之好，视同一家。事敦情实，礼省节文。苟有奏禀，一个乘传，直达帝所。"（《拙稿千百》卷二）郑道传对此亦尝评论说："自是世结舅甥之好，使东方之民，享百年升平之乐。"（《三峰集》卷十二）自此，大量的高丽人，包括往来使者、入质王族、陪臣侍从、就学进士、宿卫子弟、仕宦元廷者、贬谪流放者、通事译史以及释道僧众等，纷纷涌入中原，数量多达四十万。现据笔者最新统计，有姓名事迹可考的元代高丽士人总人数超过四百人，有诗、词、文等作品留存者凡二百一十九人，有完整文集传世者三十八人。这使文化方面的交流，达到了前所未有的广泛程度。高丽士人李穀在《送白云宾还都序》中曾描述当时交往的盛景："王京去京师才四千里，又无道途危险梗涩之虞，传递往来络绎，而商旅之行日夜不绝。"（《稼亭先生文集》卷九）当代学者陈得芝也明确指出："有元一代，中国与高丽的经济、文化关系在特殊历史条件下有很大的发展。来元高丽人比以往各代都多，其中有不少精通汉文的文人学者和高僧，他们与中国文人交往密切，相互切磋唱和，元人文集中此类诗文屡见不鲜。"[①]

二　元代程朱之学高丽一脉的承传

元代，理学北上后，被悬为功令成为官学，对此高丽士人主动接

---

① 陈得芝主编《中国通史第 8 卷：中古时代·元时期》（第 2 版），上海人民出版社，2013，第 532～533 页。

受和究心研习，并在他们之间通过师友承传，形成了元代程朱之学的一个重要分脉。在蒙古伐宋的战争中，宋儒赵复在元太宗七年（1235）被俘北上，后则讲学于燕京太极书院，北方士人对朱子之学开始有了较为全面的了解，并出现了许衡、姚枢等一批以道自任的学者。及元朝统一南北，南北学者交流更为广泛，程朱之学呈现融通一体的态势。忽必烈立国中原后，又任命许衡为国子祭酒。许衡在国子学将朱熹的《小学》及《四书章句集注》等作为主要教材，传授程朱理学。这一制度被各地学校所采用，为理学成为官学奠定了重要基础。延祐元年（1314）科举复行，基本依据朱熹的构想设定考试内容，理学自此悬为功令，成为官学。

　　元初留居大都的安珦（1243～1306）、白颐正（1247～1323）、权溥（1262～1346）等人，主动接受了许衡一派的程朱之学。安珦曾随高丽忠宣王赴大都，其间结交中原士人，遍览朱熹著述并手抄新刊的《朱子全书》。他在《谕国子诸生文中》曾说："吾曾于中国，得见朱晦庵著述。发明圣人之道，攘斥禅佛之学，功足以配仲尼。欲学仲尼之道，莫如先学晦庵。"（《晦轩先生实纪》卷一）白颐正也曾随高丽忠宣王居大都十年之久，究心研习朱子之学，并传授李齐贤等人。李齐贤在《栎翁稗说》中曾记载："白彝斋从德陵，留都下十年多，求程朱性理之书以归。"权溥则在大都学习朱熹的《四书集注》，还主持将其重新刊刻。在他们的推动之下，留居元大都的高丽士人逐渐形成了朱子之学的传承脉络。继他们之后，李齐贤（1287～1367）在元留居达三十年，尤其借助与中原士人的交游，进一步学习程朱理学。《高丽史》中有这样一段历来为朝鲜半岛士人征引的记载，其云：

　　　　忠宣以大尉留燕邸，构万卷堂，书史自娱，因曰京师文学之士，皆天下之善，吾府中未有其人，是吾羞也，召齐贤至都。时姚燧、阎复、元明善、赵孟頫等，咸游王门，齐贤相从学益进，燧等称叹不止。

　　在李齐贤等人的影响之下，李毅（1298～1351）、李穑（1328～

1396）等人也都纷纷来大都求学入仕。继他们之后，则是其弟子一辈郑梦周、郑道传、权近等。可以说，元初由安珦等人为先驱，在传授李齐贤一辈后，开启了元代理学的高丽一脉。元中期，李齐贤等人与姚燧等问学切磨，李穀则直接问学于许谦，进一步昌明学术，又授之李穑等弟子。元后期李穑等人私淑许衡，并承许谦"许门四杰"之一的欧阳玄衣钵，理学造诣臻于精深，及灯传郑梦周、郑道传、权近等，理学更趋于大盛。李穑曾排列理学承传谱系，以尧舜—文武—孔子—韩愈—周敦颐—二程—朱熹—许衡—高丽诸儒依次延续，并身任其中。李朝学者白见龙为曾入元的白文宝撰写行状，其论道："彝斋白公颐正入元购程朱书东还。先生（白文宝）及李稼亭、李益斋、朴耻庵忠佐、李樵隐仁复，首先师受，讲明性理之学，一变三韩旧染之陋。"（《淡庵先生逸集·附录》卷二）周世鹏也在《金司成季珍入湖南幕赴锦山郡两行时赠行诗卷跋》中论述这一脉的深远影响："至丽季然后程朱之学始东，士蔚兴。及我朝，文与道大行，为士于世者，入得伊洛之渊源，上沂于洙泗，莫不以生晚为喜，于会文辅仁之道愈勤。"（《武陵杂稿》卷六）

三　追比中原文学之士成为新的风尚

元朝科举曾长期停顿，及元仁宗复行科举之制，受压抑的广大士子无不欢欣鼓舞。高丽上人也在仰慕华风和求取功名的驱动之下，积极研读儒家经典，极力增强和提升他们文学创作的能力与水平，并将比肩、超越中原文学大家作为人生理想之一。上文曾提及高丽忠宣王认为"京师文学之士，皆天下之善，吾府中未有其人，是吾羞也"，他在长期寓居大都期间，筑万卷堂，富藏典籍，并招徕国内文学才俊，与中原士人经常谈文论诗，唱和吟咏，极具风雅之盛。《高丽史》本传在评论李穀时，就曾道："穀与中朝文士交游讲劘，所造益深。为文章，操笔立成，辞严义奥，典雅高古，不敢以外国人视也。"李穑奖掖后学时，也时时以中原大家为期许。他曾在《陶隐先生诗集序》中叹赏李崇仁："此子文章，求之中国，世不多得。"（《陶隐诗集》卷首）

对于科举的极大影响，陈旅在《送李中父使征东行省序》中论道：

"今高丽得自官人，而其秀民往往已用所设科仕其国矣。顾复不远数千里，来试京师者。盖以得于其国者，不若得诸朝廷者之为荣。故虽得末第冗官，亦甚荣于其国。"（《稼亭杂录》）当时，大量的高丽士人前往京师游学和参加科举考试。李朝学者徐居正的《东文选序》也曾论："至元朝，由宾贡中制科，与中原才士颉颃上下者，前后相望。"现在可以确考元征东行省乡试合格者及制科及第者有 23 人，中进士者 10 人。这些人在参加乡试、会试、殿试的过程中，往往与中原文士学艺、作诗，相互唱和，成为当时一道独特的文化风景线。李穑就曾追忆往昔的大都岁月，其诗《又赋八句赠秘书》云："我昔观光在帝都，每从缝掖谒鸿儒。家家文集堆如岳，处处诗联走似珠。"（《牧隐诗稿卷》卷十）而其《自叙录呈圆斋》亦道北学中原时的情形："我少北游慕华风，上谒国老文章公。耳闻绪论歆德容，座主圭斋如醉翁。"（《牧隐诗稿卷》卷二十一）

第二节　元代高丽文派的整体特征及其
与元文坛的关联

不同于近代以来学科之间界限分明，中国传统学术往往以文史哲一体而论。学派多以诗文宣导学术主张，学风不同则文风有异；同时，学派强调宗法，重视师承，派别之间相对分明。因此，从文学视角来看，传统之学派往往可以视作诗文流派。元代理学的高丽一脉，在学术承传与诗文交往方面，存在明晰的师友关系。韩国学者尹世柱在其《韩国性理学概说》中也曾梳理"韩国性理学流系"。在他看来，元代理学高丽一支的传承主体，始于安珦，安珦传于白颐正、权溥，他们构成了高丽理学先驱；白、权传于李齐贤一辈，李齐贤与其学友奠定了理学基础；李齐贤再传李穑一辈，李穑又私淑许衡一派，进一步推动了理学的发展。李穑复传郑道传与权近一辈，他们以理学的师弟承传谱系为主，辅以同僚亲谊、姻娅托交、地缘认同、雅集唱和、文集汇编、诗文评论等方式，共同构成了元代文坛上的高丽文派。此外，他们与元代文坛存在多方面的联结和互动。

一 元代高丽文派的发展历程与群体特征

（一）发展历程

元代高丽文派的第一代，以李齐贤为盟主。李齐贤久仕元朝，遍交中原硕儒文宗，东归之后又身居要职，秉掌文翰，是凝聚高丽使元群体、进士群体、道学群体、文人群体的主盟，同时又是元丽之间理学与文学不可或缺的媒介。李齐贤的《益斋乱稿》久在中国刊行，大量的诗文词等为历代选家所垂青而收录其中。他在思想上，三教兼容而尤宗理学，为文作诗则不拘唐宋之限，而备述众体，万象具备，并倡导古文，引领一时风气。李朝学者李德懋曾在《清脾录》中评论他的诗作："其诗华艳韶雅，快脱东方僻滞之习，虽在中原，优入虞、杨、范、揭之室。"（《庆庄馆全书》卷三十四）李齐贤所撰《栎翁稗说》上卷记史而涉诗文，下卷论诗文而不远史，形成了高丽文派依史论文的重要传统。作为其师友，李毂等人，则学究心性而主张三教融合，又因与李齐贤同修史书，故诗文往往本诸经史，而多书写民生疾苦与忠爱之思。

第二代则以李穑为核心。李穑得李齐贤之正学，又传欧阳玄衣钵。他的《牧隐诗稿》三十五卷曾收录了其生前所作的辞、赋、操、诗、吟，其中占绝大多数的诗有六千余首，是整个高丽时期留诗最多的作家。李穑自元回高丽后，亦主持文翰，勉进后学，"以兴起斯文为己任"。他作为核心，凝聚、培育了郑梦周、李崇仁等一大批学者文人。其理学与诗文俱盛，以文学创作数量多、质量高而将元代高丽文派的创作推向繁盛。李穑又是"丽末三隐"的代表，为学重气崇实而主敬，为文则博采不遗，终集其大成。在李穑的影响之下，他的门人弟子，多推扬节义，依恋大元，忠于高丽，故诗文往往本诸濂洛性理而出于性情，多具有中和清正之美。

第三代以郑道传为领袖。郑道传多次出使中国，与中原之士颇多往来。及元明鼎革与李朝代兴，文化生态发生新变，郑道传等人选择亲明拥李，但因卷入政治纷争而被杀。此时，由于排佛之风臻于极盛，而李朝以儒立国，儒学成为独尊之学，郑道传与权近等人也因此理学造诣更高，而文人身份淡化。他们在文学观念上，进一步明确文学乃"载道之器"，强调文学的道德教化功能。这些新变导致元代高丽文派呈现出式微之态。

（二）群体特征

元代高丽士人以文述学，因诗体道，且文道并重，依学脉承传谱系形成了文学流派——元代高丽文派。他们承传三代，留存下数量可观的诗文著述，拥有代表性作家，秉承相同的文学观念，同声相应，同气相求，在元代独特的文化生态中，彰显出整体性的群体特征。他们由"北学中原"的高丽"儒冠文人"构成主体，诗文创作往往强调有补于世、关乎人伦，并倡导性情之正，进而形成了词丽气富而深具史学底蕴的风格。

同时，在程朱之学的浸润之下，他们在理学研习中，论辩佛儒异同，纠正汉唐训诂之陋和宋儒蹈空之习，反思宋金季世和丽朝中期的词章浮华诸弊，并构建起新的诗学体系：以为文由道生而文以载道；提出理气不二，文随气运；主张既要师古，折中唐宋而泛取诸代之盛，也要师心而自成一家；追求经世致用和性情之正兼济的中和之风。在创作实践中，他们文以求实，诗为日用。就个案而言，如作为开创者的李齐贤本诸经史，倡导古文引领风气，不仅多评骘史传，而且注重书写民生疾苦和忠爱之思；李穑集其大成也崇实主敬，论学文章详辨理气心性，史传墓志撰述则既重文情之美，又重推扬节义；堪为殿军的郑梦周的诗作与古文，偏重维护日用常行中的春秋大义；而郑道传的创作更强调易变维新和经世大道。

二 元代高丽文派与元代文坛的多元联动

历史上，元代儒学与文学之间，关系非常密切①。作为新儒学的程朱

---

① 宋濂等人编撰《元史》时，曾一反前例将以往的儒林、文苑二传合为《儒学传》。其《元史》卷一八八《儒学传序》中进一步解释道："前代史传，皆以儒学之士，分而为二，以经艺颛门者为儒林，以文章名家者为文苑。然儒之学一也，《六经》者斯道之所在，而文则所以载夫道者也。故经非文则无以发明其旨趣；而文不本于六艺，又乌足谓之文哉。由是而言，经艺文章，不可分而为二也明矣。"并指出："元兴百年，上自朝廷内外名宦之臣，下及山林布衣之士，以通经能文显著于当世者，彬彬焉众矣。"故不做分录，而合为《儒学传》。

理学，在当时被定为官学，并形成了众多学派①。这些学派在元代独特的文化生态中，又"流而为文"衍为诗文流派，生成了元代中州文派、北方文派、江西文派、新安文派等文学流派。②诸派之间，跨越族群，相互影响，共同推动，并构成了元代多元一体的文坛格局。元代高丽文派，也是其中的一个流派，在元代文学发展的历史进程中，其与元代文坛的上述各派之间，存在多方面的联结和互动，如接受许衡之学，交游姚燧、张养浩、元明善等中州文派士人；与苏天爵等诗文往来，广泛接触刘因之学与北方文派；与赵孟頫、朱德润，以及其他一大批文士，多有切磋与唱酬。此外，他们还问学许谦、欧阳玄、黄溍等，与金华之学和金华文派有衣钵之承。

现据留存文献可以确考，在元延祐六年（1319）左右，李齐贤曾与金华朱学的代表人物许谦有过交往。李齐贤在他的《益斋乱稿》卷四中曾自序：

> 延祐己未，予从于忠宣王降香江南之宝陁窟。王召古杭吴寿山，令写陋容。而北村汤先生为之赞。北归为人借观，因失其所在。其后三十二年，余奉国表如京师，复得之。惊老壮之异貌，感离合之有时，题四十字为识。

同时，许谦又曾撰《李齐贤真赞》云："目秀眉扬，神舒气缓。妙手描模，毫发无间。形色天性，所贵践形。人见其貌，莫知其心。我知若人，交养内外。和顺积中，晬面盎背。朝瞻夕视，如对大宾。力行所学，无负其身。"③从两人的叙述可知，他们在当时已有交集，且许谦对李齐

---

① 当代学者徐远和在其《理学与元代社会》（人民出版社，1992）一书中就曾指出，元代理学成熟的一个标志就是形成了不同学派。他在黄宗羲《宋元学案》的基础之上，将元代理学大致划分为鲁斋学派、静修学派、草庐学派、北山学派、徽州学派五大学派。

② 罗海燕、林承坯的《宋元时期的学术承传与诗文流派的生成》（韩国《中国语文论丛》2015年总第67辑）一文则基于元代理学学派的传承谱系，进一步划分出许衡之学与中州文派、刘因之学与北方文派、吴澄之学与江西文派、许谦之学与金华文派、赵汸之学与新安文派等。

③ 许谦：《白云集》卷四，清同治至光绪间永康胡氏退补斋刻本。

贤颇为敬重。李齐贤还与金华学者陈樵等人，颇多诗文往还。陈樵的《鹿皮子集》就存有多首酬赠李齐贤的诗作。

在元朝恢复科举之后，大量的高丽士人，往往"志欲仕中原，挺身归大元"，并逐渐由师承北方的许衡之学转为求教于南方的许谦之学。其中，尤其具有代表性的是高丽士人李穀与李穑父子。两人都曾在元朝中举，颇获中原士人赏识。李穀入元之后，曾直接拜访许谦，并就四书问题等共同探讨数十天。丽末学者罗继从曾为李穀画像作赞，并注解道："元金华处士许谦，号白云先生，立学社，著《四书丛说》二十卷。公入元访之时，丛说尚未就，因讨论数句。许谓公曰：'幸逢有道，疑义多所辨明。'"[1] 从中可以看出，李穀对于《四书丛说》的成书也起到了一定作用。李穀之子李穑曾直接师承许谦弟子中"许门四杰"之一的欧阳玄（号圭斋）。李穑曾在元朝科举中得进士第二甲第二名，并授应奉翰林文字承仕郎，同知制诰兼国史院编修官。当时欧阳玄担任考官对李穑极为赞赏，引为门生。李穑也视欧阳玄为自己的风范宗师，屡称"吾座主欧阳先生"。他在《书登科录后》中尝道："我初偕计游中原，望洋学海穷词源。圭斋提衡翼群豪，轻重毫厘无间言。"（《牧隐诗稿》卷二十三）并在《纪事》中自道渊源来自："衣钵谁知海外传，圭斋一语向琅然。"朝鲜半岛士人对于李穑与欧阳玄的师友渊源尤为称道。如李縡的《尊攘编》曾称："穑在元，从欧阳玄学古文。朝鲜之士学古文，自穑始。"（《西归遗稿》卷九）李光靖的《西山影堂上梁文》亦云："恭惟牧隐先祖，实为道学宗师，入乎中原则衣钵于圭斋。"（《小山先生文集》卷十）

陈旅在《送李中父使征东行省序》中曾道："元统元年，天子亲策进士。旅叨掌试卷帘内，高丽李穀所对策，大为读卷官所赏，乃超置乙科。宰相遂奏为翰林国史院检阅官，亦荣矣哉。"次年，李穀捧制书东还。"许门四杰"中的欧阳玄与揭傒斯等，都纷纷作诗送行，成为一时盛事。"金华三先生"之一的黄溍也曾集陶渊明诗句题赠李穀，其《集渊明句奉题稼亭》尝云："饯送倾皇朝，归子念前涂。前涂当几许，直至东海隅。

---

① 罗继从：《聘君李文孝公画像赞》，载《竹轩先生遗集上》，韩国国立中央图书馆藏 1847 年活字本。

古时功名士，事事在中都。遥遥沮溺心，君情定何如。"该诗表达了对李穀的期许和不舍之情。安重观的《文武》也曾论道："而胡元之虞集、欧阳玄，颇以文词自著，则是或为我明开先者欤。明兴大家数如宋景濂、方希直，既皆应期而作。……穀、牧父子，特起于其垂亡。"（《悔窝集》卷七）中国当代学者在论述李穡的思想渊源时也曾指出，金华学派理学与文章之学相结合的学风对牧隐有很大的影响，此种影响决定了他一生基本的学术方向。①

第三节　元代高丽文派的文学史意义

元代儒学的笃实品格与"流而为文"的发展态势，以及文学的大元气象等，深刻影响着高丽文派，同时，他们的文学创作也反过来对元代文坛产生了重要影响。

第一，高丽文派大量的论学文章、史传著述、纪游诗词与唱和篇什等，造就了元代文学的丰富性。元代高丽文派的成员，既有游学中原而登第入仕者，也有大量的王族侍从和出使人员，这些人多有论著留存。《全元文》与《全元诗》收录的高丽作家不超 10 人。但实际上，现据《元史》、《高丽史》以及《韩国文集丛刊》等可知，其数量远不止这些。金坵的《止浦集》3 卷、李达衷的《霁亭集》4 卷、白文宝的《淡庵先牛逸集》4 卷、安珦的《晦轩先生实纪·诗文》1 卷、田万英的《壄隐逸稿》6 卷、赵宪的《重峰先生文集》20 卷、郑可臣的《千秋金镜录》、李承休的《动安居士集》4 卷、郑誧的《雪谷集》2 卷、韩修的《柳巷诗集》多卷、白颐正的《白彝斋实纪·诗文》、李齐贤的《益斋集》10 卷、郑道传的《三峰集》14 卷，以及安轴的《谨斋集》4 卷、崔瀣的《拙稿千百》2 卷、李穀的《的稼亭集》20 卷、李仁复的《樵隐集》不分卷与李穡的《牧隐集》65 卷、金九容的《惕若斋学吟集》3 卷等，在韩国不同的藏书部门俱有留存。这些文献中，几乎都有与元代直接相关的文学作品。

---

① 参见张学智《牧隐李穡儒学思想的渊源与特点》，载《心学论集》，中国社会科学出版社，2006。

　　第二，高丽文派文学创作中体现的东国意识，与蒙古、色目士人的族群认同、南北方士人的乡邦情怀等，共同形成了元代文学的多元性。萧启庆曾指出，"元代中期以后，一个日益壮大的蒙古、色目士人群体业已出现，而且蒙古、色目士人与汉族士人交往密切，形成一个多族群士人圈"，并评论称："蒙古、色目士人与汉族士人在推行汉法、传承斯文及扶持纲常名教上皆具共识，而其对中原历史文化的认识亦与汉族士人相同。这种共识超越族群间的鸿沟而成为各族士人的共同群体意识。"韩国著名汉学家许世旭也曾以李齐贤为例论述元代的高丽士人与清代李朝士人的不同，他说："李齐贤到元朝去，已经分不清楚'彼我'。你是你，我是我，你是贵国，我是彼国，这种观念在李齐贤那里几乎没有。"并认为："李齐贤与中国读书人的不同，只是语言的不同。"① 这里需要指出的是，元代高丽士人曾不满归于元朝的"汉人"一等，多次请求要等同于"色目"，如安轴《请同色目表》曾奏请："亲则是一家甥舅，义则为同体君臣。兹远别于汉南，得同人于色目。"（《谨斋集》卷二）李齐贤所拟《乞比色目表》也称："既然得附于本支，何乃未同于色目？肆历由中之恩，仁霈无外之恩。伏望赐以俞音，顺其景慕。"（《益斋乱稿》卷八）但是元廷一直未允，始终视其为"汉人"。也因此，作为"汉人"的高丽士人，同属于元代多族士人圈的一部分。此外，几乎所有的高丽士人，都自称东国或三韩，这是一种混合着乡邦情怀、族群认同和政治心态的自我意识。陶然先生称其为"本位意识"，认为"高丽文人普遍在政治上以特殊的陪臣心态坚守民族本位，思想上既接受儒家传统立场又强化家邦意识，文学创作上则在立足中国文学传统的同时，流露出明显的本土观念"，并提出"他们又经常从高丽民族本位出发，不断强化其独立观念和自我体认"。② 显然，高丽士人的这种自我意识，可以称为东国意识，是客观存在的。而从更多的高丽士人的言行来看，这种东国意识又不完全是一种类似金华文派、江西文派的乡邦意识，也不同于蒙古色目人基于政治优越性

---

① 许世旭、刘顺利：《在沟通中增进了解——与韩国著名汉学家许世旭教授的对话》，载刘顺利《半岛唐风：朝韩作家与中国文化》，宁夏人民出版社，2004，第6页。

② 参见陶然《论元朝高丽文人的本位意识——以李齐贤为例》，《浙江社会科学》2010年第6期。

的族群意识，更多的是一种在认同大元王朝前提下的忠于王氏政权的政治意识。这种意识，也由元王朝自身的特殊性所导致。在这种意识的作用之下，元代高丽士人创作了数量可观的所谓"得纾国患"的诗文作品。《东人诗话》卷下就曾论道："高丽中叶以后，事两宋、辽、金、蒙古强国，屡以文词见称，得纾国患。夫岂词赋而少之哉！"

第三，立足性理、偏重史传，以及旨在解决现实问题和关涉系列政治事件的文学创作，共同形成了元代文坛的异趣。高丽士人往往具有三重身份，多集元朝官员、王氏侍从与高丽国官员于一身，再加上元廷与王氏政权之间关系复杂而特殊，这使他们创作了众多关涉现实问题和政治事件的诗文。如在李齐贤文集中，史传类创作数量众多，史志、论赞、表笺占了很大比重。此外，如《在大都上中书都堂书》《上伯住丞相书》等，则都是处理当时政治事件的产物。

第四，壮大了元代作家队伍，创作了大量的中国纪游、咏史和与中原士人的唱和之作，这是元代文学的重要组成部分。高丽士人在元代文坛上非常活跃。受中原风气，尤其是理学的濡染，高丽作家对文学的认识与元代主流思潮一致。他们也认为文由道生，而文以载道，并赞同理气不二、气化万物，而文随气运的观念。在创作取向上，他们主张既要师古，泛取诸朝之盛，也要师心而自成一家。同时，受"正性情"思想的影响，其在文学上尤爱追求中和之风。他们的纪游咏史与酬答之作最引人瞩目。纪游之作，多歌咏大好河山，而咏史诸诗则评论古今胜迹与中国历史人物。以李齐贤的《益斋集》为例，其诗多为中国的纪游之作，其《过中山府感仓唐事》《过祁县感祁奚事》《蜀道》《诸葛孔明祠堂》《登峨眉山》《函谷关》《姑苏台和权一斋用李太白韵》《淮阴漂母墓》《白沟》《题长安逆旅》等可谓代表，并又喜诗词同题而作。李縠也曾多次游历西湖，其诗句"欲识西湖奇绝处，夜深花睡暗香生"，更是流传一时，而且撰有《滦京纪行》一卷。他的咏史之作中，描写对象自五侯至王祥多达数十人。李穑《即事》诗尝写道："昔年游宦走京师，天下一家随所之。"（《牧隐诗稿卷》卷十六）并歌咏过崇德寺、永宁寺、寿安寺等。他们的酬答诗文反映出其与中原士大夫的交游广泛与情谊深厚。现仅笔者目力所见，终元一代，与高丽士人有过诗文唱酬并留存至今者，有耶律楚材、刘秉忠、郝经、王鹗、王恽、赵孟頫、吴澄、许谦、姚燧、程钜夫、袁桷、刘敏中、虞集、揭傒斯、欧阳玄、许有壬、吴师道、程端学、陈旅、张翥、迺贤、苏天爵、朱德润、黄溍、柳贯与丁鹤年等。而高丽士人文集中留存的往来诗文更是数不胜数。他们之间的交往之盛，从李穀身上也可见一斑。元统二年（1334）值李穀奉制书东还，当时的馆阁之士与陈旅、宋本、欧阳玄、岳至、王士点、王沂、潘迪、揭傒斯、宋褧、程益、程谦、郭嘉，以及居于大都的高丽人李齐贤、权汉功、安震、安轴、闵子夷、郑天濡、李达尊、白文宝、郑誧与安辅等人，纷纷作诗为其送行。这些诗文全部被收录在李穀的《稼亭杂录》中。

第五，杨镰先生在论元代的西域作家群时曾指出，这一群体进入中原，属于人才的单向流动，并评论说："这种人才的单向流动，这种只有一个路径的不归之旅，在经历了四五代人的一个世纪演变之后，下一步华化的西域人在中原的'本土化'就是无法避免的必然归宿。换句话说，即便不出现元明之际的'断裂带'，西域诗人群体也将会因其失去了自身的特点而不复存在。"[1] 但是，与西域作家群体的单向流动不同，元代高丽士人实现了回流，他们携带着大元辉迹直接推动了朝鲜半岛学术与文风的彻底转向，并促成了韩（朝）汉文学史上的黄金时代。徐居正在《东人诗话》卷下中曾对此评论道：

> 高丽光、显以后，文士辈出，词赋四六秾纤富丽，非后人所及，但文辞议论多有可议者。当是时，程朱辑注不行于东方，其论性命义理之奥，纰缪抵牾，无足怪者。盖性理之学盛于宋。自宋而上，思孟而下，作者非一，唯李翱、韩愈为近正，况东方乎？忠烈以后，辑注始行，学者骎骎入性理之域。益斋而下，稼亭、牧隐、圃隐、三峰、阳村诸先生相继而作，倡明道学。文章习气庶几近古，而诗赋四六亦自有优劣矣。

韩国学者李家源在其《韩国汉文学史》中列专节"性理学兴起与诗

---

① 杨镰：《元西域诗人群体研究》，新疆人民出版社，1998，第465页。

歌创作"称："韩国的性理学，即宋学，为高丽忠烈王以后，伴随宋程颐、朱熹之《集注》传入而兴起，并于文学产生全面之影响。"①

　　元朝是中国正统王朝中的重要一环，也是具有世界性的帝国。那么这种"世界性"在文学上是一种怎样的体现？其中之一，应是大一统促使当时的学者、文人经由历史意义上的"一带一路"，自东西南北涌入中原并集聚元大都，结束了南北对抗，而加强了东西沟通。其中，自东而来的元代高丽文派，作为中国文学史上一个独特的客观存在，与南北方及西域作家一起实现了元代文学的繁荣，并且又将儒家文化、诗文经典以及书法绘画艺术等，传播到了朝鲜半岛。他们不仅证明了元代文学的丰富性和多元性，而且对于在汉字文化圈内巩固和提升人们对汉文化的认同度，发挥了重要的作用。

---

　　① 李家源：《韩国汉文学史》，赵季、刘畅译，凤凰出版社，2012，第173页。

下编　考证

第五章　元代高丽士人李齐贤
研究资料汇辑

　　李齐贤（1288～1367），初名之公，字仲思，号益斋、实斋、栎翁，祖籍朝鲜庆州，生于高丽都城开京（今朝鲜开城）。其父李瑱为高丽知名文士，历任典法判书、政堂文学、商议都金议司事赞成事、检校金议政丞等，卒后入道统祠，著有《东庵集》等。受家庭影响，李齐贤自幼喜读《春秋》《左传》《史记》《朱子纲目》等著作，十五岁时取成均试第一，后又中丙科。其历任权务奉先库判官、延庆宫录事、齐安府直讲、司宪纠正、选部侍郎、兴校寺丞、三司判官、西海道按廉使、成均乐正、丰储仓事、成均祭酒兼议郎、典校司事、选部典书、密直司事、评理政堂文学、右政丞、左政丞、门下侍中君等，曾封金海侯、鸡林府院君，死后谥文忠。高丽忠宣王曾在元大都建万卷堂，感于京师义学之士皆天下之选而其府中无人，于是召李齐贤入元。之后，李齐贤多次入元，留元时间近三十年。其间，他与当时知名学者张养浩、赵孟頫、阎复、元明善、萧奭、朱德润等人过从甚密，时常探讨学术、切磋诗文，还曾随从忠宣王游览江南、四川等地。

　　在当时，李齐贤既是理学东传的重要人物，也是知名诗文大家。他文学创作丰富，涉猎诗、词、散文等，且皆可称一家，被视为朝鲜"三大诗人"之一、"四大文豪"之一。其一生著述宏富，今存有《益斋乱稿》、《西征录》、《栎翁稗说》及《孝行录赞》等，后世曾将其部分诗文结为一集名曰《益斋集》。清朝学者伍崇曜辑印《粤雅堂丛书》时，曾将《益斋集》收入其中而刊行于世，这也是中国最常见的一个版本。

第一节　历代李齐贤评论汇辑

崔瀣《李益斋后西征录序》

益斋先生在延祐初，奉使降香峨眉山，有《西征录》，楚僧可茅屋序矣。至治末，又迎大尉王，行过临洮，至河州，有《后西征录》，出示予俾序焉。予惟不行万里地，不读万卷书，不可看杜诗。以予寡浅，寓目盛编，尚惧其僭，题辞之命，所不敢当。然伏读数过，词义沉玩，本乎忠义，充中遇物而发，故势有不得不然者。其媱言嫚语，盖无一句，至其怀古感事，意又造微，爬着前辈痒处多矣。晦庵夫子尝称欧公一联云："以诗言之，是第一等诗。以议论言之，是第一等议论。"予于此亦有所感，姑书以赓命云。

洪重寅《东国诗话汇成》第六"李齐贤"条

李齐贤，庆州人，字仲思，初名之公，号益斋。天资厚重，忠烈朝登第。忠宣王在燕构万卷堂，召公置府中，与学士赵孟頫等同游。恭愍王时摄政承，人皆称益斋，然不乐性理之书，学无定力，人讥之。谥文忠。有集行于世。

公《咏范蠡》诗曰："论功岂啻破强吴，最在扁舟泛五湖。不解载将西施去，越宫还有一姑苏。"

公《咏漂母坟》诗曰："妇人犹解识英雄，一见殷勤慰困穷。自弃爪牙资敌国，项王无赖目重瞳。"

公闻淮安君出家，有诗曰："火中良玉水中莲，夜半逾城去渺然。云衲换来新面目，绿窗啼尽断因缘。瑶琴月照三更梦，玉麈风传一味禅。碌碌儒冠成底事，可怜奔走二毛年。"按淮安大君，公之友婿也。佛说释迦以王子夜半逾城入雪山修道云，盖用此也。

延祐，闻公与一斋权汉功同登南州多景楼，公曰："王荆公、郭功父同登凤凰台，次李白诗韵，功父诗名，由是大播，今吾二人虽才非王、郭，同游胜地，不可无诗。"一斋欣然，各用古韵诗一篇。益斋诗："杨子津南古润州，几番欢笑几番愁。佞臣谋国鱼贪饵，黠吏忧民鸟养羞。风铎夜喧潮入浦，烟蓑暝立雨侵楼。中流击楫非吾事，闲望天涯范蠡舟。"

公自序云："延祐己未，余从忠宣王降香江南之宝陀窟，王召古杭吴寿山令写陋容，而北村汤先生为之赞。北归，为人借观，因失其所在。其后三十二年，余奉国表如京师，复得之。惊老壮之异貌，感离合之有时。题四十字为识：'我昔留形影，青青两鬓春。流传几岁月，邂逅尚精神。此物非他物，前身定后身。儿孙浑不识，相问是何人。'"（汤先生赞曰："车书其同，礼乐其东，光岳其钟。为人之宗，为世之雄，为儒之通。气正而洪，貌俨而恭，言慎而从。恢恢乎容，温温乎融，挺挺乎中。于学则充，于道则融，于文则礼。存心以忠，临政以公，辅国以功。命而登庸，瞻而和衷，傒以时雄。"李相国恒福即先生之后也。始生不周，暮，乳母持近井地坐睡，相国匍匐几入井。乳母梦见白须丈人，颀然而长，以杖叩其胫曰："何不看见？"痛甚惊觉，趋而救之。痛其胫累日，大异之。后家中响礼，挂其祖益斋影子于堂中，乳母见之大惊曰："前日叩吾胫者，即此形样也。"吁！益斋前朝贤相也，英灵不泯，于三百载之后，能救儿孙于阽危之中，岂徒其神甚灵？亦知弼云异于凡儿，能致神明之佑也，猗欤奇哉！）

忠宣王被谗流吐蕃，益斋万里奔问，忠愤蔼然，有诗云"谁谓鲲鲸困蝼蚁，可怜蚍虱诉蟆虾。防微杜渐颜宜赭，义重扶颠鬓已华"，"白日西飞魂欲断，碧江东注泪先流"等篇，虽杜少陵不得专美于前矣。

益斋闻忠宣王被谗不能自明，到黄草店有诗云："寸肠冰炭泪交加，一登燕山九起嗟。万古金縢遗册在，未应群叔误周家。"王流于吐蕃，益斋在元，献书于元郎中以雪之。王自吐蕃放还。

益斋以平生所作诗稿付崔拙翁，要其评点。拙翁涂抹全稿，只留《山中夜雪》一绝以还，其诗云："纸被生寒佛灯暗，沙弥一夜不鸣钟。应嗔宿客开门早，要看庭前雪压松。"

《西江月艇》诗云："江寒夜静得鱼迟，独倚蓬窗卷钓丝。满目江山一片月，风流未必载西施。"

王太祖七年创九曜堂，即醮星处。益斋有诗："溪水潺潺石径斜，寂寥殊似道人家。庭前卧树春无叶，尽日山峰咽草花。"

益斋云："世之举进士者多儒家子弟，闻唱榜，贺客沓至，无以相待，必旋炊白饭，故俗号为'热饭宴'。"

平章事李杜英哲尝流长岩浦，与老人相善，戒其苟进，英哲许诺。后陷罪，老人作歌讥之，名曰《长岩曲》。益斋作诗云："扬扬有雀尔奚为？触处网罗黄口儿。眼孔元来在何许？可怜触网雀儿痴。"

公之咏史诗多发前人所不能道者，《太公钓周》云："混世浮沉非苟安，得时经济岂云难。君看八百年周业，只在磻溪一钓竿。"《四皓归汉》云："见说扶苏孝且仁，胡令二世祸生民。逋翁不为卑辞屈，未忍刘家又似秦。"《项羽》云："书剑应难敌万人，须知大勇在安民。韩生夺得东归志，天意宁终假一秦。"《田横》云："随何有口来黥布，魏豹无心听郦生。壮士难教甘一辱，汉皇争得见田横。"《刘向刘歆》云："丹心耿耿帝曾知，梓柱生根势莫移。地下可能无骇汗，国师公是乃家儿。"《萧何》云："秦家图籍汉山河，功比曹参百倍加。白首年来还见执，只应羞杀召平瓜。"《陈平》云："吕氏应非项氏俦，何缘到此独深忧。绛侯椎朴王陵戆，更欠高皇用我谋。"《王陵》云："当时王吕议难胜，他日安刘力可能。慈母一言今在耳，不因存没负长陵。"《刘敬》云："欲将汉主嫁昆夷，想见当初计划时。千载明妃心语口，奉春君岂是男儿。"《陆贾》云："将相同心业再昌，汉家声教到南荒。击鲜乐饭真良计，枉费机关为辟阳。"（许筠云："崔猊山尽抹益斋诗卷，只留《山寺夜雪》一绝，益斋大服其知音。"此过辞也。此等作俱入毃，乌可少看！此英雄欺人之言，不可尽信）

《东国诗话汇成》第六"忠宣王"条

王久留元，有所钟情妓。及东还，情人追来，王折莲花一朵赠之以为别。日夕不胜眷恋，令益斋更往见之。益斋往，则女在楼中不食已数日，言语不能辨，强操笔书一绝云："赠送莲花片，初来的的红。辞枝今几日，憔悴与人同。"益斋回启云："女入酒家与少年饮酒，寻之不得耳。"王大懊唾手。翌年庆寿节，益斋进爵，退伏庭下言死罪。王问之，益斋呈其诗，道其事。王垂泪曰："当日若见诗，竭死力还往矣。卿爱我，故变言之，真忠恳也。"一说益斋变其诗以进，曰："这痴汉，这痴汉。莫留连，莫留连。此身正如荷叶露，此边圆了彼边圆。"

王以前王入元，遂封沈阳王，贵宠用事，开万卷堂。学士阎复、姚燧、赵子昂皆游王门。一日王占一联云："鸡声恰似门前柳。"诸学士问用事来处，王默然。益斋李文忠公从傍即解曰："吾东人有'屋头初日金鸡鸣，恰似垂杨袅袅长'，以鸡声之软比柳条之轻纤。我殿下之句用是意也。且韩愈琴诗曰：'浮云柳絮无根蒂。'则古人之于声音亦有以柳絮比之者矣。"满座称叹。

李仁老《补闲集》（下）

古人称杜甫非特圣于诗，诗皆出于忧国忧民，一饭不忘君之心。如避地鄜州达行在，间关崎岖，其《哀王孙》《悲陈陶》等篇，可见其志之所存。大元至治中，高丽忠宣王被谗窜西蕃，益斋李文忠公万里奔问，忠愤蔼然，如"寸肠冰雪乱交加，一望燕山九起嗟。谁谓鳣鲸困蝼蚁，可怜蚁虱诉虾蟆。才微杜渐颜宜赭，义重扶颠鬓已华。万古金縢遗册在，未容群叔误周家"，又"咄咄书空但坐愁，式微何处赋菟裘。十年艰险鱼千里，万古升沉貉一丘。白日西飞魂正断，碧江东注泪先流。满门珠履无鸡狗，饱德如吾死合羞"等篇，其忠诚愤激，杜少陵不得专美于前矣。

李仁老《补闲集》（下）

乐府句句字字皆协音律，古之能诗者尚难之。陈后山、杨诚斋皆以谓苏子瞻乐词虽工，要非本色语。况不及东坡者乎？吾东方语音与中国不同，李相国、李大谏、猊山、牧隐，皆以雄文大手未尝措手，唯益斋备述众体，法度森严。先生北学中原，师友渊源必有所得者。近世学者不学音律，先作乐府，欲为东坡所不能，其为诚斋、后山之罪人明矣。

李建昌《宁斋诗话》

东方诗道之昌，始自丽朝三李。白云诗如"竹根迸地龙腰曲，蕉叶当窗凤尾长"，"湖平孤印当心月，浦阔贪吞入口潮"，极体物属对之工，而殊非大雅规范，往往有村学堂句语。益斋北游万卷堂中，与赵、虞诸公游，极一时之选。岳阳之行，崎岖吴蜀，忠诚恳至溢于辞表。江山之状，又足以长其气格。故其诗卓然名家，高处不减唐贤，然犹未能备众体而兼综错矣。至于牧隐，天分既高，人工尤至。入唐出宋，纵横驰骛，殆近于古之所谓化者。气魄之雄，声响之深，东方所未有也。余于斯道，固未足以窥诸贤之藩篱，然乃所愿则学牧隐者也。

洪万宗《旬五志》

我国自殷太师歌《麦秀》以来，世幕华风。文学之士前后相望。在高句丽曰乙支文德，在新罗曰崔致远，至高丽五百年间作为文章以传于世者无虑数十家，如金富轼、李奎报、郑知常、李仁老诸人，各擅其名。降以益斋，始以古文词名。稼亭、樵隐，从而和之。至于牧隐，早承庭训，北学中原，得师友渊源之学。既东还，延引诸生，奖论成就。圃隐、陶隐、浩亭、惕若、阳村、三峰，皆见而兴起者也。

徐居正《牧隐诗精选序》

高丽氏开国，文治大兴，金文烈富轼、郑谏议知常唱之于前，陈补阙澕、李大谏仁老、李学士奎报、金员外克己、林上舍椿，齐名一时，一诗道之中兴也。益斋李文忠公复起而振之，稼亭李文孝公继之。

朴趾源《避暑录》

李德懋在《清脾录》中称，三韩人遍踏中土者，无如李益斋（名齐贤）。其所游历见于诗者，若井陉、豫让桥、黄河、蜀道、峨眉、孔明祠堂、函谷关、渑池、二陵、孟津、比干墓、金山寺、焦山、多景楼、姑苏台、道场山、虎口寺、漂母墓、涿郡、白沟、邺城、覃怀、王祥碑、崤陵、长安、郑庄公墓、许文贞公墓、关龙逢墓、望思台、武则天陵、肃宗陵、邠州、泾州、宝陀窟、月支使者献马。其足迹所到，皆伟壮，有非东人之所及。其诗当为东方二千年来名家，华艳昭雅，快脱三韩僻滞之习。今世之人，甚至有不识益斋之为李齐贤。顾君侠编元百家诗选，而高丽人诗无一首与焉。当时牧庵姚公及阎子静、张养浩，举皆推毂公诗，而亦无一首入选，是可怪也云云。益斋墓在金川只锦里桃李村，墓下即益斋旧宅。因其旧宅，建书院俎豆之。余燕岩别业，距书院不十里而近。余尝一再至书院，读其遗集，益信《清脾录》所评为铁论。其《思归》曰："穷秋雨锁青神树，落日云横白帝城。"其《二陵早发》曰："云迷柱史烧丹灶，雪压文王避雨陵。"其《舟行峨眉》曰："雨催寒犊归渔店，波送轻鸥近客舟。"其《多景楼》曰："风铎夜喧潮入浦，烟蓑暝立雨侵楼。"其《函谷关》曰："土囊约住黄河北，地轴句连白日西。"我东诗人用事，率皆借用，而真能目睹足踏者，惟益斋一人。今余一出古北口，而自多前人，其视益斋，真堪缺然。

许筠《惺叟诗话》之"李齐贤诗好者甚多"

许筠《惺叟诗话》载：人言崔猊山悉抹益斋诗卷，只留"纸被生寒佛灯暗，沙弥一夜不鸣钟。应嗔宿客开门早，要见庭前雪压松"。益斋大服，以为知音。此皆过辞也。益斋诗好者甚多，如《和乌栖曲》及《渑池》等古诗，俱逼古，诸律亦洪亮。至于少作《咏史》如"谁知邺下荀文若，永愧辽东管幼安"；如"不解载将西子去，越宫还有一姑苏"；如"刘郎自爱蚕丛国，古里虚生羽葆桑"。此等作俱入彀，发前人未发者，乌可小看。此亦英雄欺人，不可尽信。

许筠《惺叟诗话》之"李齐贤挽妇翁诗"

益斋妇翁，即菊斋公也。夫妇享年九十四，而夫人先公卒。公挽其妇翁诗一联："姮娥相待广寒殿，居士独归兜率天。"权公喜佛，以乐天兜率比之，不妨姮娥窃药。自古诗人例于烟火中，喻其仙去，用之于妻母，似亦不妥。

权近《敬孝大王祔庙配享功臣教书》（《阳村先生文集》卷三十）

鸡林府院君李齐贤，德兼爵齿，学贯天人。负缜于宣祖之西巡，备尝艰险。秉钧于敬考之南面，克著庸劳。忠勤历事于六朝，终始不渝于一节。四登相府，而躬恭让之美。再掌礼闱，而号选抡之公。理思乱安思危，恒存忧国之念。高不骄满不溢，慎守保身之机。英华发为文章，经术措诸事业。利涉允资于舟楫，稽疑有赖于蓍龟。惠泽洽于东民，休声振于中国。遗风未殄，永世难忘。

尹愭《咏东史亦就史略中编入东事者作之》其五百三十五（《无名子集》）

量移近地朵思麻，复返大都亦可嗟。赖有益斋书拜住，孤魂得免吐蕃遐。（李齐贤上书于元丞相拜住，极陈累世归附之诚，请赐环上王东还，辞甚哀切。拜住奏元主，量移忠宣于朵思麻之地，寻复召还上都。又敕王还国，复赐印章。忠宣薨于元）

李震相《与柳仲思》（《寒洲集》）

《丽史》：白文节子颐正，官止金议评理，封上党君。是时程朱之学，始行中国。颐正在元得之东还，李齐贤、朴忠佐最先师授，东方性理之学由此始。本文止此，盖其所为，不过得书一款，而实未尝从事此学。虽以李朴之师授，终身事业，只在词华而已。

李德懋论李益斋（《青庄馆全书》卷三十四）

词林巨公，每推挹翠轩为诗宗。溯以上之，推占毕斋为第一。余尝读益斋集，断然以益斋诗为二千年来东方名家。其诗华艳韶雅，快脱东方僻滞之习。虽在中原，优入虞、扬、范、揭之室。成慵斋所谓益斋能老健而不能藻者，非铁论也。以益斋而不能藻，何者果能藻乎？今世之人，甚至不知益斋之为李齐贤者，可悲也。字仲思，一号栎翁，庆州人。十五登第，名盖一世。忠宣王在燕，构万卷堂。召置幕府，与赵子昂元复初等游。奉使西蜀，降香江南。所至题咏，脍炙人口。牧庵姚公、阎公子静、张公养浩，举皆推毂。改听易视，摩厉变化。及东归，相五朝，四为冢宰。倡起古文词，牧隐父子从而和之。东之人士，去其靡陋，而稍尔雅者，益斋之功也。忠宣被谗，窜西蕃，万里奔问，忠愤蔼然。及恭愍王时，摄政丞，措置得宜，人赖以安，后封金海侯。八十一卒，谥文忠，有集行世。

牧隐铭其墓曰："道德之首，文章之宗。功在社稷，泽流生民。"此其人之大略可见。其游历见于诗，若井陉……皆伟壮。东人之所不及。嗟乎！诗安得不佳？其《放舟向蛾眉》曰："雨催寒犊归渔店，波送轻鸥近客舟。"其《思归》曰："穷秋雨锁青神树，落日云横白帝城。"其《路上》曰："马上行吟蜀道难，今朝始复入秦关。碧云暮隔鱼凫水，红树秋连鸟鼠山。文字剩添千古恨，利名谁博一身闲。令人最忆安和路，竹杖芒鞋自往还。"其《函谷关》曰："土囊约住黄河北，地轴句连白日西。"其《二陵早发》曰："云迷柱史烧丹灶，雪压文王避雨陵。"其《多景楼》曰："风锋夜喧潮入浦，烟蓑暝立雨侵楼。"其《渔村落照》曰："落日看看含远岫，归潮咽咽上寒汀。渔人去入芦花雪，数点炊烟晚更青。"其《荷舟香月》云："微波澹澹月溶溶，十顷荷花一道风。记得临平山下宿，酒醒身在画舡中。"其《小乐府》云："脱却春衣挂一肩，呼朋去入菜花田。东驰西走追胡蝶，昨日嬉游尚宛然。"此等诗，东人集中尚复有之哉？

顾侠君编元百家诗选，而高丽人诗无一首，以其不得见也。若赍益斋集赠之，其编于安南国王陈益稷之上，可胜言哉。

李尚迪《子梅诗草叙》（《恩诵堂集》）

噫！中朝士大夫与我东人投赠翰墨，不以外交视者，自唐至元明，若杜工部之于王思礼，高骈之于崔致远，姚燧之于李齐贤，李侍中之于李崇仁，皆能延誉无穷。近代则纪晓岚叙耳溪之集，陈仲鱼刊贞蕤之槁。风义之盛，由来尚矣。

赵寅永《彝斋实记序》

（白颐正）尝从忠宣王如元，得程朱书东还。益斋李齐贤、耻庵朴忠佐等，皆从之学。世以海东夫子称之。夫以程、朱书，上溯圣人者，由先生始。此其功岂汉儒传经下哉。

梁诚之《便宜二十四事》（《讷斋集》卷二）

文庙从祀，盖东方自箕子受封以后。洪范遗教，久而不坠。唐为君子之国，宋称礼义之邦。文献之美，侔拟中华。而配食文庙者，独新罗之薛聪、崔致远、高丽之安珦三人而已。臣闻学士双冀在前朝，始设科举，以振文风。文宪公崔冲又设九斋，以教诸生。至于文忠公李齐贤、文忠公郑梦周、本朝文忠公权近，其文章道德，人皆可以垂范万世。乞皆配享先圣，以劝后人。

蒋再恒《白颐正倡程朱学》（《立斋遗稿》卷十）

白公游元朝，得程朱性理之学而倡之，其功不细矣。李齐贤、李穑不过文章巨擘，而当时推称远过白公者何也？

卓光茂《挽李文忠公益斋》（《景濂亭集》）

高丽五百独名臣，特立清朝孰比伦。事业功程垂竹帛，文章德义满乡邻。聪明万里江山月，气象千年宇宙春。精魄灵魂风不死，人间那复有斯人。

卓光茂《和益斋李齐贤》（《景濂亭集》）

处世独持危，在家自慰衰。圣门传一贯，吾道学而知。

李穑《奉怀恩门益斋先生》

益斋功德动天心，余事文章盖古今。稗自不卑登说苑，栎应从乐冠儒林。雕戈古鼎闲工篆，流水高山独抚琴。从祀庙庭铭在隧，史才惟愧乏雄深。

李时发《祭益斋墓文》

猗欤我祖，丽季纯臣。德业文章，千古畴伦。缅惟桃村，宅兆所在。历世寝远，香火久废。丘原芜翳，松柏谁守。不肖如孙，敢云有后。夙夜疚怀，有腼颜面。幸逢昭代，特举旷典。周爰咨访，表而封之。佳城再新，草木生辉。自今伊始，汛扫敢缺。庶几无忝，保护兹域。

李崇仁《文忠公益斋先生挽词》二首

北学游中国，东还相五朝。雄深追贾马，正大失萧曹。梦奠楹间遽，修文地下遥。酉风吹绋翣，凄断楚辞招。

曾叨半面识，更获一言誉。簪履文章盛，箕裘积累余。苍茫天北路，缥渺海东居。十载勤王事，煌煌大史书。

曹伟《笔苑杂记序》（《梅溪集》）

益斋生于衰乱之世，间关奔走于式微之际。念君忧国之诚，出于至情，所以能保功名，终始一节。卓卓乎，不可尚已。

尹斗寿《平壤志·文谈》

《平壤志·文谈》称："大观斋沈义《记梦书》，历举吾东方文人才士，以崔孤云为天子；乙支公、李益斋齐贤、李白云奎报为相……其所权衡，虽未知如何，而西京文章之见推于古人者，亦可见矣。"

洪万宗《小华诗评》

洪万宗《小华诗评》称："赵石涧云仡称丽朝诗十二家。金侍中富轼之典雅，郑学士知常之婉丽，金老峰克己之巧妙，李双明仁老之清丽，陈梅湖澕之秾艳，洪洪崖侃之清邵，李益斋齐贤之精致，金惕若九容之清赡，郑圃隐梦周之豪放，李陶隐崇仁之蕴藉，各擅其名。而李白云奎报之雄深，李牧隐穑之健雅，尤可杰然者也。"

洪万宗《小华诗评》卷上载："我东人不解音律，自古不能作乐府歌词。"世传李益斋齐贤随王在燕邸，与学士姚燧诸人游，其《菩萨寺》诸作为华人所赏，云："岂北学中国深有所得而然耶？"余见其《舟中夜宿》词："西风吹雨暝江树，一边残照青山暮。系缆近渔家，船头人语哗。白鱼兼白酒，径到无何有。自喜卧沧州，那知是宦游。"其《舟次青神》词曰："长江日落烟波绿，移舟渐近青山曲。夜深篷底宿，暗浪鸣筑琴。隔竹一灯明，随风百丈轻。梦与白鸥盟，朝来莫谩惊。"词极典雅，华人所赞，其指此欤？

河谦镇《东诗话》

河谦镇《东诗话》载，李芝峰晬光云："前朝李逵报、李齐贤、李稿，我朝金时习，最号名家。"

河谦镇《东诗话》载，郑司谏知常诗："雨歇长堤草色多，送君南浦动悲歌。大同江水何时尽，别泪年年添作波。"燕南梁载尝写此诗作"别泪年年涨绿波"。益斋李公谓"作""涨"二字皆未圆，当是"添绿波"耳。余读之信然，益叹益斋于诗有神造也。贾岛"推""敲"二字，得昌黎然后知"敲"字之佳，诗凡一字不可苟，如此。

河谦镇《东诗话》载，益斋《柳絮》诗"晴日欲迷深院落，春波不动小池塘"，余谓此当为千年绝调。夫晴日之迷、春波之不动似若无当于柳絮，而是即所谓不言之妙，深味之则可见矣。其意惟申紫霞知之，其和人《柳絮》诗曰"青绳路直尘清雨，朱阁帘垂影倒塘"亦甚绝妙，以此追配益斋何愧哉！

河谦镇《东诗话》载，诗有一两句奇警足矣，未必全篇尽然。朴文懿恒作："浅山白日能飞雨，古塞黄沙忽放虹。"安文成珦有："一鸥晓雨草连野，匹马春风花满城。"益斋常恨不见其全篇，然使见之，安知其必皆可诵耶？朴燕岩亟称益斋诗，亦只举"穷秋雨锁青神树，落日云横白帝城""雨催寒犊归渔店，波送轻鸥近客舟""风铎夜喧潮如浦，烟衰暝立雨侵楼"此三数句而已。

徐居正《笔苑杂记》（下）

柳诚源喜曰："昔《朱子纲目》之未到国也，益斋立先生读《资治·武后纪》喟然而叹，作诗一联云：'那将周余分，读我唐日月。'后得《纲目》，朱子果黜周而尊唐。益斋先生颇亦自负。诚源虽不欲窃比益老，当受诸君降幡。"

徐居正《东人诗话》（下）

高丽光显以后，文士辈出，词赋四六秋纤富丽，非后人所及。但文辞议论多有可议者。当是时，程朱《辑注》不行于东方，其论性命义理之奥纰缪抵牾，无足怪者。盖性理之学盛于宋，自宋而上，思孟而下，作者非一。唯李翱、韩愈为近正，况东方乎？忠烈以后《辑注》始行，学者骎骎入性理之域。益斋而下，稼亭、牧隐、圃隐、三峰、阳村诸先生相继而作，倡明道学，文章习气庶几近古，而诗赋四六亦自有优劣矣。

许颖《重刊益斋乱稿序》

先生平日所著述，不啻百千余言，而世之所传者，只是略干诗篇及稗说而已。往在万历、庚子间，李尚书时发、尹北土始锓梓，而岁月之久，字划剜缺不可读识者，咸叹惜之不已。适守本州惧其世久而终至泯灭，遂为改板，而重镂焉。非谓先生之名，由此而益寿。吟诵之间，足以感发后生，则其有补于风化者，为如何哉。旧本无年谱，先生之后孙世硕家藏略记始末，以示余。并以刊之左，以传于后。癸酉正月既望，阳川后人许颖书于鸡林府。

金鲁应《益斋先生年谱后叙》

呜呼！先生文章德业，丰功盛烈，传之悠久而不朽者，虽载在东史，而先生遗集之传，最不可疏略也。是集所录，素多疏略，且锓梓既久板本剜缺，几不能辨者多矣。不佞向宰月城时，谋所以改之补之，而旋移职次，未果。近先生后孙之居于庆者，始斯役，撮要东史之所载，事实则汇补于年谱，著述则添录于拾遗因请识其事，不佞嘉之，略书补缀颠末以归之。岁甲戌仲春，通政大夫、庆尚道观察使庆州金鲁应，谨识。

李时发《益斋乱稿跋》

唯我先祖益斋文忠公，挺生丽季，其道德文章之盛，传之信史，载之志铭，班班可考，非后人之所容追赘也。所著乱稿、稗说及所赞孝行录等书，旧有版本于鸡林。鸡林即我李之陇西也。然其行世既久，剜缺几尽，属经兵火，并与其人家箧笥者而俱烬。吁，生乎数百载之下，溯乎数百载之上，得见其英华之发者，独赖此篇之存。而今其湮晦有至于斯，此斯文之所共叹惜，而况在为之后裔者乎。孙之不肖，幸忝尹兹，即与宗人之在斯境者，亟谋重梓，人皆乐助其费。继以西川郑相公，再以书嘱之勤。族祖前正言光胤氏，搜寄其家藏孝行录，勉以并刊。噫，以不肖追慕之拳拳，而复有宗人之助。相公之嘱，正言公之勉。此事之所以克济也。本稿及说与录三书总若干卷，皆亲加雠校，大其字于旧刻，且收辑诗文之逸于本集者数篇，附之卷末。至其孝行一部，乃于簿领之暇，手自缮写者。非曰能之。欲寓其区区敬慕之意耳。刻既成。不可没其颠末岁月。于是乎云。万历庚子中秋，十一代孙通政大夫守庆州府尹时发。谨识。

李寅烨《益斋乱稿跋》

昔在万历庚子，王考碧梧公尹鸡林也，刊行远祖益斋先生文稿，若《稗说》《孝行录》等书，而迄今已百年矣。版本刓弊无存者，人家之藏乎箧笥者，亦绝无而仅有，几乎沉晦而湮没。不肖尝慨然于此，思欲以寿其传者久矣。丁丑冬。按节于海甸，捐俸人之羡，付之剞劂氏。月余日而功告讫。向之沉晦者，自此将复显矣。噫，先生之道德文章，震耀赫舄。至今为我东所宗仰则先生之不朽，岂系于斯集之显晦也。虽然累百载之后，声光益渺然，后人之溯余韵而寓深慕者。独其书在尔，又曷可无传也哉。此不肖所以继碧梧公之志，而亟谋重梓者也。卷末付先祖再思堂行录，金刚录若诗赋若干首。惨祸之余，散逸殆尽，所流传者唯此数篇而已。蓝田片玉，桂林一枝，俱可为希世之珍。则其所宝玩者，又何必在多也。崇祯纪元后戊寅秋七月既望。后孙黄海道观察使寅烨谨识。

朴彭年《益斋先生寿亲诗卷序》

人有历千载而不亡，事有旷百祀而相感者，自非卓荦环伟之材，鸣一代而光后世者，何能尔耶。余尝慕益斋先生文章事业，赫赫洸洸，东方至今仰之如山斗。每于前辈遗文，至观先生事，未尝不举手加额也。今年春，上以高丽史事有脱逸，且违体例，命改纂修，乃开局抽书，分科责成。一日，仆于烂简中，得一稿，记先生寿亲事颇详。先生之父东庵公及其舅菊斋权公、悦轩、云庵三座主。默轩、樗轩两老诗具在，第恨三馆诸儒时皆和之，而今亡也。史官姓吴，子淳其名，时延祐七年也，一座莫不传观叹赏。艺文奉教李侯文炯，先生几世孙也，虽耳闻是事且久，而其详则未也。逮今见之，喜可知已。即将东庵以下诸诗，录其卷，欲联咏于后，以图不朽。谓仆实得之，请备书其由。盖典试者有宴，古也。在唐，有杨嗣复称寿于其亲。至五代，马裔孙宴慰其座主。高丽自光庙设科以来，门生座主之礼极备，典试者称学士。学士既发榜，具公服，领门生，谒其亲若座主，邀宴于家，王特赐乐，以贲文风，名曰学士宴，盖因杨、马故事也。先生自弱冠，遇知忠宣，常侍燕邸。是年，以知贡举，驰传还国，忠宣赍与便蕃，以资燕费，宠已极矣。及燕夕，父母与三座主，俱会一堂，冠盖杂还，歌吹纷蒙，垂髫戴白，拭目耸观，万口咨嗟，以为前古所未有也。呜呼，其荣矣哉。杨也寿其亲而已矣，马也慰其座主而已矣，人犹传诵，以为美谈，况先生乎。是宜一时歌咏之盛也。今去延祐几许年矣，而人之钦慕不置者如一日，是岂非千载有不亡之人，而百祀有相感之事乎。人之叹之也非好事，固其所也，况为其子孙者乎。李侯性温而易，才高而雅，入金闺，声名籍籍，可谓能业其家者矣。吾闻大贤必有后，太史之书，何止此哉。将大书特书，不一再而已也。

曹兢燮《重刊益斋先生文集序》（《岩栖集》）

高丽李文忠公益斋先生所著诗文集十卷、《栎翁稗说》四卷，旧有版本，岁久而刓，且其编类未整，字多讹失。世之学者，既鲜得读，而读者又病其然。沧江金公以先生之文，天下之所当传，亟宜校正而不可任其泯乱也。于是，属少友王君原初参校，因劝以刊，而令兢燮序之。兢燮渺然末学，何足以为先生役，而感金公之意，且以托名卷端为荣幸，则辄敢不辞，而书之曰：夫功业、文章、名节、福泽，此数者，古今之所同愿，而世未有兼得而全备者。故萧、曹、房、杜号称贤相，而无与于制作。迁、固、白、甫擅史才明诗道，而不见于施为。孔、光、胡、广、保全荣禄，而有玷于名论。子、寿、敬、舆进忠斥奸而终罹于祸网。此所谓天亦有所分予，而物莫能两至者也。呜乎，若先生者，殆天之所命钦。不然，何其兼全于数者，而无一之或亏也。盖先生夙承家学，早阐巍科，名声已溢于国中。既又从王燕吴，奉使秦蜀，觐旧君于西番之地。其出于挥洒讴吟之余者，淋漓铿锵，感慨悱恻，中州学士巨公无不瞠然而推毂，则有以鸣国家之盛矣。三修国史于家，虽其草皆逸于燹，不能全完，而笔墨之简洁，议论之精确，足以为一代之巨作矣。四登相府，雍容密勿，虽未有宏谟伟绩之表著，而社稷安固，实有赖焉。当国家多故，君臣父子之间，忠逆邪正之际，进则身危，退则名败，而独能不激不随，周旋恳扣，以收回天之功。及夫权幸用事，则又能见机色举，超然无所累。识贼盹之为凶，而戒王勿近，抵触忌讳，挑拨祸机，而君不以为忤，彼亦未敢别加非横，竟以完名大寿，令终于安乐。呜乎，此天所以独厚先生。为东邦数千年名相，文苑合传之一人，而非向之汉唐以来诸人所能及者，不亦休乎伟哉。或者以史传称先生不喜程朱理学为可疵，然观稗说中对德陵问一条及则天陵诗跋、崔春轩墓志等作，则先生未尝不重理学尊程朱，而第未有所阐发尔。其后牧、圃、陶、冶诸公继踵而兴，倡明文教。论其渊源，未尝不及于先生，则史传之言，其又足信也欤。不肖自童年知爱先生之文，而师慕其为人，故因序集而并及此，盖所谓诵其诗、读其书而又论其世者。窃不自知其为僭且赘云。

第二节　当代李齐贤研究评述

发展到元朝，中华民族进入了前所未有的大融合阶段。当时，元与高丽在政治上确立"舅甥关系"后，在文化方面往来密切。高丽士人多倾慕中华，或作为使臣，或参加科举，或出仕为官，或为问学，或为修道，不惮路程遥远，来到元大都。其中，一些人或留居不归，或久居始返。其间，则与中原士大夫交往密切，过从频繁。他们彼此之间往往诗文酬答，相互影响，不仅成为元代文坛上一道亮丽的风景线，也在朝韩半岛汉文学发展史上占有重要的地位。在这些高丽士人当中，李齐贤可为一个典型代表。而作为元代文坛高丽士人的典型代表，李齐贤历来颇受学者关注。从清康熙时期到 20 世纪，李齐贤研究持续不断，并廓清了三个基本问题：一是其生平经历情况；二是其诗歌内容与艺术特色；三是其词作成就。21世纪以来，李齐贤研究获得了较大发展，呈现多元化态势。研究方向涉及文献整理、诗词风格、诗学理论、心态变迁、史学观念、理学思想、中韩跨文化比较等方面。但是，其中也存在一些问题，最突出的就是中韩学界对李齐贤的研究极不平衡。而加快对李齐贤著述的全面整理，可谓解决这一问题的重要途径之一。

一　20世纪李齐贤研究

在1949年之前，有关李齐贤的研究不多。清康熙时，张豫章等奉敕编《御选宋金元明四朝诗》，曾收录李齐贤诗3首；顾嗣立《元诗选·癸集》收李氏诗1首；王士禛《居易录》与张惠言《蕙风词话》则对其诗词多有评论；及伍崇曜将李齐贤《益斋集》收入《粤雅堂丛书》刊印行世，影响始大。至清末，陈衍将李齐贤选入《元诗纪事》。朱祖谋刻行《彊村丛书》时，曾搜集唐宋金元词家专集163家，其中包括李齐贤54首词作，是为《益斋长短句》。而在新中国成立之后的一段时间里，李齐贤研究更为沉寂。改革开放之前，仅有隋树森编《全元散曲》曾收录李齐贤1首散曲。

到20世纪80年代初，李齐贤开始为学者所关注。当时学界的普遍看法是，元曲乃是元代的代表性文学，故首先被纳入学者研究视野的是李齐贤的词曲创作。唐圭璋编《全金元词》以及夏承焘选校《域外词选》等，都将李齐贤词收录其中，计有53首。后孙楷第编《元曲家考略》，曾专列"李齐贤"条，对其进行考证。① 几乎与之同时，王骧就《益斋集》中描写镇江、苏州、扬州等地风光的诗词，分别加以介绍。② 尽管孙氏误将元青州李齐贤与高丽李齐贤混为一人，而王氏一文仅属文献辑录，但从某种意义上看，这是李齐贤进入现代学术研究视野的肇始。

李齐贤研究的第一篇专门性的学术论文应为周有光所撰《朝鲜高丽末期杰出诗人李齐贤》，文章评论道：李齐贤是"一位既能继承又能创新的朝鲜高丽末期杰出作家"。其诗文"精深典雅，富于创造性，有'开天之风'的美称"；其词在朝鲜文学史上开创了词的文学样式，尤其是其借助中国乐府形式创作的"小乐府"，思想内容深刻，艺术形式独特，丰富了朝鲜文学的样式，不仅在朝鲜文学史上占有光辉的一页，也反映出古代中朝两国在文化上的联系。③ 同时，杨永骝发表《朝鲜高丽时期的诗人李齐贤与中国》一文，从"诗人的生平""与中国友人的友好往来""在中

① 孙楷第：《元曲家考略》，上海古籍出版社，1981，第147页。
② 王骧：《朝鲜古诗人李齐贤咏叹江苏风光》，《群众论丛》1980年第4期。
③ 周有光：《朝鲜高丽末期杰出诗人李齐贤》，《外国文学研究集刊》1984年第8期。

国的游历"三部分展开论述，认为李齐贤与赵孟頫等人结交至深，又曾广游中国各地，写下许多与元代士人赠答以及歌咏中国山水的诗与词，为中朝两国人民的友好和文化交流做出了很大的贡献。①

此外，胡树森《朝鲜李齐贤和他的诗》与李海山《试论李齐贤诗歌的思想倾向性》等，则主要就李齐贤的诗歌创作展开研究。前者认为李齐贤才高识卓，对中国哲学、历史、文学造诣都甚深，在高丽诗人中，"当推李齐贤为第一"②；而后者指出，李齐贤诗歌的思想倾向主要是反对外国侵略、维护国家主权的爱国主义和为挽救国家命运而保障人民生活安定的民本思想，并认为李齐贤文集中的九首小乐府是其译作而非创作③。李民佑《高丽诗人李齐贤》一文，除概括其诗歌在思想内容方面的两大体现——爱国主义与儒学思想外，特别总结了李齐贤词作的三大特点：一是题咏风物与抒发个人的身世之感相结合；二是以词来表现复杂的矛盾心理；三是写景词具有较高的艺术成就，抒情言志如辛弃疾，写景咏物似苏东坡，而语言运用则学习李后主。④ 还有学者着重研究李齐贤对中国诗人创作思想的继承与发展。朴忠禄《杜甫在朝鲜》即专门考察李齐贤对杜甫的推崇与评论，结合文本对杜诗与李诗进行了详细比照，认为李齐贤不仅作有多篇描写杜甫的诗，而且对杜甫诗提出了自己的看法。⑤

20 世纪 80 年代，对李齐贤研究最为全面者当推丰旭升所著《朝鲜文学史》。书中第四章"卓越的诗家与词人李齐贤"以四节的篇幅专门论述李齐贤的生平、五言七言诗词以及与中国有关的诗词。韦氏认为，在朝鲜文学史上，李齐贤占有一个比较特殊的位置，因为他不仅是朝鲜古代诗人中与崔致远、李奎报齐名的三大诗人，而且是大量创作词的人。同时，他还是朝鲜民歌的热爱者和整理者、翻译者。可以说，在诗、词、朝鲜国语民歌上的贡献，使他在朝鲜文学史上成为一位引人注目的重要人物。又因为曾长期留居中国，其写过不少歌颂中国山川名胜、历史人物的诗词，故

---

① 杨永骝：《朝鲜高丽时期的诗人李齐贤与中国》，《亚非问题研究》1984 年第 3 期。

② 胡树森：《朝鲜李齐贤和他的诗》，《河北大学学报》1985 年第 2 期。

③ 李海山：《试论李齐贤诗歌的思想倾向性》，《延边大学学报》1986 年第 1 期。

④ 参见李民佑《高丽诗人李齐贤》，《朝鲜史研究》1986 年第 5 期。

⑤ 朴忠禄：《杜甫在朝鲜》，载《东方比较文学论文集》，湖南文艺出版社，1987，第 119 ~ 126 页。

李齐贤又在中朝文化交流史上有着独特的地位。① 至此，李齐贤研究基本解决了三个问题：一是其生平基本情况；二是其诗歌创作的内容与艺术特色；三是其词作的成就。

20 世纪的最后 10 年，李齐贤研究得到了进一步推进，主要体现在三大方面。

第一，诗歌研究趋向具体与深入。张光军对包括李齐贤诗在内的朝鲜汉诗加以通观性考察后，指出中国诗歌对朝鲜诗歌有着多方面的影响。② 李炬则对张氏所论李齐贤及其汉文诗部分进行补充，他在具体解析李齐贤《黄河》、《修筑京城访大臣时上书》、《三畜箴》与《小乐府》等九首作品后称：李齐贤是把朝鲜汉文诗创作推向新境界的拓荒者，其《栎翁稗说》更是朝鲜散文趋于成熟并使之成型发展的典范。③ 包文安与席永杰在前人研究基础上，重点解读了李齐贤诗词的三大主题（即忧患祖国前途，批判卖国投降；关心民生疾苦，同情百姓遭遇；赞叹中国风物，咏唱友朋情谊），并评论道："李齐贤在朝鲜族文学史上的地位是无人能超越的。"④

第二，词曲研究逐渐增多，出现专题性研究。其中，黄拔荆《试论中国豪放派词风对朝鲜词人李齐贤的影响》与罗忼烈《高丽、朝鲜词说略》等堪为典型。罗氏认为，高丽与朝鲜时期的词人约百余位并存词作近千首，但是夏承焘《域外词选》仅选李齐贤一人之作，故对其他词家加以补充评述。⑤ 而黄氏对李齐贤的 53 首词作进行了具体分析与评价后，集中论述了李齐贤词作受苏轼、元好问影响的风格，及形成这种整体风格的多种原因。⑥ 台湾学者黄兆汉所撰《金元词史》中的第三章"外国华化词人"，则将《新元史》中的"西域"和"东南方高丽诸国"等均视为"外国"，并主要围绕蒲寿宬、萨都剌与李齐贤三人展开讨论。⑦ 此外，

① 丰旭升：《朝鲜文学史》，北京大学出版社，1986，第 96 页。
② 张光军：《朝鲜的汉诗》，《解放军外国语学院学报》1990 年第 1 期。
③ 李炬：《李齐贤和他的汉文诗》，《解放军外语学院学报》1993 年第 2 期。
④ 包文安、席永杰：《元代朝鲜族诗人李齐贤》，《内蒙古民族师院学报》1994 年第 2 期。
⑤ 罗忼烈：《高丽、朝鲜词说略》，《文学评论》1991 年第 3 期。
⑥ 黄拔荆：《试论中国豪放派词风对朝鲜词人李齐贤的影响》，《国外文学》1990 年第 2 期。
⑦ 黄兆汉：《金元词史》，台湾学生书局，1992，第 301 页。

《词学》第9辑与第10辑集中刊发了多篇有关李齐贤词作研究的文章与文献。前者刊有韩国学者车柱环的《高丽与中国词学的比较研究》与池荣在的《益斋李齐贤其人其词》；后者则登载了《李齐贤墓志铭》与《李齐贤年谱》等。① 这无疑增强了学者对李齐贤的关注度。

第三，理学思想引起学界关注，研究范围实现突破。李齐贤既是诗文大家，也是知名学者，在当时就被推为一代儒宗，在理学东传中扮演了重要角色。因此，李齐贤的性理学成就同样为后世重视。韩国金台俊所撰《朝鲜汉文学史》为这方面的代表，其中第六章"李齐贤及其所处的时代"指出：安裕（珦）将许衡学派的朱子学输入高丽，直接扭转了之前士子诗文为主而经术为副的局面，朱子性理学成为学者的首选。② 申千湜《高丽后期性理学者对元朝的认识》则从历史学角度，考察了李齐贤等人接受并传播理学的深层原因，即李齐贤时期，元对高丽的支配趋于稳定，故在坚持高丽主权的前提下，对元及其性理学持理解与接受态度。③ 韩国学者的这些论著被译成中文发表于中国刊物后，直接推动了中国学者对中韩（朝）理学传播与交流的研究，并日渐成为学术热点之一。

二　21世纪以来的李齐贤研究

在20世纪学术研究基础上，新世纪以来的15年里，李齐贤研究在文献整理与研究策略、方法等方面均获得了较大发展，并呈现多元化态势。就单篇论文而言，学界在2000～2015年，共发表50余篇，而整个20世纪仅发表10余篇，在数量上增长达5倍。④ 研究方向则涉及李齐贤文献整理、诗词风格、诗学理论、心态变迁、史学观念、理学思想、中韩（朝）跨文化比较等诸多方面。

李齐贤研究的顺利开展，必须以便捷扎实的文献资料为基础。之前，

---

① 参见词学编辑委员会所编《词学第九辑》《词学第十辑》，华东师范大学出版社，1992。
② 〔朝〕金台俊：《朝鲜汉文学史》，张琏瑰译，社会科学文献出版社，1996，第80～88页。
③ 〔韩〕申千湜：《高丽后期性理学者对元朝的认识》，载《韩国学论文集》，新华出版社，1998。
④ 相关数据源于笔者对中国知网（CNKI）相关论文的统计结果。

李齐贤词作研究相对集中，这与唐圭璋、夏承焘等人对其词的整理出版有莫大关系。进入 21 世纪后，李齐贤全集虽然未被点校、注释、整理，不过，一些学者从不同角度对之予以了零散整理。诗话方面，如邝健行、陈永明与吴淑钿编《韩国诗话中论中国诗资料选粹》与赵季《诗话丛林笺注》等，对李齐贤《栎翁稗说》以及其他诗论进行了点校与注释。文章方面，李修生主编的《全元文》陆续出版，其中第 36 册收录了李齐贤《益斋集》中的诸体文章。这些整理虽非全璧，但给一般读者与研究者的阅读与研究带来了很大便利。

与文献整理相对应，研究方法方面也更加新颖且多样化。2002 年，刘卫林在中国唐代文学学会第 11 届年会暨国际学术讨论会上提交的论文《韩国诗话所载刘梦得诗异文与中韩诗话的互证》，就是采用比较文学的方法，将李齐贤《栎翁稗说》中有关刘禹锡《金陵五题》诗的评论与国内的诗话进行比较，以达到相互补充、彼此印证的目的。同样，孙莹的硕士学位论文《杜甫诗与李齐贤诗对比研究》也是通过比较的方法，寻找杜甫与李齐贤在生平经历、创作手法、创作特色、思想倾向等方面的异同。[1] 王汝良《李齐贤笔下的中国形象》则采用比较文学形象学的视角来考察朝鲜高丽王朝后期著名文人李齐贤笔下的中国形象。文章认为，李齐贤笔下的中国形象，大致可概括为游历视野中优美的自然景观、交往过程中渗透情感的人文乌托邦和心理重负下的强势"他者"等几个方面。[2] 何永波《李齐贤诗中的马意象探析》则专门就李齐贤诗中的马意象展开研究，并以此来探讨马意象背后蕴含的李齐贤的价值标准与审美取向。[3]

21 世纪以来，在文献逐渐充实以及研究方法不断更新的学术生态中，李齐贤研究的新进展主要体现为生平考证、诗词创作研究的不断深入和拓展。

（一）生平考证

中国学者对李齐贤的生平考证，主要集中在三个方面：一是行迹路线；二是心态变迁；三是与元代中原人士的交游。李齐贤曾在元朝居留近

---

① 孙莹：《杜甫诗与李齐贤诗对比研究》，硕士学位论文，延边大学，2012。
② 王汝良：《李齐贤笔下的中国形象》，《延边大学学报》2007 年第 1 期。
③ 何永波：《李齐贤诗中的马意象探析》，《东疆学刊》2008 年第 4 期。

30 年，其间多次回国，为中韩（朝）文化交流做出了重要贡献。徐健顺的《李齐贤在中国行迹考》即据李齐贤诗作，考证其在中国居留的时间和行迹。① 包艳红《从〈益斋乱稿〉看李齐贤西蕃远谒忠宣王》则将《益斋乱稿》与《高丽史》、《元史》等结合起来，考证李齐贤随忠宣王在元的活动，并通过梳理忠宣王的在元经历，解读李齐贤与赵孟頫、元明善、张养浩之间唱和的诗文，分析李齐贤西蕃远谒忠宣王的原因。② 李齐贤诗歌留存近 300 首，其中诗之内容和题目多用地名，如《凤州龙湫》《定兴路上》《登峨眉山》《渡孟津》等。这些地名多为中国地名，也有少部分为韩国地名。以地名入诗是李齐贤诗的一个显著特点，对其进行分析，既能考察李齐贤在中国的踪迹，也能见出他的心路历程。何永波《从李齐贤诗中地名透视其在华创作的心路历程》即从这一角度入手以考察李齐贤情感与心态的变化。③ 元代钟嗣成的语焉不详与当代孙楷第的考误，使李齐贤与钟嗣成的关系变得模糊不清。20 世纪 90 年代，天津社会科学院门岿先生在《诗人与曲家两个李齐贤》一文中，就针对孙楷第书中的不足与错误，予以了补充与更正，通过考证更加明确了两个李齐贤实为两人。④ 继门岿之后，何永贤《高丽李齐贤与钟嗣成关系考证》进一步重申了与钟嗣成交游之李齐贤，乃山东青州李齐贤，非高丽李齐贤。⑤

（二）诗歌研究

进入 21 世纪后，李齐贤诗歌研究由宏观的概论性研究逐渐转向微观的具体性研究。

曹春茹的《高丽李齐贤〈眉州〉诗的中国文化情结和民族意识》一文，重点就李齐贤到四川峨眉山进香期间所作的《眉州》一诗展开分析，认为此诗运用了大量中国文化和文人的典故，一方面显示出李齐贤的中国文化情结，表达了李齐贤对高丽和亲人的牵挂及思念，另一方面体现了李

---

① 徐健顺：《李齐贤在中国行迹考》，《延边大学学报》2005 年第 4 期。
② 包艳红：《从〈益斋乱稿〉看李齐贤西蕃远谒忠宣王》，硕士学位论文，内蒙古师范大学，2009。
③ 何永波：《从李齐贤诗中地名透视其在华创作的心路历程》，《延边大学学报》2009 年第 1 期。
④ 门岿：《元曲百家议论》，教育科学出版社，1990，第 178～179 页。
⑤ 何永波：《高丽李齐贤与钟嗣成关系考证》，《延边教育学院学报》2007 年第 3 期。

齐贤强烈的民族意识。① 此外，李齐贤推崇黄庭坚"夺胎换骨""点铁成金"的用事原则，诗中大量运用有关中国历代忠孝爱国者、政治失意者和才华出众者的典故，以此来抒发自己的爱憎情感和理想抱负。曹春茹另一篇《高丽李齐贤诗歌中的中国名人典故》，就针对李齐贤这一反映中朝文学交流的创作特点展开了分析。② 而衣若芬的《李齐贤八景诗词与韩国地方八景之开创》则主要分析了李齐贤八景诗词的写作对韩国地方八景诗词创作的影响。③ 尤其值得一提的是，何永波的《李齐贤汉诗创作研究》可谓这一时期李齐贤诗歌研究的集大成之作。论文以李齐贤的汉诗创作为研究对象，通过对李齐贤创作的诗歌、词、小乐府在思想指向、情感维度、文化旨趣方面的探寻，表现其内心深处不同寻常的性情本质，旨在揭示其特定的文化内涵与文化价值，以凸显其汉诗独具魅力的艺术特色。④ 程丽丽的硕士学位论文也以李齐贤汉诗创作为研究对象，从整体情况、体裁类别、题材选择以及艺术表现等四个方面对李齐贤的汉诗展开研究。⑤ 从这些学位论文中可以看出，李齐贤受到越来越多中国学者的注意与重视。此外，崔雄权的《陶渊明与韩国古典山水田园文学》⑥、郑日男的《楚辞与朝鲜古代文学之关联研究》⑦ 与郭建梅的《李白诗歌对高丽朝时期文学创作的影响》⑧ 等，都分别围绕李齐贤诗歌对陶渊明、屈原、李白等人的受容情况进行了考察，揭示出李齐贤诗歌取向的多元性。

（三）词作研究

相对而言，东国士人的汉文学创作中，文最优，诗次之，词又次之。而李齐贤堪称高丽词坛巨擘，他不仅把词这一文学体裁正式引进东国，还是朝鲜文学史上最优秀的词人。他的出现，标志着韩国文坛真正出现了词人。21 世纪以来，李齐贤词作研究的势头不减。多部专著均以李齐贤词

① 曹春茹：《高丽李齐贤〈眉州〉诗的中国文化情结和民族意识》，《晋中学院学报》2008 年第 6 期。
② 曹春茹：《高丽李齐贤诗歌中的中国名人典故》，《许昌学院学报》2009 年第 1 期。
③ 衣若芬：《李齐贤八景诗词与韩国地方八景之开创》，《中国诗学》2004 年第 9 期。
④ 何永波：《李齐贤汉诗创作研究》，硕士学位论文，中央民族大学，2007。
⑤ 程丽丽：《李齐贤汉诗研究》，硕士学位论文，青岛大学，2014。
⑥ 崔雄权：《陶渊明与韩国古典山水田园文学》，中国社会科学出版社，2012。
⑦ 郑日男：《楚辞与朝鲜古代文学之关联研究》，人民出版社，2012。
⑧ 郭建梅：《李白诗歌对高丽朝时期文学创作的影响》，硕士学位论文，延边大学，2013。

为专章专节，如陶然的《金元词通论》从域外交往词的宏观角度，对李齐贤及其词作进行评价，书中专列一节"'东方一人'的高丽作家李齐贤"。① 李岩与徐健顺的《朝鲜文学通史》第五章"李齐贤"分四节专门论述"李齐贤的生平、思想与创作"、"李齐贤的诗"、"李齐贤的词"与"李齐贤的散文"。② 李宝龙《韩国高丽词文学研究》一书的第五章"韩国词坛的巨擘：李齐贤"也分为四节，分别为"中国情缘：李齐贤在中国的经历、交游"，"山水行吟：李齐贤词主题的主流取向"，"转益多师：李齐贤词的多重渊源"，"词坛宗主：李齐贤词的深远影响"。如题所示，其从中国和高丽王朝的政治文化交流入手，考察高丽时期中国词集词作的输入情况，着重研究了高丽词文学的引进和传播，对李齐贤等人进行了专门研究。③ 此外，陶俊新的《历代词说》也专设一章"朝鲜词人李齐贤"，论述中国词学在韩国（朝鲜）的广泛影响。④

伴随着学界对李齐贤词作内容以及艺术风格认识的全面与深入，在词学史上重新评价李齐贤便成为题中之义。专著之外，多篇论文主要围绕李齐贤文学史意义重估以及词学渊源取向等重要问题深入展开。⑤ 徐健顺的《李齐贤词作的意义、成因与考辨》就指出，李齐贤是高丽后期第一位大力填词的朝鲜诗人，也是朝鲜文学史上几乎唯一堪称优秀的词人，而在中国文学史上，李齐贤又是元代诗坛与词坛的名家。⑥ 李宝龙、高云龙的《李齐贤在朝鲜词史上的地位和影响》则进一步认为，李齐贤词作对朝鲜后世词文学的创作产生了极大的影响，集中表现在三个方面：一是奠定了以词写景的文学范式；二是开创了以健笔写豪情的词风传统；三是树立了朝鲜特有的词学理念。⑦ 自此，李齐贤的词学成就评价达到了一个前所未

① 陶然：《金元词通论》，上海古籍出版社，2001，第 175 页。

② 李岩、徐健顺：《朝鲜文学通史》，社会科学文献出版社，2010，第 390 页。

③ 李宝龙编《韩国高丽词文学研究》，人民出版社，2011。

④ 陶俊新：《历代词说》，广西师范大学出版社，2013，第 373 页。

⑤ 另外尚有李凤能的《李齐贤和他的旅蜀词》（《文史杂志》2000 年第 1 期）主要对李齐贤到四川远谒忠宣王时期的词作展开具体研究；何永波的《〈玉漏迟·蜀中中秋值雨〉鉴赏》（《语文学刊》2013 年第 17 期）分析了李齐贤这一中秋词的独特文学意蕴。

⑥ 徐健顺：《李齐贤词作的意义、成因与考辨》，《文学前沿》2002 年第 1 期。

⑦ 李宝龙、高云龙：《李齐贤在朝鲜词史上的地位和影响》，《辽东学院学报》2009 年第 4 期。

有的高度。而关于李齐贤词作的风格取向，黄拔荆认为其源自苏轼与元好问。对此，李宝龙持不同看法："说其受到元好问的影响，却找不到切实的证据，而且，即便有元好问的影响在内，这种概括也不全面。"在他看来，李齐贤的词作有多重渊源，有中国的影响，也有本土的因素。中国的影响因素中除苏轼外，还包括李白和赵孟頫，而在本土因素中，则有题材的传统取向、本民族词文学创作的经验累积等。① 赵维江的《汉文化域外扩散与高丽李齐贤词》指出在元代汉文化以空前力度向海外扩散的背景下，益斋词很大程度上隐含着词人作为弱国使臣的屈辱与怨忧，同时透露出旅元经历也是李齐贤期待已久的文化寻根和认宗的历程。此外，赵氏认为李齐贤词除宗尚东坡，具有北宗词刚健清爽的创作风范外，还汲取南宗菁华，故词风又有婉丽一面。② 而赵晶晶《"北宗词"对李齐贤词创作的影响》依然持李齐贤词受北宗词风影响的观点。③ 其实，无论李齐贤受北宗还是南宗影响，除明确南宗和北宗的具体标准外，研究者还应弄清楚两个历史背景：一是元朝一统过程中由南北分裂而趋向融合的历史进程；二是有元一代词作受到了元曲的多重影响。可以预见，未来数年内相关争议还会持续。

（四）理学研究

鉴于李齐贤在韩国（朝鲜）历史上的重要影响，凡论及程朱理学东传，莫不提及李齐贤。何永波的《高丽李齐贤与性理学的传播》④ 与刘刚的《试论李齐贤对朱子学在高丽传播和发展的贡献》⑤ 等，都着重论述了李齐贤在高丽性理学史上的重要地位和意义，以及性理学对李齐贤产生的巨大影响。此外，李甦平的《朱子学在高丽时代的传播与发展》、侯美欣的《丽末鲜初时期朱子学的传播和发展》以及洪军的《丽末鲜初朱子学在韩国的传播》等，都不同程度地考察了李齐贤在朱子学传入韩国（朝

---

① 李宝龙：《论李齐贤词的多重渊源》，《东疆学刊》2011 年第 1 期。
② 赵维江：《汉文化域外扩散与高丽李齐贤词》，《民族文学研究》2010 年第 2 期。
③ 赵晶晶：《"北宗词"对李齐贤词创作的影响》，硕士学位论文，延边大学，2013。
④ 何永波：《高丽李齐贤与性理学的传播》，《理论界》2010 年第 6 期。
⑤ 刘刚：《试论李齐贤对朱子学在高丽传播和发展的贡献》，《大庆社会科学》2013 年第 6 期。

鲜）过程中所发挥的不可或缺的作用，以及他对韩国性理学的深远影响。① 但就整体情况而言，现在的相关论著往往是概论性介绍多而专门性研究少，很少有人讨论李齐贤理学与文学之间彼此影响的相互关系。

（五）其他研究

除上述各方面研究外，也有学者对李齐贤的思想进行了不同角度的阐释。如杨渭生《略论李齐贤的史学思想》与温兆海《李齐贤诗美理论探微》的研究都颇有价值，进一步开拓了李齐贤研究的空间。前者重在梳理李齐贤的史学思想②，后者则对李齐贤的文论思想展开研究，论文从李齐贤对"味"审美内涵的具体认识以及"味"理论的具体内容着手，重点梳理与归纳了李齐贤所建立的高丽时期以"味"审美范畴为中心的成熟的诗美理论。③ 梁旭《由李齐贤〈奉使录〉中的诗作看其元代中国观》则通过李齐贤的《奉使录》诗作，总结出他的中国观：既有对元人主中原的负面情绪，又有对中国风物景色与博大精深文化的赞赏与认同。④

截至目前，李齐贤研究已取得显著成绩：一是生平考证日趋完整与完善；二是诗歌研究在宏观与微观方面均相当深入；三是词作内容与风格基本上完全呈现出来。但是，李齐贤文学研究依然存在一些问题，还有进一步完善的空间。最突出的是，中韩两国的李齐贤研究发展不平衡，主要表现在两方面，一是，李齐贤在韩国文学史上地位之高，类似中国文学史上的杜甫；同时，李齐贤的研究资料及获取也比中国更为丰富与便捷，故其著述在韩国不断被校注、释解、导读、翻译等，在韩国学术界的李齐贤研究堪为显学，有专门的研究刊物与固定的研究群体以及持续的研究热度。⑤ 相比之下，中国的李齐贤研究较为冷寂。另外，一些在韩国学者看来是常识性的东西在中国却成为争议性问题。以李齐贤的出生日期为例，

---

① 参见李甦平《朱子学在高丽时代的传播与发展》（《南昌大学学报》2013 年第 1 期）、侯美欣《丽末鲜初时期朱子学的传播和发展》（《华夏文化》2014 年第 3 期）与洪军《丽末鲜初朱子学在韩国的传播》（《史林》2015 年第 6 期）等。

② 杨渭生：《略论李齐贤的史学思想》，《韩国研究》2002 年第 6 期。

③ 温兆海：《李齐贤诗美理论探微》，《延边大学学报》2000 年第 4 期。

④ 梁旭：《由李齐贤〈奉使录〉中的诗作看其元代中国观》，《阴山学刊》2013 年第 6 期。

⑤ 据笔者对韩国学术网站 RISS 的检索结果，1909～2015 年，韩国以李齐贤为研究对象的论著达 200 多种，其中韩文文献 200 余篇。

笔者曾在韩国见到《庆州李氏益斋派谱》，其记载李齐贤生于元至元二十四年（1287）十二月二十四日（公元1288年1月28日），但是中国学者在辗转引述中几乎无一人写对。究其深层原因，则与中国学界对元代诗词文不重视有莫大关系。二是，与李齐贤的诗词研究相比，其文章研究几乎没有展开。而李齐贤的诗词文集没有被整理出来，也在一定程度上阻碍了学界对李齐贤的研究。从这一角度来看，李齐贤的文集整理，理应被尽快提上议程。

第六章　元代中朝（韩）越日间
文学活动编年

　　广义上的元朝，始于公元1206年孛儿只斤·铁木真统一蒙古，被推为成吉思汗（《元史》称元太祖），终结于公元1401年北元国主孛儿只斤·坤帖木儿被弑。其间，中国与朝鲜（韩国）、越南、日本的学者文人交往密切，为更清晰地呈现他们在文学上的往来活动，并方便研究者查阅，本章现在前人研究的基础之上，以编年体形式对他们的文学活动等予以粗略呈现。需要注意的是，因为当时中朝（韩）之间的文学活动最为密切和频繁，所以在公元纪年、天干地支纪年、蒙元纪年（部分明朝纪年）之后，再附高丽国纪年。

1206年　丙寅　蒙古成吉思汗元年　高丽熙宗二年

　　孛儿只斤·铁木真统一蒙古，被推为成吉思汗（Gengis Khan），《元史》称元太祖。

1218年　戊寅　蒙古成吉思汗十三年　高丽高宗五年

　　八月，契丹人耶律喊舍（1176~1220）在高丽建立"大辽国"。

　　十二月，成吉思汗遣元帅哈真、副元帅扎剌，称蒙古国行尚书省，与东真国大将完颜子渊，讨金山王子等。时天甚寒，大雨雪，粮饷不至。契丹叛军据险坚壁，以待其疲。哈真遣使者十二人，与高丽德州进士任庆和，投书高丽王廷，欲与共灭契丹叛军，结为兄弟之国。高丽高宗命赵冲、金就砺等，出兵转谷，合力破贼。金就砺至军中，哈真等使通事赵仲祥语之曰："果与我连和，宜先遥礼蒙古皇帝，次则又礼万奴皇帝。"金就砺曰："天无二日，民无二主。天下安有二帝？"遂礼蒙古皇帝而不拜

万奴。哈真等大奇之。又见金就砺状貌奇伟，遂与同坐共饮，议破贼之
计。哈真曰："两国已为兄弟，何忧破贼乎?"次日，赵冲引兵至，哈真
与之合，军大振，四面攻之。耶律喊舍自缢，其伪丞相平章以下百余人皆
斩之。于是，哈真等与赵冲、金就砺，指日同盟："万世子孙，无忘今
日。"分俘虏为信。

是岁，高丽人洪大宣投蒙古，并引领蒙军进入高丽。

1219 年　己卯　蒙古成吉思汗十四年　高丽高宗六年

正月，哈真，遣蒲里袋完等十人，赍诏至高丽王宫请讲和，高丽高宗
遣侍御史朴时允迎之，命文武官具冠带，自宣义门，至十字街，分立左右。
蒲里袋完等，至馆外迟留不入，曰："国王须出迎。"于是使译者再三诘之，
遂乘马入馆门。王引见于大观殿，皆毛衣冠，佩弓矢，直上殿，出怀中书，
执王手授之，王乃变色，左右遑遽，莫敢近。侍臣崔先旦，泣曰："岂可使
丑虏，近至尊耶? 设有荆轲之变，必不及矣，遂请出蒲里袋完等更服入殿。
蒲里袋完等揖而不拜，及还，高丽赠金银器、绸布、水獭皮等。高丽高宗
遣权知阁门祗候尹公就、中书注书崔逸至札剌营内，送和牒。

二月，哈真等还，赵冲送至义州。蒙军将还，夺高丽诸将马以行，赵
冲诘之曰："此皆官马，虽死纳皮，不可夺也。"蒙军信之有一将军，受
银给马，蒙军以赵冲言为诬，复多夺马而去，且以东真人四十余人留义州
曰："尔等习高丽语，以待吾复来。"

三月，高丽王子王佴出生。

八月，高丽东北面兵马使驰报："蒙古与东真国遣兵来屯镇溟城外，
督纳岁贡。"

九月，蒙古使十一人、东真国九人至高丽。

是岁，蒙古军、蒲鲜万奴兵与高丽军大破契丹，遣散契丹五万余人分
于高丽境内，多数随蒙古军回辽东。

1220 年　庚辰　蒙古成吉思汗十五年　高丽高宗七年

是岁，蒙古遣大头领官堪古苦、着古与，赍皇太弟书出使高丽。

是岁，耶律楚材随成吉思汗军出征西域，留守中亚河中府。

1221 年　辛巳　蒙古成吉思汗十六年　高丽高宗八年

八月，蒙古遣着古与等至高丽。高丽王迎诏于大观殿，蒙古等二十一

人皆欲上殿，不许。日将暮，乃许 8 人上殿，传蒙古皇太弟钧旨，索獭皮万领、纸 10 万张、细绸 3000 匹、细苎 2000 匹等。

九月，蒙古遣这可等 23 人并妇女 1 人至高丽，督献物。

十月，蒙古遣喜速不花等 7 人至高丽。是月，南宋商郑文举等 115 人至高丽。

十二月，蒙古遣使 3 人、东女真 17 人至高丽。

是岁，高丽进贡蒙古，并遣使奉表进贺蒙古伐女真。

是岁，李仁老（1151～1220）卒。李仁老著有《银台集》《破闲集》等。他与吴世材、林椿、赵通、皇甫抗、咸淳、李湛之号称“海左七贤”，自比晋“竹林七贤”。

1222 年　壬午　蒙古成吉思汗十七年　高丽高宗九年

十月，蒙古遣脱朵儿等来点船与兵。

十一月，蒙古遣着古与等人至高丽，监察进贡情况。是月，高丽遣国子司业李淳益如蒙古贺正。金邱撰《又与王学士书》。

1223 年　癸未　蒙古成吉思汗十八年　高丽高宗十年

是岁，蒙古遣山虓觯至高丽，传皇太弟书，着高丽贡献。

1224 年　甲申　蒙古成吉思汗十九年　高丽高宗十一年

正月，蒙古遣着古与等 10 人至高丽。

十一月，蒙古遣着古与等 10 人至高丽咸新镇。

是岁，朱熹曾孙朱潜袖家谱，携二男一女，与门人叶公济、赵昶、陈祖舜、周世显、刘应奎、杜行香、陶成河七学士浮海而东，定居高丽，成为半岛朱氏始祖。并于全罗道锦城建书院讲学，为朝鲜民间朱子学始祖。朱潜，字景陶，号清溪。元人闻宋朝遗民多出东国，使高丽押送上都，于是大索诸道。朱潜于是变名积德，自罗州逃隐绫城考亭里。又值三别抄之乱，遂移龙潭仁夫里绫罗间。高丽人尊称朱潜所居之地为“仁夫里”“君子里”“朱子川”。后元人将征日本，督高丽造战船，又使采金，民不堪命。高丽王遣朱潜之孙朱悦如元，书陈利害。

1225 年　乙酉　蒙古成吉思汗二十年　高丽高宗十二年

正月，蒙古使者着古与赍獭皮渡鸭绿江还国，其余绸布等物皆弃野而去，着古与中途被杀。蒙古疑高丽所为，遂与之绝。蒙古、高丽自此互不通音讯。

六月，东女真人周汉投高丽瑞昌镇，高宗召致于松都。周汉颇解小字文书，王使人传习，高丽小字之书写始此。

1226 年　丙戌　蒙古成吉思汗二十一年　高丽高宗十三年

正月，亏哥下欲使其兵变蒙古服，入寇义静州。高丽知兵马事李允諴，遣前别将金利生、大官丞白元凤，率兵二百余人，渡鸭绿江，深入彼境，攻破石城，斩宣抚副统等五人，获牛马兵器，不见亏哥下而还。

六月，金哀宗遣使至高丽，诏谕共讨反贼蒲鲜万奴。

1227 年　丁亥　蒙古成吉思汗二十二年　高丽高宗十四年

七月，成吉思汗卒，第四子拖雷监国。

九月，高丽监修国史、平章事崔甫淳及修撰官金良镜、任景肃、俞升旦（1168～1232）等用汉文撰《明宗实录》，藏于史馆，又以副本藏于海印寺。

是岁，高丽遣朴寅为海寇事出使日本。

1228 年　戊子　蒙古拖雷监国一年　高丽高宗十五年

是岁，致仕门下侍郎、同中书平章事王珪（1146～1228）卒。

1229 年　己丑　蒙古（太宗）窝阔台汗一年　高丽高宗十六年

是岁，耶律楚材《西游录》成书，李志常著《长春真人西游记》成书。

1230 年　庚寅　蒙古窝阔台汗二年　高丽高宗十七年

高丽章事琴仪，卒。琴仪，体貌奇爽，器度雄伟，少力学善属文，尝监清道务，刚直不挠，民目为铁太守。崔忠献当国，求文士，有李宗揆者荐仪，遂谄事忠献，改历华要，颇用事。门生皇甫瓘，夜诣仪直庐，作诗讽以休官，仪以告忠献，流瓘于岛，时议薄之。仪累典贡举，世号琴学士。晚岁，引年乞退，以琴棋自娱。

1231 年　辛卯　蒙古窝阔台汗三年　高丽高宗十八年

八月，蒙古元帅撒礼塔率大军伐高丽，围咸新镇、屠铁州，围龟州城不克。蒙兵又攻西京城，不克。蒙兵至黄、凤州，二州守率民入保铁岛。蒙兵围龙州，又陷宣、郭二州，破龟州。

九月，高丽人洪福源率 1500 户投奔蒙古军。

十一月，蒙兵以平州囚其持牒者，杀州官，屠其城。自平州至宣义门外，蒲桃元帅屯金郊，迪巨元帅屯吾山，唐古元帅屯蒲里，前锋到礼成江。

十二月，蒙使8人至高丽求鹰。高丽将军赵叔昌与撒礼塔所遣蒙使9人持牒至高丽，索马2万匹、紫罗1万匹、童男女1000人、水獭皮1万领。

十二月，高丽王遣御史闵曦犒蒙古军。闵曦又往蒙古屯所，偕蒙使2人至，高丽高宗南面拜之。蒙使献王文牒1道。高丽以金酒器大小盏盘各1副、银瓶、水獭皮、衣绸、纻布等物，赠予3元帅，又赠使者。是月，又遣淮安公王侹以土物遗撒礼塔，遗唐古迪巨及撒礼塔之子银各5斤、绸布10匹等物，以满镂凤盖酒子台盏各1副、细纻布2匹、骏马1匹等遗唐古元帅。蒙古使还时，赍回黄金70斤、白金1300斤、衣1000领、马170匹。高丽以黄金12斤等遗撒礼塔，又以金49斤5两、银341斤、银酒器多个、细绸布300匹、獭皮164领等物，分赠撒礼塔妻子及麾下将佐。淮安公王侹、赵叔昌上表蒙古皇帝。

是岁，蒙古允高丽请和，在半岛置京、府、县达鲁花赤672人统之。

1232年　壬辰　蒙古窝阔台汗四年　高丽高宗十九年

正月，蒙兵还，高丽王遣淮安公王侹、宰相金就砺、大将军奇允肃，慰送。

二月，蒙古遣契丹人都旦为使，带上下节24人至高丽。蒙古军30余人复入境，发宣州仓米30石而去。是月，遣中郎将池义深、录事洪巨源、金谦赍国礼如蒙古，并寄书于撒礼塔。是月，高丽李奎报作《国衔行答蒙古书》。是月，高丽淮安公王侹，与蒙古使都旦等来。高丽王欲移御杨堤坊别宫，都旦闻之曰："我因都统高丽国事，差使到此，将入处大内。"朝议难之，闭广化门，命右承宣庾敬玄，往谕止之，遂邀宴。都旦欲与高丽王连坐，又欲仍处于内，诘之至夕，然后乃赴宴，还馆。

三月，高丽王遣西京都领郑应卿、前静州副使朴得芬、押船者30人、水手3000人赴蒙古。是月，都旦以馆迎送判官郎中闵怀迪，不能支对，杖杀之。又以馆舍寥寂，欲移寓人家，高丽赠金酒器1事，纻布80匹，乃止。是月，蒙使还，遣通事池义深、录事洪巨源等，赍国赆，寄书于撒礼塔曰："所谕物当踵后回报。"撒礼塔怒执送义深于帝所，余皆拘囚。是月，蒙古军 30 余人，复入高丽境，发宣州仓米，30 石而去。

四月，高丽王遣上将军赵叔昌、侍御史薛慎如蒙古，上表称臣，献罗绢绫绸各 10 匹、诸般金银酒器、折扇等物。是月，高丽李奎报作《送撒里打官人书》。

五月，北界龙冈宣州蒙古达鲁花赤 4 人至高丽。是月，高丽李奎报作《答河公元帅书》。

六月，高丽校尉宋得昌自擎池义深行李，逃回高丽，云："（池）义深到撒礼塔所，撒礼塔怒曰：前送文牒内事件，何不办来？"执送池义深、赵叔昌于帝行在，余皆拘囚。

七月，蒙古使 9 人至高丽。高丽王迎诏于宣义门外，留 4 日而还。是月，高丽权臣崔瑀送高丽高宗往江华岛，遣内侍尹复昌谋夺达鲁花赤弓箭，尹复昌被杀。是月，高丽尽杀蒙古达鲁花赤，有迁都之议，高宗入御江华岛客馆。俞升旦曾就迁都论曰："以小事大理也。事之以礼，交之以信，彼亦何名而每困我哉？弃城郭，捐宗社，窜伏海岛，苟延岁月，使边陲之氓丁壮尽于锋镝，老弱系为奴虏，非为国之长计也。"

八月，以高丽尽杀达鲁花赤 72 人而叛，撒礼塔带蒙古大军再次进攻。蒙古骑兵攻处仁城。撒礼塔被高丽僧人金允侯射杀。高丽嘉其功，授上将军，让功于人曰："当战时，吾无弓箭，岂敢虚受重赏？"固辞不受，乃拜摄郎将。

是月，蒙古别将铁哥领大军还。是月，高丽参知政事俞升旦卒。俞升旦（1168～1232），本贯仁，同旧名元淳，沉讷谦逊，博闻强记，尤工于古文，世称元淳文。是月，西京巡抚使、大将军闵曦与司录崔滋温，密使将校等谋杀达鲁花赤。

九月，高丽遣将军金宝鼎、郎中赵瑞章如蒙古，上表陈情。是月，高丽李奎报作《答蒙古官人书》。

十一月，高丽李奎报作《答沙打官人书》。

十二月，高丽李奎报作《送蒙古大官人书》。

是岁，高丽《大藏经》被火焚。

1233 年　癸巳　蒙古窝阔台汗五年　高丽高宗二十年

三月，高丽李奎报作《上大金皇帝表》。

四月，蒙古遣诏使至高丽，历数高丽"未尝遣一介赴阙"等五罪，并诏高丽高宗亲朝。

八月，高丽人毕贤甫、洪福源杀高丽宣谕使郑毅，以西京投蒙古。高丽遣崔璘翠兵夺回西京，杀毕贤甫，劫洪福源家。洪福源奔蒙古。

是岁，耶律楚材《湛然居士集》初次结集。

1234 年　甲午　蒙古窝阔台汗六年　高丽高宗二十一年

三月，高丽斩大将军赵叔昌于市。赵叔昌一直充当与蒙古军调停者。

是岁初，高丽遣将军金宝鼎如蒙古军。是岁，蒙古联合南宋灭金，金主自缢，金都城破而亡国。是岁，蒙古窝阔台汗准高丽洪福源之请，命率其众迁居东京，赐佩金符。是岁，高丽营建江华岛宫阙及官署。

1235 年　乙未　蒙古窝阔台汗七年　高丽高宗二十二年

九月，高丽都领李裕贞等迎击蒙古兵于海平，李裕贞败绩，一军尽没。

是岁，南宋重镇德安陷落，儒士赵复被蒙古俘获至北方，赵复将南宋理学与文学提前引入北方。

1236 年　丙申　蒙古窝阔台汗八年　高丽高宗二十三年

六月，蒙古大兵渡过鸭绿江，克黄州。岁末，其前锋已抵全州、公州。

1237 年　丁酉　蒙古窝阔台汗九年　高丽高宗二十四年

八月，高丽前王熙宗王韺（1181～1237）薨。

是岁，高丽筑江华岛外城。

1238 年　戊戌　蒙古窝阔台汗十年　高丽高宗二十五年

五月，高丽人赵玄习、李元佑率 2000 人投降蒙古。蒙古使之居东京，归洪福源辖。

十二月，高丽遣将军金宝鼎、御史宋彦琦如蒙古上表称臣。李奎报作《蒙古皇帝上起居表》及《送晋卿丞相书》（晋卿即耶律楚材）。

是岁，蒙古兵至高丽东京，烧黄龙寺塔。

1239 年　己亥　蒙古窝阔台汗十一年　高丽高宗二十六年

四月，蒙古遣甫可阿叱等 20 人赍诏至高丽，谕高宗亲自到蒙古朝觐。高宗迎于梯浦馆，以母病推脱。是月，蒙古兵还。

六月，遣起居舍人卢演、事府注簿金谦奉表如蒙古。

八月，蒙古遣甫加波，率下等 137 人至高丽，征王亲朝。

十二月，高丽遣新安公王佺、将军金宝鼎、少卿宋彦琦等 148 人如蒙古。是月，高丽李奎报承敕作蒙古皇帝上表状及送晋卿书。

1240 年　庚子　蒙古窝阔台汗十二年　高丽高宗二十七年

是岁，蒙古军攻拔高丽昌州、朔州。

三月，蒙古使豆满阿叱等 7 人至高丽。高丽使臣卢演等随行回国。是月，高丽遣右谏议赵修、阁门祗候金成宝如蒙古。金坵（1211～1278）为书状官，其间撰《北征录》以及《过西京》、《还铁州》、《出塞》等诗。其《分水岭途中》云："杜鹃声里但青山，竟日行穿翠密间。渡一溪流知几曲，送潺潺了又潺潺。"

九月，蒙古多可、下道阿叱等 17 人赍诏至高丽，再谕高宗入朝朝觐。高丽新安公王佺随行回国。

十二月，高丽遣礼宾少卿宋彦琦、御史权韪如蒙古。是岁，遣堂后金守精如蒙哥将军唐古屯所。

1241 年　辛丑　蒙古窝阔台汗十三年　高丽高宗二十八年

四月，高丽以族子、永宁公王綧诈称为"高丽王子"，率衣冠子弟十人入蒙古为"秃鲁花"。枢密院使崔璘、将军金宝鼎、左司谏金谦伴行。九月，李奎报卒。李奎报（1168～1241），字春卿，号白云居士等，本贯骊州，有《东国李相国集》五十三卷传世。

是岁，窝阔台崩。

1242 年　壬寅　蒙古乃马真后称制一年　高丽高宗三十九年

五月，高丽遣侍郎宋彦琦、中郎将李阳俊如蒙古。

十二月，蒙古使 30 人至高丽。

1243 年　癸卯　蒙古乃马真后称制二年　高丽高宗三十年

正月，高丽遣枢密院副使崔璘、秘书少监金之岱如蒙古献方物。

七月，高丽遣柳卿老、丁璹如蒙古。

十月，蒙古使伊加大、阿土、奴巨等 24 人至高丽。

十二月，高丽遣郎中柳卿老如蒙古。

1244 年　甲辰　蒙古乃马真后称制三年　高丽高宗三十一年

四月，高丽遣员外郎任緺寿、郎将张益成如蒙古。

七月，蒙古使阿土等至高丽。

1245 年　乙巳　蒙古乃马真后称制四年　高丽高宗三十二年

四月，高丽遣员外郎朴随、郎将崔公瑨如蒙古。

十月，高丽遣新安公王佺、大将军皇甫琦如蒙古。

1246 年　丙午　蒙古乃马真后称制五年（贵由汗一年）　高丽高宗三十三年

是岁，乃马真后，即昭慈皇后崩。

1247 年　丁未　蒙古贵由汗二年　高丽高宗三十四年

七月，蒙古元帅阿毋侃领兵至高丽，屯于盐州。

八月，高丽遣起居合人金守精犒阿毋侃军。

1248 年　戊申　蒙古贵由汗三年　高丽高宗三十五年

二月，高丽遣枢密院使孙抃、秘书监桓公叔一如蒙古。

十月，高丽遣郎将张俊贞、祗候张暐如蒙古。

1249 年　己酉　蒙古海迷失后称制一年　高丽高宗三十六年

四月，遣郎将子珍、校书郎沈秀之如蒙古。

六月，遣侍郎安戬、郎将崔公柱如蒙古。

八月，与东女真兵战于杆城、高城而胜之。

1250 年　庚戌　蒙古海迷失后称制二年　高宗三十七年

正月，高丽遣郎中崔章着如蒙古。

二月，高丽遣枢密院副使崔滋、中书舍人洪缙如蒙古。

三月，高丽崔章着还自蒙古，云彼欲征宗亲及洪福源父入朝。

六月，蒙古使多可无老孙等 62 人至高丽，审出陆之状。到升天府馆，出迎江外，高丽王不出，遣新安公王佺迎入。

七月，高丽遣左司谏郑兰、郎将魏公就如蒙古。

十二月，蒙古使洪高伊等 48 人至高丽，止升天馆曰："俟王出迎，乃入。"王迎于梯浦宫。

1251 年　辛亥　蒙古海迷失后称制三年（蒙哥汗一年）高丽高宗三十八年

二月，高丽遣同知枢密院事崔璟、上将军金宝鼎如蒙古。

七月，遣少卿林惟式、郎将赵元奇如蒙古。

十月，蒙古使将困、洪高伊等 40 人至高丽宣诏书，告海迷失后（钦淑皇后）崩，宪宗即位。

1252 年　壬子　蒙古蒙哥汗二年　高丽高宗三十九年

正月，遣枢密院副使李岘如蒙古。李岘被蒙古军扣留，乃献计出兵高丽。

七月，蒙古使多可阿土等 37 人至高丽。多可等至，高丽王遣新安公佺出迎之，请蒙使入梯浦馆，王乃出见。宴未罢，多可等以王不从帝命，岛居而不陆，怒而还升天馆。

十月，蒙古遣也古率大军伐高丽。

是岁，蒙哥汗以皇弟忽必烈总领军事。

1253 年　癸丑　蒙古蒙哥汗三年　高丽高宗四十年

正月，罢也古征高丽大兵，以扎剌而带为"征东元帅"。

五月，蒙古也窟大王遣阿豆等 16 人至高丽。随后，蒙古以高丽筑重城、无出陆归款意，以皇弟松柱帅兵 1 万人至高丽。

七月，蒙古兵渡鸭绿江，连陷数城。

八月，也窟传诏书至高丽。高丽遣郎将崔东植致书于也窟屯所曰："小邦臣服上国以来，一心无二，出力供职，庶蒙庇护，万世无虞。不图天兵奄临弊邑，罔知其由。举国兢恐。惟大王谅我诚恳曲赐哀怜。"时也窟在土山受国书，使人谓东植曰："帝虑国王称老病不朝，欲验真否。王之来否？限六日更来报。"崔东植反问，主上岂能速来？也窟曰："尔何能来？"蒙古兵屠春州城、陷襄州。

九月，高丽遣大将军高悦致书也窟大王。

十一月，也窟遣人至，言置达鲁花赤及圻城子事，其官人胡花亦索金银獭皮绸布等物。是月，又遣永安伯僖、仆射金宝鼎致书于也窟。是月，高宗致也窟书。

十二月，蒙古遣宗王耶虎率大军攻高丽。是月，高丽遣安庆公王淐如蒙古。

1254 年　甲寅　蒙古蒙哥汗四年　高丽高宗四十一年

正月，安庆公王淐至蒙古屯所设宴飨士，阿母侃率部还国。是月，高丽又遣少卿朴汝翼、郎将郑子玙等往探蒙兵还否。

三月，高丽遣秘书少卿李守孙、四门博士金良莹如蒙古，李、金被蒙古拘 3 年，死于懿州。

闰六月，高丽遣中书含人金守精如蒙古。

七月，蒙古使多可等 50 人赍文牒至高丽，谕曰："国王虽已出陆，侍中崔沆、尚书李应烈、周永珪、柳璥等不出，是为真降耶？"于是，车罗大等率兵 5000 人渡鸭绿江。是月，安庆府典签闵仁解还自蒙古曰："公（王淐）初至蒙古，帝以为实永宁公绰母弟，礼待甚厚。"黄骊人闵偁诉于帝曰："绰非王亲子也，且高丽族诛李岘，降城官吏，亦皆诛杀。"帝谓绰曰："汝前称王子，何哉？"其对曰："臣少养宫中，以王为父，以后为母，不知非真子也。今来使臣崔璘，实前日率我入质者也，请问诸璘。"帝以问璘，对曰："绰乃王爱子，非真子也，前进表章，皆在，可验。"帝曰："爱子与亲子异乎？曰爱子者，养人之子，以为己子也。若所生子，则何更称爱乎？"帝验前表，皆称爱子。帝然之不问，谓绰曰："汝虽非王子，本是王亲，久处吾土，已为吾党，更何归哉？"夺阿母侃马 300 匹，赐之，使车罗大，主东国，乃以兵 5000 来。

八月，安庆公王淐还自蒙古，蒙使 10 人偕至。是月，高丽命大将军李长诣蒙兵屯所，赠车罗大等金银、酒器、皮币有差。

十月，遣参知政事崔璘如车罗大屯所，请罢兵。崔璘还奏曰："车罗大言崔沆奉王出陆，则兵可罢。"

是岁，蒙兵所虏男女，达 206800 余人，杀戮者不可胜计，所经州郡，皆为煨烬，自有蒙兵之乱，未有甚于此也。

1255 年　乙卯　蒙古蒙哥汗五年　高丽高宗四十二年

正月，高丽遣平章事崔璘如蒙古献方物，仍上表乞罢兵表。

二月，车罗大遣阿豆仍夫等 4 人至高丽。

六月，高丽遣侍御史金守刚、郎将庾资弼如蒙古进方物。

九月，蒙古使 6 人至高丽，崔璘随行回国。

是岁，蒙古兵小股骚扰高丽不断。

1256 年　丙辰　蒙古蒙哥汗六年　高丽高宗四十三年

正月，蒙古兵谋攻诸岛，高丽遣将军李广、宋君斐，领舟师三百，南下御之。

三月，高丽遣大将军慎执平等于车罗大屯所慰劳。

四月，蒙古兵于玄风县杀劝农使金宗。是月，高丽复遣慎执平于车罗大屯所传高丽王书。

六月，蒙古将军车罗大屯海阳无等山顶，遣兵一千南掠。是月，高丽遣将军李阡率舟师二百余人御蒙古兵于南道，李阡与蒙兵战于温水县。

九月，帝遣徐趾传诏，令蒙古兵军撤还。

十月，车罗大管下东京总管松山率妻及仆从五人因罪旨投高丽。

1257 年　丁巳　蒙古蒙哥汗七年　高丽高宗四十四年

正月，高丽停蒙古春例进奉，宰枢以连岁加兵，事之无益，议罢之。

五月，蒙古兵入泰州，杀副使崔济，擒其妻、子。是月，高丽遣起居注金守刚，郎将泰世基，如蒙古。

六月，蒙古兵至稷山，高丽遣侍御史金轼诣屯所。是月，蒙古候兵入开京，高丽遣将作监李凝犒之。是月，蒙兵至南京，高丽遣李凝请退兵，甫波大云："去留在车罗大处分。"

七月，高丽金轼自车罗大屯所安北府还，车罗大曰："王若亲来，我即回兵。"又令王子入朝，无后患。是月，车罗大使佽十八人到升大馆。是月，高丽宰枢请遣王子，讲和于蒙古，不听。崔滋金宝鼎等力请，许之。宰枢更奏，先遣宗亲，观变然后，亦可遣也。乃遣永安公僖，赠车罗大银瓶一百，酒果等物。车罗大问曰："何为来？"对曰："大人召还南下军兵，且禁侵踩禾谷，国王喜甚，遣臣奉一觞。"车罗大曰："太子到日，当退屯凤州。"

八月，蒙古兵攻陷神威岛，杀孟州守胡寿。车罗大要高丽王子入朝。是月，高丽宰枢奏请遣太子，以活民命，高丽王犹豫未决。宰枢议遣金轼告车罗大口："待大军回归，太子亲朝帝所。"车罗大许之，复遣轼，赍酒果银币獭皮等物，如车罗大屯所钱之，以观其意。

九月，高丽金守刚还自蒙古，帝方自将伐宋，金守刚见帝于行营，恳乞回军，帝许之，仍遣使与守刚偕来。

十一月，高丽令四品以上，议遣子蒙古便否，及备御之策。

十二月，高丽遣安庆公淐、左仆射崔永如蒙古。

是岁，大将兀良合台既平大理，移兵向交趾，三遣使谕降，皆不返，于是分道进攻师。后安南国王陈光昺，兵败，纳款，且曰："俟降德音，即遣子弟为质。"

1258 年　戊午　蒙古蒙哥汗八年　高丽高宗四十五年

四月，高丽王闻车罗大遣使来觇出陆之状，即出百官于升天府，移市肆，修宫阙。

五月，高丽王在升天府阙，引见车罗大客使、波养等九人。

六月，蒙古余愁达、甫波大等，各率一千骑，屯嘉、郭二州。是月，车罗大遣波乎只等六人使高丽。余愁达屯兵平州宝山驿。是月，余愁达遣客使八人至松京，高丽人金宝鼎随行。余愁达使曰："国王纵不出迎，太子有来见之约。吾欲回兵，然使者往复数四，而太子不至，是侮我也。今欲知一决，又遣使介，惟国王生死之。"车罗大以兵至高丽，屯旧京，游骑散入升天府、交河、峰城，守安童城，掠人民所牧羊、马。

七月，高丽遣金宝鼎如余愁达屯所，请以数骑来见太子于白马山。余愁达曰："我往见太子乎？太子来见我乎？"金宝鼎默不言，旋曰："非敢烦大官人见枉，只畏大兵耳。"余愁达曰："太子如欲见我。期于猫串江边。"是月，蒙古诛东京总管洪福源。

八月，车罗大遣蒙古大等十五为使。

十一月，蒙古千户刘于介，率九人投高丽。

十二月，蒙古散吉大王等，领兵屯高丽古和州之地。是月，高丽遣将军朴希实赵文柱、散员朴天植等如蒙古，请达鲁花赤曰："本国所以未尽事大之诚，徒以权臣擅政，不乐内属故尔，今崔竩已死，即欲出水就陆，以听上国之命，而天兵压境，比之鼠穴为猫所守，不敢出耳。"

是岁，高丽投降者甚多。是岁，高丽诸道禾谷尽为蒙兵所获。

1259 年　己未　蒙古蒙哥汗九年　高丽高宗四十六年

正月，蒙古攻成州岐岩城，高丽夜别抄率城中人，与战大败之，城中饥，人相食。

二月，高丽判卫尉事河千旦，卒。河千旦善属文，事大表笺，多出其手。

四月，高丽遣太子王倎，奉表如蒙古，参知政事李世材、枢密院副使金宝鼎等四十人从之。百官饯于郊，敛百官银布，以充其费。国赆驮马三百余匹，以马不足，抑买路人马，以故乘马者少。是月，高丽金坵作《告奏表》。

六月，高丽太子王倎至虎川，大雨水涨，从者皆请留宿，以待水落，太子不听，遂至东京。东京人曰："明日大兵将向高丽。"太子遣李世材、金宝鼎，各以白金五十斤、银尊一、银缸一、酒果等物，遣元帅余愁达、松吉大王。太子见松吉，松吉曰："皇帝亲征宋国，委吾等征尔国，业已发兵，尔何来耶？"太子答曰："我国惟皇帝及大王之德是赖，仅保余喘，将奉觞于大王及诸官人然后，入觐于帝，故来耳。"松吉曰："汝国已离江都乎？"太子曰："州县民已出岛，王京则待皇帝区处，以徙都耳。"松吉曰："王京犹在岛中，何可罢兵？"太子曰："大王尝言太子入朝则，罢兵，故今我来耳。兵若不罢，小民畏惧逃窜，后虽敦谕，谁复听从。大王之言其可信乎？"松吉等然之，驻兵不发，乃遣周者陶高等来，坏城郭，遂坏江都内城。周者等督役甚急，诸领府兵不堪其苦，泣曰："若知如此，不如不城，城廓摧折，声如疾雷，街童巷妇，皆为之悲泣。"周者等曰："外城犹在，可谓诚服乎？"尽坏乃还，即令都房，坏外城，时人以谓内外城尽坏，必有以也，争买船，船价涌贵。

是月，高丽高宗薨。李齐贤曾曰："王（高丽高宗）旧学于俞升旦，享国垂五十年。盖学问以畜其德，畏慎以保其位，民悦之而天佑之也。"高丽史臣赞曰："高宗之世，内有权臣相继擅执国命，外有女真蒙古遣兵岁侵，当时国势岌岌殆哉，然王小心守法，包羞忍耻，故得全宝位，终见政归王室，敌至则坚城固守，退则遣使通好，至遣太子执贽亲朝，故卒使社稷不殒，而传祚有永。"时高丽世子王倎在蒙古，金仁俊以戎服率甲士及东官僚属，奉太孙王谌入大内，权监国事。是月，高丽遣别将朴天植告哀于蒙古。

八月，高丽朴希实、赵文柱，偕蒙使尸罗问等来，帝赐希实文柱金符为万户。初希实等，谒帝于陕川。帝曰："汝国王每食言，汝等何为来耶？"希实具陈表意，仍奏请罢西京、义州屯兵，令民安业。帝曰："尔等既欲与我同心，何惮我兵驻尔境。且西京以外，尝为我兵驻处。尔国若速出岛，第勿令侵扰耳。太子之行，不出汝国则可与俱还。如入吾地，其以单骑来朝。"

1260 年　庚申　蒙古忽必烈中统元年　元高丽元宗一年

三月，高丽太子与蒙使束里大，入开京。束里大欲试太子意，请先行。太子信之，先入升天阙。束里大怒，出屯于野。太子请入城。束里大辞以彼此意异，吾欲还归，又退屯于鸟山。太孙自江华来谒。翌日，太孙至束里大屯所请之，赂鹦鹉盏、白金三十斤，束里大乃许之。初宪宗皇帝南征，太子自燕京赴行在，道过京兆，潼关守土者迎至华清宫，请浴温泉。太子曰："此唐明皇所尝御者，虽异世人臣安敢亵乎？"闻者叹其知礼。宪宗崩，阿里孛哥阻兵朔野，人心虞疑，罔知所从。时皇弟忽必烈观兵江南，班师北上。太子奉币谒道左，皇弟惊喜曰："高丽，万里之国。唐太宗，亲征而不能服。今世子自来，此天意也。"大加褒奖，与俱至开平府。江淮宣抚使赵良弼言："高丽虽小国，依阻山海，国家用兵二十余年，尚未臣附。前岁太子倎来朝，适銮舆西征，留滞者二年，供张疏薄，无以怀辑，一旦得归，将不复来，宜厚其馆谷，待以藩王之礼。今闻其父已死，诚能立倎为王，遣送还国，世子必感恩戴德，愿修臣职。是不劳一卒而得一国也。"陕西宣抚使廉希宪亦言之，皇弟然之。即日改馆，顾遇有加，乃命达鲁花赤、束里大、康和尚，护其行归国。束里大、康和尚见太子曰："馆待日厚，感则有之。然忽必烈大王所以遣我者，非为在岛中徒哺啜也。"太子无以对，召两府议之，分文武两班，及诸领府，为三番往来开京，示迁都之意。

四月，忽必烈遣荆节等，赐高丽太子书。书曰：

我太祖肇基大业，圣圣相承，代有鸿勋，芟夷群雄，奄有四海，先降后诛，未尝专嗜杀也。凡属国列侯，分茅锡土，传祚子孙者，不啻万里，孰非向之劲敌哉。观乎此，则祖宗之法，不待言而彰彰矣。今也，普天之下未臣服者，惟尔国与宋耳。宋所恃者，长江，而长江失险；所藉者，川广，而川广不支。边戍自撤其藩篱，大军已驻乎心腹。鼎鱼幕燕，亡在朝夕。尔初以世子，奉币纳款，束身归朝，含哀请命，良可矜悯，故遣归国。完复旧疆，安尔田畴，保尔家室，弘好生之大德，捐宿构之细故也。用是已尝戒饬边将，敛兵待命。东方既定，则将回戈于钱塘，殆余半载，乃知尔国内乱渝盟，边将复请戒严，此何故也？以谓果内乱耶？权臣何不自立而立世孙，以谓传闻之误耶？世子何不之国而盘桓于境上也？岂以世子之归愆期而左右自相猜疑，私忧过计而然耶？重念岛屿残民，久罹涂炭，穷兵极讨，殆非本心，且御失其道，则天下狙诈咸作敌，推赤心置人腹中，则反侧自安矣。悠悠之言，又何足校。申命边闑，断自予衷，无以逋逃间执政，无以飞语乱定盟，惟事推诚，一切勿问，宜施旷荡之恩，一新遐迩之化。自尚书金仁俊以次中外枝党、官吏、军民，令旨到日已前，或有首谋内乱，旅拒王师，已降附而还叛，因仇雠而擅杀，无所归而背主亡命，不得已而随众胁从，应据国人，但曾犯法，罪无轻重，咸赦除之。世子其趣装命驾，归国立政，解仇释憾，布德施恩，缅惟疮痍之民，正在抚绥之日。出彼沧溟，宅兹平壤，卖刀剑而买牛犊，舍干戈而操耒耜。凡可援济，毋惮勤劳，苟富庶之有征，冀礼义之可复，亟正疆界，以定民心。我师不复逾限矣。大号一出，予不食言，复有敢踵乱犯上者，非干尔主，乃乱我典刑，国有常宪，人得诛之。於戏！世子其王矣，往钦哉，恭承丕训，永为东藩，以扬我休命。

是月，高丽遣大府少卿张季烈，如蒙古，献方物。是月，高丽太子即位于康安殿，受菩萨戒于庆宁殿。是月，高丽校尉李寅，自蒙古来云，忽必烈大王以三月二十日即皇帝位，诏还西京屯兵，是谓世祖皇帝。是月，也束达放还金宝鼎等一百人。

是月，蒙古遣其多大诏曰："以尔归款，既册为王。今得尔与边将之书，因知上下之情，朕所悯焉。出水就陆，以便民居，此朕所喜也。今时方长育，不可因循，自误岁计，更当劝课农桑，以阜残民。若留军压境，不无骚动，已敕将帅，即日班师。其体朕兼爱之心，毋自疑惧。前年春，被虏逃来人民，已下有司，遍行刷会。自言约之后，逃虏人等，放令还国，到可收系存恤。凡尔国中，应有作过犯罪，钦依前来已降赦文施行。军人擅掠民物一丝者，具以实闻，依条断罪。"是月，荆节等，怒赠遗不如意，卷坐席而去。是月，高丽遣永安公僖，如蒙古，归贺即位。

五月，蒙古归高丽逃虏民，四百四十余户。是月，高丽遣金宝鼎，如束里大屯所。束里大曰："尔王之东还也，奏帝曰臣之国，即还旧京，今已逾数月，何不为虑。尔等能不畏死乎？"宝鼎无以对。是月，高丽元宗王倎，改名王植。

七月，蒙古平阿里不哥，遣使颁赦。是月，高丽门下侍郎平章事致仕崔滋，卒。崔滋初名安。崔怡尝品第朝士，以能文能吏，为第一；文而不能吏，次之；吏而不能文，又次之；文吏俱不能，为下。皆手疏屏风，每当铨注，辄考阅而叙之。滋名在下，故以学谕十年不调。一日，崔怡谓李奎报曰："谁可继公秉文者？"对曰："有学谕崔安者，及第金坵，其次也，时李儒、李百顺、河千旦、李咸、任景肃，皆有文名。"崔怡欲试其才，令制书表，使李奎报第之。凡十选，滋五魁五副，遂超擢，代奎报，掌文柄。

八月，高丽太府少卿张季烈、将军辛允和还自蒙古。忽必烈曰："朕即祚后，尔国最先来贺，朕甚喜焉。尔国事大国四十年矣。今兹会朝者八十余国，汝等见其礼待之厚，如尔国者乎？"赐衣帛有差。是月，高丽永安公王僖，还自蒙古。忽必烈赐王虎符国印、彩缎弓剑等物。又允许表请六事，诏曰："衣冠从本国之俗，皆不更易。行人惟朝廷所遣，余悉禁绝。古京之迁，迟速量力。屯戍之撤，秋以为期。元设达鲁花赤，字鲁合反儿、拔睹鲁一行人等，俱敕西还，其自愿托迹于此者十余辈，来使亦不知定在何所，事须根究。今后复有似此告留者，断不准从。朕以天下为度，事在推诚。其体朕怀，毋自疑惧。"

九月，高丽遣右正言田文胤如蒙古，谢赐符印。

1261 年　辛酉　蒙古中统二年　高丽元宗二年

正月，高丽遣使进贡蒙古。

二月，高丽元宗王倎如蒙古，入朝觐见忽必烈。李藏用随同人蒙古上都，与蒙古文人用汉诗唱和。

四月，高丽遣太子谌如蒙古贺平阿里字哥。敛百官，银布有差，以助行李之费。

五月，元廷设立翰林院。是月，高丽田文胤还自蒙古。忽必烈命束里大伴行。文胤奏曰："束里大以前年敕还屯兵事，意小邦所谮，愤愠而还，反诉小邦。今若伴臣以去，未知他日造何言语，以诳陛下。敢请勿遣。”忽必烈从之。

七月，蒙古遣万家奴为“安抚高丽军民达鲁花赤”，赐其虎符。

九月，蒙古遣高丽世子王谌还，帝赠世子玉带一条，并遣侍卫将军勃立札、礼部郎中高逸民赍诏护行。

十月，蒙古以开榷场遣阿的迷失、焦天翼赍敕至高丽。

是岁，安南使臣来朝，忽必烈封光昺为安南国主，允其三年一贡。

1262 年　壬戌　蒙古中统三年　高丽元宗三年

正月，蒙古罢与高丽互市，于高丽设冶铁所，并赐其历书。

三月，蒙古罢高丽酒课。

四月，高丽遣判秘书省事朴伦如蒙古，进方物。忽必烈赐高丽国王锦九匹。

九月，蒙古遣按脱、麦彻儿、礼部侍郎刘宪等，来索鹞子及好铜二万斤。是月，高丽遣礼部郎中高汭，献鹞子二十，铜六百十二斤。

十二月，高丽礼部郎中高汭，还自蒙古。忽必烈颁历，又诏曰：“卿自东隅臣属上国，适我家之有难，越其境以来归，特侈新封，俾还旧服，凡有所奏，无不允从。如不易衣冠，班收军戍，去水而就于陆，在虏者听其归。若此甚多，难于具悉。岂期弗谅，动则肆欺。向许贡于珍禽，已乖素约。顷小征于铜货，又饰他辞。陆子襄，一羁旅也，愍骨肉之睽离，降纶绋而理索，辄为拒命，是诚何心？兹小事尚尔见违，于大节岂其可保？凡远迩诸新附之国，我祖宗有已定之规则：必纳质而籍民编，置邮而出师旅，转输粮饷，补助军储。今者除已尝纳质外，余悉未行。卿自有区处，必当熟议，庸候成言，其岁贡之物，有例入进，毋怠初心，以敦永好。”是月，高丽遣高汭，以陆子襄及于琔妻子如蒙古，仍献方物。

是岁，元派讷剌丁为安南国达鲁花赤。

1263 年　癸亥　蒙古中统四年　高丽元宗四年

正月，高丽遣礼宾卿朱英亮、郎将郑卿甫如蒙古。献獭 500 领、细 100 匹、白苎布 300 匹、表纸 500 张、奏纸 1000 张，并上表请免籍邮籍民、转饷劳军，使民暂得休息。

二月，忽必烈以高丽不答诏书，责其使臣。

三月，高丽高汭还自蒙古，奏报称：中书省云帝怒尔国，不奉前降诏旨内，置邮籍民，出师输粮等事，不赐回诏。又洪茶丘诉永宁公于帝曰真金太子，中书令也。永宁公，本国尚书令。故自谓秩等于皇太子。帝大怒，夺永宁公所领兵马，令茶丘管领，归附高丽军民总管。

五月，高丽遣正言郭如弼如蒙古献鹘子。

八月，高丽朱英亮等还自蒙古，言忽必烈帝诏缓行表请事，钦赐羊五百头并赐其官爵。

十月，高丽遣大司成韩就如蒙古贺正兼谢恩、谢赐羊。

十二月，忽必烈钦赐高丽使臣韩就年历、蜀锦。

1264 年　甲子　蒙古中统五年（至元一年）　高丽元宗五年

二月，高丽韩统还自蒙古，忽必烈赐西锦一段，历日一本。

四月，高丽遣礼宾卿金禄延如蒙古，谢赐锦及历日。

五月，蒙古遣使来诏曰："朝觐，诸侯之大典也。朕缵承丕绪，于今五年，第以兵兴，有所不暇，近西北诸王率众款附，拟今岁朝王公群牧于上朝。卿宜乘驲而来，庸修世见之礼。"高丽平章事李藏用奏曰："王觐则和亲，否则生衅。"高丽王从其言，定入朝之议。是月，遣国子祭酒张镒，如蒙古献方物，并上表请退收离散之残民。

八月，高丽元宗王倎如蒙古，命金俊先入松京，使之监国。

九月一日，元廷始立翰林国史院。是月，元宗王倎至燕都觐见，忽必烈帝宴之，又赐宴中书省。

十月，高丽上将军申思佺陪同蒙古郎中路得成赍诏还自蒙古，诏告蒙古改元为"至元"。是月，元宗王倎辞于万寿山殿，忽必烈帝赐其骆驼十头。

十二月，高丽元宗王倎回到高丽。

1265 年　乙丑　蒙古至元二年　高丽元宗六年

正月，高丽遣广平公王恂、大将军金方庆、中书舍人张镒如蒙古，谢恩，献方物。

十月，高丽遣侍御史李颖、郎将金靖，如蒙古贺正。

是岁，忽必烈赐安南陈光昺历并颁改元诏。陈光昺复遣杨安养上表三通：一定所贡方物，二免索儒医工匠人，三原请纳刺丁长为本国达鲁花赤。帝许之。

1266 年　丙寅　蒙古至元三年　高丽元宗七年

六月，高丽遣大将军朴琪，如蒙古贺节日。

十一月，高丽遣侍郎张镒，如蒙古贺正。是月，蒙古遣黑的、殷弘等至高丽诏曰："今尔国人赵彝，来告日本与尔国为近邻，典章政治，有足嘉者。汉唐而下，亦或通使中国。故今遣黑的等，往日本，欲与通和。卿其导达去使，以彻彼疆，开悟东方，向风慕义兹事之责。卿宜任之，勿以风寿险阻为辞，勿以未尝通好为解。恐彼不顺命，有阻去使为托。卿之忠诚，于斯可见。卿其勉之。"是月，高丽命枢密院副使宋君斐、侍御史金赟与黑的等，往日本。

1267 年　丁卯　蒙古至元四年　高丽元宗八年

正月，宋君斐、金赟与黑的等，至巨济松边浦，畏风涛之险，遂还。高丽国王又令君斐随黑的如蒙古进行解释。

七月，高丽遣秘书监郭汝弼如蒙古贺圣节。

八月，宋君斐等与黑的、殷弘至高丽，奉忽必烈谕再通日本。李藏用以书赠黑的等，认为"得之无益于王化，弃之无损于皇威也"。欲令转闻忽必烈，以寝招怀之事。却因未先先闻于高丽国王，被疑有贰心，即配灵兴岛。起居舍人潘阜亦坐不告，流彩云岛。潘阜方对黑的，高丽武士突入曳出，黑的怒，诘问知之，乃还藏用书，使止之，由是皆获免。是月，高丽遣起居舍人潘阜，赍蒙古书及国书，如日本。

九月，蒙古遣使来，索阿吉儿合蒙合皮（阿吉儿合蒙合，鱼名，似牛。或称患脚瘇者，以其皮，作靴则愈。忽必烈有是疾，故求之）《蜃楼脂》诗云："虫未闻八郎儿，鱼未见合蒙皮。骆驼尚有卵，蜃楼安取脂。海青金漆自可献，火者童女犹可选。谁晓蜃楼脂，乃是鲸鱼煎。"

十一月，高丽遣安庆公王温，如蒙古贺正，因告更遣藩阜，使于日本。

是岁，忽必烈复下诏安南，谕以六事。即责成以君长来朝、子弟入质、编民数、出军役、输纳税赋、仍置达鲁花赤统治等六事。

1268 年　戊辰　蒙古至元五年　高丽元宗九年

二月，高丽安庆公王涓，还自蒙古，赐王西锦一匹，历日一道。

三月，蒙古遣北京路总管于也孙脱、礼部郎中孟甲来诏，严斥高丽王上陆缓慢。

四月，高丽遣侍中李藏用，从于也孙脱如蒙古，上表辩解就陆之事。

六月，蒙古遣吾都止，偕李藏，用来阅战舰军额。

七月，高丽遣阁门使孙世贞、郎将吴惟硕如蒙古贺节日，又遣起居舍人潘阜偕行。

八月，高丽遣大将军崔东秀，随吾都止如蒙古奏曰："自辛卯以来，丧亡太多，多方调发，仅得万人，其舟舰则，已委官吏，庀材营造。"

十月，蒙古遣明威将军都统领脱朵儿，武德将军统领王国昌，武略将军、副统领刘杰等，至高丽阅军额战舰，仍视日本水道黑山岛。又令耽罗别造船百艘。高丽王使郎将朴臣甫、都兵马录事禹天锡，从国昌、刘杰等，往视黑山岛。是月，高丽金坵作《又与王学士书》（"王学士"即王鄂）。

十一月，蒙古遣兵部侍郎黑的、礼部侍郎殷弘等奉诏，复遣使以往日本，期于必达。元丞相安童，遣金裕、申百川等，来索大岭山香柏子等。

十二月，高丽遣知门下省事申思佺、侍郎陈子厚、起居舍人潘阜，偕黑的、殷弘如日本。

是岁，忽必烈以忽笼海牙代纳剌丁为达鲁花赤，张庭珍副之。光昺立受诏，庭珍责以大义，使下拜。是岁，光昺遣范崖、周览入贡。

1269 年　己巳　蒙古至元六年　高丽元宗十年

正月，高丽遣将军康允绍，如蒙古，奏诛金俊。

三月，黑的及申思佺等，至对马岛，执倭二人以还。

四月，高丽遣参知政事申思佺，伴黑的，以倭二人，如蒙古。是月，高丽世子王谌，如蒙古。

六月，高丽林衍奉安庆公王淐即位，以高丽元宗为太上王。

七月，高丽林衍遣中书舍人郭汝弼，如蒙古上高丽王逊位表。是月，蒙古使于娄大等，遣还倭人。初申思，与倭人谒忽必烈。是月，高丽遣左司谏朴恒如蒙古贺节日。是月，高丽世子王谌，自蒙古还。至边境知元宗事，大哭回蒙古。

八月，高丽遣侍中李藏用，如蒙古贺节日。是月，蒙古遣斡脱儿不花、李愕等，诏谕高丽臣僚不得擅自废立。

九月，忽必烈帝诏授高丽世子王谌"特进上柱国、东安公"，敕令率兵三千赴其国难，又遣蒙哥都往征其国。王谌辞"东安公"。

十一月，蒙古遣兵部侍郎黑的、茵莱道总管府判官徐仲雄等，谕高丽前王僚属、军民，遣使为问废立事。废王淐复立高丽元宗。是月，高丽遣奉御朴烋如蒙古上表谢忽必烈。是月，丽都统领崔坦以林衍作乱，挈西京五十余城投蒙古，乃为内附。

十二月，高丽元王倎率四百人过鸭绿江，如蒙古觐见忽必烈，命顺安侯王悰监国。

1270 年　庚午　蒙古至元七年　高丽元宗十一年

二月，高丽王谒忽必烈于燕都。是月，高丽王上书都堂，请世子婚。忽必烈曰："今因事来请，似不可。其还国，抚存百姓，特遣使来请，然后许之。朕之子，已皆适人。议于兄弟，会当许之。"又请兵归国，除权臣，复都旧京，忽必烈许之。是月，崔坦请蒙古兵三千来镇西京。忽必烈赐崔坦、李延龄金牌，赐玄孝哲、韩慎银牌，诏令内属，改号东宁府，画慈悲岭为界。是月，高丽元宗上表请复西京，忽必烈不允。是月，忽必烈赐高丽王倎金线走丝及色绢二百匹，马四匹，弓矢等物，且令东京行省国王头辇哥，率兵偕往高丽。是月，高丽王倎金与世子，发燕都。

五月，蒙古以脱朵儿为达鲁花赤。是月，头辇哥国王遣朵剌歹，领兵二千，入江华，高丽国王恐朵剌歹以遗民为逆党而杀掠，请勿入。朵剌歹不听，遂入，纵兵收掠财物。

七月，头辇哥命上将军徐均汉等，发江华仓，赐群臣百姓。

八月，高丽遣世子王谌，如蒙古，奏裴仲孙等叛状，且贺节日。枢密院副使元傅、上将军宋松礼、中丞洪文系从之。是月，高丽枢密院副使致仕宋义，与其甥将军尹秀，叛入蒙古。是月，头辇哥使人焚江华城内民家，凡谷米财货，被烧者不可胜数。

九月，高丽金方，与蒙古元师阿海，以兵一千，讨珍岛。

十一月，高丽遣国子司业朴恒，如蒙古贺正，且奏请刷还国民。

十二月，高丽世子王谌，还自蒙古，忽必烈命断事官不花、孟祺等偕来，诏备船舰以征日本。

1271 年　辛未　元世祖至元八年　高丽元宗十二年

正月，高丽遣枢密院使金炼，如蒙古请婚，且办与日本南宋交通。是月，蒙古遣秘书监赵良弼等传诏，将通好日本。是月，赵良弼请与高丽幸臣康允绍偕行。是月，高丽遣朴天澍，如蒙古。

二月，高丽遣上将军郑子璵如蒙古，告方甫及崇谦之乱。是月，高丽遣将军印公秀如蒙古，请罢屯田，且请亲朝。

三月，蒙古遣忻都及史枢等，代阿海传诏曰发卒屯田，用为进取日本之计。又中书省移文，以忻都、史枢，行经略司于凤州等处，营军屯田。所有屯田，牛六千头，除东京等处，起遣一半，余三千头，令经略司，受直王国和市外。农器，种子，蒭秣之类，及接秋军粮，一就供给，无致阙乏。是月，枢密使金炼还自蒙古，帝闻崇谦及密城人谋叛，凡所奏陈，皆不允。是月，高丽断事官沈浑至高丽，索军粮。是月，高丽印公秀还自蒙古，忽必烈诏曰今叛人未靖，王不可来。

是月，许衡以老疾辞去中书机务，出任集贤大学士，兼国子监祭酒。

四月，忻都奏于蒙古曰："叛臣裴仲孙，稽留使命，负固不服，乞与忽林赤，王国昌，分道追讨。"忽必烈从之。

六月，高丽遣世子王谌，入质于蒙古。是月，蒙古遣必阇赤黑狗、李枢等来，索宫室之材。又以省旨，求金漆等物。是月，达鲁花赤脱朵儿卒。脱朵儿沉重宽厚，抚恤人民，听断明白，未尝枉法。高丽国王亦重之。及疾作，国医进药，脱朵儿却之曰："我病殆不起，若饮此而死则，谗构尔国者，必曰高丽毒之。"遂不饮而卒，国人惜之。是月，李昌庆还自蒙古。忽必烈许高丽世子婚。

十一月，蒙古正式改国号为"大元"。是月，高丽遣李昌庆如蒙古贺正，遂谢许世子婚，且奏云："逆贼余种，遁入济州，横行诸岛，虑其将复出陆，乞令殄灭。"其又上书中书省，请还高丽国遁逃人口。

十二月，忻都，自凤州来诘王曰："军马多饥毙，粮料不继，何也？"忻都以此借口，而其实听谗，欲觇国中也。于是，有司督输军粮，道路阻远，人皆苦之。金方庆请移屯盐白州，忻都乃移。

是月，蒙古遣使诏告建国号曰"大元"。

1272 年　壬申　元世祖至元九年　高丽元宗十三年

正月，赵良弼还自日本。赵良弼出使日本，历时一年使还，作《日本纪行诗》。是月，高丽遣书状官张铎，率日本使十二人如元。高丽遣郎将白琚，表贺。是月，高丽遣斋安侯王淑、枢密院副使宋松礼如元，贺建国号。是月，高丽前门下侍郎中李藏用，卒。李藏用，恭俭沉重，博览书史，为一代儒宗。

二月，高丽世子王谌自元回高丽。王谌久留燕京，从者皆愁思东归，劝世子以东征事请帝而还。薛仁俭、金惼等不可，认为世子在此将以卫社稷。林惟干闻之，欲假此先请东还，复收所没田民财宝。世子知之，不得已遂告都省，遂请于忽必烈。忽必烈遣断事官不花、郎中马绛，护世子还国。中书省移文令具舟粮助征，高丽国人见世子辫发胡服，皆叹息，至有泣者。

三月，元中书省遣李枢至高丽，索大木三五十株，后载以十艘，并载其奴婢货财而归。

四月，日本使还自元，张铎宣忽必烈命曰："译语别将徐偁、校尉金贮，使日本有功，宜加大职。"于是，高丽拜偁为将军，贮为郎将，遣御史康之邵，护日本使，还其国。是月，元遣李益为高丽达鲁花赤。是月，高丽遣谏议大夫郭汝弼，如元请减军料。

七月，倭船到高丽金州，庆尚道安抚使曹子一，恐交通事觉，获遣于元，密令还国，洪茶丘闻之，严鞫子一，锻炼其辞，闻于忽必烈，遂杀之。是月，高丽遣大将军金伯钧，如元贺节日。

八月，元遣侍卫亲军千户王岑与茶丘，议征取耽罗之策。茶丘表陈金通精之党，多在王京，可使招之，招不从击之未晚。忽必烈从之。是月，高丽义州副使金孝臣等二十二人，还自元。忽必烈以高丽出陆，皆放之。

十一月，高丽遣中书舍人权呾，如元贺正。是月，高丽王闻三别抄贼船来泊灵兴岛，请五十骑于元帅忻都，宿卫官禁。

十二月，元遣李枢，来索宫室材木。是月，元以讨三别抄，诏高丽王签军六千，水手三千。是月，世子王谌如元。

1273 年　癸酉　元世祖至元十年　高丽元宗十四年

正月，元遣使来索熊皮。是月，高丽遣带方侯澂、谏议大夫郭汝弼如元，谢许世子婚。是月，高丽三别抄，寇合浦，焚战舰三十二艘，擒杀蒙古兵十余人。

二月，元命忻都、洪茶丘等，讨耽罗，又禁官军擅夺良家女为婢，又从高王请，听自制兵仗。是月，高丽中军行营兵马元帅金方庆，率精骑八百，随忻都等，讨三别抄于耽罗，高丽王授钺遣之。是月，高丽以大将军姜渭辅为蔚陵岛斫木使，伴李枢以行。李枢怒渭辅秩卑，乃以签书枢密院事许珙代之，遂遣使如元，请罢蔚陵斫木，减洪茶丘麾下五百人衣服，平贼后，耽罗人民，勿令出陆，依旧安业。忽必烈皆从之。

三月，元复遣赵良弼如日本招谕。赵良弼至日本大宰府，不得入国都而还。是月，元遣使来索御床材香樟木。

四月，元册封皇后、太子，遣使颁诏。

六月，高丽遣大将军金绶，如元告平耽罗贼。是月，元置达鲁花赤于耽罗。是月，高丽遣子顺安侯王悰，同知枢密院事宋松礼，如元贺册封。李承休为书状官。李承休（1224～1300）著有《动安居士集》四卷。其中《宾王录》载记，赴元所见所闻，以及与中原士人的诗文唱和。元翰林学士侯显忠曾赠诗云："四海车书一混通。风云际会得相逢。万里路途宾上国，盈筐玉帛贺中宫。儿曹怪彼语言别，君子知公道义同。自谓无才闻见浅，荒侍耻录日华东。"

七月，高丽侍中金方庆，被召如元。忽必烈赐金鞍、彩服、金银。是月，高丽遣上将军金侁，如元贺节日。

八月，高丽王率群臣，贺圣节，达鲁花赤率其属立于右，上将军康允绍亦率其党，胡服直入，自比客使，见王不拜。高丽王怒而不能制。

十一月，高丽遣小府少监李义孙，如元贺正。

十二月，高丽遣使诸道，与元使审检兵粮。

是岁，王鹗去世，年八十四岁。

1274 年　甲戌　元世祖至元十一年　高丽元宗十五年

正月，元遣总管察忽至高丽，监造战舰 300 艘。是月，日本主龟山天皇传位于其太子，号为俊宇多天皇，改元建治。

三月，元遣经略司总管木速塔八、扎木合，至高丽宣诏，命发军5600 人助征日本。是月，元遣蛮子媒聘使肖郁至高丽，以中书省牒，用官绢 1640 段选无夫高丽妇女 140 名回。

四月，元遣完颜阿海漕运米 20000 硕，至高丽用于军粮。是月，元遣汝龙、于思赏绢 33154 匹至高丽，以绢 1 匹、米 12 斗之价贸军粮。

五月，元征东兵万五千人至高丽。是月，元遣使宣诏，劝课农桑，储峙军粮，谕命"安抚高丽军民总管"洪茶丘提点农事。是月，高丽世子尚元帝女忽都鲁揭里迷失公主。

六月，高丽元宗王倎薨于堤上宫。遗诏曰："朕以凉德叨守宗祧，十有五年。乃缘负重，遘疾弥留，未堪持守。曰惟大宝，不可暂虚。惟予元子，今在上朝，未获亲命。凡尔臣民，听受嗣王之命，无坠前宁之烈。"是月，高丽百官，遥尊世子王谌为王。高丽史臣赞曰："王之为世子也，权臣专权，恣行不义。蒙古之兵，连年压境，中外骚然。王亲朝上国，摧伏权臣跋扈之志，遂使疽背而死。又谒世皇于梁楚之郊，世皇嘉之，至以公主归于世子，自是世结舅甥之好，使东方之民享百年升平之乐，亦可尚也。然其时三别抄内叛，侵掠州郡，上国将帅征求无已，是宜宵旰图治之日，顾乃溺于宴安，以致媵嫱蛊其心志，阉人专其出纳，未免洪子藩之讥。惜哉！"

八月，元遣"日本征讨都元帅"忻都至高丽，洪茶丘为东征副元帅。

十月，蒙汉军 25000 人、高丽军 8000 人、水手与船工 6700 人，攻伐日本。战舰 700 艘在一歧岛遇风雨大败，高丽上将军金侁溺死。是月，高丽忠烈王王谌于西北面迎公主。顺安公王悰、广平公王譓、带方公王澂、汉阳侯王儇、平章事俞千遇、知枢密院事张镒、知奏事李汾禧、承宣崔文本与朴恒、上将军朴成大、知御史台事李汾成，从行。王谌责汾禧等不开剃，对曰："臣等非恶开剃，唯俟众例耳。"蒙古俗，剃顶至额，方其形，留发其中，谓之怯仇儿。王谌入朝时，已开剃，而国人则未也，故责之。后宋松礼、郑子璵，开剃而朝，余皆效之。初，印公秀劝高丽元宗，效元俗，改服色。元宗曰："吾未忍遽变祖宗之法，我死之后，卿等自为之。"

十一月，高丽忠烈王王谌与齐国公主忽都鲁揭里迷失入京。先是，俞千遇谓张镒曰："王若以戎服入城，国人惊怪。"乃使崔文本、康允绍等再请，以礼服入，不听，百官迓于国清寺门前。允绍、宋玢、嗾尹秀、元卿等，执扑驰马，击逐礼服者，侍从分散。王谌与公主，同辇入城。父老相庆曰："不图百年锋镝之余，复见大平之期。"是月，高丽遣判阁门事李信孙、将军高天伯，如元贺正。又奏请以劝农之事委于高丽国王。是月，东征军师，还合浦，高丽遣同知枢密院张镒劳之，军不还者无虑万三千五百余人。

十二月，元遣黑的至高丽，为新任达鲁花赤。

1275 年　乙亥　元世祖至元十二年　高丽忠烈王一年

正月，高丽遣门下侍中金方庆、大将军印公秀，如元上表称征伐日本造成高丽民生凋敝，请求休养生息。

二月，元遣蛮子军一千四百人来，分处海、盐、白三州。

三月，元遣宣谕日本使礼部侍郎殷世忠、兵部侍郎中河文著至高丽。

五月，高丽达鲁花赤黑的，禁人挟弓矢。

六月，高丽遣元卿等如元进鹰。

七月，高丽置军器造成都监，济州逃漏人物推考色。是月，高丽达鲁花赤黑的还元。高丽忠敬王复位时，黑的奉诏而来。及为达鲁花赤，甚倨王谌，屡抑之，不敢肆其志。及是告归，王谌与齐国公主忽都鲁揭里迷失，留之不听。是月，高丽遣同知枢密院事许珙、将军赵仁规，如元贺节日。公主恐黑的谗构，遣式笃儿偕往，觇其所为。

九月，元遣使与剑工古内至高丽。古内在元言高丽有路，可径至日本，故遣之。是月，高丽王子王謜生。

十月，元遣岳脱衍、康守衡，来诏曰："尔国诸王氏，娶同姓，此何理也？既与我为一家，自宜与之通婚。不然，岂为一家之义？且我太祖皇帝，征十三国，其王争献美女、良马、珍宝，尔所闻也。王之未为王也，不称太子，而称世子。国王之命，旧称圣旨，今称宣旨。官号之同于朝廷者，亦其比也。又闻王与公主，日食米二升，此则宰相多，而自专故耳。凡此，皆欲令尔知之，非苟使尔贡子女，革官名，减宰相也。黑的来言尔国事非一，并不听许，尔其知之。"

十一月，高丽遣金议赞成事俞千遇，如元贺正，告改官制，献处女十人。是月，元遣使来，作军器，以起居郎金磾，偕往庆尚、全罗道，敛民箭羽、镞铁。

十二月，高丽贞和宫主宴贺齐国公主忽都鲁揭里迷失生男，宫人布席于东厢。王曰："不如正寝。"宫人不请于公主，就正寝，置平床，为公主座。式笃儿曰："平床之坐，欲使同于宫主也。"公主大怒。王遽令移席西听，盖旧有高榻也。及宫主觞于公主，王顾而目之。公主曰："何以白眼视我耶，岂以宫主跪于我乎？"遂命罢宴。是月，遣将军高天伯及式笃儿如元，请以明年亲朝。式笃儿将行，谓大将军印公秀曰："公主使我奏宫主事，如何则可？"公秀曰："伉俪之间，妒媚之言，何足上闻？君既奏之，公主后悔，将何及已？"式笃儿然之。是月，高丽遣带方公澂，率衣冠子弟十人如元，为秃鲁花。是月，元遣中书员外郎石抹天衢为副达鲁花赤。是月，元诏谕高丽王朝机构中与朝廷冲突者悉改，不得设"省""部""台""院"。是月，元朝升高丽东宁府为"东宁路"。

是年，安珦卒高丽尚州，捕治女巫之挟神惑众者，又自密直司使出镇合浦，军民安之。

1276 年　丙子　元世祖至元十三年　高丽忠烈王二年

正月，忽必烈命高丽免造战船及箭镞。

二月，元遣别古里至高丽颁历、诏。是月，元遣使至高丽求铁。是月，高丽俞千遇还自元，前所进处女只留崔甸、崔之守女，余八人皆放还高丽。

三月，高丽达鲁花赤诘高丽国王曰："称宣旨、称朕、称赦，何僭也？"自是，高丽改宣旨曰"王旨"、朕曰"孤"、赦曰"宥"、奏曰"呈"。

闰三月，元遣林惟干及回回阿室迷里至高丽，采珠于耽罗。是月，元遣杨仲信赍币帛至高丽，为归附军五百人聘妻。

五月，高丽置通文馆，令禁内学馆，七品以下年未四十者，习汉语。时译者，多起微贱，传语之间，多不以实，怀奸济私。宰相患之，参文学事金坵，献议，置之。

六月，元赐绊袄于合浦军，驮衣用驿马一百四十三匹。是月，元遣王延生推刷耽罗人物。

七月，元遣使至高丽洪州采金，只得黄金二钱。是月，高丽将军车信自元还，忽必烈赐王重锦七十匹。是月，遣参议中赞金方庆、直史馆文玭如元贺圣节，奏表金方庆之功。

八月，元遣鹰坊迷剌里等七人至高丽，王赐其宅及奴婢。是月，元遣塔剌赤为耽罗达鲁花赤。

九月，元以平定江淮，遣不花至高丽宣诏大赦。

十月，元遣忽剌歹至高丽，命王及齐国公主忽都鲁揭里迷失以明年五月入朝。是月，高丽金坵作《元王祔庙祫礼第三室加上尊谥竹册文》。

十一月，达鲁花赤禁国人持弓箭兵器。

十二月，有人投匿名书于达鲁花赤石抹天衢馆，又呼于道曰："有衣则衣，有食则食，勿为他人所得。"明日，达鲁花赤以告王及齐国公主忽都鲁揭里迷失。其书诬曰：贞和宫主失宠，使女巫咒咀公主。又齐安公王淑、金方庆、李昌庆、李汾禧、朴恒、李汾成等四十三人，谋不轨，复入江华。公主遣忽剌歹、三哥、车古歹等，囚贞和宫主，封府库、天衢，亦囚淑及方庆等四十三人。召宰相，杂问之。又讽公主亲鞫诸囚于宫庭。公主将从之。翼日柳璥与诸宰相，请见公主曰："近世权臣执国命，若有告人以罪者，事无虚实，罪无轻重，即加诛戮，若刈草菅，人怀战栗，莫保朝夕。皇天眷佑，荡除此辈，而使公主来莅东方。臣等以为无辜之祸，无从而起。今者，达鲁花赤所得匿名书，臣请辨之。我国人物衰耗，而官军屯于四面，谁敢有意于逃窜乎？无名之文，奚足取信？且贞和宫主咒咀事，亦易辨也。自公主厘降，国人按堵，悉感帝德。彼若以私憾，呪咀公主，神而有灵，背德之祸，必反乎尔。"璥涕泪交下，言甚切至，左右莫不潸然。公主感悟，皆释之。是月，高丽遣将军高天伯及忽剌歹如元上表请求不再追究匿名书一事。

是岁，元朝设立会同馆，负责接待外国人。

1277 年　丁丑　元世祖至元十四年　高丽忠烈王三年

正月，高丽赐齐国公主忽都鲁揭里迷失怯怜口等姓名：忽剌歹为印侯，三哥为张舜龙，车忽觮为车信，职皆将军。式笃儿为卢英，五十八为郑公，皆中郎将，属之内侍。是月，高丽册封王源为世子。是月，高丽王与公主，观灯于奉恩寺。宰枢不及，王怒囚金议府吏。既而使右承旨薛公俭语宰枢曰："公主请我凤驾，而卿等后至，恐公主责我，且囚府吏。卿等毋以我为躁也。"是月，元枢密院令达鲁花赤，禁国人持弓矢。是月，元册高丽王源为王世子。高丽金坵作《王世子玉册文》《封王世子》。

二月，洪茶丘引兵将入高丽境。元召还，又敕还归附军五百人，举国皆喜。

七月，高丽遣密直副使朴恒如元贺圣节，上书中书省，请以兵粮给耽罗、合浦屯守军。又请罢铸剑、采金、贡参等事。是月，高丽王疾稍间，移御天孝寺。王先行，公主以陪从寡少怒还。王不得已亦还。公主以杖迎击之，王投帽其前，逐印侯骂曰："此皆汝曹所为，予必罪汝。"公主怒稍弛，至天孝寺，又以王不待而先入，且诟且击，欲还竹坂宫。

九月，高丽赵仁规，还自元。忽必烈命顺安公母子事，任高丽王处置。于是废庆昌宫主为庶人，流王琮及终同于海岛。

十一月，元遣国子祭酒金惰，如元贺正。

是岁，日本遣商人持金来易铜铁，许之。于是日本人始知宋亡。是岁，安南陈光晃卒，国人立其世子陈日烜，遣中侍大夫周仲彦、中亮大夫吴德邵来朝。忽必烈遣尚书柴椿等持诏，趣日烜赴阙。

1278 年　戊寅　元世祖至元十五年　高丽忠烈王四年

二月，忽必烈赐高丽王海东青。

四月，高丽国王及齐国公主忽都鲁揭里迷失、世子，如元。

六月，高丽王，至元。忽必烈遣皇子脱欢迎之，亲设宴慰之。公主以世子见皇后及太子妃、妃，名之曰益智礼普化。

七月，高丽王谒忽必烈，奏请召还茶丘。忽必烈曰："此易事耳，可亟召茶丘还。"

八月，高丽遣承旨宋玢，如元贺圣节。

九月，高丽王与齐国公主忽都鲁揭里迷失，自元归。凡国家弊事，王奏请除之，国人颂德感泣。是月，参文学事金坵，卒。金坵，善属文，掌国文翰。时上国征诘，殆无虚岁，金坵撰章表，遇事措辞，皆中于理。元学士王鹗，每见其表，必称美之，以不见其面为恨。金坵恺悌无华，寡言语，至论国事，切直无所避，谥文贞，著有《止浦集》三卷。

十一月，高丽遣国学大司成郭汝弼，如元贺正。

十二月，元遣断事官速鲁哥，来问杀李汾禧兄弟，流池得龙等事，及刷取种田，镇戍军妻。是月，高丽忠烈王如元。

1279 年　己卯　元世祖至元十六年　高丽忠烈王五年

正月，高丽忠烈王谒忽必烈。忽必烈使御史大夫月列伦、枢密字刺、必阇赤忽秃哥、阇兀等，奉谕诘问杀李汾禧兄弟事。月列伦等以奏帝曰："军人妻有儿息者归其夫，国人官高有罪者，申奏而后罪之。"因命高丽王归国。是月，忽必烈帝赐高丽忠烈王亡宋宝器等，赐王及从臣彩帛。是月，着高丽设置驿站四十个。

二月，高丽忠烈王，自元归。

三月，高丽遣郎将殷弘淳，如元献花纹席。又遣带方公王澂，率秃鲁花如元，衣冠子弟凡二十五人，皆超三等授职送入。

四月，上将军曹允通，还自元。忽必烈命曹允通管东界鹰坊。是月，高丽遣中郎将郑公，如元请置伊里干。忽必烈赐高丽忠烈王海青圆牌。

五月，齐国公主忽都鲁揭里迷失有疾，高丽遣将军卢英，如元请医。是月，元赐高丽金议府铜印，秩比四品。

六月，元中书省令高丽造战舰九百艘。是月，宋降将范文虎、夏贵使周福、栾忠及日本僧灵果、通事陈光赍书至日本，俱为日本人斩于博多。

七月，高丽遣承旨赵仁规、印侯，如元奏禀修造战舰事。是月，高丽遣密直副使李尊庇、将军郑仁卿，如元贺圣节。并上书中书省曰："前者遣赵仁规等，禀修造战舰事。并请勿令元帅府监督。洪茶丘与我有隙，若使监督，民必惊散，未易济事，乞善奏天聪。"

九月，高丽遣将军金富允、张舜龙，如元。

十月，元遣于丹赤塔纳，至高丽督修战舰。又遣樊闰点视站驿。高丽王命广平公王譓与塔纳等，督修战舰于庆尚、全罗道。是月，高丽遣中郎将郑福均，如元献人参。是月，元遣郎哥歹送马百五十匹，放诸岛，又令选乡马以进。

十二月，高丽遣大将军俞洪慎，如元贺正。

是岁，元灭南宋，定都大都。

1280 年　庚辰　元世祖至元十七年　高丽忠烈王六年

正月，高丽遣大将军印侯与塔纳，如元。

三月，印侯、高天伯与塔纳，还自元。是月，元遣蛮子海牙至高丽，禁郡国舍匿亡军及回回恣行屠杀。

四月，元平章阿哈马求高丽美女。高丽忠烈王遣中郎将简有之，以殿直张仁冏女归之。阿哈马以非名族不受，更以总郎金洏、将军赵允璠女归之。

五月，高丽旱蝗，元中书省传牒，加送米一万石救灾。

六月，高丽遣将军朴义，如元献鹠。又奏曰："东征之事，臣请入朝禀旨。"忽必烈许之。

七月，高丽遣将军元卿如元。是月，遣密直副使金周鼎，如元贺圣节。

八月，高丽忠烈王如元。是月，元六皇子爱牙赤于大青岛。是月，高丽忠烈王至上都谒忽必烈。时忻都、茶丘、范文虎，皆先受东征画策。茶丘、忻都率蒙丽汉四万军发合浦，范文虎率蛮军十万，发江南，俱会一歧岛。两军毕集，直抵日本城下。高丽忠烈王以七事奏：一、以我军镇戍耽罗者，捕东征之师；二、减丽汉军，使阇里帖木儿，益发蒙军；三、勿加茶丘职，待其成功，赏之，且令阇里帖木儿与臣管征东省事；四、小国军官皆赐牌面；五、上国滨海之人，并充梢工水手；六、遣按察使廉问百姓疾苦；七、臣躬至合浦阅军。忽必烈曰已领所奏。

九月，高丽忠烈王，自元归国。是月，元遣也速达、崔仁著，以水鞑靼之在开元、北京、辽阳路者，移至东宁府，将以赴东征。

十一月，高丽遣右承旨赵仁规、大将军印侯如元，上中书省书曰高丽军备不足。是月，元遣张献以绢二万匹，来市米，以充兵粮。是月，高遣金方庆，如元贺正。是月二十六日，元诏颁《授时历》。

十二月，赵仁规、印侯，自元回高丽。忽必烈册高丽忠烈王为开府仪同三司中书左丞相行中书省事，赐印。

是岁，曹伯启以征日本事佐暨阳幕府。

1281 年　辛巳　元世祖至元十八年　高丽忠烈王七年

正月，元遣王通等至高丽颁许衡、郭守敬所撰授时历。是月，开元路、东宁府皆遣使至高丽，议东征事。

二月，高丽金方庆自元回高丽。忽必烈赐方庆弓矢剑，白羽甲，又赐弓一千，甲胄一百，绊袄二百，令分赐东征将士。是月，高丽遣将军李仁，如元请减军粮。

三月，许衡卒。是月，元赐驸马国王宣命征东行中书省印。先是，忠烈王奏曰："臣既尚公主，乞改宣命益'驸马'二字。"忽必烈许之。是

167

月，公主闻皇后讣音，遣中郎将郑公如元，请奔丧。是月，齐国公主忽都鲁揭里迷失如元，至懿州，忽必烈敕还国，乃还。

五月，忻都、茶丘及金方庆、朴球、金周鼎等，以舟师征日本。是月，元遣兵三百骑，至高丽戍合浦。是月，忽必烈从忠烈王之请，将高丽四十个驿站改为二十个。

七月，宋无出征日本归来。

八月，高丽遣将军李仁如元。是月，高丽遣左司议潘阜慰劳忻都、茶丘、范文虎、忻都等。征日军北还，元军不返者无虑十万有几，高丽军不返者，亦七千余人。

十二月，高丽遣大将军金子廷，如元贺正。

是岁，元立安南宣慰司，以卜颜帖木尔为使，别设僚佐。安南国王陈日烜拒弗纳。

1282 年　壬午　元世祖至元十九年　高丽忠烈王八年

正月，元罢征东行中书省。是月，元遣蒙汉军一千四百人戍耽罗。是月，元遣不八思、冯元吉，至高丽勘兵粮。又以东征军败，遣兵三百四十人戍合浦，六十人守王京，以备不虞。是月，高丽遣佐郎李行俭如元进黄漆。是月，高丽遣将军朴义等二十五人如元献鹰。

六月，蛮军总把沈聪等六人，自日本逃还，高丽遣上将军印侯、郎将柳庇送于元。

七月，齐国公主忽都鲁揭里迷失有疾，高丽遣散员高世如元请医巫。是月，高丽遣密直副使金伯钧如元贺节日。

八月，元赐高丽忠烈王驸马国王印。是月，高丽遣鹰坊孛鲁汉等，如元进鹰。

十月，高丽遣秃鲁花上将军金忻如元。是月，元遣秃浑、贺仲谦，至高丽修战舰以复征日本。

十二月，高丽遣上将军俞洪慎如元贺正。是月，高丽遣上将军印侯如元。

1283 年　癸未　元世祖至元二十年　高丽忠烈王九年

五月，欧阳玄生。是月，高丽郑仁卿等自元回高丽，报称忽必烈停止东征。高丽忠烈王命罢修舰调兵等事。

六月，元册高丽忠烈王为征东中书省左丞相。

八月，高丽选衣冠子弟，充世子府宿卫。

是岁，南海补陀寺僧如智言于忽必烈曰："今复兴师致讨，多害生灵，彼中亦有佛教、文学之化，岂不知大小强弱之理？如令臣等赍圣旨宣谕，彼必欣心归附。"帝从之，乃使如智及提举王君智赍玺书至日本。八月，过大洋，遇飓风，不能达而返。

1284 年　甲申　元世祖至元二十一年　高丽忠烈王十年

正月，元复遣如智及王积翁至日本，由庆元航海。会舟人杀积翁，仍不果至。自后，忽必烈屡欲兴兵，为群臣所谏而止。

四月，高丽忠烈王与齐国公主忽都鲁揭里迷失、世子如元，扈从臣僚达一千二百余人，赍银六百三十余斤，纻布二千四百四十余匹，楮币一千八百余锭。

九月，高丽忠烈王及齐国公主忽都鲁揭里迷失、世子，自元回高丽。

十二月，高丽遣密直学士郑可臣，如元贺正。

1285 年　乙酉　元世祖至元二十二年　高丽忠烈王十一年

正月，元遣吏部郎中撒剌儿至高丽，诏复以安童为右丞相。

四月，以耽罗所造日本船 400 艘赠予高丽。

十一月，元以东宁府争遂安、谷州，遣断事官苏独海至高丽视察，兼督东征造船。苏独海，往视遂安、谷州，遂以其地，归于高丽。

十二月，元中书省移牒高丽，调发军粮十万硕。

是岁，安南人黎崱降元。黎崱，字景高，号东山。性冲退，薄声利，嗜文章，晚自号静乐。卒于元统前后，年八十余，著有《安南志略》二十卷。

1286 年　丙戌　元世祖至元二十三年　高丽忠烈王十二年

正月，元朝将遂、安、谷、州，划归高丽管辖。是月，元遣使诏大赦，寝东征。是月，高丽遣上将军印侯如元，请亲朝。

四月，耽罗戍卒 400 人回元。

五月，高丽遣齐安公王淑、上将军印侯如元吊皇太子真金之丧。

1287 年　丁亥　元世祖至元二十四年　高丽忠烈王十三年

三月，元遣刑部侍郎六十至高丽，办理东宁府事。是月，高丽遣大将军张舜龙等，献李仁椿女于元，仍令求买公主真珠衣。

五月，以高丽忠烈王为"行尚书省平章政事"。是月，高丽忠烈王闻乃颜大王叛，遣将军柳庇如元，请举兵助讨。

六月，赵孟頫授奉训大夫、兵部郎中。是岁春，赵孟頫曾以程钜夫荐至京师。

八月，高丽柳庇、吴仁永等，还自元。报称忽必烈亲征乃颜擒之，拔其城，车驾还燕京，罢诸路兵，且命王入贺节日。高丽忠烈王喜，拜庇为人将军，仁永为将军。是月，公主遣柳庇如元，请从王入朝。

九月，高丽忠烈王，在燕京，召公主、世子入朝。

十月，齐国公主忽都鲁揭里迷失、世子如元，选西原侯瑛、大将军金之瑞、侍郎郭蕃、别将李德守之女以行。公主次温泉，世子有不豫色，印侯问其故，曰："吾将娉西原侯女，今在选中，以故不悦。"印，以告公主，即遣还其女。

十一月，齐国公主忽都鲁揭里迷失至西京，闻贼起咸平府，道梗，遂还。是月，高丽遣大将军奇琯，如元贺正。

十二月，高丽忠烈王自元回高丽。

是岁，元置国子监学，以孔子之道教近侍国人子弟、公卿大夫士之子、俊秀之士。元时名臣，多有自国子监出者，其中显者如苏天爵、李祁等人，均曾就学于国子监。是岁，高丽李齐贤生。

是岁，元以阿八赤为征交趾行省左丞，发江淮、江西、湖广三省之蒙古、汉、券军七万人，船五百艘，云南兵六千人，海外四州黎兵万五千人，海道万户张文虎等运粮十七万石，分道讨安南。授奥鲁赤平章政事，乌马尔、樊楫参知政事，并受镇南王节制。安南国王陈日烜遣中大夫阮文通入贡。

1288 年　戊子　元世祖至元二十五年　高丽忠烈王十四年

二月，元遣孛罗奚等至高丽颁赦。是月，高丽遣将军吴仁永如元。时北贼叛乱，高丽宜起兵助征，而高丽忠烈王难之，遂遣仁永入奏曰："今东鄙未宁，请亲率征北兵，移镇双城。"忽必烈从之。

三月，高丽将军吴仁永，还自元，言忽必烈以乃颜余党复叛，发兵亲征。

四月，元诏高丽忠烈王为征东行尚书省左丞相。是月，元右丞塔出遣人至高丽请发兵五千及军粮，赴建州。

九月，忽必烈命高丽忠烈王及齐国公主忽都鲁揭里迷失、世子入朝。

十一月，李思衍以礼部侍郎奉使安南，徐明善佐之。李思衍，字昌翁，一字克昌，号两山，余干（一作鄱阳）人，著有《两山稿》。徐明善，字志友，号芳谷，德兴人，著有《芳谷集》。

是年，陈旅生。

1289 年　己丑　元世祖至元二十六年　高丽忠烈王十五年

正月，元以辽东饥，遣湖广路行尚书省参知政事张守智、翰林直学士李天英等，至高丽索军粮。

四月，忽必烈赐高丽忠烈王金瓮，以征东省都事安珦为高丽国儒学提学。安珦，初名裕，初以贤科释褐，事高丽元宗补校书郎，迁直翰林院。晚年休致，挂朱熹晦庵像以寓慕，自号晦轩，以儒术大鸣于世，被推为东方理学之祖。金怡、白元恒、李齐贤，皆其所识拔。

五月，元置回回国子监。

九月，元置高丽国儒学提举司，秩从五品。

十一月，高丽中赞致仕柳璥，卒。柳璥，高丽文化县人，有藻鉴，论文章，先体制后工拙，累典礼闱，所取皆知名士。是月，高丽忠烈王及公主、世子，如元。时扈从邀功者众，乃以史官无关于事，不许扈驾，史臣不从行，始此。

1290 年　庚寅　元世祖至元二十七年　高丽忠烈王十六年

正月，高丽遣大将军元卿如元，奏日本犯边。

三月，忽必烈以写金字经征善书僧，于是高丽遣僧三十五人如元。是月，高丽忠烈王及齐国公主忽都鲁揭里迷失、世子，自元回国。

四月，高丽遣写经僧六十五人如元。

九月，元遣使至高丽，修补藏经。

十一月，高丽遣世子如元，政堂文学郑可臣、礼宾尹闰渍等从行。世子至京，馆于洪君祥家。一日，忽必烈引见便殿，隐几而卧，问尔读何书。其对曰："有师儒郑可臣、闰渍在此，宿卫之暇，时从质问《孝经》《论》《孟》。"忽必烈大悦，试唤可臣来。世子引与俱入，遽起而冠，责曰："尔虽世子，吾甥也，彼虽陪臣，儒者也。何得令我不冠以见？"仍赐坐，问本国世代相传之序，理乱之迹，风俗之宜，自辰至未，听之不倦。其后，命公卿议征交趾，有诏高丽世子之师二人，与召同议。二人议曰："交趾远夷，劳师致讨，不如遣使招来，如其执迷不服，声罪征之，一举可以万全。"对称旨，于是授可臣翰林学士、嘉议大夫，授渍直学士、朝列大夫。时人荣之。

1291 年　辛卯　元世祖至元二十八年　高丽忠烈王十七年

正月，高丽世子王璋谒帝，请讨哈丹。忽必烈命那蛮歹大王将兵一万讨之。

二月，高丽世子王璋令将军吴仁永奏忽必烈，哈丹陷北界诸城。忽必烈谕以夜战。

六月，阎复以翰林学士出为浙西道肃政廉访使。张之翰撰《送翰林学士阎公浙西道廉访使序》，赵孟頫撰《送阎子静廉访浙西》。

九月，高丽忠烈王入元。是月，忽必烈授高丽世子王謜"特进上柱国、高丽国王世子"，赐金印，并赐水精杯、犀角莲叶盏、玉杯、珍味，以宠之。忽必烈召见于紫檀殿，御案前，有物大圆小锐，色洁而贞，高可尺有五寸，内可受酒数斗。云摩诃钵国所献，骆驼鸟卵也。命世子观之，仍赐世子及从臣酒。命郑可臣赋诗。可臣献诗云："有卵大如瓮，中藏不老春。愿将千岁寿，醺及海东人。"忽必烈嘉之，赐御羹一碗。世子凡入见，必以可臣从。忽必烈尝观辽东水程图，欲置水驿，语可臣曰："汝国无所产，唯米与布耳，若陆输之，则道远物重，所输不偿所费，今欲授汝江南行省左丞，使之主海运，岁可致若干千斛匹，岂唯补国用之万一，可以足东人寓都之资。"可臣对曰："高丽，山川林薮，居十之七，耕织之劳，仅支口体之奉。况其人不习海道，以臣管见，恐或不便。"忽必烈然之。

十二月，高丽遣上将军柳庇、将军许评，如元请世子还国。

是年，扎玛里鼎、虞应龙等编《大一统志》成。

1292 年　壬辰　元世祖至元二十九年　高丽忠烈王十八年

二月，元加册高丽王"太保"。是月，置"总管高丽女真万户府"，颁银印。

五月，高丽世子王謜至自元。

九月，元诏命梁曾、陈孚出使安南。陈孚，字刚中。其使安南之日，尝撰《安南即事》一篇，尤为论者所推。

十月，忽必烈召高丽世子王謜入寝殿。问曰读何书，奏云读通鉴。帝曰历代帝王，谁为贤明？对曰汉之高祖，唐之太宗。帝又问曰汉祖唐宗，孰与寡人？对曰臣年少，何足以知之？

1293 年　癸巳　元世祖至元三十年　高丽忠烈王十九年

二月，亦黑迷失、孙参政先领本省幕官，并招谕爪哇等处宣慰司官曲出海牙、杨梓、全忠祖、万户张塔剌赤等五百余人，船十艘，先往招谕之。谕爪哇宣慰司官言，爪哇主婿土罕必阇耶举国纳降，土罕必阇耶不能离军，先令杨梓、甘州不花、全忠祖引其宰相昔剌难答咤耶等五十余人来迎。杨梓，海盐澉川人，以嘉议大夫、杭州路总管致仕，卒赠两浙都转运盐使、上轻车都尉，追封弘农郡侯，谥康惠，著有杂剧《敬德不伏老》《霍光鬼谏》《豫让吞炭》三种，今皆存。

三月，高丽赵仁规自元回高丽，奉忽必烈敕高丽忠烈王曰："卿世守王爵，选尚我家，载扬藩屏之功，宜示褒嘉之宠，可赐号推忠宣力定远功臣，益茂厥功，对扬休命。"

四月，刘因卒，年四十五，撰有《静修集》三十卷。

六月，元遣江南千户陈勇等以二十艘船载米至高丽，又献鹦鹉一双及其他土物。

九月，元流耽罗达鲁花赤于交趾，以右丞阿撒代之。

十月，高丽忠烈王及齐国公主忽都鲁揭里迷失如元，选良家女三人以行，赵仁规、廉承益、印侯、闵渍、元卿等文武八十人从行。

是岁，高丽忠烈王改名王昛。是岁，张养浩游京师，与姚燧识。

1294 年　甲午　元世祖至元三十一年　高丽忠烈王二十年

正月，元世祖皇帝忽必烈崩。元朝丧制，非国人不敢近，唯高丽得与焉，故高丽忠烈王之从臣，虽与台之贱，出入无禁。

四月，铁穆耳即位，是为元成宗。是月，高丽以同知密直司事安珦，为东南道兵马使，出镇合浦。是月，高丽忠烈王与齐国公主如上都，迎皇太子即位。上表称贺，献金银酒器、紫罗、苎布、豹獭皮。元成宗以高丽忠烈王功大年高，诏出入乘小车至殿门，赐银三万两。是月，礼部侍郎李衍、兵部郎中萧泰登赉诏出使安南。

五月，元遣忽笃海明哥等至高丽，颁即位诏。高丽忠烈王以四事奏于元成宗：一请归耽罗；二请归被虏人民；三请册公主；四请加爵命。元成宗命耽罗还隶高丽国，其被虏及流徙人可遣使，与辽阳行省分拣归之。

六月，元赐诏，册齐国公主为安平公主。

十二月，元以改元"贞元"，遣忽都海等至高丽，颁改元诏。

是岁，高丽世子王璋（曾名王謜）与懿妃（也速真）生王焘（蒙古名"阿剌纳忒失里"）。是岁，朱德润生。

1295 年　乙未　元成宗元贞一年　高丽忠烈王二十一年

正月，元遣蒙古字教授李忙古大至高丽。

闰四月，元遣王敬塔失不花，赉香币至高丽，转藏经。

七月，高丽遣判三司事金之淑，如元贺圣节。之淑至元，与交趾使者争班曰："本国率先归附，结为甥舅之亲，非他国比。"帝从之，赐坐诸侯王之列。

八月，高丽世子王璋自元回高丽。元成宗册高丽忠烈王为仪同三司、上柱国，高丽王世子领都金议使司，赐银印。

1296 年　丙申　元成宗元贞二年　高丽忠烈王二十二年

正月，高丽遣副知密直事柳庇，如元请世子婚。

二月，高丽以安珦为三司左使。

八月，高丽金延寿，自元还，报世子婚期。元成宗趣高丽忠烈王入觐。

九月，高丽忠烈王与齐国公主忽都鲁揭里迷失如元。

十一月，高丽忠烈王至燕京，馆于洪君祥第。是月，高丽忠烈王与齐国公主忽都鲁揭里迷失谒元成宗，遂侍宴于长朝殿，诸王满座，王居第七。是月，高丽世子王璋，以白马八十一匹，纳币于元成宗，尚晋王甘麻剌之女宝塔实怜公主，宴用高丽国油蜜果。诸王、公主及诸大臣，皆侍宴。至晚酒酣，令高丽国乐官，奏感皇恩之调。翼日，高丽世子又以白马八十一匹，献于太后。太后以羊七百头，酒五百瓮，宴世子。高丽世子又献白马八十一匹于晋王，仍以酒三百瓮，羊四百头宴。

十二月，元成宗赐高丽忠烈王弓矢、剑及金、缎绢、从臣、妇寺、仆从等。

是岁，安南国王陈日燇上表求封王爵，不允；乞《大藏经》，赐之。

1297年 丁酉 元成宗元贞三年（大德一年） 高丽忠烈王二十三年

正月，元成宗赐高丽忠烈王御鞍，又赐从臣十人鞍。元晋王将至高丽，元成宗幸其邸饯之。高丽忠烈王与齐国公主忽都鲁揭里迷失侍宴。酒酣，高丽忠烈王起舞，公主歌之。

二月，元成宗于城南观猎，高丽忠烈王扈从，奏请归还自己未年以后被虏及流民在辽沈者。元成宗许之。

三月，元太后置酒隆福宫，饯高丽忠烈王及公主，仍赐金缎衣及鞍马，赐从臣三品以上二十人，金缎衣各一。又赐王从臣，金缎一百匹，绫素八百匹。

五月，齐国公主忽都鲁揭里迷失薨于高丽贤圣寺。是月，高丽遣副知密直司事元卿，如元告丧。

六月，高丽世子王璋自元回高丽奔丧。是月，元遣火鲁忽孙来，吊公主丧。

七月，高丽世子王璋杀阉人陶成器、崔世延、金淑、方宗氏、宫人伯也丹、伯也真、中郎将金瑾，流其党四十余人。

八月 元遣使征写经僧。是月，高丽世子王璋以故进士崔文妻金氏，有姿色，纳于高丽忠烈王，盖因无比之死，欲慰解之也。后封淑昌院妃。

十月，高丽世子王璋如元。是月，高丽遣赵仁规、印侯、柳庇，如元贺生皇太子，又请传位于世子。

1298年 戊戌 元成宗大德二年 高丽忠烈王二十四年 高丽忠宣王王璋执政一年

正月，高丽世子王璋自元回高丽。是月，世子妃宝塔实怜公主至高丽。是月，元遣咸宁侯王维等来，诏谕高丽国人曰："迩者高丽国王王昛，表陈春秋方耄，忧悕交攻，虑庶务之烦劳，期息肩于重负，乞令世子源袭爵。朕以王世守东土，垂三十年，累效忠勤，勋伐茂著，矜其诚恳，特赐俞允。授世子开府仪同三司、征东行中书省左丞相、驸马、上柱国、高丽国王，加授王，推忠宣力定远保节功臣，开府仪同三司，太尉、驸马、上柱国，逸寿王，以示优崇之意。国有重务，尚须训励，聿底于成。"又诏高丽忠烈王曰："王维本国宗室，仕元为总管。"是月，高丽忠烈王幸康安殿，传位于世子。

二月，高丽忠宣王始署征东省事，宰枢及行省左右司官吏谒见，用元朝礼。是月，高丽忠宣王下书，征前司谏李承休卿词林侍读、左谏议大夫，充史馆修撰官，知制诰。

四月，宝塔实怜公主妒王妃赵氏专宠，怒甚，作畏吾儿字书，付阔阔不花、阔阔歹二人，将如元达于太后。

五月，贡师泰生。是月，高丽赐词林学士朴全之、吴汉卿，侍读学士李瑱，侍讲学士权永红鞓，高丽忠宣王常屏左右，幸词林院，与四学士商榷政理。

七月，高丽李穀出生。

八月，高丽以李承休为密直副使、监察大夫，仍令致仕。是月，高丽忠宣王与公主如元。是月，高丽太上王王倎，饯忠宣王王璋于金郊。酒酣，使臣字鲁兀，以帝命取国王印，授逸寿王王倎。是月，字鲁兀馆传诏曰："谕前高丽国王王昛，曩以卿表，请授位于世子謜，是用诏謜往嗣王爵国事，仍命听卿训导。今闻莅政以来，颇涉专擅，处决失宜，众心疑惧。盖以年未及壮，少所经练，故未能副朕亲任之意。今遣使诏卿，依前统理国政。且召謜入侍阙庭，使之明习于事。"之前，高丽忠宣王至元，一日元成宗召王急。王惧，丞相出曰："从臣为首者入对。"时金议参理安珦扈从。丞相称旨问曰："汝王何不近公主耶？"珦曰："闺闼之间，固非外臣所知。今日以此为问，岂足于听闻哉？"丞相以奏。元成宗曰："此人可谓知大体者，庸可以远人视之耶？"不复问。

十月，元沈州达鲁花赤阇里大，遣人至高丽献羊马，贺高丽忠烈王复位。

是岁，元皇太后命忠宣王陪同游五台山。是岁，虞集游金陵，与杨刚中、元明善等人为文学之交。是岁，日本主传位于太子，号为后伏见天皇。

1299 年　己亥　元成宗大德三年　高丽忠烈王二十五年

正月，元成宗敕杖高丽陪臣赵仁规、崔冲绍，并流放二人，流仁规于安西，流冲绍于巩昌。

九月，高丽以中赞宋玢监修国史，安珦修国史，闵渍同修国史。

十月，元遣阔里吉思为征东行中书省平章事，耶律希逸为左丞。时哈散还奏称高丽忠烈王不能服其众，朝廷宜遣官共理。元成宗从之。

是岁，江浙行省臣劝帝复讨日本，成宗曰："今非其时也。"是岁，元使江浙释教总统普陀僧一山，赍诏使于日本，诏曰："比者有司陈奏，尝遣补陀僧如智等两奉玺书通好，咸以中途有阻而还。朕自临御以来，绥怀属国，薄海内外，靡有遐遗。日本之好，宜复通问。今普陀僧一山，戒行素高，可令往谕，附商舶以行，期于必达。朕特从其请，并欲道先皇意也。至于敦好息民之事，王其图之。"一山至太宰府，日本人拘之于伊豆修善寺，不报命。后知其为高僧，乃改变态度，迎请到镰仓建长寺，尊礼有加。以后，一山又历住圆觉、净智、南禅等名刹，在镰仓、京都阐扬佛法近二十年，受业弟子众多，受到日本朝野人士的普遍敬重。

1300 年　庚子　元成宗大德四年　高丽忠烈王二十六年

二月，高丽忠烈王如元吊皇太后丧。

六月，高丽忠烈王至上都，元成宗大设只孙宴，命王侍宴。高丽忠烈王于诸王驸马，坐次第四，宠眷殊异。

1301 年　辛丑　元成宗大德五年　高丽忠烈王二十七年

二月，高丽遣瑞兴侯琠，如元宿卫。

五月，左丞耶律希逸还元。耶律希逸为耶律楚材之后，曾劝高丽忠烈王重新文庙，以振儒风。是月，高丽遣知都金议司事闵萱如元，请改嫁宝塔实怜公主。

是岁夏，揭傒斯游武昌，始与程钜夫交。是岁，日本主传位于太子，号为后二天皇。

1302 年　壬寅　元成宗大德六年　高丽忠烈王二十八年

四月，元遣别帖木儿等至高丽征写经僧。

是岁，虞集以荐授大都路儒学教授。

1303 年　癸卯　元成宗大德七年　高丽忠烈王二十九年

二月，元遣怯里马赤月儿忽都至高丽转藏经。

八月，元断事官帖木儿不花、翰林李学士还，高丽赞成事柳庇偕行，安珦等钱于郊。李学士咏一句曰："白酒红人面。"嘱珦和之。珦迟留。李自和之曰："黄金黑吏心。"

九月，高丽忠烈王如元，欲沮忠宣王王璋还国。又请欲以宝塔实怜公主改嫁瑞兴侯王琠。至西京，元成宗不许入朝，乃还。

十月，翰林国史院进太祖、太宗、定宗、睿宗、宪宗五朝实录。袁桷以预其事，擢为应奉翰林文字。

十一月，元遣刑部尚书塔察儿、翰林直学士王约至高丽。王约谓高丽忠烈王曰："天地间，至亲者父子，至重者君臣。彼小人知自利，宁肯为王国家地耶？"高丽忠烈王泣谢曰："臣老耄，听信憸邪，是以致此。今闻命，愿奉表自雪，且请前王还国，其小人党与，悉听使臣治。"是月，高丽遣密直副使金延寿、大护军夜先旦，如元贺正。又遣齐安公王淑，请还高丽忠宣王。

是岁，余阙生。

1304 年　甲辰　元成宗大德八年　高丽忠烈王三十年

三月，元遣兵部尚书伯伯、刘学士至高丽传帝旨质询高丽忠烈王上表请还忠宣王事。

四月，元遣参知政事忽怜、翰林直学士林元至高丽。

五月，高丽置国学赡学钱。初，赞成事安珦，忧庠序大毁，儒学日衰，议两府曰："宰相之职，莫先于教育人材。今养贤库殚竭，无以资教养。请令六品以上，各出银一斤。七品以下，出布有差。归之养贤库，存本取息，永为教养之资。"两府从之。事闻，高丽忠烈王出内库钱谷以助之。时有密直高世者，自以武人，不肯出钱，珦谓诸相曰："孔子之道，垂宪万世，臣忠于君，子孝于父，弟恭于兄者，是谁之教耶？若曰我为武人，何苦出钱以养尔生徒，则是不为孔子也而可乎？"世闻之甚惭，即出钱。珦又以余赀，付博士金文鼎，送江南，画先圣及七十子之像，又购祭器、乐器、六经、诸子史以至高丽。珦请以密直副使致仕李㥈、典法判书李瑱，为经史教授都监使。于是，禁内学馆及内侍三都监、五库，愿学之士，七管十二徒诸生横经受业者，以数百计。

六月，高丽国学大成殿成。初元耶律希逸以殿宇隘陋，甚失泮宫制度，言于高丽忠烈王新之，至是乃成。高丽忠烈王诣国学，忽怜、林元从之，七管诸生具冠服，迎谒于道，献歌谣。王入大成殿，谒先圣，命密直使李混，作《入学颂》，林元作《爱日箴》，以示诸生。

1305 年　乙巳　元成宗大德九年　高丽忠烈王三十一年

四月，元遣突烈至高丽转藏经。

十二月，元遣忽都不花至高丽，求写经僧。高丽乃选僧一百人。

八月，高丽世子王鉴如元。帝册世子王鉴"仪同三司、上柱国、高丽国王世子，领都金议使司"。

十二月，高丽忠烈王一行过辽阳。高丽忠宣王迎于蓟州。

1306 年　丙午　元成宗大德十年　高丽忠烈王三十二年

七月，高丽都金议、左中赞韩希愈卒于元。

九月，高丽庆兴君洪子藩卒于元。是月，高丽金议中赞致仕安珦，卒。安珦为人庄重安详，在相府能谋善断，同列但顺承惟谨，不敢争。其常以养育人材，兴复斯文为己任，且有鉴识。其初见金怡、白元恒，曰后必贵；又李齐贤、李异，少俱有名，召令赋诗，观之曰："齐贤，必贵且寿。异则不年矣。"后皆验。其文章亦清劲可观。及葬，七馆十二徒，皆素服祭于路，谥文成。

1307 年　丁未　元成宗大德十一年　高丽忠烈王三十三年

正月，元成宗铁穆耳崩，在位十三年，年四十二。是月，高丽忠宣王与皇侄爱育黎拔力八达太子及右丞相答剌罕等定策，迎立怀宁王海山为帝。自是，高丽忠烈王拱手而国政归于忠宣王。

四月，高丽瑞兴侯王琠等被诛。是月，元遣高丽忠烈王还国，因署行省以镇抚。

五月二十一日，孛儿只斤·海山即皇帝位，是为武宗。

八月，元遣高丽忠宣王从臣知监察司事崔实回高丽，加册忠烈王为纯诚守正推忠宣力定远保节功臣、开府仪同三司、太尉、征东行中书省右丞相、上柱国、高丽国王。是月，高丽典法判书李瑱，上书高丽忠宣王请除六部尚书外，余悉并省，及罢不急之役。忠宣王纳之，超拜政堂文学。

十一月，高丽遣赞成事李混，如元贺正。

是岁，萧㪺以嘉议大夫、太子右谕德征，明年二月至京。

1308年　戊申　元武宗至大一年　高丽忠烈王三十四年

二月，元改元“至大”，遣许宣至高丽颁诏。是月，元诏加封孔子“大成至圣文宣王”。

三月，元遣济州达鲁花赤至高丽。

四月，元遣宦者撒勒，如高丽降香，并以皇太后命，选童女。

五月，高丽知密直司事朴瑄还自元，元武宗以高丽忠宣王定策功，特授开府仪同三司、太子太傅、上柱国、驸马都尉，进封沈阳王。又令入中书省，参议政事，赐金虎符、玉带、七宝带、碧钿金带，及黄金五百两，银五千两。皇后、皇太子，亦宠待，所赐珍宝锦绮，未可胜计。

六月，高丽忠烈王薨于神孝寺，遗教曰：“不谷荷天地祖宗之佑，滥处王位，于今三十有五年矣。其间，国步多艰，民不安业，邪佞并进，忠良自退，斯皆否德使然，心甚愧焉。然幸得受天之佑，享年七十有三。今遇沉痾，累旬未差，但思一见沈阳王。尝寄书促来，大期奄至，岂容相待。噫，有生有死，理固然矣。父传子受，匪今斯古。祖宗基业，邦国机务，一切委付沈阳王。惟尔臣僚，各守尔职，以待王来。传子遗训，毋致遗失。”高丽史臣赞曰：“当忠敬之世，内则权臣擅政，外则强敌来侵。一国之人，不死于虐政，则必歼于锋镝，祸变极矣。一朝上天悔祸，诛戮权臣，归附上国，天子喜之，厘降公主。而公主之至也，父老喜而相庆曰：‘不图百年锋镝之余，复见大平之期。’王又再朝京师，敷奏东方之弊，帝既俞允，召还官军，东民以安。此正王可以有为之日也。奈何骄心遽生，耽于游畋，广置鹰坊。使恶小李贞辈，侵暴州郡，溺于宴乐，唱和龙楼，使僧祖英等，昵近左右。公主、世子，言之而不听。宰相台省，论之而不从。及其晚年，过听左右之谮，至欲废其嫡，而立其姪。其在东宫，虽曰明习典故，读书知大义。果何用哉？呜呼，‘靡不有初，鲜克有终’，非忠烈之谓乎？”

九月，赵孟頫序郝天挺所注《唐诗鼓吹》。

十月，高丽忠宣王祭殡殿，遂幸金文衍家。与淑昌院妃相对移时，人始讶之。是月，元皇太子遣使贺即位。是月，高丽忠宣王幸金文衍家，烝淑昌院妃。翌日，监察纠正禹倬，白衣持斧东藁上书谏。近臣展疏不敢读，倬厉声曰："卿为近臣，未能格非，而逢恶至此，卿知其罪耶？"左右震慄，王有惭色，未几，进封其为淑妃。禹倬，高丽丹山人，通经史，尤深于易学，卜筮无不中。程传初来，东方无能知者。倬乃闭门，月余参究，乃解，教授生徒，义理之学，始行矣。官至成均祭酒，致仕年八十一而卒。是月，元遣使至高丽，册忠宣王为征东行中书省右丞相、高丽国王，依前开府仪同三司、太子太师、上柱国、驸马都尉、沈阳王。

十一月，高丽忠宣王如元，命齐安大君王淑，权署征东省事。

十二月，高丽遣评理赵琠如元贺正，以王命赍《世代编年节要》《金镜录》以进。

是岁，元明善由中书左曹掾授东宫承直郎、太子文学。

1309 年 己酉 元武宗至大二年 高丽忠宣王一年

高丽忠宣王王璋，字仲昂，原名王源，蒙古名益智礼普化，为忠烈王长子，其母为齐国大长公主；性聪明刚果，兴利祛弊，凡所施为，粗若可观。然父子之间，惭德实多。自忠烈王复位，忠宣王王璋如元宿卫凡十年，而久居上国，自罢窜逐之辱，在位五年，寿五十一。

三月，元辽阳行省右丞洪重喜，奏忠宣王不奉国法、恣暴等罪。元朝中书省请允忠宣王与洪重喜对质，元武宗不准，惟敕忠宣王从皇太后往五台山拜佛。元武宗命留京师，忠宣王乃构"万卷堂"于燕邸。招致元之大儒阎复、姚燧、赵孟頫、虞集等与之从游，以考究文史自娱。

四月，元遣使至高丽求佛经纸。

五月，虞集入为国子助教。

八月，元诏立尚书省，以乞台普济为太傅、右丞相，脱虎脱为左丞相，三宝奴、乐实为平章政事，保八为右丞，忙哥铁木儿为左丞，王羆为参知政事，中书左丞刘楫授尚书左丞、商议尚书省事。

九月，元以便民条画诏天下，改"行中书省"为"行尚书省"。

十月，元以始行"至大银钞"诏天下。

十一月，高丽遣评理权溥，如元贺正。

十二月，元上太祖"睿宗"尊号，遣宦者康佑至高丽颁诏。

是岁，陈孚卒，年五十一。是岁，酒贤生。是岁，姚燧授荣禄大夫、翰林学士承旨。

1310 年　庚戌　元武宗至大三年　高丽忠宣王二年

正月，高丽忠宣王欲传位世子王鉴，为从臣谏止。

四月，元赐高丽忠宣王"功臣"封号，封"沈王"。

五月，元丞相脱脱遣使至高丽，求阉人、童女。

六月，元以册皇后诏天下，遣八扎等至高丽颁诏。是月，元遣宦者方臣祐至高丽监书金字藏经。皇太后送金簿六十余锭。方臣祐聚僧俗三百人于旻天寺写之。

七月，元封宝塔实怜公主为韩国长公主。

八月，姚燧跋《雪堂雅集》。

九月，元流宁王于高丽。宁王为世祖庶子，谋叛，事觉，与其家属五十余人偕至高丽。

是岁，王构卒。王构（1245～1310），字肯堂，号安野，山东东平人，卒谥文肃，著有《修辞鉴衡》二卷及文集三十卷。

1311 年　辛亥　元武宗至大四年　高丽忠宣王三年

正月，元以武宗海山崩，遣使至高丽颁诏。

二月，元罢尚书省，复为中书省，改赐高丽"行中书省"印章。

三月，元爱育黎拔力八达即帝位，是为仁宗。是月，高丽忠宣王奏于帝，传"沈王"位于侄子王暠，自称"太尉王"。

六月，元以复《中统至元钞法》遣使颁诏。

闰七月，元增国子生额。初定国子生额为三百人，今增陪堂生二十人，凡通一经者，以次补伴读，着为定式。

八月，皇太后遣锁鲁花至高丽，赐钞五千八百锭赏写经。

九月，元诏改明年为皇庆元年。

十一月，高丽赞成事权溥等赍大藏经如元。

十二月，元以改元"皇庆"遣使颁诏。

是岁，高丽忠宣王在元。

1312 年　壬子　元仁宗皇庆一年　高丽忠宣王四年

正月，高丽忠宣王在元。元命归国，王不欲行，使朴景亮，言于用事大臣曰："今方农月，请待秋成。"仁宗从之。

三月，阎复卒，年七十七。阎复（1236～1312），字子静，号静轩（一作静斋），著有《静轩集》五十卷、《内外制集》，均已佚。

五月，高丽忠宣王遣大护军致仕郑晟送还《历代实录》至高丽。

六月，元降制令高丽毋置行省。

九月，高丽遣赞成事洪诜如元谢不置行省。

十月，翰林学士承旨玉莲赤不花等进顺宗、成宗、武宗实录。是月二十九日，赵孟頫序黄溍所撰《日损斋初稿》。

1313 年　癸丑　元仁宗皇庆二年　高丽忠宣王五年

二月，元杖流高丽陪臣金深、李思温于临洮。

三月，高丽忠宣王以长子江陵大君王焘见宠于帝，请传位。元仁宗乃册王焘曰"金紫光禄大夫、征东行中书省左丞相、上柱国、高丽国王"。是时，朝廷欲高丽忠宣王归国，忠宣王无以为辞，乃逊其位，又以侄延安君王暠为世子。

四月，高丽忠肃王王焘侍高丽忠宣王及宝塔实怜公主发燕京。忠宣王欲留大都，帝不许，乃以马车一百四十辆出京城。帝遣三十六人、皇太后遣十八人护送。

五月，高丽忠宣王遣彦阳君金文衍如元，留世子王暠为秃鲁花。

九月，姚燧卒，年七十六，著有《牧庵文集》三十六卷。是月，高丽遣上护军朴从龙如元，上《谢袭位表》。

高丽史臣赞曰："忠宣为世子，入侍元朝，与姚燧、赵孟頫诸公游，间或与闻朝政，其议论有足观者。及其即立，遽厌万几，寻复如元，诏事妇寺，淹留燕京，至于五年。国人困苦供馈，从臣久劳思归，至谋相陷。元亦厌之，再诏归国，无以为辞，乃逊位子焘。又以侄暠为世子。父子兄弟卒构猜嫌，其祸至于数世而未弭，贻谋之不臧如此。吐蕃之窜，非不幸也。"

十月，元中书省奏开科举，倡优不得与试。

十一月，诏行科举。诏云："科场，每三岁一次开试。举人从本贯官司于诸色户内推举，年及二十五以上，乡党称其孝悌，朋友服其信义，经明行修之士，结罪保举，以礼敦遣，资诸路府。其或徇私滥举，并应举而不举者，监察御史、肃政廉访司体察究治。"考试程序如下。蒙古、色目人，第一场经问五条，《大学》《论语》《孟子》《中庸》内设问，用朱氏《四书章句集注》。其义理精明，文辞典雅者为中选。第二场策一道，以时务出题，限五百字以上。汉人、南人，第一场明经疑二问，《大学》《论语》《孟子》《中庸》内出题，并用朱氏《四书章句集注》，复以己意结之，限三百字以上。经义一道，各治一经，《诗》以朱氏为主，《尚书》以蔡氏为主，《周易》以程氏、朱氏为主，已上三经，兼用古注疏，《春秋》许用《三传》及胡氏《传》，《礼记》用古疏注，限五百字以上，不拘格律。第二场古赋、诏诰、章表内科一道，古赋、诏诰用古体，章表、四六参用古体。第三场策一道，经史时务内出题，不矜浮藻，惟务直述，限一千字以上成。蒙古、色目人，愿试汉人、南人科目，中选者加一等注授。蒙古、色目人作一榜，汉人、南人作一榜。第一名赐进士及第，从六品，第二名以下及第二甲，皆正七品，第三甲以下，皆正八品，两榜并同。

1314 年　甲寅　元仁宗延祐一年　高丽忠肃王一年

高丽忠肃王王焘（1294～1339），字宜孝，蒙古名阿剌讷忒失里，为忠宣王第二子，母为蒙古女也速真，性严毅沉重，聪明好洁，善制述，工隶书。其在位前后二十五年，寿四十六。

正月，元以行科举遣使颁诏。高丽忠肃王教曰："化民成俗，必由学校。迩来成均馆，不勤教诲，诸生皆弃其业，至于朔望之奠、二丁之祭，辞以他故而不与焉，有乖先王之典，其令祭酒，每行奠谒，务崇修洁，诸生不与者，征白金一斤，以充养贤库。"是月，高丽命政丞致仕闵渍、赞成事权溥，略撰高丽太祖王建以来《实录》。是月，高丽忠宣王王璋如元。

二月，元改元"延祐"，遣别里哥帖木儿至高丽颁诏。

三月，元中书省移牒科举程序。是月，高丽忠肃王幸内愿堂，次板上诗。嬖臣护军尹硕、僧戒松等和进。高丽史臣李衍宗曾评："王不与通儒，讲论治道，而玩于末艺，每与尹硕戒松辈唱和，以抽黄对白为务，何益于君道哉？"

闰三月，元仁宗命高丽忠宣王留京师。忠宣王构万卷堂于燕邸，招致文儒阎复、姚燧、赵孟頫、虞集等，与之从游，以考究自娱，令从臣轮番而代。时有鲜卑僧，上言帝师八思巴，制蒙古字，以利国家，乞令天下，立祠比孔子。有诏，公卿耆老会议。国公杨安普力主其议。忠宣谓安普曰："师制字，有功于国，祀之自应古典，何必比之孔氏？孔氏百王之师，其得通祀，以德不以功，后世恐有异论。"言虽不纳，闻者韪之。科举之设，忠宣王尝以姚燧之言，白于帝，许之。及李孟为平章事奏行焉，其原盖自王发也。右丞相秃鲁罢，帝以上王为相，王固辞曰："臣小国藩宣之寄，犹惧不任，乞付于子，况朝廷之上相哉？安敢贪荣冒处，以累陛下之明，敢以死请。"帝笑曰："固知卿善避权也。"

六月，高丽赞成事权溥、商议会议都监事李瑱、三司使权汉功等，会成均馆，考阅新购书籍，且试经学。

七月，元遣使赐高丽忠肃王书籍四千三百七十一册，皆宋秘阁所藏。

是岁，揭傒斯以程钜夫、卢挚等荐，授翰林国史院编修。

1315 年　乙卯　元仁宗延祐二年　高丽忠肃王二年

正月，高丽改东堂，为应举试。是月，高丽赐朴仁干等三十三人及第，遣仁干等三人应举于元，皆不第。朴仁干，因留侍忠宣王。是月，高丽王子王祯诞生。

三月，李孟、张养浩为会试考官。元明善选充考官，廷对为读卷官。是月，马祖常登进士第，授应奉翰林文字、承事郎、同知制诰兼国史院编修官。其弟马祖孝亦登进士第，授陈州判官。许有壬、欧阳玄登进士第。杨载登进士第，授承务郎、饶州路同知浮梁州事。黄溍登进士第，授台州路宁海县丞。王沂、干文传、王士元、张翔、杨景行、偰哲笃登进士第。

九月，蓟国公主宝塔实怜如元。

十二月，蓟国公主宝塔实怜薨于元大都。

1316 年　丙辰　元仁宗延祐三年　高丽忠肃王三年

六月，高丽忠肃王谒元仁宗于上都。

七月，高丽忠肃王娶亦怜真八剌公主。

十月，高丽忠肃王与亦怜真八剌公主，自元回高丽。是月，赵孟頫顷超拜荣禄大夫、翰林学士承旨。

是岁，高丽忠肃王遣李齐贤进香四川峨眉山。

1317 年　丁巳　元仁宗延祐四年　高丽忠肃王四年

正月，元流魏王阿尤哥于耽罗，寻移大青岛。

三月，苏天爵以《碣石赋》中国子监第一名。

四月，高丽检校金议政丞闵渍，撰进本朝编年纲目。上起国初，下迄高宗，书凡四十二卷。

五月，戴良生。是月，王沂生。

九月，高丽遣选部典书李齐贤，如元贺上王诞日。

十一月，高丽赞成事权汉功自元回高丽，元仁宗册高丽忠肃王为开府仪同三司、驸马、高丽国王。

十二月，高丽遣吉昌君权准，如元贺正。是月，高丽遣艺文检阅安震，应举于元。

是岁，高丽李穀中举子科朴孝修监试。是岁，马祖常以监察御史出使河西，馆阁之士多赋诗送之。袁桷作《送马伯庸御史出使河西》诗八首，柳贯作《送马伯庸御史出使河陇》诗，文矩作《送马伯庸御史奉使关陇》诗。马祖常作有纪行诗《庆阳》《河湟书事二首》等。是岁，普陀僧一山在日本圆寂，被日本尊为国师。继一山后，相继东渡日本的元代僧人有东明惠日、清拙正澄、明极楚俊、竺仙楚仙、东里弘会、灵山道隐、东陵永玙等。他们在日期间，历主名山大刹，接引学人弟子，大都留居日本直到去世，为日本佛教尤其是禅宗的发展做出了巨大贡献。一山的日本弟子如龙山德见、雪村友梅、无著良缘、嵩山居中、东林友丘等，都曾入元朝参究名刹。

1318 年　戊午　元仁宗延祐五年　高丽忠肃王五年

六月，高丽以艺文检阅安震，中制科，擢为艺文应教、总部直郎。权适之后，安震，始登制科。是月，龙仁夫序黎崱所撰《安南志略》。其书又有察罕、程钜夫、元明善、刘必大、许善胜、许有壬、欧阳玄等人序。

七月，萧斁卒，年七十八。

1319 年　己未　元仁宗延祐六年　高丽忠肃王六年

三月，高丽忠宣王请于元仁宗，降御香。南游江浙，至宝陀山而还。权汉功、李齐贤等从之。命从臣记所历山川胜景为行录一卷。

五月，赵孟頫妻管道升卒，年五十八。

九月，钱塘汤炳龙为李齐贤真像作赞，云："车书其同，礼乐其东，光岳其锺。为人之宗，为世之雄，为儒之通。气正而洪，貌俨而恭。言慎而从。恢恢乎容，温温乎融，挺挺乎中。于学则充，于道则隆，于文则丰。存心以忠，临政以公，辅国以功。命而登庸，瞻而和衷，后而时雍。延祐己未九月望日。北村老民汤炳龙。书于钱塘保和读易斋。时年七十有九。"

是岁，宋本与其弟宋褧入京师，本以其集《千树栗》见知于许有壬。是岁，朱德润以赵孟頫荐，授应奉翰林文字、同知制诰兼国史院编修官。

1320 年　庚申　元仁宗延祐七年　高丽忠肃王七年

正月，元仁宗崩。

三月，元皇太子硕德八剌即皇帝位于大明殿，是为英宗。

四月，元罢回回国子监。

五月，高丽忠宣王复请于帝，降香江南。盖知时事将变，冀以避患也。行至金山寺，帝遣使急召，令骑士拥逼以行。侍从、臣僚皆奔窜。兴礼君朴景亮、遂安君李连松，仰药而死。盖伯颜秃古思方用事，恐王不免也。

九月，高丽忠宣王还至大都，帝命中书省差官护送本国安置。高丽忠宣王迟留不即发。

十月，高丽遣丹阳府主簿安轴、长兴库崔瀣、司宪纠正李衍宗，应举于元，瀣遂中制科。是月，元下高丽忠宣王于刑部，既而祝发，置石佛寺。

十二月，元流高丽忠宣王于吐蕃撒思结之地，去京师万五千里。随从宰相崔诚之等皆逃匿不见。唯直宝文阁朴仁干、前大护军张元祖等十八人，从至流所。伯颜秃古思谗诉不已，祸几不测，赖丞相拜住营救得免。是月，高丽百官上书中书省，讼高丽忠宣王之冤。

是岁秋，高丽李毂中秀才科第二名。李齐贤知贡举，朴孝修同知贡举。李毂调福州司录参军事。是岁，吴澄序元明善所撰文集。

1321 年　辛酉　元英宗至治元年　高丽忠肃王八年

三月，元廷试进士泰不华、宋本等六十四人，赐及第、出身有差。泰不华登状元第，年十八。宋本登状元第。吴师道登进士第，授高邮县丞。

杨舟登进士第，授茶陵州同知。李好文登进士第。王思诚登进士第，授管州判官。王思诚，字致道，兖州嵫阳人，历官礼部尚书、国子祭酒、集贤侍讲学士。

六月，张养浩辞中书省参议，还济南里居。

七月，高丽忠宣王至西蕃独知里，寄书崔有澝、权溥、许有全、赵简等云："予以命数之奇，罹兹忧患，孑尔一身，跋涉万五千里，向于吐蕃，辱我社稷多矣，寝不安枕，食不知味，想诸国老，亦劳心焦思，采增惶愧。国王年少无知，间之惮我群小，必幸我如此，肆其奸巧，焉知不问我父子乎？幸诸国老，同心协力，数奏于帝，俾予速还。"

十一月，高丽忠宣王寄书崔有澝、权溥、裴挺、许有全、金赆、赵简等曰："予十月六日，到吐蕃撒思结，似闻帝许还国，其言若实，公等无以为念。不然，与柳清臣、吴潜议，表请于帝，俾予无久于此。"

十二月，高丽白元恒、朴孝修等会议，上书中书省乞还高丽忠宣王。

是岁，文矩以礼部郎中辅吏部尚书教化出使安南。是岁，诏命朱思本往主豫章玉隆万寿宫。其行在明年，袁桷、柳贯、王继学、许有壬、薛玄卿、马臻等作诗送别。

1322 年　壬戌　元英宗至治二年　高丽忠肃王九年

二月，元明善卒。张养浩作《故翰林学士资善大夫知制诰同修国史赠某官谥文敏元公神道碑铭》。

三月，元从中书省臣言，以国学废弛，令中书平章政事廉恂、参议中书事张养浩、都事孛尤鲁翀董之。外郡学校，仍命御史台、翰林院、国子监同议兴举。是月，元以忠肃王不奉行帝敕，遣翰林待制沙的等至高丽讯之。

五月，高丽遣前金议评理金廷美，如元献盘缠于高丽忠宣王。

六月，赵孟頫卒，年六十九。是月，饶州路宫刊马端临《文献通考》。

1323 年　癸亥　元英宗至治三年　高丽忠肃王十年

正月，翰林国史院进《仁宗实录》。是月，编《大元通制》成，颁行天下。是月，高丽柳清臣、吴潜，上书于元，请立省比内地。元前通事舍人王观上书丞相，以为有六不可。高丽都金议司使李齐贤在元，亦上书都堂请高丽"国其国，人其人"。立省之议遂寝。是月，高丽骊兴君闵渍、驾洛君许有全、兴宁君金赈，如元请召还忠宣王。渍等至元留半岁余，为沈王之党所沮，竟不能达而还。是月，崔诚之、李齐贤在元，献书元郎中请召还忠宣王，又上书丞相拜住请求力救忠宣王。

二月，元量移高丽忠宣王于朵思麻之地，从丞相拜住之奏也。

四月，李齐贤作诗《发京师》云："主恩曾未答丘山，万里驱驰敢道难。弹剑不为儿女别，引杯聊尽故人欢。五云回首笼金阙，片月多情照玉关。唯念慈亲鬓如雪，数行清泪洒征鞍。"

八月，元英宗崩，年二十一。是月，杨载卒，年五十三。

九月，也孙铁木儿即皇帝位，是为泰定帝。是月，元中书省遣明和尚至高丽言，皇叔晋王即帝位，召还忠宣王。

十二月，高丽安轴、赵廉、崔龙甲，应举于元，安轴中制科。是月，忠宣王寄书高丽宰枢曰："寡人于十一月十日到大都，刹见至尊。犹念国王年少，昵比憸人，多行不义。卿等怀禄，无所匡救，焉用彼相。自今可小心辅国。"

1324 年　甲子　元泰定帝泰定一年　高丽忠肃王十一年

三月，元廷试进士八剌、张益等八十四人，赐及第、出身有差。会试下第者，亦赐教官有差。宋褧、程端学、段天祐、吕思诚、费著、郑禧登进士第。是月，高丽忠宣王械送伍尉方连、宦者方元，囚于巡军。忠宣王之在吐藩也，连元兄弟，苦以久从艰险，欲弒之而逃还，中夜火行幄，事觉。

四月，高丽人曹頔、蔡河中等，又令留元无赖子弟二千余人，连名呈省，诉高丽忠宣王不已。

八月，高丽忠肃王娶魏王阿尤哥女金童公主。

十二月，高丽政丞崔有渰，如元贺正。宰相呈中书省书曰："上王之在吐蕃也，奸臣诈以请还上王，会国人署名于状，其实请立沈王也。其后国人皆知其诈，而奸臣犹以前状借口构衅不已，请察其精。"

1325 年　乙丑，元泰定帝泰定二年　高丽忠肃王十二年

三月，高丽崔有渰还自元，时朝廷欲立省高丽国，革世禄、奴婢之法。崔有渰诣中书省，力言请因旧制。从之。及还，国人举手加额，泣曰："存我三韩者，崔侍中也。"

五月，高丽忠宣王薨于元。其在元时间达三十五年。

七月，高丽延兴君朴全之，卒。高丽忠烈王曾选衣冠子弟二十人，入侍中朝，朴全之与焉，与中原名士商确古今，如指诸掌。时忠宣为世子，令朴全之为傅。及世子即位，以师傅旧恩，封延兴君。朴全之为人，温厚慈爱，通经史究术数。

十一月，高丽以李齐贤为政堂文学。

1326 年　丙寅　元泰定帝泰定三年　高丽忠肃王十三年

是岁秋，高丽李穀中征东省乡试第三名。是岁，高丽检校佥议政丞闵渍卒，谥文仁。是岁，苏天爵辑安熙诗文为《默庵先生文集》。

1327 年　丁卯　元泰定帝泰定四年　高丽忠肃王十四年

三月，元廷试进士阿察赤、李黼等八十五人，赐进士及第、出身有差。李黼中左榜进士第一。杨维桢登李黼榜甲进士第。萨都剌、张以宁、黄清老、俞焯登进士第。

五月，高丽佥议中赞金怡，卒。崔怡性豁达有长者风，久从忠宣，入侍于元，有负绁之劳，终始一节。

六月，高丽李穀撰《与同年赵中书崔献纳书》。

是岁，高丽李穀至元大都参加会试，不中而还。是岁，日僧古源邵元来华，后在华二十年，遍历天台、少林、灵岩、五台诸名山大刹，尤以在少林历时最久，曾预百名高僧之选，赴大都参与译写《大藏经》。

1328 年　戊辰　元泰定帝至和一年（天顺一年、天历一年）　高丽忠肃王十五年

二月，高丽遣世子王祯，如元宿卫。

三月，元以赵世延知经筵事，赵简预经筵事，阿鲁威同知经筵事，曹元用、吴秉道、虞集、段辅、马祖常、燕赤、孛尤鲁翀并兼经筵官。

六月，高丽李穀作《天历己巳六月舟发礼成江南往韩山江口阻风》古诗五首，作《舟发礼成江江口阻风》律诗二首。

七月，泰定帝崩，年三十六。是月，元遣平章政事买驴等至高丽查证忠肃王暗哑之事。高丽白文宝曾评："王留燕五年，忧劳惊悸，损伤天性。及还国，常居深殿，忽忽不乐，不接朝臣，不亲政事。由此，小人并进，如祖伦、安道、之镜、申时用等，专擅权柄，卖官鬻狱，无所不至、台谏章疏，中沮不启。"是月，印度僧人指空在高丽说法。指空八岁出家，游历许多邦域。至中国，后东至高丽国，礼金刚山，并于忠肃王十五年说戒于延福亭。是月，元泰定帝也孙铁木耳崩。其子阿速吉八继位，是为天顺皇帝。天顺帝即位不足月，即战败逃亡，不知所终。

九月，元武宗帝次子怀王图帖睦尔即位于元上都，是为文宗。元文宗遣使至高丽，告改元"天历"，大赦天下。是月，元欲征兵高丽，遣高丽使臣尹莘系同洪伯颜不花赍文牒以归。是月十五日，朱元璋生。

是岁，陈旅以中书平章政事赵世延荐，授国子助教。

1329 年　己巳　元文宗天历二年　高丽忠肃王十六年

正月二十八日，元周王和世㻋即皇帝位于和宁之北，是为明宗。然本年八月庚寅（六日）即暴崩，年三十。

三月，元立奎章阁学士院。

六月，高丽高兴府院君柳清臣死于元。初，柳清臣与吴潜，从王如元，见沈王暠欲篡王位，遂背王附暠，诡谋万端。及王复位，二人惧罪，不敢还，柳清臣留燕九年而死。

七月，张养浩卒，年六十。

八月，图帖睦尔复以皇太子即皇帝位。

十月，高丽遣安定君王琼，如元贺即位。又遣金之镜，请传位世子王祯，时世了在元。

是岁，安南陈益稷卒，年七十六。陈益稷（1254～1329），安南国王陈日烜之弟，至元二十三年封为安南国王，后以羁留鄂州，遥授湖广行中书省平章政事，累进金紫光禄大夫、仪同三司。其著有《拱北稿》，已佚。安南，古南交地，自秦时为郡县，汉唐因之，五代割据，遂成异域。元时兵力之强，尽有西南诸部，而安南独不入版图，选将用兵，频年暴露，而终莫得其要领。然益稷以羁旅降王，犹能以歌吟与中朝文士相颉颃。何地无才，亦足以见元时诗学之盛矣。

1330 年　庚午　元文宗天历三年（至顺元年）　高丽忠肃王十七年

二月，元命典瑞院使阿鲁委头曼台、客省大史九住，策世子王祯"开府仪同三司、征东行中书省左丞相、上柱国、高丽国王"，遂遣客省副使七十坚，来取高丽国王印。是月，元文宗于奎章阁授高丽王祯国王印。高丽忠惠王王祯命政丞致仕金台铉，权征东行省事。是月，高丽忠惠王王祯委机务于嬖臣裴佺、朱柱等，日与内竖，为角力戏，无上下礼。由是，君子见斥，直言不得进。起居注李湛白王曰："君举不可不慎，一动一静，左右书之。"王曰："书者谁欤？"湛曰："史臣之职也。"王曰："书我过失者，皆书生也。"王本不好儒，由是益恶之。是月，王祯尚关西王焦八长女，是为德宁公主。

三月，元廷试进士，赐笃列图、王文烨等九十七人及第、出身有差。雅琥、林泉生登进士第。李裕登进士第，授汴梁路陈州同知。刘性、许有孚、施耳登进士第。刘闻登进士第，授临江录事。

五月，元改元至顺。是月，高丽安轴作诗《天历三年五月受江陵道存抚使之命是月三十日发松京宿白岭驿夜半雨作有怀》。

七月，元流明宗太子妥懽帖睦尔于大青岛。是月，高丽光阳君崔诚之卒。崔诚之，性刚直，精于数学，忠宣在元，定内乱，立武宗，诚之在左右，多所赞襄，忠宣赐金百斤，令求师，学授时历法，东还遂传其学。

闰七月，高丽忠惠王王祯寄书元右丞相请勿在高丽立省置官，变更国俗。是月，高丽崔瀣撰《大元故征东都镇抚高丽匡请大夫检校金议评理元公墓志铭》。

是月，高丽安轴作《至顺元年十月始八日承王命赴京发和州马上偶作》云："晨昏恋主贡忠诚，更有思家骨肉情。山水关东虽信美，出城西笑马蹄轻。"

1331年 辛未 元文宗至顺二年 高丽忠惠王一年

九月，高丽安轴作《至顺二年九月十七日罢任如京过顺忠关》云："杖节入关口，还从此路归。朔风吹列戟，落叶满征衣。未救民间病，宁教国体肥。纵倾东海水，难洗二年非。"

十一月，苏天爵由翰林修撰擢拜南台御史，明年正月到任。

十二月，元召还妥懽帖睦尔太子。

是岁春，高丽李毅拜艺文检阅。是岁，黄溍以马祖常荐，被召为应奉翰林文字、同知制诰兼国史院编修官，进阶儒林郎。

1332 年　壬申　元文宗至顺三年　高丽忠惠王二年（高丽忠肃王后一年）

二月，欧阳玄作《渔家傲》鼓子词十二首。是月，元遣留守宝守前理问郎中蒋伯祥等至高丽传帝命，云已于正月三日，命高丽忠肃王复位。蒋伯祥收国玺封诸库。高丽忠惠王遂如元。

八月，元文宗帝崩，年二十九，在位五年。

十月，元明宗帝次子懿璘质班即位，是为元宁宗。是月，高丽李穀撰《送安修撰序》。

十一月，李齐贤作诗《壬申十一月晦日》云：“落落平生喜远游，归来弊尽黑貂裘。谁同阮籍能青眼，未分文君共白头。案上有书时自读，樽中无酒与谁谋。伤心岁暮空阶雨，竟日丁东滴不休。”

十二月，元宁宗懿璘质班被弒，年七岁。

是岁，江浙行省儒学刊行姚燧《牧庵集》。是岁秋，高丽李穀中征东省乡试第一名。是岁，高丽禹倬卒。

1333 年　癸酉　元惠宗元统元年　高丽忠肃王后二年

三月，元右丞相燕帖木儿奏于皇太后、皇太子曰：“高丽邻于倭境，今其王久在都下，请令还国。”时元文宗、宁宗，相继而崩。皇太子未即位王，以高丽忠惠王为文宗旧臣，不忍遽还，迁延不发。是月，虞集序王士点所编《禁扁》。

闰三月，高丽忠肃王与庆华公主自元回高丽。

六月初八，妥懽帖睦尔即位于上都，是为元顺帝。是月，高丽遣密直金资如元贺元顺帝即位。二十五日，吴澄卒，年八十五。

九月，元廷试进士同同、李齐等，复增名额，达百人之数。其制稍异于前，左右榜各三人，皆赐进士及第，其余赐出身有差。李齐登左榜进士第一。李祁举左榜进士第二人。余阙举右榜进士第二人。刘基中第二十六名进士，汉人、南人第三甲第二十名，授高安县丞。宇文公谅、朱文霆、成遵登进士第。

十月，颁诏改元，以至顺四年为元统元年。

是岁，高丽李穀在元大都科举登第，授翰林、国史院检阅官。

1334 年　甲戌　元惠宗元统二年　高丽忠肃王后三年

三月，高丽崔瀣撰《送郑仲孚书状官序》。

四月十八日，元大兴学校，命李穀捧制书东还高丽。国子助教陈旅撰《送李中父使征东行省序》，序曰：

高丽在我朝，如古封建国得自官人，其秀民皆用所设科仕于其国。皇庆间，诏大比天下士，自是始有试礼闱者，然多缀末第。或授东省宰属，或官所近州郡。既归，即为其国显官，鲜更西度鸭绿水者。夫自封建既废，天下仕者无不登名王朝，其势然也。今高丽得自官人，而其秀民往往已用所设科仕其国矣。顾复不远数千里，来试京师者，盖以得于其国者，不若得诸朝廷者之为荣。故虽得末第冗官，亦甚荣于其国。况擢高科官华近，为天下之所共荣者乎。元统元年，天子亲策进士，旅叨掌试卷帘内。高丽李穀所对策，大为读卷官所赏，乃超置乙科。宰相遂奏为翰林国史院检阅官，亦荣矣哉。明年，上大兴学校，中父得捧制书东还。且将以其得于朝廷者悦乎亲，以及其乡党也。余壮其行告之曰：子归见邦人诸友，宜言上文明，立贤无方，未尝鄙夷远人。如曾青丹研不产于中国，而中国实用之。士患不适于用，不患中国之不已用也。不然，兴学校之诏，何以远颁于兹土哉。易之渐曰："鸿渐于逵，其羽可用为仪。吉。"吾将见扬翘于东者。与中父翩翩而来仪乎。元统二年四月十八日，国子助教莆田陈旅序。

宋本《送诗》云："珍岛烟华画不如，白岩城下路萦纡。乡人尽识乘轺使，鸭绿江头旧弃繻。闻说三韩学李唐，白袍岁岁集科场。中朝高选归家看，别样蟾宫桂子香。东国登科第六人，芳踪独占禁林春。好将元统君恩重，说向高堂鹤发亲。鳌省门生衣锦还，白头座主送征鞍。新诗价不一钱直，莫遣鸡林贾客看。"

欧阳玄《送诗》云："黄鹄远见珍，飞来东海滨。上林红日晓，太液碧波春。振翮一何迅，承恩从此新。羽仪近天路，歌颂动王臣。中举宁愁晚，孤骞已绝尘。孔鸾应借彩，鸑鷟许为邻。省觐归乘传，翱翔出捧纶。已为中国瑞，宜耀故乡人。"

谢端《送诗》云："海东进士来上国，何人赐袍染猩红。才华正宣鳌禁直，话言何妨象胥通。君今乘轺故乡去，想见鸱袍迎夹路。皇明右文开诏书，明年鹿鸣早充赋。"

焦鼎《送诗》云："桥门流水漾余春，桂月辉辉照析津。天外乘槎还是客，朝中赠策岂无人。马空冀北文犹湿，鹤去辽东海未尘。珍重归来报明主，莫教容易鬓毛新。"

岳至《送诗》云："李君捧制驰驲归，海门六月云霏霏。扬鞭举辔四千里，东过鸭绿生光辉。去年射策金门里，文章惊起中朝士。绯衣象笏锡恩光，执笔翰林修国史。君如海鹘腾羽翰，奋然一举凌云端。勿讶边州有奇士，古来君子出三韩。"

王士点《送诗》云："朝暾明祖幄，芳笺赋长吟。骑置虹旌下，人传凤诏临。香名留雁塔，绣服过鸡林。声教东渐海，年登九牧金。"

王沂《送诗》云："元统千年运，三韩万古风。江流明鸭绿，袍色赐猩红。负弩乡人出，乘轺驿路通。新诗书侧理，为我寄飞鸿。"

潘迪《送诗》云："披尽丛沙见紫金，巨篇曾动主司钦。东方宠耀山川丽，西被恩霑雨露深。辇底皇华辞凤阙，日边丹诏下鸡林。还家细向乡人说，亘古文明莫盛今。"

揭傒斯《送诗》云："李君起海东，射策天子廷。文如昆仑源，倒建高屋瓴。又如常山蛇，首尾不敢停。乙科已屈置，首擢乃所丁。天子见之骇，同列颜亦赪。进之白玉堂，黯以凤皇翎。巍巍北辰居，奕奕环众星。立贤本无方，取士亦有经。始识中国大，万邦此仪刑。圣人兴学心，凤夜靡遑宁。一日诏天下，万里驰飞轓。李君亦在行，因之拜亲庭。遥怜鸭绿东，冉冉乡山青。其王闻诏来，旟旐拥郊垌。天清海无波，父老扶杖听。再睹德化盛，普天仰皇灵。尔国甥舅亲，为我东户扃。相距四千里，不异影与形。尔归勿久留，使我心荧荧。迎养固不恶，岂曰无辎軿。我歌尔试听，莫待霜露零。"

宋褧《送诗》云："箕子余风二千载，帻沟楼下有书声。贡士来经鸭绿远，登科去被牙绯荣。中朝分命新诏使，东人争迎旧书生。德音宣布声教广，遣子入学同趋京。"

程益《送诗》云："中父东方彦，闻名心已降。科场推第一，才气本无双。喜溢耽罗国，恩浮鸭绿江。白云虽满舍，长策未经邦。同年复同仕，千载一奇逢。君念故乡去，人言吾易东。纶音宣化远，袍色映颜红。试读明廷策，难忘击壤翁。"

程谦《送诗》云："海波浴日扶桑东，三韩照耀图书丛。始知舆地无远迩，仁风化雨沾濡同。忆昨射策来趋风，衮衣亲御琉璃宫。云烟落纸龙蛇走，猩猩血染恩袍红。紫泥擎出蓬莱里，进士荣归耀乡里。雕盘海错随意陈，白发慈亲颜色喜。圣明天子方向儒，夤勿还山呼不起。都门他日候鸣驺，玻璃杯滟蔷薇水。"

郭嘉《送诗》云："俗美以箕子，教兴维圣明。殊方谁不学，吾子独成名。恩渥绯衣润，风清碧海平。锦还擎凤诏，欢迓定倾城。"

五月，陈旅序、苏天爵所编《国朝文类》。

十一月，程端学卒，年五十七。宋本卒，年五十四。

是岁，遣尚书帖住、礼部郎中智熙善使安南，以《授时历》赐之。安南遣童和卿、阮固夫入贡，贺即位。

1335 年　乙亥　元惠宗至元元年　高丽忠肃王后四年

三月，高丽李毅自高丽还朝。崔瀣等人为其诗文送行。崔瀣撰《送奉使李中父还朝序》。序曰：

翰林李中父奉使征东，已事将还，过辞予。因语之曰：进士取人，本盛于唐。长庆初，有金云卿者，始以新罗宾贡，题名杜师礼榜。由此以至天祐终，凡登宾贡科者五十有八人。五代梁唐又三十有二人。盖除渤海诸蕃十数人，余尽东土。逮我高丽，亦尝贡士于宋。淳化孙何榜，有王彬、崔罕。咸平孙榜，有金成绩。景祐张唐卿榜，有康抚民。政和中，又亲试权适、金端等四人。特赐上舍及第。举是可见东方代不乏材矣。然所谓宾贡科者，每自别试，附名榜尾，不得与诸人齿，所除多卑冗，或便放归。钦惟圣元一视同仁，立贤无方，东士故与中原俊秀并举，列名金榜已有六人焉。中父虽后出，乃擢高科，除官禁省，施及二亲，俱霑恩命。光捧诏书，来使故国，谒母高堂，焚黄先陇，为存殁荣。得志还乡。不独长卿，翁子夸于蜀，越矣。吾家文昌公，讳致远，本国追封之，年十二西游。十八登咸通十五年第，历尉中山，佐淮南高侍中幕，官至侍御史内供奉。二十八奉使归国，乡人至今传以为美谈。当是时也，属于唐季，四海兵兴，而公以羁旅孤踪，寄食于藩镇。虽授宪秩。职非其真。及乎东归，国又大乱，道梗不果复命。论其平生，可谓劳勤，而其为荣无足多者。曷若吾中父遇世休明，致身华近，而且年方强壮，志愈谦光，其前途有未易量者。则显荣家国，岂止此一时，必见富贵苦逼，功名满天下，昼锦之堂，将大作于东韩。未识后来视中父与昔东人为何如也。因记在至治元年，亦自猥滥与计而偕。是年，举子尚未满额，登左榜者才四十三人，予幸忝第二十一名，拜盖牟别驾，赴官数月，以病求免。今兹退安里巷十有三年，壮志日消，无复飞腾之势。比见中父，益知予之终于自弃而无成也。惭负圣明。又奚言哉。中父尚勉旃，毋以一箦进止，而亏九仞之高也。予与中父厚，既美其行，且讼予拙而复勖之云。元统乙亥三月初吉，鸡林崔瀣序。

李齐贤《送诗》云："早知毛骨异凡流，刮目青云得意秋。三级风雷起蓬荜，九天雨露洽松楸。鸭江柳暗牵离思，鳌禁花开待胜游。尊酒论怀更何日，白头身事付沧洲。"

权汉功《送诗》云："雪窗虽积十年勤，战艺场中易策勋。此去功名如拾芥，有何台阁不容君。"

安震《送诗》云："祖席高张碧涧滨，西郊日薄蔼黄尘。今年雨雪连寒食，触处烟火阻今辰。芳草未堪留去马，绿杨岂解系行人。男儿自有四方志，安用临岐苦怆神。"

安轴《送诗》云："奎璧照东方，仙李生乡曲。晬面气英奇，璞中藏美玉。结发从我游，五经已在腹。无人识真才，贵耳而贱目。一朝与计偕，谒帝战场屋。三捷收奇功，禁苑得颇牧。肠擒谪仙词，高咏对莲烛。手持大史笔，直书汗青竹。去年锦还乡，相如使西蜀。驷马生光辉，萱堂披彩服。养志在立扬，割爱辞鞠育。为君惜芳辰，池塘春草绿。伊我误良图，悔之不可复。赐袍在篦闲，坐羡云间鹄。"

闵子夷《送诗》云："天子求言诏万方，先生随计应贤良。高登桂榜迁华秩，光捧芝纶耀故乡。优渥异恩垂蕊闼，氤氲喜气满萱堂。宴安不是男儿事，往取公卿佐圣皇。"

郑天濡《送诗》云："翰苑李侯东方杰，浩浩词源固难测。才看题柱入皇朝，已见乘轺归故国。高堂彩戏未几何，王事有程留不得。辽水燕山去路长，能记吾曹苦相忆。"

李达尊《送诗》云："昔吾方未冠，闻子久闭门。许身洙泗间，轩裳安足论。昂昂万里鹤，云表谁能攀。为儒孰云腐，今日共破颜。快哉风云会，东归席岂温。平生还有约，赠子得无言。"

白文宝《送诗》云："伊昔庚申秋，同登东士牓。又忝宾兴科，中朝得偕往。棘闱与酣战，矛戟森相向。一箭已不胜，含愤犹怏怏。闻子透重甲，高山益瞻仰。天子方重儒，温色垂恩奖。置之白玉堂，绮食而象床。诏命许归觐，使华耀皇皇。宠典及父母，两封芝牒香。九泉感已彻，存者喜可量。高堂舞彩衣，沥恳称寿觞。男儿吐文章，日月须争光。顾余落风尘，素业不自强。看君拾青紫，且愿攀鸿翔。云泥既异途，翘首空徊徨。"

郑誧《送诗》云："翰林豪气浩难收，湖海元龙百尺楼。我欲从公游上国，安能郁郁任荒陬。"

安辅《送诗》云："答策当年利用宾，来时衣锦俸丝纶。东关窃识弃缥士，南郡归荣断织亲。去国行迟因爱日，朝天期迫欲随春。见君腾跃青云兴，始信诗书不负人。"

七月十一日，铁柱、智熙善出使安南，傅若金辅其行。傅若金有《七月十一日赴安南》诗，黄溍有《送傅汝砺之安南》诗。

十一月二十三日，元下诏改元，以元统三年为重纪至元元年。是月，元罢诏科举。是月，高丽忠肃王改名王卍。

十二月，元立蒙古国子监。

闰十二月，元遣使，诏高丽忠肃王入朝。是月，高丽典仪副令李毅，在元言于御史台，请罢求童女，为代作疏。帝纳之。

是岁，欧阳玄奉旨撰许衡神道碑。是岁，朱思本有上京之行，沿途所作，成《北行稿》一集。许有壬为之序。是岁，元封安南世子陈端午为国王。

1336 年　丙子　元惠宗至元二年　高丽忠肃王后五年

正月二十九日，王结卒，年六十二。王结（1275～1336），字仪伯，易州定兴人，徙家中山，卒谥文忠，著有《王文忠公文集》十五卷。

三月，高丽忠肃王将如元，发海州。时王不欲入朝，久留西京。

八月初八，虞集为傅习、孙存吾所编《元风雅》题词。

十月，高丽申彦卿，还自元，报称汉人卢康忠、王谊、王荣等十二人诉高丽忠肃王之罪，谋欲除国，夷为军民，王宜急入觐。王闻之遂如元。

十二月，元以高丽忠惠王不谨，遣还国。先是，高丽忠惠王在大都宿卫时，日与回族少年宴饮，并私一回族女。元权臣伯颜厌恶之，称其"泼皮"。其父忠肃王亦恶之，也称忠惠王为"泼皮"。

是岁，宋无自序所撰《翠寒集》。是岁，伯颜当国，禁戏文、杂剧、评话等。

1337年 丁丑 元惠宗至元三年 高丽忠肃王后六年

四月初一，高丽李毂撰《大都大兴县重兴龙泉寺碑》。

五月初二，许有壬扈从上京，沿途往返，作《文过集》，凡诗一百二十首。是月，元敕汉、南、高丽人不得藏军器，除官员、存留马匹外，其余尽行拘刷。于是百官，皆不视事征东省。据世祖皇帝不改士风之诏，奏于帝，请藏兵器，令百官骑马，从之。

九月，元承直郎国子博士王沂为高丽李毂撰《稼亭集》。

十二月，高丽忠肃王自元回国。

是岁，高丽忠惠王与尹氏生王昽。

约是岁，元苏天爵等人节毛诗句题稼亭。鲁郡王思诚《节毛诗句题稼亭》云："武维圣元，思文溥渐被。宅燕土芒芒，海外同文轨。械朴枝芃芃，行苇叶泥泥。菁莪盛辟雍，芹藻弥泮水。蔼蔼多吉人，共惟君子使。信彼三韩山，宛在沧溟沚。畇畇阳坡田，乃场乃疆理。中田有新亭，檐宇翼如跂。其居何人斯，有美誉髦士。士也东方英，考盘衡门里。家世好稼穑，代食维宝此。请学匪其功，素餐是所耻。力民务昏作，黾勉畏从仕。帝曰咨臣工，干旄举乡里。宾兴歌鹿鸣，饮饯鸭江滨。奔然来上国，折风弁有颀。川陆阻且长，行迈日靡靡。南宫士如林，三捷献长技。射策扬天休，穿杨反四矢。闻望冠黄甲，龙光动丹宸。从禄毗玉堂，靖恭阅国史。载离几寒暑，悠悠忆桑梓。妇兮赋采绿，母也嗟陟屺。徂东拜省郎，锦衣烂玼玼。言秣果下驹，还车载行李。有嘒列宿光，煌煌照东鄙。维彼九都人，瞻言伫相俟。于焉暂逍遥，画诺聊与尔。王犹固允塞，訏谟成亹亹。退公思明农，民劳曷其已。三复七月篇，永言衣食始。方春灵雨零，凤驾催举趾。楚茨斯载芟，大田有良耜。嘉种得黄茂，稷播亦勤止。厌厌实含活，绵绵或耘籽。野饷载筐筥，左右尝旨否。于皇新畬间，终善无远迩。有稻有来牟，有秬有穈芑。有瓜有菽苴，有穜有穋芑。有黍方与与，有稷又薿薿。懔懔既坚好，粟粟少糠秕。秋获庾钱镈，薄言往观视。或积若丘崇，或密若栉比。筑场纳千厢，开室储亿秭。炮羔御宾客，醺酒衍祖妣。张仲齐孝友，吉甫同燕喜。所愿屡丰年，多受上帝祉。父母寿而康，黄发更儿齿。勉勉佛仔肩，一方是纲纪。率时海隅氓，世奉明天子。"

京师宋褧《节毛诗句题稼亭》云："羲仲宾出日，平秩东作事。李君朝鲜人，稼亭名有自。敦本崇礼教，有年可立致。负耒非无心，乘桴或有志。"

赵郡苏天爵《节毛诗句题稼亭》云："画省郎官鬓发青，归来学稼葺新亭。玉堂视草曾颁烛，绿野耘苗尚带经。日出扶桑烟漠漠，春生孤岛水泠泠。拂衣便欲从君逝，白帽风流谒管宁。"

安成刘闻《节毛诗句题稼亭》云："使君结屋傍西畴，冠盖时从野老游。旸谷官因东作重，神农书自远方收。桑麻地燠民时早，粳稻秋香海岛幽。凤阁故人天上望，三韩苍翠隔神州。"

安成刘阅《节毛诗句题稼亭》云："三韩云麓好归田，员外新亭纳海天。北省难留青琐客，东人争迓绿江船。花开百济春山里，鸡唱扶桑晓日边。报国但知农务急，还乡始觉岁华迁。尽锄蔓草修场圃，多种良苗备粥饘。射雁偶陪王子出，跨牛仍学牧童鞭。桑阴负耒衣沾雨，松外凭阑帽拂烟。长恐园林鹍鸠至，不妨窗户桔槔悬。儿孙喜向三冬学，妇女能歌七月篇。露冷芙蓉怀上苑，云黄稌稗庆丰年。时时款客开家酿，岁岁输官割俸钱。却笑苏秦无二顷。貂裘尘土朔风前。"

程益《节毛诗句题稼亭》云：

三韩山下黄金产，五色云中瑞锦窠。好是秋来粳稻熟，安时应有吉祥歌。
春风台榭飞红雪，夜雨陂塘生绿波。读罢贤良方正策，逢人又说力田科。
白马金鞍紫玉珂，春来亭上是行窝。国人共说新员外，学得中原语较多。
重戴当年苏骨多，国王何日赐韩娥。春风马上闲来往，学唱天山踏踏歌。
底是京城离别后，更无一字问如何。故人天上相从处，不及当年一半多。

宣城贡师泰《节毛诗句题稼亭》云："三韩山前春草绿，柘枝连村桑满谷。大牛饭罢砺双角，小犊跳梁野如鹿。夜来东原雨新足，九扈向人催布谷。归佐明王理藩服，土膏初起如雪沃。浅种深耕贵匀熟，岂独勤身化成俗。要使扶余皆菽粟，新亭翼翼沧海滨。手持酒肉亲抚循，鸣竽击鼓更吹豳。大田多黍高过人，车载辇负声辚辚。瓯窭污邪错杂陈，露处有积居有困。郁金煮酒旨且醇，葵羹香饪调酸辛。句骊唱歌田畯神，我有炰炙供嘉宾。醉来欹帽更迭舞，韩娥拍手山月吐。"

武威余阙《节毛诗句题稼亭》云：

天官初候景，税野待新晴。海上人耕早，雪中春草生。荷锄忘吏役，掩户爱香清。还省京华日，朝服祀苍精。

同年方贵显，常怀隐者情。时从粉省出，自寻黄鸟耕。春阳初泛野，小雨迥遮城。想子还释耒，芳尊谁与倾。

东平王士点《节毛诗句题稼亭》云："我家杨广道，释耒仕王京。挟策西游去，久住凤皇城。大君怀远臣，令臣官玉署。内省聊淹留，还思故乡去。鸡林分省治，拜诏作新郎。田园应不远，乘暇日旁皇。青山环馆舍，渌水界沟塍。我宇多邻并，耕耘殊未能。牵牛耕麦陇，获刈敢妨功。佃夫勤已久，登场我稼同。束发读经史，入仕习华言。耕凿思帝力，新亭立高原。兰省多花卉，丛丛香色殊。那知新亭下，饮食多所需。播种效古书，闲田日以垦。鸣珂趋省府，从容敢忘本。"

南阳成遵《节毛诗句题稼亭》云："朝马年年响佩珂，归耕故里乐如何。扶桑日近收成早，鸭绿江深灌溉多。翠釜香粳琼作粒，锦囊春茧雪生波。郎官署在新亭侧，释耒无妨日一过。"

1338 年　戊寅　元惠宗至元四年　高丽忠肃王后七年

三月，马祖常卒，年六十。

四月初八，虞集序释大訢所撰《蒲室集》。是月，傅若金以佐使安南有功，授广州儒学教授。

是岁，高丽忠肃王命平壤修祠祭祀箕子。是岁，高丽崔瀣撰《东人四六序》。序云：

后至元戊寅夏，予集定东文四六讫成。窃审国祖已受册中朝，奕世相承，莫不畏天事大，尽忠逊之礼，是其章表得体也。然陪臣私谓王曰圣上、曰皇上。上引尧舜，下譬汉唐，而王或自称朕予一人，命令曰诏制，肆宥境内曰大赦天下。署置官属，皆仿天朝。若此等类，大涉潜逾，实骇观听。其在中国，固待以度外，其何嫌之有也。逮附皇元，视同一家，如省院台部等号早去，而俗安旧习，兹病尚在。大德间，朝廷遣平章阔里吉思厘正，然后焕然一革，无敢有蹈袭之者。今所集定，多取未臣服以前文字，恐始寓目者不得不有惊疑，故题其端以引之。拙翁书。

1339 年　己卯　元惠宗至元五年　高丽忠肃王后八年

三月，高丽忠肃王，薨于寝。高丽史臣赞曰："自烈宣肃惠，世历四代，父子相夷，至与之讼于天子之朝，贻笑天下后世。父子，天性之亲，孝为百行之先，而政事之本也。本既失焉，其他无足观者。忠肃晚年，遗弃国事，出舍外郊，信任朴青等三竖，威福下移，若子若孙，皆罹凶夭，可胜叹哉。"

七月初三，虞集序蒋易所编《元风雅》。

十一月，元遣中书省断事官头麟、直省舍人九通等至高丽，授高丽忠惠王传国印。

是岁，高丽安轴作《过铁岭》《六月三日入铁岭关望和州作》。是岁，江北淮东道肃政廉访司奉旨刊马祖常《御史中丞马公文集》于扬州路儒学。

1340 年　庚辰　元惠宗至元六年　高丽忠惠王后一年

正月，元囚忠惠王于刑部。是月，高丽李毂撰《有元奉议大夫太常礼仪院判官骁骑尉大兴县子高丽纯诚辅翊赞化功臣三重大匡右文馆大提学领艺文馆事顺天君蔡公墓志铭》。

二月，元流孛兰奚大王于耽罗。是月，罢中书大丞相伯颜为河南行省左丞相。

三月二十四日，揭傒斯由翰林直学士擢为奎章阁供奉学士。

四月，元封奇氏为第二皇后。奇氏为高丽国幸州人，总部散郎子敖之女，生皇太子爱猷识理达腊。是月，高丽忠惠王自元回高丽，李齐贤随行。李齐贤作诗《庚辰四月将东归题齐化门酒楼》云："离歌昔未解伤神，老泪今何易满巾。三十年前倦游客，四千里外独归身。山河虽隔扶桑域，星野元同析木津。他日重来岂无念，却愁华发污缁尘。"

六月，高丽检校成均大司成崔瀣，卒。崔瀣，自号拙翁，自幼颖悟，为文章，务异时俗，中元朝制科，性亢少许可人，不苟合于俗，排斥异端，又喜说人善恶故，辄举辄斥。其卒无子，家又甚贫，无以襄事，朋友致赙，乃克葬。是月，高丽李毂撰《大元故将仕郎辽阳路盖州判官高丽国正顺大夫检校成均大司成艺文馆提学同知春秋馆事崔君墓志》。

十月，苏天爵由吏部尚书擢西台治书侍御史，一时士大夫如吴师道、虞集、雅琥、胡助、许有壬、宋褧等人均有诗赋其行。是月，高丽李毅撰《高丽国奉常大夫典理揔郎宝文阁直提学知制教李君墓表》。

十二月，元复科举取士制。

是岁，高丽李毅作诗《庚辰春日有感三绝》。

1341 年　辛巳　元惠宗至正元年　高丽忠惠王后二年

二月，元以改元"至正"，遣使至高丽颁诏。

三月二十九日，欧阳玄序宋褧所撰《燕石集》。

五月，元遣使至高丽，召王弟江陵大君王祺入朝，政丞蔡河中、前金议评理孙琦、朴仁干等三十余人，从之。

十一月，斡克庄征虞集文稿以刻诸梓，李本等遂编其诗文为《道园学古录》五十卷。

是岁，高丽李毅作诗《辛巳元日有感》《辛巳夏入都寄张讷斋》等。

1342 年　壬午　元惠宗至正二年　高丽忠惠王后三年

三月初七，顺帝亲试进士七十八人，赐拜住、陈祖仁及第，其余出身有差。卢琦登进士第。胡行简、孔旸登进士第。是月，傅若金卒，年四十。

六月，元惠宗召高丽人方臣佑还朝，赐其金龙绣衣、万贯宝钞，以其在皇宫"事七朝、二太后"也。

七月，拂郎国贡天马，朝中文臣多有题咏。许有壬作《应制大马歌》，揭傒斯作《天马赞》。

九月，高丽闵思平作诗《至正二年菊月廿四日同年松墅先生与俞长官携酒访予酒半次文丞相诗韵各赋一首》云："白日多荣辱，青山无是非。诗书误国事，尘土污人衣。贾生似轻薄，冯老自依违。江上废庐在，吾将与子归。"

是岁，王士点、商企翁同编《秘书监志》。是岁，王士熙由南台侍御史升南台中丞，未几卒。

1343 年　癸未　元惠宗至正三年　高丽忠惠王后四年

三月二十八日，元诏修辽、金、宋三史。以中书右丞相脱脱为都总裁官，中书平章政事铁木儿塔识、中书右丞太平、御史中丞张起岩、翰林学士欧阳玄、侍御史吕思诚、翰林侍讲学士揭傒斯为总裁官。

五月，元遣直省舍人实德至高丽，索宋、辽、金三国事迹记录。

六月，高丽李芸、曹益清、奇辙等，在元上书中书省，极言王贪淫不道，请立省以安百姓。

十一月，元遣大卿朵赤，郎中别失哥等六人，至高丽颁郊赦诏。高丽忠惠王欲托疾不迎，龙普曰："帝尝谓王不敬，若不出迎，帝疑滋甚。"遂率百官，朝服郊迎，听诏于征东省。朵赤、乃住等，蹴王缚之。王急呼高院使龙普叱之，使者皆拔剑执侍从，群小百官皆走匿，左右司郎中金永煦、万户姜好礼、密直副使崔安祐、鹰扬军金善庄，中槊。持平卢俊卿及勇士二人，被杀。中刀槊者甚多，辛裔，伏兵御外以助之。朵赤等即掖高丽忠惠王，载一马驰去。忠惠王请小留，朵赤等拔剑胁之。朵赤等命高龙普整治国事，德成府院君奇辙、理问洪彬权征东省，高龙普遣人捕王之侍从群小。

十二月，高丽彦阳君金伦等决议上书救忠惠王，令金海君李齐贤草其书。是月，元以槛车流高丽忠惠王于揭阳县。元惠宗谕王曰："尔为人上，而剥民已甚。虽以尔血啖天下之狗，犹为不足。然朕不嗜杀，是用流尔揭阳。尔无我怨，往哉。"揭阳，去燕京二万余里。高丽元子王昕使裴佺献衣一袭，献已即回头，更无一人从行。

是岁春，高丽安轴自监察大夫右文馆提学，出领尚牧。李齐贤作《送安大夫赴尚州牧序》。是岁冬，高丽郑仲孚作诗《癸未冬北还题广州草坪庄》。是岁，日僧大拙祖能入元游学，他同参一行数十人，也相偕入元参习。

1344 年　甲申　元惠宗至正四年　高丽忠惠王后五年

正月，高丽忠惠王因传车疾驱，艰楚万状，未至揭阳，薨于岳阳县。或云遇鸩，或云食橘而殂。高丽国人闻之，莫有悲之者，小民至有欣跃，以为复见更生之日，其民不见德如此。高丽史臣赞曰："忠惠王以英锐之才，用之于不善，昵比恶小，荒淫纵恣，内则见责于父王，上则得罪于天子。身为羁囚，死于道路，宜矣。"

二月，高丽元子昕在元，年甫八岁，高龙普抱以见元惠宗。元惠宗问曰："汝学父乎，抑学母乎？"对曰："愿学母。"帝叹其天性好善恶恶，遂令袭位。

四月，高丽忠幕王王昕自元回。翼日，元使桑哥颁诏高丽。是月，高丽李穀撰《大元赠奉训大夫辽阳等处行中书省左右司郎中飞骑尉辽阳县君赵公墓茔记》。

五月，元遣李庥、秦瑾等至高丽，册王昕为"开府仪同三司、征东行中书省左丞相、上柱国、高丽国王"。是月，高丽金海君李齐贤，上书都堂。书曰：

今我国王，以古者元子入学之年，承天子明命，绍祖宗重业，而当前王颠覆之后，可不小心翼翼，以敬以慎。敬慎之实，莫如修德，修德之要，莫如向学。今祭酒田淑蒙，已名为师，更择贤儒二人，与淑蒙，讲《孝经》《语》《孟》《大学》《中庸》，以习格物致知，诚意正心之道。而选衣冠子弟正直谨厚，好学爱礼者十辈，为侍学左右辅导。四书既熟，六经以次讲明。骄奢淫逸，声色狗马，不使接于耳目，习与性成，德造罔觉，此当务之莫急者也。君臣义同一体，元首股肱，不亲附可乎？今宰相，非宴会不相接，非特召不得进，此何理乎？当请日坐便殿，每与宰相，论议政事，或可分日进对，虽无事，不废此礼，不然则大臣日疏，宦寺日亲，生民休戚，宗社安危，恐莫得而上闻也。政房之名，起于权臣之世，非古制也。当革政房，归之典理。军簿置考功司，标其功过，论其才否，每年六月、十二月，受都目，考政案，用以黜陟，永为恒规，则可以绝请谒之徒，杜侥幸之门。今若因循，不复古制，深恐将来，梁将、祖伦、朴仁寿、高谦之辈，蜂起而黑册之谤，不可遏也、鹰坊内乘，毒民尤甚者，前已下令革罢，后复迁延，中外失望，至使龙普，驰出见责，可不愧于心乎。德宁宝兴等库，凡非古制者，一切厘革，庶永不负圣旨勤恤之意。刺史守令，得其人则民受其福，不得其人则民遭其害。官高而降为者，偃肆不遵法。年迈而求得者，昏懦不任事。或以请谒，起垄亩垂金鱼者，又不足言也。请如古制，朝士之未入参者，必经监务县令。至于四品，例为牧守，而监察司，按廉使，必行褒贬，为之赏罚。所谓官高者，年迈者，用请谒起垄亩者，如不得已，宁授京官，勿与亲民之任。行之二十年，流亡不复，贡赋不足，未之有也。金银锦绣，不产我国，前辈公卿，被服只用素段，若绸布器皿，只用鍮铜瓷瓦。德陵作一衣，问直则重辄而不为。毅陵尝责前王，麾金之衣，插羽之笠，非吾祖旧法，有以见国家四百余年，能保社稷，徒以俭德也。近来风俗，穷极奢侈，民生困而国用匮，职此而已。请宰相，今后不以锦绣为服，金玉为器。又不使袨服乘马者，拥其后，各务俭约，讽上而化下，风俗可以归厚也。前者，迫征暴敛之布，便合归于纳者，然恐官吏夤缘为奸，细民未蒙实惠故，宜分付诸司，以充来岁杂贡，令其得免先纳借贷之弊。行省既有文移，当早施行。三食邑，既立之后，百僚俸禄不备。夫以一国之主，取群臣养廉之资，以实私藏，岂不贻讥后世。请闻诸两宫，罢食邑，还属广兴仓，充其俸禄，京畿土田，除祖业口分，余皆折给，为禄科田。行之近五十年，迩者，权豪之门，夺占略尽，中间屡议厘革，辄以危言，胁欺上听，卒莫能行，此大臣不固执之所致也。果能厘革，悦者甚众。不悦者，权豪数十辈而已。何惮而不果为哉。州郡远年贡赋之逋欠者，有司百计迫征，十分莫得其一，只是敛怨而已。望下令，自至正三年已前，逋欠贡赋一切蠲免。前此数年，穷民有因暴敛，典卖男女，请令诸道存抚，按廉使出榜，许其来京自告，因以官财，量给赎还，其买者，亦令自首。若不自首，不与其直，勒还父母，甚者治罪。

是月，高丽判典校寺事李毅在元，致书宰相。书曰：

惟吾三韩国之不国，亦已久矣。风俗败毁，刑政紊乱，民不聊生，如在涂炭。幸今国王，受命之国，民之望之，若大旱之望甘澍。然国王以春秋之富，谦恭冲默一国之政，听于诸公，则其社稷安危，人民利病。士君子之进退，皆出于诸公。夫进君子，则社稷安，退君子则人民病，此古今之常理也。然则用人，又为政之本也。盖用人则易，知人则难，不问邪正，不论高下，惟货是视，惟势是依。附我者，虽奸谄而进之。异己者，虽廉谨而退之，则其用人，不既易乎。用人易故政日乱，政日乱故，国家随以危亡，此不待远求诸古，实目前之明鉴也。古之人，知其然，于一进退人之际，而必察其所行所从来，惟恐黩于货而夺于势也。然犹朱紫相夺，玉石相混。其知人，不既难乎。即今本国之俗，以有财为有能，有势为有知，至以朝衣儒冠，为倡优杂剧之戏，直言正论，为闾里狂妄之谈，宜乎国之不国也。谷之所以离亲戚去乡国，久客于辇谷之下者，正为此耳。比闻诸公，所以辅政更化者，与前日甚不相远，名虽尚老，而少者实主其柄，名虽尚廉而贪者实主其权。既斥恶小，而大者不悛其恶。既改旧臣，而新者反附其旧。知人不难，用人甚易，似非国王委任之意。朝廷闻之，得无不可乎。或曰不必寓书诸公，徒见其怒而无所益也。谷应之曰，社稷，苟安，人民苟利，将具本末，言之朝廷，达之天子，岂以诸公之怒而便含默耶。是用敢贡狂瞽之言，惟诸公察焉。

是月，高丽置书筵官，分为四番，更日侍读。安震言于王曰："臣等备员两府，不可竟日侍讲。宜择端士，以备顾问。春秋修撰元松寿、艺文检阅许滉，其人也。"

七月十一日，揭傒斯卒，年七十一。

八月，高丽改定科举法，初场试六经义，四书疑。中场，试古赋。终场，试策问。是月，高丽忠穆王，命毁新宫作崇文馆。

十一月，高丽遣尹安之、安辅、郭珚，应举于元。安辅中制科。

1345 年　乙酉　元惠宗至正五年　高丽忠穆王一年

高丽忠穆王王昕（1337～1348），蒙古名八思麻朵儿只。忠惠王长子，母德宁公主，性聪慧，在位四年，寿十二。

三月初七，元顺帝亲试进士七十八人，赐普颜不花、张士坚进士及第，其余赐出身有差。高明登进士第，授处州录事。

六月十二日，程端礼卒。

七月，高丽左司议大夫郑誧（郑仲孚），卒于元。郑誧，好学善属文，忠惠王朝，为左司议，多所封驳，执政恶之，出守蔚州。虽在谪中，其吟啸自若，慨然有游宦上国之志，尝曰："大丈夫安能郁郁于一方耶？"遂如元，谒别哥不花丞相，一见奇之，将荐之天子，会病卒。其子郑枢入大都，扶枢东归。

十一月，《至正条格》成，诏于明年四月颁行天下。

是年，迺贤有京师之游，沿途所经，访古河朔，成《河朔访古记》。

1346 年　丙戌　元惠宗至正六年　高丽忠穆王二年

正月，李毂以中瑞典簿至高丽授历而颁正朔。周璇等人作诗文送别。周璇撰《送李中父使征东序》。序曰：

国家大一统，臣际海内外，岁遣使高丽，授历而颁正朔。至正丙戌春正月，李君中父以中瑞典簿实受命行如故事。朝士亲昵，作诗竞祖遗野次。予言曰：闻之海以东古建国壤比相错，高丽为最大。诸侯王尚帝室不一姓，王氏为最亲，境大最亲。以故事上之礼为最虔，朝廷每使至，彼奉承周旋，备微密罔懈虔也。矧中父持天子明历以往者哉。事重有尚此耶。彼其候境而郊迎，官姓旁午，马汗渍鞯膏流□，旌旐幢盖扬蔽风日，丝竹嘲轰，铎鼓震荡，戚钺剑戟矢弓武夫鱼贯进执，以拥卫后先至，则神明其藏，告而后敢行焉。礼若是，敬始至矣。抑韩山，高丽之近郊也。维中父桑梓斯焉攸植。是行也，亦既荣有光矣哉。虽然，予知中父早暮念慕，不惮走数千里劳，徒幸归家慰慈母之心耳。固非籍光景耀乡闾，竦一日之观美为也。若夫瀚瀹之暇，策稼亭之筇，陟韩山之椒，瞰沧海览浩瀚，鲲变而鲸迅，惊涛动天地，却立而胆掉。吁可畏乎，其骇人也已。乃考徐生之遐迹，睇神山于恍惚，飘然欲乘莽渺凌鸿蒙，遗世而独立，又可乐也。予恨无王事，不获陪寓目，俾湛滞之怀无时而豁焉。中父来，其能无以语我哉。遂因书次所言，畀以别。至正丙戌春正月，真定周璇序。

张起岩《送诗》云："都门东下驿途长，凤历颁春过故乡。津吏舣舟躬候迓，陪臣乘驲远迎将。恩威普洽分封国，德泽均霈异姓王。坐见远人怀圣化，要令声教彻扶桑。"

周璇《送诗》云："思亲怀着几年心，上马眉舒喜不禁。津吏挐舟迎鸭水，藩王颁历到鸡林。地偏东极春容盛，潮长南边海气阴。轩冕天廷多俊杰，莫从里社便浮沉。"

林希光《送诗》云："天王至正好年华，使者颁春并海涯。致远入唐能及第，相如喻蜀就还家。仙人楼阁多藏雨，驸马城池早见花。闻道韩山有慈母，莫辞尧舜伴烟霞。"

叶恒《送诗》云："鸭绿江头春水清，悠悠旌旆照江明。陪臣拥道迎司马，宣室承恩重贾生。素茧题诗发高兴，翠螺酌酒见乡情。凭君问讯张司谏，还有珠玑到凤城。"（高丽宰臣讷斋张公，廉正而有文，与余交久，

因以及之）

南阳□□《送诗》云："侯仪太史立金銮，宝历新成锦作綮。天子垂衣颁正朔，中郎持节使三韩。团团海日扶桑曙，渺渺云槎弱水寒。万国驱驰去京国，远人逾觉圣恩宽。"

傅亨《送诗》云："持节东行出帝京，绣衣光射海霞明。鸡林日暖霑王化，鹤柱风清快客情。桂子云间深雨露，萱华堂背接兰荪。遥颁正朔归须早，政尔求才致太平。"

方道叡《送诗》云："使华东望白岩城，驷乘骎骎道路迎。凤历远颁周正朔，鸡林增重汉科名。橐金辞赠还家近，宫锦承恩拜母荣。最喜不烦司马楸，扶桑万里海波清。"

周暾《送诗》云："九重颁历赐高丽，中瑞承恩建使旗。宇宙久行尧日月，山河又睹汉威仪。遥天雪霁扶桑国，大地春生鸭绿池。弩矢前驱夸自昔，况君彩服拜亲慈。"

是月十五日，高丽李毂撰《高丽国赠匡靖大夫密直使上护军朴公祠堂记》。

二月，西域人刘伯温（什喇卜）辑刻虞集所撰文集，欧阳玄为之序。

三月，宋褧卒，年五十三。余阙有《宋显夫学士挽诗》，迺贤有《宋显夫内翰挽诗》。

八月十五日，高丽毂作诗《丙戌中秋题汉阳府》。

十月，高丽宣教曰太祖开国四百二十有九年于兹。其间，典章文物，嘉言善行，秘而不传，何以示后？故我忠宣王，命闵渍《修编年纲目》，尚多阙漏，宜加纂述，颁布中外。乃命府院君李齐贤、赞成事安轴、韩山君李毂、安山君安震、提学李仁复，撰进。是月，高丽永嘉府院君权溥，卒。权溥，初名永，性忠孝，惠族姻睦僚友，嗜读书老不辍。其尝与子准，哀集历代孝子，凡六十四人，使婿李齐贤著赞，名曰《孝行录》行于世。

是岁，高丽僧人普愚（1301～1382）入元求法，居燕京大观寺。后至湖州霞幕山天湖畔石屋庵研习临济宗。普愚著有《太古游学录》。是岁，官刊萧斆《勤斋集》于淮东。

1347 年　丁亥　元惠宗至正七年　高丽忠穆王三年

五月十六日，高丽李毂撰《宁海府新作小学记》。

七月，欧阳玄序刘诜所撰文集。

十月，元以奇三万之死，遣直省舍人僧家奴，杖整治官白文宝、田禄生等，惟安轴、王煦，以帝命原之。前密直金光辙、前大护军李元具，以病免杖。元惠宗仍降玺书，复置整治高丽都监，令王煦判事。

是岁，高丽编《朴通事谚解》。

1348 年　戊子　元惠宗至正八年　高丽忠穆王四年

正月，诏翰林国史院纂修后妃、功臣列传，学士承旨张起岩、学士杨宗瑞、侍讲学士黄潘为总裁官，左丞相太平、左丞吕思诚领其事。

三月初七，元顺帝亲试进士七十八人，赐阿鲁辉帖木儿、王宗哲进士及第，其余出身有差。葛元喆登进士第。林弼就试礼部下第。是月，高丽遣宁川府院君李凌干，如元贺节日。李穑（1328～1396）跟随使节团到元大都，作为国子监生员，开始了三年的学习。

四月，高丽忠穆王薨。

五月二十三日，虞集卒，年七十七。

六月，高丽兴宁君安轴卒。安轴，力学工文，中元朝制科，时忠肃王，被留于元四年。轴谓同志曰，"主忧臣辱，主辱臣死"，乃上书讼王无他。轴处心公正，持家勤俭，尝曰："吾平生无可称，四为士师，凡民之屈抑为奴者，必理而良之。"其谥文贞，有《谨斋集》传世。

十一月，方国珍举兵起事，聚众于海上。

十二月，高丽政丞王煦等，遣李齐贤如元上表曰："国王乃于近日得疾而薨，举国哀恸。王年幼无后，而本国邻于日本不庭之邦，不可一日无主。今有王祺普塔失里王之母弟，已尝入侍天庭，年十九。王㫉，普塔失里王之庶子，见在本国，年十一。伏望陛下，简在帝心，以从民望。"

1349 年　己丑　元惠宗至正九年　高丽忠定王一年

高丽忠定王王㫉，蒙古名迷思监朵儿只，忠惠王庶子，母禧妃尹氏。其在位三年，寿十五。

二月，元惠宗命高丽忠惠王王㫉，入朝。

三月，高丽尹安之，中元制科。

五月，元命高丽王㫉嗣王位。

八月，干文传序萨都剌所撰《雁门集》。

九月，高丽醴泉府院君权汉功卒。

十月，苏天爵由江浙行省参知政事转为大都路总管。苏天爵任职期间，沙可学、高明、葛元哲辟为江浙行省掾。是月，高丽江陵大君王祺，在元，尚卫王女，是为鲁国公主。

是岁春，高丽李穀撰《神孝寺新置常住记》。是岁夏，高丽李穀撰《舟行记》《清风亭记》。是年秋高丽李穀撰《东游记》《韩州重营客舍记》。是岁，高丽李穀撰《宁州怀古亭记》。

1350 年　庚寅　元惠宗至正十年　高丽忠定王二年

二月，倭寇高丽固城、竹林、巨济等处，合浦千户崔禅等战破之。贼死者，三百余人。倭寇之兴，始此。

六月，高丽崔濡与其弟崔源、崔有龙，奔于元。是月，倭贼二十艘，寇高丽合浦，焚其营，又寇固城、会源、长兴府。

九月，高丽遣左献纳白弥坚、前典客寺丞金仁琯，应举于元。初，田禄生亦在解额，尝为整治都监官，究治权豪故，疾而沮之。是月，德宁公主如元。

十一月，倭寇高丽东莱郡。

是岁，高丽遣李齐贤奉表如元。是岁，余阙以浙东廉访使按部浦江，戴良以赵谦斋荐，见知于阙。

1351 年　辛卯　元惠宗至正十一年　高丽忠定王三年

正月，高丽赞成事李穀，卒，谥文孝，有《稼亭集》传世。

三月初七，元顺帝亲策进士八十三人，赐朵烈图、文允中进士及第，其余赐出身有差。

五月初三，刘福通起事，以红巾为号，陷颍州。

八月初十，萧县李二及老彭、赵均用等聚众起事，陷徐州。明年九月，脱脱克复，李二遁死。是月，倭船一百三十艘，寇高丽紫燕、三木二岛，焚其民舍殆尽，又焚南阳府双阜县。

九月，徐寿辉与邹普胜等举兵起事，亦以红巾为号。

十月，徐寿辉据蕲水为都，称皇帝号，国号天完，改元治平。是月，元以高丽江陵大君王祺为国王，遣断事官完者不花，封仓库收国玺以归。

高丽忠定王，逊于江华。高丽史臣赞曰："忠穆、忠定皆以幼冲即位、德宁、禧妃，以母之尊，用事于内，奸臣、外戚，用事于外。二君虽有颖悟之资，何能为哉。且当忠定之时，江陵大君，亲为叔父，得国人之心。又有上国之援，诸尹不此之顾，朋比逞欲，酿成祸胎。卒使王不幸遇鸩，悲夫。"

是月，高丽王命前判三司事李齐贤，摄政丞，权断征东省事。李齐贤，措置得宜，人赖以安。

十一月，倭寇高丽南海县。是月，高丽赞成事赵日新赍批目，自元回高丽，以李齐贤为都佥议政丞。是月，高丽权省李齐贤，下裵佺及朴守明于狱，流直城君卢英瑞于可德岛、赞成事尹时遇于角山，贬赞成事郑天起为济州牧使，知都佥议韩大淳为机张监务。是月，高丽王祺及公主，自元回高丽。元惠宗遣失秃儿太子护行。是月，高丽王祺谒景灵殿，即位于康安殿。

是岁初，高丽江陵大君王祺娶元朝卫王之女鲁国公主（宝塔失里）。孔子第五十三代孙孔绍随鲁国公主至高丽，定居水原。辽沈人边安烈亦随鲁国公主至高丽，定居原州。

1352 年　壬辰　元惠宗至正十二年　高丽恭愍王一年

正月，高丽监察大夫李衍宗，闻高丽恭愍王辫发胡服，诣阙谏曰："辫发胡服，非先王之制也，愿殿下勿效。"王悦，即解辫，赐衍宗衣及褥。

二月，郭子兴举兵于濠州。

三月，高丽李齐贤，辞职，不允。赵日新，挟元从之功，暴横骄恣，以齐贤居右，深忌之。是月，高丽崔濡、金元之帖木儿等留元，谋欲骚扰本国，乃奏请征南兵十万。帝，用其言，遣濡征兵。时高丽国人之在元者，咸奏曰："高丽褊小方被倭患，且地远不可征兵。"帝然之，召濡等还。是月，高丽赵日新启曰："殿下之还国也，元朝权幸联姻于我者，请官其族，既托于上，又嘱于臣。今使典理军簿，掌铨选，恐有司，拘于文法，多所阻滞，请复政房，从中除授。"王曰："既复旧制，未几中变，必为人笑，卿以所托告我，我谕选司，谁敢不从？"日新奋然曰："不从臣言，何面目复见元朝士大夫？"遂辞职。

是月，台州路达鲁花赤泰不华与方国珍战于澄江黄岩港，死之，年四十九。

闰三月初一，朱元璋往濠州依郭子兴。是月，高丽李齐贤，避赵日新之忌，三上书辞职，不许。

四月二十二日，欧阳玄以湖广行省右丞致仕。是月，元赐高丽弓三百张，箭三万枚，剑三百把。

十月，高丽以李齐贤为右政丞，安辅为密直提学。

1353 年　癸巳　元惠宗至正十三年　高丽恭愍王二年

正月，方国珍复降元。是月，泰州人张士诚及其弟士德、士信举兵起事，陷泰州及兴化县。

五月，高丽赐李穑等三十三人明经，二人及第。高丽李齐贤作诗《癸巳五月掌试棘围呈同知贡举洪二相》。

八月，元遣峦峦太子、定安平章等至高丽赐孛儿扎宴，遂宴于延庆宫。公主与太子，坐北面南。王坐西面东，皇后母李氏坐东面西。王先起，跪献爵于太子。太子立饮。以次行酒，太子又起，献酒李氏，次王，次公主。用布为花，凡五千一百四十余匹。他物称是，穷极奢侈。元法，合姻娅而宴之，谓之孛儿扎宴，初，王，为李氏表请故，帝赐是宴。时使介络绎，馆舍难容，皆馆于宰枢之家，凡三十余所。

九月初五，干文传卒，年七十八。

十月，高丽以李穑充书状官，应举擢制科。

是岁　元朝回鹘人偰逊投高丽。是岁，吕思诚作《蒲台山灵赡王庙碑》。

1354 年　甲午　元惠宗至正十四年　高丽恭愍王三年

三月，元廷试进士六十二人，赐薛朝晤、牛继志进士及第，余授官出身有差。陈高、曾坚、李贯道登进士第。钱用壬登南人进士第一。

六月，高丽平康府院君蔡河中，自元回高丽，传丞相脱脱言曰两国相好已久，今汉贼大起，吾受命南征。王宜遣勇锐以助之。河中在元，谋复为相。会元征红巾等贼，旁求勇士，河中请还国出兵助征。

六月，元遣吏部郎中哈剌那海等至高丽。脱脱丞相以帝命，召柳濯、廉悌臣、权谦、元颢、罗英杰、印瑠、金镛、李权、康允忠、郑世云、黄裳、崔莹、崔云起、李芳实、安祐等四十余人，及西京水军三百，且募骁勇，期以八月十日，集燕京，将以讨高邮贼张士诚、又遣工部寺丞朴赛颜不花，赍宝钞六万锭，赐赴征将卒。

七月，高丽柳濯、廉悌臣等四十余人，率军士二千余人如元。高丽忠愍王，幸迎宾馆，亲点送之。时元所召高丽四十余人，皆将相之有名望者，且精兵锐卒，并皆从征，宿卫空虚。高丽忠愍王，疑惧，募弓手于西海道，以备不虞。

八月，高丽崔瀣《拙稿千百》于晋州开板。

十一月，高丽印安自元回高丽，言太师脱脱领兵攻高邮城，柳濯等赴征，将士及国人在燕京者，总二万三千人，以为前锋。城将陷，轊辎知院老长，忌高丽国人专其功，令曰今日暮矣，明日乃取之。麾军而退。其夜，贼坚壁设备，明日攻之不克拔。会有人谮脱脱。帝流脱脱于淮安，自后南贼日盛。高丽军，陷六合城，又移防淮安路。李权、崔源等六人战死。崔莹力战身被数枪。

十二月初十，诏以中书右丞相脱脱劳师费财，已逾三月，坐视寇盗，遂削其官爵，安置于淮安路。是月，高丽以李齐贤为右政丞，安辅为密直提学。李齐贤，辞不允。

是岁，李穑在大都参加廷试。元翰林承旨欧阳玄见其对策，大加称赏，遂擢第二甲第二名，授应奉翰林文字承仕郎、同知制诰、史院编修官。是岁，虞堪集其叔祖虞集编外诗为《道园遗稿》六卷，金伯祥锓梓以传。

1355 年　乙未　元惠宗至正十五年　高丽恭愍王四年

正月初一，许有壬由河南行省左丞擢为集贤大学士。

二月初二，刘福通等自砀山夹河迎立韩林儿为帝，号小明王，建都亳州，国号宋，改元龙凤。

三月，高丽遣密直副使尹之彪如元，谢册鲁国公主，李穑为书状官。

四月，元遣使至高丽求女乐。

五月，高丽以安辅为政堂文学。

十月十六日，贡师泰序黄溍所撰文集。

是岁，吕思诚与魏观以诗往还唱和。

1356 年　丙申　元惠宗至正十六年　高丽恭愍王五年

二月初一，张士诚陷平江路，据之，改平江路为隆平府。

三月，朱元璋克金陵，遂改集庆路为应天府，辟夏煜、孙炎、杨宪等十余人。是月，张士诚改至正十六年为天祐三年，国号大周，开弘文馆。元末文士，多聚于士诚弘文馆中。

七月初一，朱元璋称吴国公。是月，元遣中书省断事官撒迪罕，诏曰："高丽自我世祖混一之初，灼知天命，举国臣服，爰结婚亲，于今百年。迩者，奸民遽生边衅，越我封疆，扰我黎庶，焚我传舍，阻我行人，揆诸天宪，讨戮何疑。尚虑蕞尔贼徒，或得罪尔邦，逋逃啸聚，或从他国，妄称汝民，盗用兵戈以间世好，若不询问情伪，大兵一临，玉石俱焚，诚所不忍，尔其毋生疑贰，发尔士卒，就便招捕，或约我天兵，并力夹攻，期于靖国安民，永敦前好，具悉奏闻。"

十月，元复遣撒迪罕等至高丽，就高丽兵入元境事宣诏。是月，高丽遣政堂文学李仁复如元上表谢，又上书，书曰：

窃惟世皇征东，令国王为丞相，行省官吏，委国王保举，不入常调，非他行省比。其后，续立都镇抚司、理问所、儒学提学司、医学提举司。比来，省官皆托妇寺，滥受朝命，擅作威福。小邦有监察司、典法司，掌刑听讼，纠正非理，而省官听人妄诉，拘取诸司所断文券，以是为非，莫敢谁何，人疾之如狼虎。况今省官，有与逆贼谋者。愿自今其左右司官，令臣保举，勿蹈前弊。其理问所等官司，一切革去。世皇东征日本时所置万户，中军、右军、左军耳。其后，增置巡军，合浦、全罗、耽罗、西京等万户府，并无所领军，徒佩金符，以夸宣命，召诱平民，妄称户计，勒令县官，不敢差发，深为未便。如蒙钦依世祖皇帝旧制，除三万户，镇守日本外，其余增置，五万户府，及都镇抚司，乞皆革罢。朝廷使臣，及府寺院监司，所差人吏，多是小邦之人，不务宣上德意，专要夸耀乡间，威福自恣，恩雠必报，屈辱宰相，陵犯国主，经年不还，增娶妻妾，无恶不为。金刚山诸寺，岁再降香，劳民生事，反戾陛下求福之意，亦宜停罢。双城三撒，元是小邦之境，先臣忠宪王时，赵晖、卓青等，犯罪惧诛，诱致女真，乘我不虞，杀戮官吏，系缧男女，皆为奴婢，父老至今言之流涕，指为血雠。比来逆臣奇辙、卢頙、权谦等，交结酋长，召集逋逃，及其谋逆，约为声援。辙等既死，支党多奔于彼，故令搜索，彼反用兵助逆，势不获已，以致行师。其总管赵小生、千户卓都卿，今在逃窜，窃恐构衅生事。恭惟朝廷，薄海内外，莫非王土，尺寸不毛之地，岂计彼此哉。伏乞归我旧疆，双城、三撒以北，许立关防。祖王以来，庶孽之子，必令为僧，所以明嫡庶之分，杜觊觎之萌。今有塔思帖木儿，自谓忠宣王孽子，亦尝剃发，及长还俗，奔于京师，诱致本国群不逞之徒，扇起讹言，眩惑人心。若此人者，其于朝廷，岂有小益。乞将此人及其党羽，发还本国。

十一月，高丽以李齐贤为门下侍中，廉悌臣为守门下侍中，李仁复为政堂文学兼御史大夫，安祐为知门下省事。李齐贤，辞不允。

1357 年　丁酉　元惠宗至正十七年　高丽恭愍王六年

正月，高丽恭愍王以奇辙等衣服彩帛，赐两府，侍中李齐贤，辞以无功不受。

三月，朱元璋克常州，继而取宁国等路及徽州、扬州、常熟等地。是月十七日，吕思诚卒，年六十五。

五月，李齐贤致仕。

八月，张士诚请降，江浙行省左丞相达识帖睦迩承制令参知政事周伯琦等至平江抚谕，授张士诚太尉，授张士德为淮南行省平章政事。是月二十三日，以淮南行省参知政事余阙为淮南行省左丞。

九月，高丽政堂文学安辅，卒。安辅，性刚直廉洁，不事生产，及殁，家无担石之储。是月，高丽命李仁复编修《古今录》。

闰九月初五，黄溍卒，年八十一。

十二月二十九日，欧阳玄卒，年七十五。

1358 年　戊戌　元惠宗至正十八年　高丽恭愍王七年

正月，陈友谅陷安庆，守将余阙死之，年五十六。是月，高丽以修筑京城，访大臣耆老。侍中致仕李齐贤上书曰城郭当修。

三月，倭寇高丽角山戍，烧船三百余艘。

四月，台州方国珍，遣人至高丽献方物。是月，海阳人完者不花，率兵千八百，投高丽。

七月，江浙行省丞相张士诚遣使至高丽，献沉香山水、精山画木屏、

玉带、彩缎等物。书曰："迩者中夏多事，区区不忍生民涂炭，遂用奋起
淮东，幸保全吴之地。然西寇肆凶，残虐百姓，虽志存扫荡，而未知攸济
耳。稔闻国王有道，提封之内，民乐其生，殊慰怀想。"时张士诚，据杭
州，称太尉。又江浙海岛万户丁文彬，通书，献土物。

十二月二十日，朱元璋取婺州，改为宁越府，以王宗显为知府，辟范
祖干、叶仪、许元等十三人，以叶仪、宋濂为五经师，以戴良为学正，吴
沉、徐原为训导。

是岁，高丽李齐贤作诗《戊戌正朝》云："路逢扶杖白头人，自约衰
年不出门。堪笑七旬今过二，听鸡骑马贺三元。"

1359 年　己亥　元惠宗至正十九年　高丽恭愍王八年

二月，红巾军移文高丽曰："慨念生民，久陷于胡。倡义举兵，恢复
中原。东逾齐鲁，西出函秦，南过闽广，北抵幽燕，悉皆款附，如饥者之
得膏粱，病者之遇药石。今令诸将，严戒士卒，毋得扰民。民之归化者，
抚之。执迷旅拒者，罪之。"是月，贡师泰迁居海宁，朱链、谢肃、刘中
等人从其游学。

三月二十四日，方国珍以温州、台州、庆元降于朱元璋。是月二十九
日，诏定科举流寓人名额，蒙古、色目、南人各十五名，汉人二十名。

四月，江浙张士诚、丁文彬遣使至高丽，献方物。是月，高丽恭愍王
纳李齐贤女为妃。

七月，张士诚遣范汉杰、路本至高丽献彩缎金带。丁文彬，亦献土
物。恭愍王接见张士诚使者，使李穑与丁文彬书。是月，高丽闵思平卒，
谥文温公，有《及庵诗集》传世。李齐贤作挽词云："哲人沦丧路人惊，
休怪儒林涕泗倾。感疾只因诗作祟，放怀犹以酒为名。韦经授受嗟无子，
迁史流传赖有甥。自愧平生十年长，却寻东阁举铭旌。"

八月，方国珍遣使至高丽献方物。

十月，辽沈流民两千三百余户至高丽。恭愍王分处其于高丽西北郡县，
官给资粮。先是，高丽人亦有渡鸭绿江居者，以元朝兵乱皆陆续自还。

十一月，红巾军三千余人，渡鸭绿江，摽窃而去。

十二月，红巾军毛居敬，众号四万，冰渡鸭绿江，陷高丽义州，杀副
使朱永世及州民千余人。陷高丽静州，杀都指挥使金元凤，遂陷麟州。是

月，高丽李穑撰《动安居士李公文集序》。

是岁，贡师泰为徐一夔作《知学斋记》。是岁，刘福通将李喜喜自秦入蜀，王士点战败被擒，不食死。王士点，王构子，王士熙弟，字继志，东平人。至顺元年，授侍仪通事舍人，旋拜翰林修撰。至正二年，迁秘书监管勾，出为淮西佥宪，擢四川行省郎中、廉访副使。至正十九年，其战败，不食死，编有《禁扁》五卷、《秘书监志》十一卷。

1360 年　庚子　元惠宗至正二十年　高丽恭愍王九年

正月二十七日，元会试举人，中者三十五人。

二月，高丽政堂文学安震，卒。

三月初七，元廷试进士三十五人，赐买住、魏元礼进士及第，其余出身有差。是月，高丽遣户部尚书朱思忠，如元告平贼，至辽阳，道梗而还。是月，张士诚遣使至高丽聘。

七月，高丽遣益山君李公遂、户部尚书朱思忠、宦官方都赤如元，诇形势，行至汤站，道梗还渡鸭绿江。恭愍王大怒曰虽死不可还，固遣之。至沈阳数月，又不达而还。是月，江浙省李右丞遣张国珍至高丽，献沉香、匹缎、玉带、弓剑。高丽复遣少尹金伯环报聘。

八月，高丽以偰逊为高昌伯。偰逊，高昌国人，王之在元也，与王有旧，后避兵，挈家东来。

1361 年　辛丑　元惠宗至正二十一年　高丽恭愍王十年

正月二十六日，贡师泰、廉惠山海牙等五人集于玄沙寺，赋诗唱和。

三月，张士诚遣人至高丽献彩缎、玉斝、沉香、弓矢。是月，淮南省右丞王晟遣使至高丽，献彩帛、沉香。

四月，辽阳省总官高家奴遣使至高丽，献玉斝及犬。

五月，高丽命左承宣李穑，讲《尚书·洪范》。

七月，张士诚遣千户傅德至高丽聘，又遣赵伯渊不花至高丽聘。

八月，高丽恭愍王邀僧普印等于内殿日讲《传灯录》。

九月，元以韩咬儿等作乱，四方兵兴，遣使至高丽颁赦令。是月，高丽遣户部尚书朱思忠如元，贺道路复通。

十月，红巾军十万众渡鸭绿江，入朔州。

十一月，红巾军屯抚州，袭安州，高丽军败绩。恭愍王避至忠州。

是岁，明玉珍（1329～1366）在重庆称帝，国号"大夏"。

是月，高丽李齐贤撰《雪谷诗集序》（雪谷即郑仲孚）。

1362 年 壬寅 元惠宗至正二十二年 高丽恭愍王十一年

正月，高丽总兵官郑世云督安佑、李芳实、黄裳、韩方信、李余庆、金得培、安遇庆、李龟寿、崔莹、李成桂等诸将，率兵二十万屯东郊，进围松京，大破红巾军，斩首凡十余万级，获元帝玉玺、金宝、金银铜印、兵仗等物，余党破头潘等十余万遁走，渡鸭绿江而去。

四月，辽阳行省同知高家奴邀击红巾军余众，斩四千级，擒其魁破头潘，遣使至高丽报。

七月，张士诚遣使至高丽献方物。

八月，元遣集贤院侍读学士忻都，赐高丽恭愍王衣酒，以赏破红贼之功，兼谕与高家奴夹攻盖海州红巾军余党。是月，高丽白文宝撰《及庵诗集序》（及庵即闵思平）。

十月初十，贡师泰卒，年六十五。是月，济州请隶于元。元以副枢文阿但不花，为耽罗万户。是月，李穑撰《雪谷诗稿序》。

十二月，高丽西北面万户丁赞报，元奇皇后恨恭愍王杀其兄奇辙，欲立德兴君塔思帖木儿为国王。高丽恭愍王遣吏部尚书洪师范为西北面体覆使，审察情伪。

是岁，高丽李穑撰《及庵诗集序》。序云：

六义既废，声律对偶又作，诗变极矣。古诗之变，纤弱于齐梁。律诗之变，破碎于晚唐。独杜工部兼众体而时出之，高风绝尘，横盖古今。其闲超然妙悟，不陷流俗，如陶渊明、孟浩然辈，代岂乏人哉。然编集罕传，可惜也。今陶、孟二集仅存若干篇，令人有不满之叹。然因是以知其人于千载之下，不使老杜专美天壤间。是则编集之传，其功可小哉。又况唐之韩子，宋之曾、苏。天下之名能文辞者也。而于诗道有慊，识者恨之。则诗之为诗，又岂可以巧拙多寡论哉。予之颂此言久矣。及读及庵先生之诗益信。先生诗似淡而非浅，似丽而非靡，措意良远，愈读愈有味。其亦超然妙悟之流欤，其传也必矣。先生之外孙齐闵、齐颜，皆以文行名于时。去岁仓卒之行，能不失坠。又来求序，其志可尚已。予故题其卷首如此。至正壬寅日北至前应奉翰林文字承事郎、同知制诰兼国史院编修官韩山李穑叙。

1363 年　癸卯　元惠宗至正二十三年　高丽恭愍王十二年

正月，高丽召两府与李齐贤、廉悌臣等议还都。是月，高丽李穑撰《益斋先生乱稿序》。

三月初七，顺帝亲试进士六十二人。赐宝宝、杨辕进士及第，其余出身有差。是月，高丽遣赞成事李公遂、密直提学许纲如元进陈情表，文益渐为书状官。

四月，张士诚遣使贺平红巾军，献彩缎及羊、孔雀。

五月，元使李家奴赍递位诏至高丽。高丽恭愍王遣密直副使禹碑为接伴使，令沮之。是月，高丽译语李得春自元至高丽，云元惠宗以德兴君为高丽国王，奇三宝奴为元子。凡高丽国人之在元者，咸署伪官，且请发辽阳省兵以来。时高丽恭愍王不以失位废其贡献，屡遣使价，益虔事大之礼，且陈情启禀，冀悟帝心。崔濡、朴不花等，互相壅蔽，夺其进献，礼物表笺，一不得达。恭愍王无如之何，遂与宰枢议防御之策。

六月，元遣李家奴诏收王印章。李家奴入境，恭愍遣人，执其从者以来，问废立之故。

七月，李家奴至高丽。恭愍王不出，令百官盛陈兵卫以迎之。李家奴还，百官耆老上书中书省曰奸臣崔濡，诬告朝廷，夺我王位，至烦天兵，请执送塔思帖木儿、崔濡等。是月，高丽白文宝撰《懒翁语录序》。

八月二十六日，朱元璋败陈友谅于泾江，陈友谅中流矢卒。陈友谅子陈理自立，据武昌为都，改元德寿，明年，为朱元璋所灭。

九月，张士诚自称吴王。

十二月，高丽德兴君塔思帖木儿屯兵辽东，候骑屡到鸭绿江，高丽朝野震惧。

高丽朝野震。

是岁，高丽遣田禄生、金方砺聘浙东方国珍。是岁，廼贤赴翰林国史院编修官任。廼贤以是官征，乃在上年三月，因道路僻阻，本年方由海路抵京。

1364 年 甲辰 元惠宗至正二十四年 高丽恭愍王十三年

正月，朱元璋自称吴王。是月，崔濡以元兵一万人，奉德兴君塔思帖木儿渡鸭绿江，围义州，与高丽都指挥使安遇庆开战，随即占领和州以北。

四月，张士诚遣万户袁世雄至高丽聘。是月，淮南朱平章遣万户许成至高丽献铠等。

五月，元遣使至高丽，告流放朴不花于甘肃，复以孛罗帖木儿为太尉。高丽遣大护军李成林、典校副令李靭，报聘于江浙。

是月，高丽尹泽撰《稼亭集后识》云："稼亭李中父与予俱出益斋门下，又同游翰苑，凡所质疑，山斗是仰。奄然先逝，鸣呼惜哉！今其子密直提学李穑，于辛丑播迁苍黄之际，能不失遗稿，编为二十卷。令妹夫锦州宰朴尚衷书以寿诸梓，予得而阅之，慨然圭复，益叹其所树立如此。又嘉其有子如此。于是乎书。至正甲辰五月初吉，栗亭老人尹泽谨识。"

六月，明州司徒方国珍遣照磨、胡若海偕田禄生至高丽，献沉香、弓矢及《玉海通志》等书。

七月，吴王张士诚遣周仲瞻至高丽，献玉缨、玉顶子、彩缎四十匹。是月，高丽选诸道良家子弟，补充八卫，番上宿卫，分隶五军，屯于京城四门外。

九月，高丽护军张子温自元回高丽，言丞相孛罗帖木儿等以谓高丽王有功无罪，而为小人所困。于是，奏帝命王复位，并槛送崔濡。是月二十一日，许有壬卒，年七十八。

十月，元遣翰林学士承旨奇田龙，诏高丽恭愍复位。都堂请王郊迎，王不允，命百官迎之，且曰诏使若问不郊迎，宜对曰寡君尝获罪天朝贬爵，今虽复位，未承明命，不敢迎诏。及元使至行省，王以便服听旨，乃具冕服拜命。是月，元执送崔濡系巡军，次月诛杀之。是月，高丽遣赞成事李仁复如元，谢复位。

是岁，孛罗帖木儿杀皇宫太监朴不花。

1365 年 乙巳 元惠宗至正二十五年 高丽恭愍王十四年

二月，高丽鲁国公主（宝塔失里）以妊娠而薨，恭愍王悲之。

三月，元遣吏部侍郎王朵例朵至高丽册王为太尉，仍赐御酒。

四月，吴王张士诚遣使至高丽，献方物。是月，高丽遣监察大夫田禄生及宦者、府院君方节如元，进礼物于皇太子、河南王廓扩帖木儿及沈王。

六月十七日，朱德润卒，年七十二。

八月，明州司徒方国珍遣使至高丽聘。

十月，方国珍遣使至高丽聘。是月，元遣大府少监安僧至高丽，诏告皇太子讨平逆贼孛罗帖木儿。

十一月，元遣直省舍人阿敦也海至高丽传诏，告以伯撒里为太师、右丞相，廓扩帖木儿为太傅、左丞相。

1366 年　丙午　元惠宗至正二十六年　高丽恭愍王十五年

三月十三日，元廷试进士七十二人，赐赫德溥化、张栋进士及第，其余出身有差。是月，高丽遣密直提学田禄生，聘于河南王廓扩帖木儿。

五月，高丽遣郑元庇，聘于河南王廓扩帖木儿。

六月，高丽田禄生，不达河南而还。禄生至燕京，皇太子不欲高丽通信河南，命田禄生东还。高丽书状官、军簿佐郎金齐颜谓禄生曰：“公大臣，不可留也，予且留，必达使命于河南。”遂留燕京。恭愍王以金齐颜为携贰，征还所赐治装钱谷。

八月，高丽恭愍王更名为王颛。

十一月，河南王廓扩帖木儿遣中书检校郭永锡至高丽报聘。

十二月，郭永锡谒高丽文庙，见学舍荒颓，谓馆伴李穑曰：“吾闻贵国，自古右文，何至是耶？”穑曰：“国学火于辛丑，王方务息民，至于宫禁，尚未营葺，此乃开城府学也。”恭愍王闻而甚惭。是月，郭永锡承河南王之命以白金享恭愍王。酒半，永锡请侍臣联句，左右皆武人，相顾无言。王甚惭。王宴郭永锡，赠袭衣、金带、鞍马，郭皆不受。是月末，郭永锡返元，至平壤府，题箕子庙诗曰：“何事佯狂被发为？欲将殷祚独扶持。去之只为身长洁，谏死谁嗟国已危。鲁土一丘松柏在，忠魂万古鬼神知。晚来立马朝鲜道，仿佛犹闻《麦秀》诗。”

1367 年　丁未　元惠宗至正二十七年　高丽恭愍王十六年

二月，元太子遣大府卿大都驴，赐高丽恭愍王衣酒。是月，元御衣酒使高大悲自济州至高丽，元惠宗赐恭愍王彩帛锦绢。时元惠宗欲避乱济州，仍输御府金帛，乃诏以济州，复属高丽。是月，元以辛旽为集贤殿大学士，赐衣酒。辛旽受宣于家，置之座傍曰："安用此物为！但他所与，不可弃也。"

三月，辽阳平章洪宝宝、知辽阳沿海行枢密院事于山帖木儿遣使至高丽聘。

五月，高丽命重营国学，令中外儒官，随品出布，以助其费。又以判开城府事李穑兼大司成，增置生员。又择经术之士金九容、郑梦周、朴尚衷、朴宜中、李崇仁等，皆兼学官。是月，元中书省遣直省舍人乞彻传牒至高丽。

七月，高丽鸡林府院君李齐贤，卒，有《益斋乱稿》传世。是月，李穑撰《鸡林府院君谥文忠李公墓志铭》。

八月，元遣直省舍人山塔失里至高丽，告以完者帖木儿为左丞相。

九月，元遣长秋寺少卿笃怜帖木儿至高丽，告罢河南王廓扩帖木儿总兵官，命皇太子总天下兵马。

十月，纳哈出遣使至高丽献马。

1368 年　戊申　元惠宗至正二十八年（明太祖洪武元年）　高丽恭愍王十七年

正月，日本国遣使至高丽报聘。是月，辽阳省平章洪宝宝、哈剌不花等遣客省大使卜颜帖木儿至高丽谕："大明兵势甚盛，请悉心备御。"

七月，辽阳省于山帖木儿遣使至高丽聘。

九月，辽阳省平章洪宝宝遣使来聘。是月，高丽人金之秀自元还，言于恭愍王曰："大明舟师万余艘泊通州入京城。元帝妥懽帖睦尔与皇后奔上都，太子战败，亦奔上都。"是月，高丽忠愍王闻元帝奔上都，会百官，议通使大明可否。是月，北元吴王、淮王、双哈达王，皆遣使至高丽报聘，献马。

十一月，元遣利用监太卿峦子罕至高丽，诏分命诸将以图恢复。是月，高丽遣礼仪判书张子温，聘于北元吴王。吴王礼接甚厚，使六部御史台宴慰。

1369 年　己酉　明太祖洪武二年　高丽恭愍王十八年

正月，辽阳省纳哈出及洪宝宝，遣使来聘。

三月，大明太祖高皇帝朱元璋遣符宝郎偰斯至高丽，赐玺书及纱罗缎匹。高丽恭愍王率百官，出迎于崇仁门外。其书曰：

大明皇帝致书高丽国王。自有宋失驭，天绝其祀。元非我类，天命入主中国，百有余年。天厌其昏淫，亦用陨绝其命。华夷扰乱，十有八年。当群雄初起时，朕为淮右布衣，忽暴兵疾至，误入其中，见其无成，忧惧不宁。荷天之灵，授以文武，东渡江左，习养民之道，十有四年。西平汉主陈友谅，东缚吴王于姑苏。南平闽越，戡定八蕃。北遂胡君，肃清华夏，复我中国之旧疆。今年正月，臣民推载，即皇帝位，定有天下之号，曰大明，建元洪武，惟四夷未报。故修书遣使，涉海洋，入高丽，报王知之。昔我中国之君与高丽，壤地相接。其王或臣或宾，盖慕中国之风，为安生灵而已。天监其德，岂不永王高丽也哉。朕虽德不及中国之先哲主，使四夷怀之，然不可不使天下周知。

是月，元遣使至高丽，进恭愍王为"右丞相"。

五月，高丽停用元"至正"年号。是月，高丽遣礼部尚书洪尚载、监门卫上护军李夏生奉表如明金陵，贺明太祖登极并谢恩。是月，偰斯回明，高丽恭愍王命文臣赋诗以赠。《慵斋丛话》云："偰斯文长寿，大元人也。其父逊，元末避乱来奔，朝廷爵之。能诗文，《近思斋集》行于世。斯文登清州壬寅科，官至二品，扶翊恭让王，参九功臣之列。其后得罪于我朝，流寓而卒，亦能诗文，有《芸斋集》行于世。手书《牧隐集》，其笔法遒劲有范。斯文之弟眉寿、敬寿，并登丙辰科。眉寿官至二品。敬寿之子循，登戊子科，又登丁未重试，官至二品，有文名。偰氏以异国之人，父子孙相继显职，而今则其裔勘少矣。"

六月，明太祖遣宦者金丽渊致书恭愍王，谓"幽燕之民南来就食，内有高丽民百六十五人"，命有司具舟护送归。

八月，北元中书省及太尉丞相奇平章，遣使至高丽聘。

九月，北元吴王、淮王、双哈达王，皆遣使至高丽报聘，献马四十余匹。

十月，北元淮王、吴王各遣使献黄金佛一躯于恭愍王。是月，明太祖赐高丽祭服及《六经》《四书》《通鉴》，遣高丽使臣成准得赍回。

十一月，纳哈出遣使至高丽献马。是月，高丽以李成桂为东北面元帅，将击东宁府，以绝北元。

是岁，明太祖敕令会同馆集中接待外来使节，其中朝鲜馆设通事五名。

1370 年　庚戌　明太祖洪武三年　高丽恭愍王十九年

三月，北元吴王、淮王，遣使来，献土物。是月，李穑撰《及庵诗集跋》。

四月，明太祖朱元璋帝遣道士徐师昊至高丽祭山川。恭愍王疑道士行压胜之术，称疾不出，命百官迎诏。明又遣还忠惠王女长宁公主。辛盹令左司议大夫吴中陆等上书曰："妇人从一而终，而长宁公主在元朝，有帷箔之讥。当元亡之际，又不能守节，被俘于大明，甚可耻也。天子念我祖宗之裔，以归于我，若迎置京城，则如宗庙何？如国人耳目何？请置边远，以保其生。"不允。是月，朱元璋遣尚宝司丞偰斯至高丽，册高丽恭愍王，仍赐印及锦缎。凡仪制服用，许从本俗。

五月，高丽成准得自金陵回高丽，明太祖赐高丽恭愍王玺印、冠服、乐器及陪臣冠服，又赐王《六经》《四书》《通鉴》《汉书》，皇后赐王妃冠服。

六月，朱元璋遣礼部主事柏礼至高丽颁封诸子诏，侍仪舍人卜谦颁科举诏，又遣百户丁志、孙玉，至高丽执阇秀山叛贼陈君祥、陈魁一等以归。是月，高丽张子温还自金陵，明太祖赐《朝贺仪注》一册及金龙纻丝、红熟里绢各二匹。是月，明道士徐师昊回国，高丽恭愍王附表谢恩。

七月，高丽始行洪武年号。是月，高丽遣三司左使姜师赞如京师，谢册命及玺书，并纳元所降金印，仍启禀耽罗事，且请乐工。是月，朱元璋遣中书省宣史孟原哲至高丽宣诏。诏曰：

朕本农家，乐生于有元之世。何庚申之君，荒淫昏弱，纪纲大坏。由是，豪杰并起，海内瓜分。虽元兵转战华夏，终不能治。此天意也。然倡乱之徒，首祸天下，谋夺疆土，欲为王霸观其所行，未合于礼，故皆灭亡。此亦天意也。朕当是时，年二十有四，扰攘之秋，盘桓避难，终不宁居，遂乃托身行伍。驱驰三年，睹群雄无成，徒扰生民，朕乃率众渡江，训将炼兵，奉天征讨，于今十有六年。削平强暴，混一天下，大统既正，民庶皆安。今年六月十日，左副将军李文忠、副将军赵庸等遣使来奏，五月十六日率兵北至沙漠，于应昌府获元君之孙买的里八剌，及其后妃并宝册等物。知庚申之君，已于四月二十八日，因痢疾，殁于应昌。大军所至，俘获无遗。中书上言，宜将其孙及其后妃并宝册，献俘于大庙。朕心思之，深有不忍。其君之亡，系于天运，所遗幼孙，若行献俘，加殃其身，朕所不为也。况朕本元民，天下之乱，实非朕始。今定四海，休息吾民于田里，非朕所能，亦天运所致也。尚虑臣民，未知朕意，是用播告天下。

是月，明太祖遣秘书监直长夏祥凤，至高丽传诏：去元朝封高丽山、海、河流之号。是月，明太祖遣中书省宣史孟原哲至高丽，诏告元帝身死事。

八月，高丽遣大常博士朴实、正言金涛、春秋修撰柳伯濡，应举于京师。金涛中制科。是月，高丽以元枢密院副使拜住为判司农寺事，赐姓名韩复。初李成桂之降于罗也，闻毁垣中有哭声，使人就视，有一人裸立掩泣，执以问，乃曰："我元朝状元拜住也，贵国李仁复，吾同年也。"李成桂即解衣衣之，与马骑之，遂与俱至高丽。恭愍王，对其厚加接遇。

九月，北元丞相廓扩帖木儿遣使至高丽。

是岁，元朝奇皇后所生元顺帝长子爱猷识理达腊（1338～1378）逃至和林，史称"北元昭宗"，改年号为"宣光"。

是岁，高丽李仁复撰《及庵诗集跋》。

1371 年　辛亥　明太祖洪武四年　高丽恭愍王二十年

二月，明遣孟元哲为使，至高丽颁诏，并议北元辽阳省平章刘益、王右丞归降事。

三月，高丽白文宝作诗《洪武四年驾行长湍拜献主上殿下》。

四月，明中书省咨，告前元辽阳行省平章刘益以金、复、盖、海州等地归顺，明太祖以为本卫指挥。

五月，北元吴王遣使至高丽聘。

六月，高家奴、王右丞遣使至高丽聘。

九月，东平王遣使至高丽。

是岁，岳飞七世孙、青海伯岳豆兰遣部下三百户投高丽李成桂。其后岳豆兰改名"李之兰"，亦投李成桂。

是岁，在金陵国子监读书的高丽人金涛，进士及第后授东昌府安丘县丞，以口语不通回国。

1372 年　壬子　明太祖洪武五年　高丽恭愍王二十一年

正月，北元纳哈出、高家奴等攻高丽。

三月，高丽遣知密直司事洪师范、书状官郑梦周，如明金陵上表贺平蜀，兼请子弟入太学。洪师范船败溺水。郑梦至南京，作有《赴南诗》。

四月，纳哈出遣使至高丽献土物。

五月，明右丞相汪广洋致书恭愍王，言明太祖欲安置陈友谅之子陈理、明玉珍之子明升于半岛闲居。是月，陈理、明升等男女共二十七人入松都。

八月，高丽遣赞成事姜仁裕如明金陵谢赐彩匹，以金九容为书状官。

十月，高丽郑梦周作《壬子十月十二日发京师宿镇江府丹徒驿》，诗云："龙江关口解行舟，日暮来投古润州。永夜不眠看月色，旅魂乡思共悠悠。"

是岁，高丽刊印元朝翰林学士畅师文所著《农桑辑要》一书。

是岁，明礼部尚书史繇出使高丽不归，居于高丽京畿道坡州郡月笼面苇田里，乃为半岛史氏始祖。

1373 年　癸丑　明太祖洪武六年　高丽恭愍王二十二年

二月，北元遣波都帖木儿及于山不花至高丽，宣诏曰顷因兵乱，播迁丁北。今以扩廓帖木儿为相，几于中兴。王亦世祖之孙也，宜助力，复正天下。初二人入境，高丽恭愍王欲遣人杀之，群臣皆执不可。

六月，高丽遣前鸡林尹金庚，如京师贺圣节。

七月，高丽书状官郑梦周自明回高丽，宣明太祖命曰：

高丽在唐太宗时，遣子弟入学。今王亦请遣之，诚为盛事。但高丽去京师，水陆万余里。父母必怀其子，子必思其亲，听其父子情愿者遣之。又每年，数次贡献之物，必至烦民，行李往来，海道艰险。古者中国诸侯，于天子每年一小聘，三年一大聘，九州之外，世一见。今高丽，去中国稍近，文物礼乐，与中国相侔，难同他蕃，自今可依三年一聘之礼。或欲世见亦可，方物止用土产布子，不过三五对表意。

是月，高丽郑梦周作诗《杨子渡望北固山悼金若斋》云："先生豪气

227

盖南州，忆昔同登多景楼。今日重游君不见，蜀江何处独魂游。”时金九容，贬云南，殁于蜀中路上。

1374 年　甲寅　明太祖洪武七年　高丽恭愍王二十三年

三月，高丽兴安府院君李仁复，卒。李仁复为人正大谨厚，以礼自守，力学善属文，国家辞命，多出其手。其患疽垂殁，弟仁任劝念佛，对曰：“吾平生素不佞佛，今岂可自欺?”谥文忠。

四月，明太祖遣礼部主事林密、孳牧大使蔡斌来，令进耽罗马二千匹。是月，林密、蔡斌拜谒高丽文庙。

九月，高丽恭愍王为幸臣洪伦等所弑。高丽史臣赞曰：“王之未立也，聪明仁厚，民望咸归焉。及即位，励精图治，中外大悦，想望太平。自鲁国薨逝，过哀丧志。委政辛旽，逐杀勋贤。大兴土木，以敛民怨。狎昵顽童，以逞淫秽。使酒无时，欧击左右。又患无后，既取他人子，封为大君，而虑外人不信，密令嬖臣，污辱后宫。及其有身，欲杀其人，以灭其口。悖乱如此，欲免，得乎?”

十二月，高丽稷山君白文宝，卒。白文宝，字和父，号淡庵、动斋，善属文性质直，不惑异端，有《淡庵逸集》传世。是月，高丽遣判密直司事金湑，如北元告丧。

1375 年　乙卯　明太祖洪武八年　高丽禑王辛禑一年

正月，高丽遣判宗簿寺事崔源如京师，告丧请谥及承袭。自金义奔元，国人恟惧，未敢通使大明，典校令朴尚衷、成均司艺郑道传谓宰相曰宜速遣使告丧。是月，纳哈出遣使至高丽问禑嗣位。时北元以玄陵无嗣，乃封沈王暠孙脱脱不花为王，故有是问。

三月，明太祖拘高丽使臣崔源，拒绝颁谥于恭愍王。

五月，北元遣使来曰伯颜帖木儿王背我归明，故赦尔国弑王之罪。时李仁任、池奫，欲迎元使，三司左尹金九容、典理总郎李崇仁、典仪副令郑道传、艺文应教权近上书都堂曰：“若迎元使，一国臣民皆陷于乱贼之罪矣。他日何面目，见玄陵于地下乎。”庆复兴、李仁任，却其书不受，遂令道传迎元使。郑道传旨复兴第曰：“我当斩使首而来，不尔则缚送于明。”辞颇不逊。又白太后以为不可迎。复兴、仁任怒，于是流放郑道传于会津。是月，成均大司成郑梦周等上书，请执元使收元诏。判典校寺事朴尚衷，亦上书言之。

七月，高丽李仁任以郑梦周、金九容、李崇仁、林孝先、廉廷秀、廉兴邦、朴形、郑思道、李成林、尹虎、崔乙义、赵文信等，谋害已，并流之。朴尚衷慷慨有大志，博学善属文，兼通星命，其行已苾官，必以其道，不义而富且贵，视之蔑如也。

是岁，明太祖改"定辽都卫指挥使司"为"辽东都指挥使司"，总领全辽军事。

是岁，明太祖听闻钦差蔡斌、林密在高丽被杀、被掳，震怒。

是岁，高丽田禄生被杖杀。田禄生尝奉使入中国，始购来《古文真宝》，手自删增。其镇合浦时，刊行于世，故读古文者，必称先生用功，有《埜隐先生逸稿》传世。

1376 年　丙辰　明太祖洪武九年　高丽禑王二年

十月，高丽罗兴儒还自日本。日本遣僧良柔至高丽报聘，仍献彩缎、画屏、长剑等物。自辛巳东征之后，高丽与日本绝交且百年。是月，北元遣兵部尚书字帖木儿至高丽，右丞相扩廓帖木儿移书欲高丽厉兵秣马，共成掎角，庸赞国家中兴之业。是月，高丽遣密直副使孙彦如北元。

1377 年　丁巳　明太祖洪武十年　高丽禑王三年

二月，北元遣翰林承旨孛剌的，至高丽册辛禑为"开府仪同三司、征东行省左丞相、高丽国王"。是月，高丽停用"洪武"年号，始行北元宣光年号。

六月，高丽判典客寺事安吉常于日本，请禁贼。安吉常，至日本病死。

七月，北元遣宣徽院使彻里帖木儿来，请夹攻定辽卫。

八月，高丽遣晋川君姜仁裕，如北元。是月，日本遣僧信弘，至高丽报聘，书云草窃之贼，是逋逃辈不遵我令，未易禁焉。

九月，高丽遣前大司成郑梦周，报聘于日本，且请禁贼。日本僧人求其汉诗，援笔立就。是月，高丽遣文天式如北元，告天寒地冻不可出兵攻大明。

十月，高丽李穑撰《书陶隐诗稿后》（陶隐为李崇仁号）。

十二月，明太祖放还高丽国人丁彦等三百五十八人。

是岁，高丽郑梦周作《洪武丁巳奉使日本作》十二首。

1378 年　戊午　明太祖洪武十一年　高丽禑王四年

七月，高丽郑梦周，还自日本。日本九州道节度使源了俊，遣周孟仁至高丽。

九月，高丽遣版图判书金宝生如明，谢放归崔源等之皇恩。

是岁，北元昭宗爱猷识理达腊崩于金山，在位九年，年四十一岁。其弟脱古思帖木儿（1342～1388）继位，称乌萨尔汗，又自称大元皇帝，改年号为"天元"，居于和林。

1379 年　己未　明太祖洪武十二年　高丽禑王五年

正月，高丽谏官上言："玄陵崇信经学，养士取人，近年以来，诗赋取士，专尚辞章，经学渐废，今后一遵玄陵己酉年科举之法。"禑王纳之。

三月，高丽沈德符、金宝生，自金陵回高丽，并宣明太祖旨。是月，北元遣金院甫非至高丽，告改元"天元"。

八月，辽东都司牒责高丽交结北元与哈纳出，并报京师，明太祖诏责高丽。

十月，高丽遣门下评理李茂芳、判密直裴彦，如京师，进岁贡，上《陈情表》《高丽王太后表》。

是岁春，高丽李穑撰《圃隐斋记》（圃隐即郑梦周）。

1380 年　庚申　明太祖洪武十三年　高丽禑王六年

二月，北元遣礼部尚书时剌问、直省舍人大都间至高丽，册禑为太尉。

十月，高丽周谊自明还。明太祖传诏曰："前所需马一千，弓贡若干，今再取，辏作一千。明年金一百斤，银五千两，布五千匹，马一百匹，以为常贡之例，则赦尔东夷杀使及内使之罪。"

十二月，高丽遣门下赞成事权仲和、礼仪判书李海，如京师，贡金三百两，银一千两，马四百五十匹，布四千五百匹，请谥及承袭。

1381 年　辛酉　明太祖洪武十四年　高丽禑王七年

十一月，高丽遣密直使李海如京师，献马九百三十三匹。

1382 年　壬戌　明太祖洪武十五年　高丽禑王八年

闰二月，日本归高丽被虏民一百五十人。

三月，高丽遣门下赞成事金庚、门下评理洪尚载、知密直金宝生、同知密直郑梦周、密直副使李海、礼仪判书裴行俭，如京师，进岁贡金一百斤，银一万两，布一万匹，马一千匹。

七月，明太祖平定云南，发遣梁王家属，安置济州。是月，高丽禑王遣密直司使柳藩，如京师表贺。

1383 年　癸亥　明太祖洪武十六年　高丽禑王九年

正月，纳哈出遣使至高丽。是月，高丽郑梦周等至辽东，都司称有敕不纳，止纳进献礼物。敕曰不怀恩而好构祸，纵使暂臣，亦何益哉。

三月，辽东都司牒责高丽结交哈纳出。

八月，高丽左司议权近等上书曰："伏望殿下，无敢逸豫，以图万几之政，无敢游幸，以备非常之变，从谏必行，毋或失信，端居高拱，亲近宰辅，经国之谋，制寇之策，广咨博访，夙夜忧勤，励精图治，修德行政，以收民心，信赏必罚，以明国典。"禑王不听。

九月，日本归高丽被虏民一百二十人。

十一月，高丽译者张伯，还自京师，传明太祖诏曰："前五年未进岁贡，马五千匹，金五百斤，银五万两，布五万匹，一发将来，乃为诚意。"

1384 年　甲子　明太祖洪武十七年　高丽禑王十年

正月，高丽遣判典校寺事金九容如辽东，总兵潘敬、叶汪与梅义等曰："人臣义无私交，何得乃尔。"遂执归京师，流金九容于大理，途中作有《黄陵庙》《大峡滩》《马峡》《峡行》等诗，病卒于道，年四十七。金九容曾作《将赴云南溯江而上寓怀录呈给事中两镇抚三位官人》诗，其五云："万里樯乌日夜飞，舟人犹欲顺风微。思亲泪落何时见，恋主情深未拟归。楼阁岩峣知胜景，山川悠远恨斜晖。客中愁破能无病，卖酒家边一典衣。"

五月，高丽遣判宗簿寺事金进宜如辽东，进岁贡马一千匹。以金银非本国所产，遣司仆正崔涓，请减其数。

七月，高丽遣政堂文学郑梦周，如京师贺圣节，且请谥承袭。右常侍李天禊，贺千秋节。

八月，高丽遣礼仪判书金进宜如辽东，献岁贡马一千匹。

闰十月，高丽遣连山君李元纮如京师，献岁贡马一千匹。

是年，高丽郑道传撰《上辽东诸位大人书》。

1385 年　乙丑　明太祖洪武十八年　高丽禑王十一年

正月，明太祖喜郑梦周之至诚，谕曰：索高丽金、布乃试其诚心。自此高丽三年一贡。

四月，明太祖放还高丽使臣金庾、洪尚载、李子庸、周谦、黄陶、裴仲伦，李子庸病逝于回国途中。

五月，高丽郑道传撰《辛禑请赐谥表》。

八月，高丽鸡林君李达衷，卒。李达衷，刚直不挠，恭愍王以为名儒，擢为密直提学，有《霁亭先生文集》传世。李齐贤尝病高丽国史不备，与白文宝、李达衷作纪年传。齐贤起太祖至肃宗。文宝、达衷撰睿宗以下。

九月，明太祖遣国子监学录张溥、国子监典簿周倬及行人段佑、雒英等至高丽，诏册辛禑为高丽国王，追赐王祺"恭愍"谥号。张溥等拜谒文庙，并问明太遣道士徐师吴至高丽所立碑近况，及问李穑康健否。禑王乃命李穑为判三司事接诏。是月，高丽郑梦周作《乙丑九月陪天使张学录溥周典簿倬登西京永明楼次板上韵》云："使臣东下作清游，俱是当今第一流。玉节远过辽海上，黄花初见浿江头。人生有酒莫辞醉，客里对山聊可休。万国即今归混一，登临不用起闲愁。"其又作《洪武乙丑九月七站马上次江南使张溥诗韵》云："红旆飘飘列队长，使臣东下接梯航。路人奔走看纱帽，驿吏逢迎劝玉觞。惭愧囊中无秀句，陪游马上赏秋光。青衿胄子休相忆，来访边民慰所望。"及其作《赠天使周倬》诗。

十月，张溥、周倬等还明，拒绝礼物，但受高丽朝臣赠行诗，览而叹曰："东方有人矣！"是月，高丽遣门下赞成事沈德符、密直提学任献，如京师贺正。

十二月，高丽遣密直副使姜淮伯如京师，进岁贡马一千匹，布一万匹，及金银折准马六十六匹。

是年，高丽郑道传撰《到南阳谢上笺》《到南阳上密直司启》《圃隐奉使稿序》。

1386 年　丙寅　明太祖洪武十九年　高丽禑王十二年

二月，高丽遣政堂文学郑梦周如京师，请便服及陪臣朝服便服，仍乞蠲减岁贡。

四月，高丽韩山府院君李穑，掌贡举，以旧例享禑王于花园。禑王以穑为师傅，敬重之，亲执手入，欲对榻坐。穑固辞。禑亲牵内厩鞍马赐之。

七月，高丽郑梦周还自京师。是月，日本霸家台，归高丽被虏民 150人。

八月，高丽郑道传撰《惕若斋学吟集序》。

九月，高丽遣门下评理金凑、同知密直司事李崇仁，如京师贺正。密直副使张方平，献岁贡马五十匹。

1387 年　丁卯　明太祖洪武二十年　高丽禑王十三年

二月，高丽遣知密直事偰长寿，如京师，上表辨咬诬罔。

四月，高丽权近受命清点马匹于辽东，并著有《点马行录》。六月，高丽定百官冠服，一品至九品皆服纱帽、团领，其品带有差。主是议者为郑梦周、河仑、廉廷秀、姜淮伯、李崇仁等。

七月，朱元璋派冯胜等征讨纳哈出。纳哈出率二十万大军降明，其余部闻此亦纷纷解体。

十月，纳哈出至金陵。朱元璋厚赏之。

十二月，高丽遣永原君郑梦周，如京师，请通朝聘，至辽东不得入，乃还。

1388 年　戊辰　明太祖洪武二十一年　高丽禑王十四年

二月，高丽崔莹与诸相，议攻定辽卫及请和可否，皆从和议。时辽东都司遣李思敬等，渡鸭绿江张榜曰："户部奉圣旨，铁岭迤北迤东迤西，元属开原所管军民、汉人、女真、鞑靼、高丽，仍属辽东。"故有此议。是月，高丽偰长寿，还自京师，口宣圣旨曰：毋得遣使来，铁岭迤北元属元朝，并令归之辽东，其系开原沈阳信州等处军民，听从复业。是月，高丽又遣密直提学朴宜中如明，上表请免设铁岭卫。朴宜中（1337～1403），字子虚，号贞斋，本贯密阳，其《贞斋逸稿》对此有记载。

三月，大明后军都督府遣辽东百户王得明，来告立铁岭卫。禑王称疾，命百官郊迎。判三司事李穑，领百官诣得明乞归敷奏。得明曰："在天子处分，非我得擅。"崔莹怒白祸，令杀辽东军持榜文至两界者，死者二十一人，只留李思敬等五人，令所在羁管。

四月，高丽祸王召崔莹及李成桂曰："欲攻辽阳，卿等尽力。"太祖曰："今者出师，有四不可：以小逆大，一不可；夏月发兵，二不可；举国远征，倭乘其虚，三不可；时方暑雨，弓弩胶解，大军疾疫，四不可。"祸王颇然之。是月，高丽停洪武年号，令国人复胡服。

五月，高丽以曹敏修、李成桂为左右军都统使，号称军兵十万人，准备进攻辽东。师次威化岛，军心涣散。李成桂不肯与大明为敌，率军班师，史称"威化岛班师"。李成桂囚禁祸王，旋流放其于江华岛、并立其幼子辛昌。

六月，高丽复行洪武年号，袭大明衣服，禁胡服。

七月，高丽遣赞成事禹仁烈、政堂文学偰长寿如明，告辛祸逊位，并奏请准辛祸之子辛昌袭位。是月，遣门下侍中李穑、签书密直司事李崇仁、书状官金士安如明贺正。是月，日本国师妙葩、关西省探题源了俊，遣人至高丽献方物，归高丽被虏民二百五十人，仍求藏经。

八月，高丽以李穑为门下侍中。是月，纳哈出随傅友德出征云南，病于武昌舟中。

十月，高丽遣侍中李穑、签书密直司事李崇仁，如京师贺正，请王官监国，又请子弟入学。自玄陵之薨，天子每征执政大臣入朝，皆畏惧不敢行。及穑为相，自请入朝，以李成桂威德日盛，中外归心，恐其未还，乃有变，故请一子从行。李成桂遂以其子李芳远为书状官。是月，郑道传撰《陶隐文集序》。

十二月，明太祖遣前元院使喜山、大卿金丽普化等，至高丽求马及阉人。

是年，高丽废辛祸，立其子辛昌。郑道传与尹绍宗等，尝主谓辛氏者为忠，谓王氏者为逆之论。尹绍宗诣李成桂军前，献《霍光传》，遂废祸，欲择立王氏。曹敏修谋立辛昌，恐诸将违己，故以李穑为时名儒，欲籍其言，密问之。穑曰："当立前王之子。"遂立辛昌。郑道传少好学，游李穑门，与郑梦周、李崇仁、李存吾、金九容、金齐颜、朴宜中、尹绍宗等相友善，讲论不辍，闻见益广，为文章，汪洋浑厚。而自此，郑道传与穑等开始岐贰。

是岁，明太祖朱元璋以蓝玉为大将，领兵北征，脱古思帖木儿兵败，与太子天宝奴及丞相逃至今图拉河边，后为部将也速迭尔缢死。脱古思帖木儿在位十一年，年四十七岁。脱古思帖木儿长子恩克卓力克图，遂即位。

1389 年　己巳　明太祖洪武二十二年　高丽昌王辛昌一年（高丽恭让王王瑶一年）

三月，明遣高丽使臣姜淮伯赍礼部咨回，责高丽废其父、立其子，称废立皆在高丽，与中国无干，不必来朝。

四月，高丽李穑还自京师。明太祖素闻穑名，礼待甚厚，乃曰："汝仕元朝，为翰林，应解汉语。"穑以汉语遽对曰："请亲朝。"朱元璋未晓，礼部官传奏之。朱元璋笑曰："汝之汉语，正似纳哈出。"李穑至渤海，与二客船同行，及半洋山，飓风大作，二客船皆没。李芳远所乘船，亦几不救。是月，李穑传明圣旨，着高丽物色贵族女子与明子弟缔结婚姻。

六月，高丽遣门下评理尹承顺、签书密直司事权近，如京师请亲朝。权近对此著有《奉使录》。

七月，高丽门下侍中李穑乞解职，举李琳自代。遂以穑为判门下府事，以琳为侍中，以洪永通，领三司事。穑尝与永通、李茂方等，设白连会于南神寺。佛者以穑为借口，益肆其说。

九月，高丽昌王辛昌，将亲朝。李穑曰："辽野寒甚，宜早行。"既而，昌母李氏悯其年幼言于都堂，寝其行。是月，高丽尹承顺、权近，还自京师。礼部尚书李原明奉旨宣：高丽弑君，王氏绝嗣，不准童子（辛昌）进京，不得进献处女。

十月，高丽谏官吴思忠等，劾艺文馆提学李崇仁。是月，高丽签书密直司事权近上书，论救李崇仁。是月，高丽判门下府事李穑，乞退。不允。穑又上笺曰："臣于去岁，贺正京师，副使崇仁今被弹劾流窜，臣不敢自安，乞辞职事。"不允。是月，高丽谏官吴思忠等上疏，论权近党附李崇仁之罪，流牛峰县，又徙宁海府。是月，李穑归长湍别业。高丽昌王遣知申事李行，赐酒慰谕，令视事，穑不起。

十一月，高丽贬辛褕、辛昌为庶人。是月，高丽恭让王王瑶即位。是月，高丽李穑自长湍诣阙贺。王瑶召入内，下床而待，乃曰："平生闲游，不意今日得此也。愿卿辅之。"复以穑为判门下府事，郑道传为三司右使。是月，高丽遣顺安君王昉、同知密直事赵胖，如京师，告即位。

十二月，高丽左司议吴思忠、门下舍人赵璞等，上疏请罢免李穑父子。是月，高丽宪府上疏，论权近私坼咨文之罪。

1390 年　庚午　明太祖洪武二十三年　高丽恭让王二年

正月，高丽恭愍王始开经筵，以郑道传及郑梦周知经筵事，与诸讲官，分四番进讲。恭愍王谓郑道传曰："今欲罢伪朝添设职，其术何由？"对曰："古之用人之法有四：曰文学、曰武科、曰吏科、曰门荫。以此四科举之，当则用之，否则舍之。其谁有怨？"

二月，高丽谏官又上疏，请置李穑、曹敏修等极刑。乃削穑职，并敏修皆徙边地。是月，高丽鞠李穑于长湍。恭让王命之曰："毋令穑惊动。若不服，当更禀旨。"穑不服而辨。是月，高丽谏再论李穑、曹敏修罪，不报。

四月，高丽台谏，交章上疏，复论曹敏修、李穑、权近，遂徙穑于咸昌。是月，高丽鞠李穑等于清州。

五月，高丽以韩尚质，为艺文馆提学。是月，高丽王昉、赵胖等还自京师，言礼部召臣等曰：尔国人尹彝言，王瑶与李侍中成桂谋动兵马，将犯上国，宰相李穑等以为不可，并出所记李穑等姓名曰，"尔速还国，语王及宰相，将彝书内人等诘问来报"。

六月，高丽遣政堂文学郑道传，如京师贺圣节。艺文馆提学韩尚质，贺千秋。是月，高丽遣同知密直司事安叔老，聘于燕王朱棣。

十月，高丽遣密直副使姜隐，如京师，献种马五十匹。门下评理金南得、密直提学李至，贺正。

十一月，高丽以郑梦周守门下侍中，偰长寿为门下赞成事。是月，高丽安叔老，还自燕，燕王朱棣答书曰："尔以礼物来，安敢易纳。古人云臣子无外交之理，却之必难人意，故物留使还，谨以状闻于父皇，以通三韩之意，必命乃报。"是月，高丽政党文学郑道传等，还自京师。朱元璋言尹彝、李初谋乱汝国事，朕既不信，已会断罪，汝国复何虞疑。

1391年　辛未　明太祖洪武二十四年　高丽恭让王三年

正月，高丽以李成桂为都总制使，郑道传为右军总制使。是月，高丽恭让王谓经筵官曰："今人知中国故事，而不知本朝之事，可乎？"侍中郑梦周对曰："近代之史皆未修，先代实录，亦不详悉。请置编修官，依《通鉴纲目》修撰，以备省览。"王纳之，命还给李穑、李崇仁职牒，欲修实录。不果行。

四月，朱元璋遣宦者韩龙、黄秃蛮至高丽，来求马一万匹，宦者二百人。

五月，高丽政堂文学郑道传上疏，高丽恭让王览之不悦。是月，高丽郑道传上书都堂，请诛李穑、禹玄宝。

六月，高丽宪府请复治李穑等，不从。

七月，高丽恭让王召政堂文学郑道传，辞疾不赴，遣代言安瑗敦谕，乃至。王问李穑、禹玄宝之罪。郑道传具对如前上疏意，语若悬河。王曰："穑也，罪状稍著，玄宝之罪，犹未白也。"道传对曰："穑罪已著，宜置极刑，以示不忠。若玄宝者，罪状未白，故台谏交章，请流远地。臣亦以为，宜使淑慝异处。"王曰："穑、玄宝之事，寝之已久。今有抗疏者，必卿疏为之阶也。卿近不见寡人者，亦以此也。"道传曰："君臣之义，情同父子，譬如父责子不孝，而明日又爱之如初者，天理之不掩也。殿下今虽责臣，后若推诚任臣，则敢不奋励。今当衣月，天久不雨，殿下召臣面议，天乃雨。昔当霾霖，禾谷不茂，殿下召臣，图议政事，阴雨乃霁。殿下以为何如。脱有奸党，矫旨罪臣，臣请面启，然后伏罪。"王不悦。

八月，日本九州节度使源了浚，遣使至高丽，归被虏民六十八人。

九月，高丽省宪刑曹上疏劾郑道传阴诱纠正，非毁台谏，请置极刑。高丽恭让王以功臣宥之。其复疏论曰："道传滥居功臣之列，内怀奸恶，外施忠直，染污国政，请加其罪。"王放归郑道传于乡奉化县。是月，高丽遣世子王奭，如京师，贺正。

十月，高丽省宪、交章，再论郑道传曰："道传家风不正，派系未明，滥受大职，混淆朝廷，请收告身及功臣录券，明正其罪。"王命收职牒录券，移配罗州，其子津、湛，亦皆废为庶人。

十一月，高丽恭让王召还李穑、李崇仁。

十二月，高丽以李穑为韩山府院君，禹玄宝为丹山府院君，加赐李成桂及沈德符、郑梦周为安社功臣，偰长寿等为定难功臣号。是月，高丽量移郑道传于奉化。

是岁，高丽郑道传撰《上都堂书》《恭让朝辞右军总制使笺》。

1392 年　壬申　明太祖洪武二十五年　高丽恭让王四年（朝鲜太祖一年）

正月，高丽初置书籍院，掌铸字印书籍。

三月，高丽通事李玄，回自京师，报世子还。王喜，厚赐之。是月，高丽王世子王奭至自京师，都堂迎于金郊，百官班迎于宣义门外。是月，高丽李成桂第五子李芳远遣判典客寺事赵英珪等，杀守侍中郑梦周。

四月，高丽放李穑于韩州。是月，高丽李成桂麾下军官上疏，请籍郑梦周家产，并治其党，从之。高丽又废李崇仁、李种学等为庶人。

五月，高丽司宪府上疏罢偰长寿，命归田里。

六月，高丽恭让王门下评理金湊如明金陵，表请诰命。金湊至高丽肃州，闻恭让王被废，乃还。

七月，高丽郑道传及南闇、赵浚等协谋，推戴李成桂，奉传国宝诣邸、李成桂遂于松京登基，是为朝鲜王朝太祖。是月，李成桂复以郑道传，为奉化郡忠义君。

九月，明遣陪臣赵琳赍礼部咨回："国更何名？星驰来报。"

十一月，李成桂遣判司宰监事李乙修送温州乐清县被倭掳汉人李顺等三人回明，署拟国名"朝鲜""和宁"，请明太祖朱元璋圣裁。

是岁，明太祖朱元璋为半岛定国名为"朝鲜"。是岁，朝鲜定都汉阳。是岁，朝鲜郑梦周撰《进御讳表德说笺》。

是岁，北元恩克卓力克图崩，在位四年，年三十四。

1393 年　癸酉　明太祖洪武二十六年　朝鲜太祖二年

二月，朝鲜韩尚质回到朝鲜，告明太祖朱元璋定半岛名为"朝鲜"。

六月，辽东都指挥使司遣高阔阔出，赍礼部咨给朝鲜苎丝、棉布共一万九千七百余匹，乃贡马共九千八百匹之价也。

是岁，朝鲜设立六科学堂，设立文科考试，并设司译院，习华语。是岁，辽东拒入朝鲜使节团六次。

是年，北元脱古思帖木儿次子额勒伯克即位。

1394 年　甲戌　明太祖洪武二十七年　朝鲜太祖三年

是岁，朝鲜《经国大典》撰成，规定八种人不得参加科举。自此，朝鲜庶子不得参加科举。

是岁，郑道传撰《进朝鲜经国典笺》《本朝辨明诱辽东边将女直等事表略》。

1395 年　乙亥　明太祖洪武二十八年　朝鲜太祖四年

十一月，朝鲜遣艺文馆大学士郑总率计禀使节团入京，奏请颁诏册命并颁给朝鲜国王印信。

是岁，朝鲜郑道传等撰《高丽史》完稿。是岁，郑道传用新罗人薛聪"吏读"著《直解大明律》，并付书局印刷。

是岁，朝鲜郑道传撰《送靖安君赴京师诗序》《心气理》三篇。

1396 年　丙子　明太祖洪武二十九年　朝鲜太祖五年

二月，明太祖朱元璋以朝鲜表文不谨、语涉挑衅，命礼部移咨，遣内史温权至朝鲜，责遣主笔。表文实为郑道传所撰，郑道传称病不出。

五月，高丽李穑卒，有《牧斋稿》五十五卷传世。

六月，明遣尚宝司丞牛牛及太监王礼、宋孛罗、杨帖木儿至朝鲜，传礼部咨文，着朝鲜押送表文主笔郑道传、郑擢，并搬取柳珣、郑总等家小。王礼等并传明太祖朱元璋口谕，着王留意中朝做亲。

七月，朝鲜遣汉城府尹河仑率启禀使节团如明，到南京辩解且上奏章。判司译院事李乙修为管押使，押权近、郑擢、卢仁度如明。

九月，朝鲜权近入明。权近至达南京后，深得朱元璋赏识，赐之御制诗三首，并与明翰林学士刘三吾、许观、景清、张信、戴德彝游。朱元璋《赐朝鲜国秀才权近》组诗，其一《题鸭绿江》云："鸭绿江清界古封，强无诈息乐时雍。逋逃不纳千年祚，礼义咸修百世功。汉伐可稽明载册，辽征须考照遗踪。情怀造到天心处，水势无波戍不攻。"其二《高丽古京》云："迁遗井邑市荒凉，莽苍盈眸过客伤。园苑有花蜂酿蜜，殿台无主兔为乡。行商枉道从新郭，坐贾移居慕旧坊。此是昔时王氏业，檀君逝久几更张。"其三《使经辽左》云："入境闻耕满野讴，罢兵耨种几经秋。楼悬边铎生铜绿，堠集烟薪化土丘。驿吏喜迎安远至，驲夫忻送稳长游。际天极地中华界，禾黍盈畴岁岁收。"是月十五日，朝鲜权近作《命题》诗八首，二十二日作《命题》诗十首。

十月二十七日，朝鲜权近作《命题》诗六首。

是岁，明太祖以高丽使臣权近应对得体，放回被押、被流朝鲜使臣。

1397 年　丁丑　明太祖洪武三十年　朝鲜太祖六年

三月，明遣朝鲜使臣安翊、权近、金希善赍御制诗回，并赍敕书慰朝鲜王妃之丧。

是岁初，明太祖颇赏权近之才，赐权近、郑总等衣，并令其于南京文渊阁听讲。及朝鲜使臣将还，辞陛，权近着钦赐衣，郑总以本国王妃康氏丧而着白衣，帝怒拘郑总，流放云南，中途卒。郑总（1358～1397），字曼硕，本贯清州，有《复斋集》传世。

四月，朝鲜偰长寿回国，备述明太祖不满出身半岛的皇宫太监事，并传帝口谕：停做亲事。

是岁，朝鲜郑道传撰《经济文鉴别集》。

1398 年　戊寅　明太祖洪武三十一年　朝鲜太祖七年

八月，"戊寅靖社"发，太祖第五子李芳远杀世子李芳硕、王子李芳蕃、郑道传等大臣。郑道传有《三峰集》传世。

九月，朝鲜李成桂传位李芳果，是为朝鲜定宗，并派以判三司事偰长寿如明。偰长寿等至辽东被阻，因非一年内允许的三贡而回。

十二月，明遣陈纲、陈礼传太祖崩诏，至义州交万户而还。

是岁夏，朝鲜郑道传告病数日，著《佛氏杂辨》十九篇，论轮回及五行医卜之说，尤为明备。

1399 年　己卯　明惠帝建文一年　朝鲜定宗一年

正月，朝鲜改偰长寿计禀使为进香使，赴南京。

六月，朝鲜金土衡、河仑、偰长寿赍礼部咨文自金陵还，内有建文帝准朝鲜传位口谕。

九月，朝鲜河仑撰《惕若斋学吟集序》（惕若斋即金九容）。

十月，偰长寿卒。偰长寿（1341～1399）曾官至门下侍中，封燕山府院君，一生共八次代表高丽和朝鲜出使中国，撰有《小学直解》，为中朝文人称许。

是岁，北元额勒伯克被卫拉特部的乌格齐哈什哈杀死，在位七年，年三十九。

1400 年　庚辰　明惠帝建文二年　朝鲜定宗二年

十一月，朝鲜定宗传位于王弟李芳远，是为朝鲜太宗。是月，朝鲜金书三军府事李詹（1345～1405）以启禀使如明。李詹著《观光录》，记述明早期朝鲜使节团经陆路、海路如南京的路线。

是岁，北元额勒伯克长子坤帖木儿（1377～1402）即位。

1401 年　辛巳　明惠帝建文三年　朝鲜太宗一年

二月，明遣礼部主事陆颙、鸿胪行人林士英至朝鲜传诏，颁建文三年大统历，并送钦赐纱罗四十匹。陆颙献诗三首于王。

六月，明遣通政寺丞章谨、文渊阁待诏端木礼，至朝鲜传诏册封李芳远："命尔为朝鲜国王，锡以金印。"章谨、端木礼献王《文则》一册，朝鲜刊印之。章谨求李穑诗文集。

八月，朝鲜遣参赞议政府事赵温为正使、崔有庆为副使、司尹孔俯为书状官，如明贺圣节。赵温回国，建文帝钦赐《文献通考》一部。

十一月，明郭坛等四名监生分别押马回国，不受朝鲜赠物，而求诗文。

是岁，北元坤帖木儿为鬼力赤（1397～1405）所杀，自称可汗，废北元国号，自称鞑靼。明永乐四年，明《谕鬼力赤书》云"自爱猷识理达腊以来，至今更七主"，然其间代数，史未可详。学者亦有考证，但分歧颇多。

结束语

在对南宋金元近三百年的学派与诗文流派进行相对全面而系统地考察之后，我们可以得出以下结论。

一是，宋元新儒学应时而生，对中国人的思想影响深远，就其萌生、发展、兴盛及衰落的过程来看，在思想体系的开创与建构阶段，其与诗文保持疏离态势，因为此时建构学术体系是当务之急，但是，体系相对完备之后，其主要任务就转向躬行践履，重在普及与实行。在普及化、社会化的过程中，其必然会借助文学的力量。于是，学术与诗文并重，或以诗文倡导学术，成为共识，最终出现学术与文学的合而为一，直到新的学术思想再次出现为止。北宋时期是新儒学的建构阶段，故学者对文学持排斥态度；南宋时期，体系既成，文学开始进入学者的视野；而到元代，整个社会以躬行实践为要务，故要求学术与诗文合而为一。

二是，学派的出现是学术成熟的标志，在强烈的统绪意识之下，分门立户，强调宗法，是维护学术尊严、强化学术认同的直接表现。继学术争鸣与汰选更新之后，诸学派之间便开始融通，这是学术进步的体现。北宋时期，理学作为众派别之一而存在，而到南宋开始占据主流，此时的各家各派，虽有不同，但都属于理学内部纷争。到元代之后，诸派之间，界限模糊，学源交叉纷杂，学者治学多持兼宗兼容的态度，学术由此趋向多元一体。

三是，学术与诗文的关联与互动情况，因学术的发展而呈现出阶段性。新学术初创阶段，学者看重的是文学的文字记载功能。北宋时期的周、程诸子，认为作文妨道，但是他们讨论学术时却必须借助文章（包括诗赋)。当学术思想改变了人们对世界以及天人关系的看法之后，其必然更新人们的世界观、人生观及伦理价值观念，并由此改变人的心性结构、精神气质和情感模式，进而给作为时代敏感触角的文学带来前所未有的巨变。这种诗文之变，包括审美观念、创作理念与方法、评论标准等变化。

四是，门派承传与学术的发展有着重要作用，门人之间或相互砥砺，或往来讨论，或彼此水火，或各守一端，都会对当时的学术产生影响。同理，门派传承也会给文学带来深远影响。如果忽视了这种影响，将会妨碍我们对某一历史阶段或某一区域诗文的正确认识，自然也就不能客观地把握现象背后的深蕴所在。按照理学门派承传脉络，自南宋到元末明初，诸多的诗文流派基本形成。诗文流派之中，学派成员往往占主体，同时辐射其他人。他们一起构成了南宋金元时期的诗文格局。

也正是基于这样的原因，将学术与文学相结合，借助通观的学术视角对南宋金元的诗文流派做一整体考察，我们可以厘清不同学术与文学派别的传承与衍变，明确这一时期学术与文学互相联系和彼此交融的趋向，并对这一时期的文学全貌与总体走势有个相对明确的把握，也会对有关宋元文化转型、文统与道统纷争、道学诗文成因、文人学者化趋向、元人强烈的道德重建意识等诸多存有争议的问题做出新的解答。

参考文献

曹利云：《宋元之际词坛格局及词人群体研究》，博士学位论文，南开大学，2010。

查洪德：《北方文化背景下的刘因》，《文学遗产》2002 年第 3 期。

查洪德：《理学背景下的元代文论与诗文》，中华书局，2005。

查洪德：《理学背景下的元代文论与诗文》，中华书局，2005。

查洪德：《元代理学"流而为文"与理学文学的两相浸润》，《文学评论》2002 年第 5 期。

常振华主编《天风海涛：中国·陵川·郝经暨金元文化学术研讨会论文集》，山西春秋电子音像出版社，2007。

陈代湘、朱理鸿：《朱子门人哲学》，海南出版社，2009。

陈寒鸣：《金华朱学：洪武儒学的主流》，《朱子学刊》1995 年第 1 期，黄山书社，1995。

陈云峰：《宋末元初理学北传及其影响》，硕士学位论文，云南师范大学，2007。

〔韩〕崔根德：《韩国儒学思想研究》，学苑出版社，1998。

崔英辰：《韩国儒学思想研究》，东方出版社，2008。

邓绍基：《元代文学史》，人民文学出版社，1998。

董刚：《元末明初浙东士大夫群体研究》，博士学位论文，浙江大学，2005。

符海朝：《元代汉人世侯群体研究》，河北大学出版社，2007。

高云萍：《宋元北山四先生研究》，浙江大学出版社，2012。

桂栖鹏：《元代进士研究》，兰州大学出版社，2001。

侯外庐、邱汉生、张岂之：《宋明理学史》，人民出版社，1984。

黄琳：《论元初诗人刘因的诗歌创作成就》，《四川师范大学学报》1992 年第 6 期。

黄宗羲：《宋元学案》，全祖望补修，陈金生、梁运华点校，中华书局，1986。

黄宗羲：《宋元学案》，中华书局，1986。

黄宗羲：《宋元学案》，中华书局，1986。

李甦平：《韩国儒学史》，人民出版社，2009。

李修生：《全元文》（1～60 册），江苏古籍出版社（凤凰出版社），2001～2006。

李治安等：《元代华北地区研究——兼论汉人的华夷观念》，南开大学出版社，2009。

孟繁清等：《金元时期的燕赵文化人》，河北人民出版社，2004。

孟新芝：《论刘因诗歌的艺术特色》，《宁夏大学学报》2002 年第 2 期。

孟新芝：《论元初诗人刘因的思想》，《牡丹江师范学院学报》2001 年第 4 期。

戚雄：《婺贤文轨》，明嘉靖十七年刻本。

秦志勇：《中国元代思想史》，人民出版社，1994。

〔韩〕琴章泰：《韩国儒学思想史》，中国社会科学出版社，2011。

商聚德：《刘因评传》，南京大学出版社，1996。

沈莹：《元人刘因研究》，硕士学位论文，云南大学，2012。

苏天爵：《滋溪文稿》，陈高华、孟繁清点校，中华书局，1997。

万斯同：《儒林宗派》，四明丛书约园刻本。

万斯同：《儒林宗派》，载《四明丛书》（约园刻本）。

王魁星：《元末明初浙东文人群研究》，博士学位论文，复旦大学，2011。

王舜华：《元人郝经的诗文研究》，硕士学位论文，河北师范大学，2010。

王素美：《刘因的理学思想与文学》，人民出版社，2004。

王忠阁：《爱闲元不为青山——也谈刘因的隐逸》，《河南大学学报》1999 年第 5 期。

王梓材、冯云濠：《稿本宋元学案补遗》，北京图书馆出版社，2002。

王梓材：《稿本宋元学案补遗》，冯云濠辑，北京图书馆出版社，2002。

〔韩〕吴锡源：《韩国儒学的义理思想》，复旦大学出版社，2014。

夏传才：《元代经学的社会历史背景和程朱之学的发展》，《贵州文史丛刊》1999 年第 4 期。

萧启庆：《元代史新探》，台北新文丰出版公司，1983。

徐永明：《元至明初婺中文人群体研究》，中国社会出版社，2005。

徐远和：《理学与元代社会》，人民出版社，1992。

徐子方：《人格自尊与文化尊道——刘因心态剖析》，《徐州师范大学学报》2003 年第 4 期。

徐子方：《挑战与抉择：元代文人心态史》，河北教育出版社，2001。

许总：《理学文艺史纲》，江苏教育出版社，2001。

许总：《论理学弛张与文学盛衰——宋金元文学史演进动因新探》，《天津社会科学》1999 年第 5 期。

许总：《论理学弛张与文学盛衰》，《天津社会科学》1999 年第 5 期。

晏选军：《元初北方理学流衍与士人遭际——以许衡、刘因比较研究为代表》，《宁波大学学报》2004 年第 6 期。

幺书仪：《元代文人心态》，文化艺术出版社，1993。

〔韩〕尹丝淳：《韩国儒学研究》，陈文寿、潘畅和译，新华出版社，1998。

余英时：《朱熹的历史世界》，生活·读书·新知三联书店，2004。

赵鹤：《金华文统》，载《四库全书存目丛书》。

赵鹤：《金华正学编》，明万历十八年金华章氏刻本。

周良霄、顾菊英：《元代史》，上海人民出版社，1993。

朱荣智：《元代文学批评之研究》，台北联经出版事业公司，1982。

朱仲玉：《试论金华学派的形成、学术特色及历史贡献》，《浙江师范大学》1989 年第 4 期。

邹林：《关于鲁斋学派》，《烟台师范学院学报》1993 年第 3 期。

后　记

匆匆，总是太匆匆。

自大学而硕士而博士而工作，明显感觉到时间过得越来越快。不知不觉间，在天津社会科学院已工作六年。这六年里，父母更加年迈，稚子初长成，爱人已生出白发，而自己亦将及不惑之年。九年前初到天津八里台，洪德师劝勉读书的情景，犹真切如昨日之事。夫子"匪手携之，言示之事。匪面命之，言提其耳"，再三叮嘱：为学须沉潜从容，最忌仓皇速成。当年听闻，心下虽触动，却仍觉是说他人。而今思及，自己已是其中反面之典型。痛甚！

十二年前，出于偶然，我选择元代金华学者戴良作为硕士学位论文的研究对象；九年前，将博士毕业论文的研究视野扩展到整个金华文派；六年前，则更将南宋金元时期的学派与文学流派作为以后的研究方向，并前后拟定了"南宋金元时期的学派与文派""元代的理学承传与诗文流派"等题目。但是，由于工作调整和家庭之累等，更因为自己始终处于忙乱之中，无法做到沉潜和从容，急于求成而不达，终使这些设想，都未能落成。现在回顾以往，触目处皆是荒芜。唯有一点安慰者，就是在心存愧疚时所做的一些粗浅思考和文献整理。这就是目前的这本小册子——《海宇混一：元代的儒学承传与文坛格局》。

其实，书中的许多文字，尤其是上编的专论部分，大都曾以独著或与其他师友合作的形式，在海内外期刊上公开发表过。例如，《元代的儒学承传与文坛格局》发表于《河北学刊》，《"东西南北"论"大元"——以文坛作家群体为中心》发表于《中国社会科学报》，《宋元时期的学术承传

247

与诗文流派的生成》发表于韩国高丽大学《中国语文论丛》，《宋元朱学承传与金华文派的生成及发展》发表于韩国圆光大学《人文学研究》，《刘因之学与元代北方文派的生成》发表于韩国《中国人文科学》，《元代文坛高丽士人研究评述：以李齐贤为中心》发表于《内蒙古民族大学学报》等。而考证部分，则是六年来的文献整理积累所成。全书最初，总计七十余万字，但是，由于超过了学术资助项目的字数规定，现经删减后，约为二十万字。

毕业后的六年里，也曾前后参与王兆鹏先生《唐宋文学编年系地信息平台建设》（12&ZD154）、李晓峰先生《新中国少数民族文学研究史（1949～2009）》（13&ZD121）、赵季先生《中朝三千年诗歌交流系年》（14ZDB069）等国家社会科学基金重大项目。书中的一些思考和文字，就产生于向诸位先生的请益过程中。而最为主要者，则是查洪德师的不断指导和提澌，其中诸多观点和文献，都是老师平日所讲授。正是诸位先生的不弃和倾心指教，才不揣谫陋，敢将此书付梓印行。

这本小书，更有幸获得了天津社会科学院天津历史文化研究中心的后期资助，因之得以出版面世。在此，谨向李同柏秘书长、闫立飞所长，以及参与项目评审并提出宝贵意见和建议的王之望研究员、周俊旗研究员、李学智教授、张蕴和研究员、赵利民教授等，致以万分感谢。此外，书中涉及大量古代文献，引述颇多，且当时匆匆成就，又临时借调去天津市纪委监委，故不及细细勘校，给出版社诸位编辑增加了不小的工作量。在此，也向桂芳、韩宜儒等细心负责的编辑老师，道一声感谢！

最后，也希望未来时间可以慢一些，自己能更从容一些。

罗海燕
2018 年夏于天津

图书在版编目（CIP）数据

　　海宇混一：元代的儒学承传与文坛格局／罗海燕著
. －－北京：社会科学文献出版社，2019.12
　　（天津社会科学院学者文库）
　　ISBN 978 - 7 - 5201 - 3598 - 6

　　Ⅰ.①海…　Ⅱ.①罗…　Ⅲ.①古典诗歌－文学流派研
究－中国－元代　Ⅳ.①I207.209

　　中国版本图书馆 CIP 数据核字（2018）第 227378 号

·天津社会科学院学者文库·

海宇混一：元代的儒学承传与文坛格局

著　　者／罗海燕

出 版 人／谢寿光
组稿编辑／邓泳红　桂　芳
责任编辑／桂　芳　韩宜儒

出　　版／社会科学文献出版社·皮书出版分社（010）59367127
　　　　　　地址：北京市北三环中路甲 29 号院华龙大厦　邮编：100029
　　　　　　网址：www. ssap. com. cn
发　　行／市场营销中心（010）59367081　59367083
印　　装／三河市东方印刷有限公司

规　　格／开本：787mm×1092mm　1/16
　　　　　　印张：18　字数：280 千字
版　　次／2019 年 12 月第 1 版　2019 年 12 月第 1 次印刷
书　　号／ISBN 978 - 7 - 5201 - 3598 - 6
定　　价／98.00 元